Hobbit Presse
PAPERBACK

Das mittellose Mädchen Thrace bittet Royce und Hadrian, ihr abgelegenes Dorf vor den nächtlichen Angriffen eines unbekannten Ungeheuers zu schützen. Dabei stoßen die beiden allerdings auf viel größere Schwierigkeiten als gedacht: Die Kreatur scheint unbesiegbar. Einer alten Prophezeiung nach kann den mit allen Wassern gewaschenen Dieben nur das Geheimnis im alten Elben-Turm von Avempartha weiterhelfen. Warum tauchen aber plötzlich Vertreter des Adels und der Kirche Nyphrons in der gottverlassenen Gegend auf? Und welche Ziele verfolgt der Zauberer Esrahaddon?

Michael J. Sullivan, geboren 1961 in Detroit, begann seine ersten Geschichten mit acht Jahren zu schreiben. Er lebt heute mit seiner Frau und drei Kindern in Fairfax in der Nähe von Washington D. C. als freier Autor.
Zunächst publizierte Sullivan seine sechsteilige Riyria-Reihe im Eigenverlag. Nach dem großen Publikumserfolg wurden US-Verlage auf den Autor aufmerksam. Inzwischen ist sein Fantasy-Epos in 14 Sprachen übersetzt und wurde mit mehr als 100 Preisen ausgezeichnet.

Michael J. Sullivan

DER TURM VON AVEMPARTHA

RIYRIA 2

Aus dem Englischen von
Wolfram Ströle

Klett-Cotta

Die Figuren und die Handlung dieses Buchs sind frei erfunden. Ähnlichkeiten mit existierenden Personen, lebenden oder toten, sind rein zufällig und vom Autor nicht beabsichtigt.

MIX
Papier aus verantwortungsvollen Quellen
FSC® C083411

Hobbit Presse Paperback
www.hobbitpresse.de
Die Originalausgabe erschien unter dem Titel »Theft of Swords/ Avempartha« im Verlag Orbit, Hachette Book Group, New York

Printed in Germany
Umschlaggestaltung: © Birgit Gitschier, Augsburg
Illustration: © Federico Musetti
Gesetzt von Dörlemann Satz, Lemförde
Gedruckt und gebunden von CPI – Clausen & Bosse, Leck
ISBN 978-3-608-96450-9

Inhalt

1

Colnora

Als der Mann aus dem Schatten trat, wusste Wyatt Deminthal, dass dies der schlimmste und womöglich letzte Tag seines Lebens sein würde. In grobe Wolle und derbes Leder gekleidet, kam der Mann ihm auf Anhieb bekannt vor, ein Gesicht, das er vor über zwei Jahren einmal kurz bei Kerzenlicht gesehen hatte. Damals hatte er gehofft, ihm nie wieder zu begegnen. Der Mann trug drei Schwerter, alle gleichermaßen abgenutzt und verschrammt und mit zerschlissenen, vom Schweiß fleckigen Griffen. Er überragte Wyatt um fast einen Zoll und hatte breite Schultern und starke Hände. Auf den Fußballen balancierend blieb er vor Wyatt stehen und starrte ihn unverwandt an, wie eine Katze eine Maus.

»Baron Delano DeWitt von Dagastan?« Es war keine Frage, sondern eine Anklage.

Wyatt schlug das Herz bis zum Hals. Zwar hatte er das Gesicht erkannt, doch hatte der Optimist in ihm, der all die schrecklichen Jahre irgendwie überlebt hatte, weiterhin gehofft, der Mann sei nur hinter seinem Geld her. Die ersten Worte des Mannes machten diese Hoffnung zunichte.

»Tut mir leid, Ihr müsst mich verwechselt haben«, sagte er.

Es sollte freundlich klingen, sorglos – unschuldig. Sogar seinen kalischen Akzent unterdrückte er, um seine Rolle noch überzeugender zu spielen.

»Keineswegs«, erwiderte der Mann, trat in die Mitte der Gasse und kam näher. Der Abstand zwischen ihnen schmolz bedrohlich. Der Mann trug die Hände locker vor dem Körper. Es wäre Wyatt lieber gewesen, sie hätten an den Schwertgriffen gelegen. Zwar war er selbst mit einem langen Entermesser bewaffnet, der Mann schien jedoch keine Angst vor ihm zu haben.

»Aber ich heiße nun mal Wyatt Deminthal, deshalb müsst Ihr Euch irren.«

Er hatte den Satz ohne Stottern herausgebracht, Gott sei Dank. Krampfhaft versuchte er sich zu entspannen, ließ die Schultern fallen und verlagerte das Gewicht auf ein Bein. Sogar ein freundliches Lächeln gelang ihm und er sah sich gelangweilt um, als gehe ihn das alles nichts an.

So standen sie einander in der engen, unaufgeräumten Gasse gegenüber, nur wenige Fuß von der Absteige entfernt, in der Wyatt sich eingemietet hatte. Es war Nacht. Unmittelbar hinter Wyatt hing an der Mauer eines Ladens eine Laterne. Ihr flackernder Schein spiegelte sich in den Pfützen, die der Regen auf den Pflastersteinen hinterlassen hatte. Hinter sich hörte er gedämpft und blechern die Musik des Wirtshauses ZUR GRAUEN MAUS. Von weiter weg kamen Stimmen, Gelächter und wütendes Gebrüll. Auf den Schrei einer unsichtbaren Katze folgte das Scheppern eines Topfes, den jemand hatte fallen lassen. Irgendwo ratterten die Räder einer Kutsche über das nasse Pflaster. Es war spät. Auf den Straßen waren nur noch Betrunkene, Huren und dunkle Gestalten unterwegs, allesamt lichtscheues Gesindel.

Der Mann trat noch einen Schritt näher. Der Blick seiner Augen gefiel Wyatt nicht. Aus ihm sprach eine unversöhnliche Entschlossenheit, aber auch, was Wyatt noch viel mehr beunruhigte, ein Anflug von Bedauern.

»Ihr habt mich und meinen Freund beauftragt, ein Schwert aus Schloss Essendon zu stehlen.«

»Tut mir leid, ich habe wirklich keine Ahnung, wovon Ihr sprecht. Ich weiß nicht einmal, wo dieses Essendon-Dingsbums sein soll. Bestimmt verwechselt Ihr mich mit jemandem. Wahrscheinlich liegt es an meinem Hut.« Wyatt nahm seinen breitkrempigen Filzhut ab und hielt ihn dem Mann hin. »Bitte sehr, ein ganz gewöhnlicher Hut, wie man ihn überall bekommt, zugleich aber ungewöhnlich, weil zur Zeit nur wenige ihn tragen. Ihr habt wahrscheinlich jemanden mit einem ähnlichen Hut gesehen und glaubt jetzt, ich sei der Betreffende. Ein verständlicher Irrtum, den ich Euch auch gewiss nicht übelnehme.«

Er setzte den Hut wieder auf und zog ihn so zurecht, dass er nach vorn etwas tiefer und zur Seite ein wenig schräg auf dem Kopf saß. Zu diesem Hut trug er ein kostbares Wams aus schwarz-rotem Brokat und einen kurzen, glitzernden Umhang. Der fehlende Samtbesatz und die abgewetzten Stiefel verrieten freilich, wie es in Wirklichkeit um ihn stand. Noch verräterischer war der goldene Ring in seinem linken Ohr, eine letzte Erinnerung an das Leben, das er hinter sich gelassen hatte.

»Als wir die Kapelle betraten, lag der König auf dem Boden. Tot.«

»Ich verstehe ja, dass so etwas unangenehm ist«, sagte Wyatt und zupfte an den Fingern seiner vornehmen roten Handschuhe, wie er es immer tat, wenn er nervös war.

»Die Wachen warteten bereits auf uns. Wir wurden in den Kerker geworfen und wären fast hingerichtet worden.«

»Tut mir aufrichtig leid, aber wie gesagt, ich bin nicht De-

Witt. Ich habe nie von ihm gehört. Sollte ich ihm je begegnen, richte ich ihm selbstverständlich aus, dass Ihr ihn sucht. Wie war noch gleich der Name?«

»Riyria.«

Die Laterne des Ladens hinter Wyatt erlosch und an seinem Ohr flüsterte eine Stimme: »Das ist Elbisch und bedeutet *zwei.*«

Sein Puls hämmerte, doch bevor er sich umdrehen konnte, spürte er die scharfe Schneide eines Messers an seinem Hals. Er erstarrte und wagte kaum zu atmen.

»Ihr habt uns getäuscht«, fuhr die Stimme hinter ihm fort. »Ihr habt alles eingefädelt und uns in die Kapelle gelockt, damit man uns als Mörder verhaftet. Erlaubt, dass ich mich dafür revanchiere. Wenn Ihr noch letzte Worte sprechen wollt, dann jetzt, aber bitte leise.«

Wyatt war ein guter Kartenspieler und verstand etwas von Bluffen. Der Mann hinter ihm bluffte nicht. Er wollte ihn nicht einschüchtern, erpressen oder zu etwas zwingen. Er benötigte keine Informationen, denn er wusste schon alles, was er wissen wollte. Der Ton seiner Stimme, seine Worte und der Rhythmus seines Atems an Wyatts Ohr machten nur eines klar – er wollte ihn töten.

»Was ist los, Wyatt?«, rief eine kindliche Stimme.

In einiger Entfernung ging eine Tür auf und ein Lichtkegel fiel auf die Gasse. In ihm stand ein Mädchen. Sein Schatten fiel über das Pflaster und wuchs an der gegenüberliegenden Häuserwand hinauf. Das Mädchen war mager, hatte schulterlange Haare und trug ein Nachthemd, das ihm bis zu den Knöcheln reichte. Darunter waren nackte Füße zu sehen.

»Nichts, Allie – geh wieder rein!«, rief Wyatt. Sein Akzent war auf einmal deutlich zu hören.

»Wer sind die Männer, mit denen du sprichst?« Allie kam

einen Schritt näher. Sie trat mit dem Fuß in eine Pfütze und das Wasser kräuselte sich. »Sie sehen wütend aus.«

»Ich will keine Zeugen«, zischte die Stimme hinter Wyatt.

»Tut ihr nichts«, flehte Wyatt. »Sie hat nichts damit zu tun, ich schwöre es.«

»Womit zu tun?«, fragte Allie. »Was wollen die von dir?« Sie kam noch einen Schritt näher.

»Bleib, wo du bist, Allie! Komm nicht näher. Tu bitte, was ich sage.« Das Mädchen blieb stehen. »Ich habe einmal etwas Schlimmes getan, Allie. Du musst das bitte verstehen. Ich habe es für uns getan, für dich, Elden und mich. Weißt du noch, wie ich vor ein paar Wintern einen Auftrag übernommen habe? Wie ich für einige Tage nach Norden verreisen musste? Also damals … da habe ich etwas getan, eine schlimme Sache. Ich habe mich für jemanden ausgegeben, der ich nicht bin, und das hätte einige Leute um ein Haar das Leben gekostet. Damit habe ich das Geld für den Winter verdient. Du darfst mich deshalb nicht verurteilen, Allie. Ich liebe dich, Schatz. Und jetzt geh bitte wieder nach drinnen.«

»Nein!«, rief das Mädchen. »Ich sehe das Messer. Die wollen dir wehtun.«

»Wenn du nicht sofort reingehst, töten sie uns beide!«, brüllte Wyatt. Er hatte nicht laut werden wollen, aber irgendwie musste er Allie doch überzeugen.

Allie begann zu weinen. Mit bebenden Schultern stand sie in dem Lichtkegel, der auf die Gasse fiel.

»Geh rein, Schatz«, wiederholte Wyatt mühsam beherrscht. »Alles wird gut. Du darfst nicht weinen. Elden wird für dich sorgen. Erzähl ihm, was passiert ist. Alles wird gut.«

Das Mädchen schluchzte weiter.

»Bitte, Schatz, du musst jetzt reingehen«, bettelte Wyatt. »Mehr kannst du nicht tun. Tu's für mich, bitte.«

»Ich … liebe … dich, Pa … pa.«

»Das weiß ich doch, Schatz, das weiß ich doch. Ich liebe dich auch und es tut mir schrecklich leid.«

Allie ging langsam ins Haus zurück. Der Spalt, durch den das Licht fiel, schrumpfte, dann fiel die Tür ins Schloss und draußen wurde es wieder dunkel. Nur der schwache bläuliche Schein des wolkenverhangenen Mondes drang in die enge Gasse, in der die drei Männer standen.

»Wie alt ist das Mädchen?«, fragte die Stimme hinter Wyatt.

»Lasst sie aus dem Spiel. Und jetzt macht wenigstens schnell, bitte!« Schicksalsergeben senkte Wyatt den Kopf. Der Anblick des Kindes hatte ihn gebrochen. Er zitterte am ganzen Leib und hatte die behandschuhten Hände zu Fäusten geballt. Seine Kehle war wie zugeschnürt, er konnte kaum schlucken und bekam keine Luft. Er spürte die stählerne Klinge an seiner Kehle und wartete darauf, dass sie sich bewegte und in seinen Hals schnitt.

»Wusstet Ihr, dass es sich um eine Falle handelte, als Ihr den Auftrag angenommen habt?«, fragte der Mann mit den drei Schwertern.

»Was? *Nein!*«

»Hättet Ihr ihn angenommen, wenn Ihr es gewusst hättet?«

»Keine Ahnung – wahrscheinlich – doch. Wir brauchten das Geld.«

»Ihr seid also kein Baron?«

»Nein.«

»Was dann?«

»Ich war Kapitän.«

»Wart? Warum nicht mehr?«

»Ihr wolltet mich doch töten. Wozu die ganzen Fragen?«

»Solange Ihr Fragen beantwortet, lebt Ihr noch«, sagte die Stimme hinter ihm, die Stimme des Todes, bar jeden Gefühls.

In Wyatt krampfte sich alles zusammen, als blickte er über die Kante eines hohen Felsens in den Abgrund. Das Gesicht des anderen nicht zu sehen und zugleich zu wissen, dass er das Messer in der Hand hielt, das ihn töten würde, war schon fast so schlimm wie eine Hinrichtung. Er dachte an Allie. Sie musste sich jetzt ohne ihn durchschlagen. Da fiel ihm ein – sie würde ihn ja sehen. In aller Deutlichkeit trat das Bild ihm plötzlich vor Augen. Wenn alles vorbei war, würde sie nach draußen stürzen und ihn auf der Straße liegen sehen. Sie würde durch sein Blut waten.

»Warum nicht mehr?«, fragte der Henker wieder, und seine Stimme löschte augenblicklich alle anderen Gedanken aus.

»Ich habe mein Schiff verkauft.«

»Warum?«

»Das tut nichts zur Sache.«

»Spielschulden?«

»Nein.«

»Warum dann?«

»Ist das wichtig? Ihr tötet mich doch sowieso. Tut es einfach!«

Wyatt hatte sich gefasst, war bereit. Er biss die Zähne zusammen und schloss die Augen. Doch sein Henker zögerte weiter.

»Es ist wichtig«, flüsterte er Wyatt ins Ohr, »weil Allie nicht Eure Tochter ist.«

Die Klinge drückte auf einmal nicht mehr an Wyatts Hals.

Zögernd drehte Wyatt sich zu dem Mann mit dem Messer um. Er kannte ihn nicht. Der Mann war kleiner als sein Partner und trug einen schwarzen Mantel mit einer Kapuze, die sein Gesicht weitgehend verbarg – nur das spitze Ende einer Nase, ein prominenter Wangenknochen und das Kinn ragten hervor.

»Wie kommt Ihr darauf?«

»Sie hat uns im Dunkeln gesehen. Sie hat mein Messer an Eurer Kehle gesehen, obwohl wir zwanzig Schritte tief im Schatten standen.«

Wyatt schwieg. Er wagte nicht, sich zu bewegen oder zu sprechen, und wusste nicht, was er denken sollte. Etwas hatte sich verändert. Er glaubte nicht mehr, dass er gleich sterben würde, spürte den Schatten des Todes aber noch über sich. Weil er nicht wusste, was hier gespielt wurde, hatte er schreckliche Angst, einen Fehler zu machen.

»Ihr habt Euer Schiff verkauft, um Allie zu kaufen, richtig?«, sagte der Mann mit der Kapuze. »Aber von wem und warum?«

Wyatt starrte das Gesicht unter der Kapuze an – eine feindselige Maske, eine Wüste, in der jedes Mitleid versickert war. Der Tod war nur einen Atemzug entfernt. Zwischen seinem Tod und seiner Rettung lagen nur einige wenige Worte.

Der andere Mann, der mit den drei Schwertern, streckte die Hand aus und legte sie ihm auf die Schulter. »Von Eurer Antwort hängt viel ab. Aber das wisst Ihr natürlich schon. Ihr überlegt gerade, was Ihr sagen sollt und, vor allem, was wir hören wollen. Aber das bringt nichts. Haltet Euch an die Wahrheit. Dann seid Ihr, wenn die Antwort falsch war, wenigstens nicht wegen einer Lüge gestorben.«

Wyatt nickte, schloss erneut die Augen, holte tief Luft und sagte: »Ich habe Allie von einem gewissen Ambrose gekauft.«

»Ambrose Moor?«, fragte der Henker.

»Ja.«

Wyatt wartete, aber nichts geschah. Er öffnete die Augen. Das Messer war verschwunden, und der Mann mit den drei Schwertern lächelte ihn an. »Ich weiß zwar nicht, was das Mädchen gekostet hat, aber besser hättet Ihr Euer Geld nicht anlegen können.«

»Ihr tötet mich also nicht?«

»Nicht heute«, sagte der Mann mit der Kapuze kalt. »Aber Ihr schuldet uns für den Auftrag von damals noch hundert Taler.«

»Die … habe ich nicht.«

»Dann beschafft sie.«

Die Tür zu Wyatts Bleibe flog mit einem dumpfen Schlag auf, wieder fiel Licht in die Gasse, und Elden stürmte heraus. In den Händen schwang er eine gewaltige Doppelaxt. Grimmig entschlossen näherte er sich.

Der andere Mann zog sofort zwei seiner Schwerter.

»Nicht, Elden!«, brüllte Wyatt. »Sie wollen mich nicht mehr töten! Bleib stehen!«

Elden blieb mit erhobener Axt stehen und sah zwischen den drei Männern hin und her.

»Sie lassen mich gehen«, wiederholte Wyatt. Er drehte sich zu den beiden Männern um. »Stimmt doch, oder?«

Der Kapuzenmann nickte. »Aber Ihr bezahlt Eure Schulden.«

Die Männer entfernten sich. Elden trat zu Wyatt, und Allie kam nach draußen gerannt und flog ihm in die Arme. Anschließend kehrten die drei zu ihrem Quartier zurück und gingen hinein. Elden sah sich ein letztes Mal um, dann zog er die Tür hinter sich zu.

* * *

»Hast du den Hünen gesehen?«, fragte Hadrian Royce und warf einen Blick über die Schulter, als fürchtete er, der besagte Hüne könnte ihnen heimlich folgen. »So einem bin ich noch nie begegnet. Der ist bestimmt über sieben Fuß groß. Was für ein Stiernacken, was für Schultern! Und erst die Axt! Es bräuchte zwei meiner Größe, allein um sie zu heben. Vielleicht ist er gar kein Mensch, sondern ein Riese. Oder ein Troll. Einige Leute schwören nämlich, dass es die gibt. Ich kenne sogar welche, die behaupten, dass sie ihnen persönlich begegnet sind.«

Royce warf seinem Freund einen finsteren Blick zu.

»Gut, das sind meist Betrunkene in irgendwelchen Kneipen, aber deshalb ist es ja nicht ausgeschlossen. Frag Myron, der stimmt mir sicher zu.«

Sie marschierten nach Norden, in Richtung Langdon-Brücke. Alles war still. Die Bewohner des achtbaren Hügelviertels von Colnora schliefen nachts lieber, als durch die Kneipen zu ziehen. Hier wohnten die Millionäre, steinreiche Geschäftsleute mit Häusern, die größer waren als so mancher Palast des Hochadels.

Colnora war ursprünglich eine unbedeutende Haltestation an der Kreuzung der Handelsstraßen von Wesberg und Aquesta gewesen. Ein Bauer namens Hollenbeck und seine Frau hatten die Kaufmannszüge hier mit Wasser versorgt und die Kaufleute im Austausch gegen Nachrichten und Waren in ihrer Scheune beherbergt. Hollenbeck hatte ein Auge für Qualität und suchte sich aus jeder Lieferung das Beste heraus.

Sein einfacher Bauernhof verwandelte sich schnell in eine Herberge, an die er einen Laden und ein Lagerhaus für den Verkauf der erworbenen Güter an Reisende anbaute. Die Händler, denen er die besten Stücke abgenommen hatte, kauften die benachbarten Grundstücke und eröffneten darauf eigene Läden, Schenken und Gasthäuser. Aus dem Bauernhof wurde ein Dorf und dann eine Stadt, aber die durchreisenden Kaufleute stiegen weiterhin am liebsten bei Hollenbeck ab. Der Legende nach war der Grund dafür seine Gemahlin, ein Prachtweib, das nicht nur ausnehmend schön war, sondern auch sang und Mandoline spielte. Außerdem hieß es, sie backe die besten Pfirsich-, Heidelbeer- und Apfelpasteten. Noch Jahrhunderte später, als schon niemand mehr die genaue Lage des Hollenbeck'schen Anwesens kannte und überhaupt nur noch wenige wussten, dass es den Bauern überhaupt gegeben hatte, erinnerte man sich an seine Frau – Colnora.

Im Laufe der Jahre blühte der Ort auf und wurde schließlich zum größten städtischen Zentrum Avryns. In Colnora konnte man in Hunderten von Geschäften und auf genauso vielen Märkten Kleider der neuesten Mode, den teuersten Schmuck und die größte Vielfalt an exotischen Gewürzen kaufen. Außerdem beherbergte die Stadt vortreffliche Handwerker und rühmte sich der besten Wirtshäuser und Schenken des ganzen Landes. Auch Gaukler und Schauspieler hatten dort seit jeher ihre Wirkungsstätte, was wiederum Cosmos DeLur, den reichsten Bürger der Stadt und Patron der Künste, zum Bau des DeLur-Theaters veranlasst hatte.

Auf dem Weg durch das Hügelviertel kamen Royce und Hadrian an ebendiesem Theater vorbei. Abrupt blieben sie vor der großen weißen Anschlagtafel stehen. Darauf waren als Schattenriss zwei Männer abgebildet, die außen am Turm eines Schlosses hinaufkletterten. Darunter stand:

Der Thron von Melengar
Wie ein junger Prinz und zwei Diebe ein ganzes Königreich retten
Vorstellungen: Jeden Abend

Royce zog die Augenbrauen hoch, Hadrian fuhr mit der Zungenspitze an seinen Schneidezähnen entlang. Stumm wechselten sie einen Blick, dann gingen sie weiter.

Sie verließen das Hügelviertel und näherten sich auf der

Brückenstraße dem Fluss. Zeilen von Lagerhäusern säumten die Straße – riesige Speicher, auf denen wie königliche Wappen die Embleme der Handelsgesellschaften prangten. Bei einigen, überwiegend neueren Unternehmen ohne eigene Tradition waren das lediglich die Initialen, andere hatten Wappen wie den Eberkopf der Bocant-Gesellschaft, ein Imperium der Schinken und Schweinshaxen, oder den Diamanten der DeLur-Unternehmensgruppe.

»Du weißt bestimmt genauso gut wie ich, dass er nie in der Lage sein wird, uns die hundert Taler zurückzuzahlen«, sagte Hadrian.

»Er sollte nur nicht zu leicht davonkommen.«

»Oder nicht glauben, dass Royce Melborn beim Anblick eines weinenden Mädchens schwach wird.«

»Das war nicht *irgendein* Mädchen. Außerdem hat er sie vor Ambrose Moor gerettet. Grund genug, ihn am Leben zu lassen.«

»Aber das verstehe ich nicht. Wie kommt es, dass Ambrose noch lebt?«

»Da habe ich mich wohl ablenken lassen«, sagte Royce. Sein Ton verriet, dass er nicht darüber reden wollte, und Hadrian fragte nicht weiter nach.

Von den drei Hauptbrücken der Stadt war die Langdon-Brücke die prächtigste. Sie war vollständig aus Stein erbaut und wurde in kurzen Abständen von hohen, Schwanenhälsen nachempfundenen Laternen gesäumt, die der Brücke einen festlichen Glanz verliehen, wenn sie brannten. Jetzt war freilich alles dunkel und das Pflaster nass und gefährlich schlüpfrig.

»Wenigstens haben wir nicht umsonst einen Monat lang nach DeWitt gesucht«, bemerkte Hadrian ironisch, als sie die Brücke überquerten. »Ich hätte gedacht …«

Royce blieb stehen und hob ruckartig die Hand. Sie sahen

sich um, stellten sich wortlos Rücken an Rücken und zogen ihre Waffen. Alles schien ruhig. Nur das Rauschen des Wassers war zu hören, das schäumend unter ihnen dahinströmte.

»Respekt, Brilli«, sagte eine Stimme, und ein Mann trat hinter einem Laternenpfosten hervor. Sein Gesicht war bleich, sein Körper so dünn und knochig, dass er in der Kniehose und dem weiten Hemd zu versinken drohte. Der Mann sah aus wie eine Leiche, die man versehentlich nicht begraben hatte.

Hinter ihm huschten drei weitere Gestalten über die Brücke, alle ähnlich mager und sehnig und dunkel gekleidet. Sie umkreisten die beiden wie Wölfe.

»Woran habt ihr gemerkt, dass wir hier sind?«, fragte der Dünne.

»Wahrscheinlich an eurem Mundgeruch. Könnte aber auch der Schweiß gewesen sein«, sagte Hadrian. Er grinste, ohne die Männer einen einzigen Moment aus den Augen zu lassen.

»Schnauze, du da«, drohte der Größte der vier.

»Welchem Anlass verdanken wir deinen Besuch, Price?«, fragte Royce.

»Komisch, dasselbe wollte ich dich gerade auch fragen«, gab der Dünne zurück. »Schließlich ist das unsere Stadt, nicht deine – nicht mehr.«

»Schwarzer Diamant?«, fragte Hadrian.

Royce nickte.

»Du bist bestimmt Hadrian Blackwater«, sagte Price. »Ich habe mir dich immer größer vorgestellt.«

»Und du bist ein Schwarzer Diamant. Ich dachte immer, es gäbe mehr von euch als nur vier.«

Price lächelte und erwiderte seinen Blick gerade so lange, dass es wie eine Drohung wirkte. Dann wandte er sich wieder an Royce. »Und was hast du hier zu suchen, Brilli?«

»Wir sind nur auf der Durchreise.«

»Ach wirklich? Keine Geschäfte?«

»Keine, die euch interessieren könnten.«

»Da irrst du dich aber sehr.« Price löste sich von dem Laternenpfosten und ging langsam um sie herum, während er weitersprach. Der Wind, der über den Fluss blies, zerrte an seinem losen Hemd wie an einer gehissten Fahne. »Der Schwarze Diamant interessiert sich für alles, was in Colnora geschieht, besonders wenn du die Finger im Spiel hast, Brilli.«

Hadrian beugte sich vor. »Warum nennt er dich andauernd Brilli?«

»Das war mein Zunftname«, antwortete Royce.

»*Der* hat zu uns gehört?«, fragte der am jüngsten Aussehende der vier. Er hatte vom Wind fleckig rote Pausbacken und einen schmalen, von einem schütteren Bärtchen umrahmten Mund.

»Stimmt, Ätzer, du kennst Brilli gar nicht. Ätzer ist neu in der Zunft, er kam erst vor, na – sechs Monaten zu uns. Tja, Brilli war nicht nur ein Diamant, sondern ein Offizier, ein Dunkelmann und eins der berühmt-berüchtigtsten Mitglieder in der Geschichte der Zunft.«

»Dunkelmann?«, fragte Hadrian.

»Auftragsmörder«, erklärte Royce.

»Eine Legende«, fuhr Price fort und steuerte sorgfältig um eine Pfütze herum. »Ein Wunderkind, das so schnell aufstieg, dass viele Mitglieder beunruhigt waren.«

»Komisch«, sagte Royce, »ich weiß nur von einem.«

»Tja, wenn der Erste Offizier der Zunft beunruhigt ist, dann sind es die anderen auch. Damals führte ein gewisser Hoyte die Geschäfte für Klunker. Für die meisten von uns war er ein Arschloch – ein guter Dieb und Organisator, aber eben doch ein Arschloch. Brilli hatte bei der Basis viele Anhänger und Hoyte fürchtete, er könnte ihn von der Spitze verdrängen. Deshalb schickte er Brilli auf besonders gefährliche Einsätze – Einsätze, die komischerweise immer schiefgingen. Doch Brilli passierte nie etwas und sein Ruf wuchs stetig. Dann kursierten Gerüchte, wir hätten einen Verräter in der Zunft. Statt sich darum zu kümmern, sah Hoyte seine Chance gekommen.«

Price unterbrach seine Wanderung und blieb vor Royce stehen. »Es gab damals nämlich drei Dunkelmänner in der Zunft und sie waren dicke Freunde. Jade, die einzige Frau darunter, war eine Schönheit, die …«

»Worauf willst du eigentlich hinaus, Price?«, fiel Royce ihm unwirsch ins Wort.

»Ich gebe Ätzer nur einige Hintergrundinformationen, Brilli. Ihr habt doch bestimmt nichts dagegen, wenn ich meine Jungs ein wenig auf den Stand der Dinge bringe?« Price schob lächelnd die Daumen in den losen Bund seiner Hose und setzte sich wieder in Bewegung. »Wo war ich stehengeblieben? Ach ja, Jade. Es ist da drüben passiert.« Er zeigte in die Richtung, aus der sie gekommen waren. »In dem leeren Speicher mit dem Kleeblatt an der Wand. Dorthin hat Hoyte die beiden gelockt und als vermeintliche Verräter gegeneinander kämpfen lassen. Die Dunkelmänner haben damals wie heute Masken getragen, um nicht erkannt zu werden.« Price machte eine Pause und sah Royce mit geheucheltem Mitgefühl an. »Du wusstest nicht, wer dir gegenüberstand, bis alles vorbei war, stimmt's, Brilli? Oder wusstest du es und hast Jade trotzdem getötet?«

Royce schwieg, doch seine Augen funkelten gefährlich.

»Der dritte Dunkelmann, Schleifer, war natürlich empört, als er erfuhr, dass Brilli Jade umgebracht hatte, zumal er und Jade ja ein Paar waren. Dass ausgerechnet sein Freund Jade getötet hatte, machte die ganze Sache sehr persönlich. Hoyte ließ Schleifer freie Hand, die Rechnung zu begleichen.

Aber Schleifer wollte Brilli nicht töten. Brilli sollte leiden, Schleifer musste sich deshalb eine raffiniertere, schmerzhaftere Strafe überlegen. Der Mann ist ein strategisches Genie – unser bester Mann für die Planung von Raubüberfällen. Er fädelte ein, dass Brilli von der Stadtwache festgenommen wurde. Für einige Gefälligkeiten und etwas Geld kaufte er Richter und Zeugen des Prozesses und Brilli kam in das Manzant-Gefängnis. Ein Loch, aus dem niemand zurückkehrt, denn daraus zu fliehen, gilt als unmöglich – nur dass Brilli es doch irgendwie geschafft hat. Übrigens wissen wir immer noch nicht, wie.« Price machte eine Pause, um Royce die Gelegenheit zu einer Erklärung zu geben.

Doch Royce schwieg weiter.

Price zuckte die Achseln. »Nach seiner Flucht kehrte er nach Colnora zurück. Zuerst wurde der Richter, der den Prozess geleitet hatte, tot in seinem Bett aufgefunden, dann die falschen Zeugen – alle drei in derselben Nacht – und zuletzt der Anwalt. Wenig später verschwanden nacheinander die Mitglieder des Schwarzen Diamanten. Sie tauchten an den seltsamsten Orten wieder auf: im Fluss, auf dem Marktplatz und sogar auf dem Kirchturmdach.

Über ein Dutzend Mitglieder mussten dran glauben, bis Klunker schließlich einlenkte und Hoyte an Brilli auslieferte. Brilli zwang Hoyte zu einer öffentlichen Beichte, anschließend tötete er ihn. Die Leiche drapierte er im Brunnen auf dem Hügelplatz – ein Kunstwerk. Der Krieg war damit beendet, aber die Wunden waren zu tief für eine Versöhnung. Brilli verließ die Zunft. Jahre später tauchte er wieder auf. Er operierte jetzt vom Territorium der Roten Hand im Norden aus. Du bist dort aber kein Mitglied, oder?«

»Ich will mit Zünften nichts mehr zu tun haben«, antwortete Royce kalt.

»Und wer ist das?«, fragte Ätzer und zeigte auf Hadrian. »Brillis Diener? Er trägt genug Waffen für beide.«

Price grinste. »Das ist Hadrian Blackwater, und ich würde nicht auf ihn zeigen – es könnte dich den Arm kosten.«

Ätzer beäugte Hadrian misstrauisch. »Wieso? Weil er so toll mit dem Schwert kämpft?«

Price kicherte. »Schwert, Speer, Pfeil und Bogen, Stein, was gerade zur Hand ist.« Er wandte sich an Hadrian. »Über dich wissen wir weniger, aber es kursieren viele Gerüchte. Nach einem warst du früher Gladiator, nach einem anderen General der kalischen Armee – sogar ein überaus erfolgreicher, wenn man den Berichten glauben darf. Wieder andere behaupten, du hättest im Osten als Sklave am Hof einer exotischen Königin gedient.«

Einige Diamanten, darunter Ätzer, kicherten ebenfalls.

»Dein Ausflug in die Vergangenheit war sehr amüsant, Price, aber gibt es einen Grund, warum ihr uns anhaltet?«

»Du meinst abgesehen davon, dass wir gerne mit euch plaudern? Euch ein wenig ärgern wollen? Daran erinnern, dass diese Stadt das Territorium des Schwarzen Diamanten ist? Und warnen, dass zunftlose Diebe hier nicht praktizieren dürfen und insbesondere du nicht willkommen bist?«

»Richtig.«

»Doch, einen hätte ich noch. Ein Mädchen sucht euch.«

Royce und Hadrian wechselten einen fragenden Blick.

»Sie hat sich in der Stadt nach zwei Dieben namens Hadrian und Royce erkundigt. Es mag ja lustig sein, eure Namen in aller Munde zu hören, aber für den Schwarzen Diamanten ist es peinlich, wenn jemand in Colnora nach Dieben sucht, die nicht zu unserer Zunft gehören. Die Leute könnten einen falschen Eindruck von dieser Stadt bekommen.«

»Wer ist das Mädchen?«, fragte Royce.

»Keine Ahnung.«

»Wo finden wir sie?«

»Sie schläft unter dem Triumphbogen der Kaufmannschaft auf dem Finanz-Boulevard, wir können deshalb wohl ausschließen, dass es sich um eine adlige Debütantin oder reiche Kaufmannstochter handelt. Außerdem reist sie allein, sie will euch also wahrscheinlich auch nicht töten oder verhaften. Wenn ich raten sollte, würde ich sagen, sie will euch engagieren. Allerdings muss ich sagen, wenn sie typisch für die Kundschaft ist, für die ihr arbeitet, würde ich mich nach einer weniger exponierten Arbeit umsehen. Vielleicht könntet ihr auf einem Schweinehof unterkommen – dann wärt ihr wenigstens unter euresgleichen.«

Price wurde wieder ernst. »Sucht sie und verschwindet bis morgen Abend aus unserer Stadt. Ihr solltet euch übrigens beeilen. Frisch gewaschen sähe sie nicht übel aus und könnte jemandem ein hübsches Sümmchen einbringen oder zumindest einige vergnügliche Minuten bereiten. Ich vermute mal, sie ist bisher nur deshalb unbehelligt geblieben, weil sie überall eure Namen erwähnt. Der Name Royce Melborn sorgt hierzulande noch immer für einen gewissen Schauder.«

Price wandte sich zum Gehen, und sein spöttischer Ton kehrte zurück. »Zu schade, dass ihr nicht bleiben könnt. Das Theater zeigt gerade ein Stück über ein Diebespaar, dem man den Mord am König von Melengar in die Schuhe schiebt. Dem wirklichen Mord an Amrath vor einigen Jahren frei nachempfunden.« Price schüttelte den Kopf. »Allerdings sehr unrealistisch. Könnt ihr euch vorstellen, dass ein erfahrener Dieb sich in ein Schloss locken lässt, um ein Schwert zu klauen und dadurch seinen Auftraggeber vor einem Duell zu retten? Schriftsteller!«

Er ließ Hadrian und Royce stehen, entfernte sich immer

noch kopfschüttelnd mit seinen Kumpanen und verschwand im Gewirr der Gassen am anderen Ufer.

»Reizende Begegnung, nicht wahr?«, sagte Hadrian. Sie gingen den Weg zurück, den sie gekommen waren, und stiegen zum Finanz-Boulevard hinauf. »Wirklich nette Jungs. Mich enttäuscht ein wenig, dass sie nur vier geschickt haben.«

»Glaub mir, die waren schon ziemlich gefährlich. Price ist der Erste Offizier der Zunft, die beiden Stillen waren Dunkelmänner. Außerdem lagen sechs weitere im Hinterhalt auf der Lauer, drei auf jeder Seite der Brücke, nur für den Fall. Sie wollten kein Risiko eingehen. Zufrieden?«

»Allerdings, danke.« Hadrian verdrehte die Augen. »Brilli, ja?«

»Nenn mich nicht so«, sagte Royce. Er klang ernst. »Nie mehr.«

»Schon vergessen«, sagte Hadrian unschuldig.

Royce seufzte, dann lächelte er. »Beeil dich. Kundschaft wartet.«

* * *

Sie wachte auf, weil sie eine rauhe Hand auf ihrem Schenkel spürte.

»Was haste denn in der Börse, Kindchen?«

Verwirrt rieb sie sich die Augen. Sie lag unter dem Bogen der Kaufmannschaft im Rinnstein. Ihre Haare waren verfilzt und voller Blätter und Zweige, ihre Kleider schmutzig und zerknittert. Mit den Händen hielt sie eine kleine Börse umklammert, deren Zugband sie sich um den Hals gehängt hatte. Die meisten Passanten hielten sie wahrscheinlich für Müll, den jemand am Straßenrand entsorgt hatte, oder einen Haufen aus Lumpen und Zweigen, den die Straßenkehrer übersehen hatten. Doch sogar dafür gab es offenbar Interessenten.

Als ihre Augen wieder klar sehen konnten, sah sie als Erstes das dunkle, hagere Gesicht und den offenen Mund des Mannes, der sich über sie beugte. Sie schrie und wollte wegkriechen, doch eine Hand packte sie an den Haaren. Starke Arme drückten sie nach unten und hielten ihre Handgelenke fest.

Sie spürte den feuchtwarmen Atem des Mannes im Gesicht. Er stank nach Alkohol und Rauch. Der Mann riss ihr die Börse aus den Fingern und zog ihr die Schnur über den Hals.

»Nein!« Sie bekam eine Hand frei und griff danach. »Die brauche ich.«

»Ich auch.« Der Mann lachte hämisch und schlug ihre Hand weg. Grinsend wog er den Beutel in der Hand, spürte das Gewicht der Münzen und steckte ihn in seine Brusttasche.

»Nein!«, protestierte das Mädchen.

Der Mann setzte sich auf sie, nagelte sie auf den Boden und strich ihr mit den Fingern über Gesicht und Mund. Am Hals hielt er an, schloss die Finger darum und drückte ein wenig zu. Das Mädchen schnappte erschrocken nach Luft. Der Mann presste seine Lippen auf ihren Mund, so fest, dass sie seine Zahnlücke spürte. Seine groben Bartstoppeln zerkratzten ihr Kinn und Wangen.

»Pst!«, flüsterte er. »Wir fangen doch erst an, spar dir deine Kraft für später.« Er richtete sich auf die Knie auf und machte sich an den Knöpfen seiner Hose zu schaffen.

Das Mädchen wehrte sich verzweifelt, trat nach ihm und kratzte ihn. Doch er klemmte ihre Arme unter seinen Knien ein und ließ sie strampeln. Als sie kreischte, schlug er ihr die Hand ins Gesicht. Vor Schreck verstummte sie und starrte blind nach oben, während er wieder an den Knöpfen seiner Hose nestelte. Die Schmerzen setzten erst nach und nach in Wellen ein, und ihre Wange brannte wie Feuer. Durch einen Tränenschleier hindurch sah sie ihn wie von ferne auf sich sitzen. Die Geräusche um sie verschmolzen zu einem dumpfen Brei. Seine aufgesprungenen, schorfigen Lippen und die langen Muskelstränge an seinem Hals bewegten sich, doch sie hörte seine Worte nicht. Sie konnte einen Arm befreien, doch der Mann packte ihn sofort und drückte ihn wieder nach unten.

Hinter dem Mann näherten sich plötzlich zwei Gestalten, und sofort regte sich in ihr wieder die Hoffnung. »Hilfe«, ächzte sie kaum hörbar.

Der vordere der beiden Männer zog ein gewaltiges Schwert, fasste es an der Klinge und schlug mit dem Knauf zu. Ihr Peiniger fiel zur Seite und blieb bewegungslos im Rinnstein liegen.

Der Mann kniete sich neben sie. Er hob sich nur als Schemen vor dem schwarzen Himmel ab, ein nächtliches Trugbild.

»Kann ich behilflich sein, Gnädigste?« Die Stimme klang freundlich. Er ergriff ihre Hände und half ihr auf.

»Wer seid Ihr?«

»Ich bin Hadrian Blackwater.«

Sie starrte ihn an. »Ist das wahr?«, brachte sie schließlich heraus und hielt seine Hände fest. Unversehens begann sie zu weinen.

»Was machst du da?«, fragte der andere Mann und kam näher.

»Äh … keine Ahnung.«

»Lass sie los. Du zerquetschst ihr ja die Hände.«

»Ich halte sie nicht fest. Sie lässt mich nicht los.«

»Oh, Verzeihung.« Die Stimme des Mädchens zitterte. »Ich hatte die Hoffnung, Euch zu finden, schon aufgegeben.«

»Ist ja gut, jetzt hast du uns gefunden.« Hadrian lächelte. »Dieser Herr hier ist übrigens Royce Melborn.«

Sie sah Royce fassungslos an, dann fiel sie ihm um den Hals, drückte ihn fest an sich und schluchzte noch lauter. Royce stand ein wenig steif da, während Hadrian das Mädchen von ihm löste.

»Ich habe den Eindruck, du bist froh, uns zu sehen«, sagte er. »Das freut mich. Aber wer bist du?«

»Ich bin Thrace Wood aus Dahlgren.« Das Mädchen lächelte. Sie konnte nicht anders. »Ich suche Euch schon so lange.«

Sie schwankte.

»Alles in Ordnung?«

»Mir ist ein wenig schwindlig.«

»Wann hast du das letzte Mal gegessen?«

Thrace überlegte. Unruhig wanderte ihr Blick hin und her.

»Egal.« Hadrian wandte sich an Royce. »Du hast hier früher gewohnt. Irgendeine Idee, wo wir mitten in der Nacht Hilfe für diese junge Dame finden?«

»Schade, dass wir nicht in Medford sind. Gwen wäre ideal.«

»Gibt es hier kein Bordell? Wir befinden uns doch im größten Handelszentrum der Welt. Sag jetzt nicht, dass ausgerechnet dieses Gewerbe hier fehlt.«

»Doch, es gibt da ein nettes in der Südstraße.«

»Gut. Thrace? Komm mit, wir wollen doch sehen, ob wir dir eine Waschgelegenheit und eine Mahlzeit beschaffen können.«

»Wartet.« Thrace kniete sich neben den bewusstlosen Mann und zog ihm die Börse aus der Tasche.

»Ist er tot?«, fragte sie.

»Kaum. So stark habe ich nicht zugeschlagen.«

Sie stand auf. Schwindel erfasste sie und ihr wurde schwarz vor Augen. Sie verharrte einen Augenblick unsicher, als sei sie betrunken, dann begann sie zu torkeln und brach zusammen. Sie wachte noch einmal kurz auf und spürte, wie Arme sie behutsam aufhoben. Durch ein tiefes Brummen hindurch hörte sie jemanden kichern.

»Was ist so lustig?«, fragte einer der beiden Männer.

»Es dürfte das erste Mal sein, dass jemand, der ein Bordell besucht, selbst eine Frau mitbringt.«

2

Thrace

»Jetzt glänzt sie wieder wie ein neuer Kupferpenny«, bemerkte Clarisse. Die drei betrachteten Thrace, die im Gesellschaftszimmer wartete, durch die Tür. Clarisse war eine korpulente Dame mit rosigen Wangen und kurzen, fleischigen Fingern, die fortwährend mit den Falten ihres Rocks spielten. Sie und die anderen Damen des Salons Clarisse hatten an Thrace Wunder bewirkt. Thrace trug neue Kleider, die zwar billig und schlicht waren – einen braunen Leinenrock über einem weißen Untergewand und ein gestärktes braunes Leibchen –, aber entschieden ansehnlicher als die Fetzen, die sie davor getragen hatte. Mit dem zerlumpten Wesen, das die beiden Männer in der Nacht zuvor auf der Straße aufgelesen hatten, hatte sie jedenfalls nicht mehr viel gemein. Die Frauen hatten ihr nicht nur ein Bett gemacht, sondern sie auch geschrubbt, gekämmt und verköstigt. Sogar Lippen und Augen hatten sie ihr geschminkt. Das Ergebnis war umwerfend. Vor ihnen saß eine Schönheit mit sensationellen blauen Augen und goldenen Haaren.

»Die Arme war in einem schrecklichen Zustand, als ihr sie gebracht habt«, sagte Clarisse. »Wo habt ihr sie gefunden?«

»Unter dem Bogen der Kaufmannschaft«, antwortete Hadrian.

»Armes Ding.« Traurig schüttelte Clarisse den Kopf. »Wenn sie eine Bleibe braucht, könnte sie bestimmt bei uns einsteigen. Sie hätte ein Bett zum Schlafen und drei Mahlzeiten täglich, und bei ihrem Aussehen könnte sie es zu etwas bringen.«

»Ich habe irgendwie das Gefühl, dass sie keine Prostituierte ist«, sagte Hadrian.

»Das sind wir auch nicht, mein Lieber. Das ist man erst, wenn man unter dem Bogen der Kaufmannschaft schläft. Du hättest sie beim Frühstück sehen sollen. Hinuntergeschlungen hat sie es wie ein verhungerter Hund. Zuerst wollte sie nichts anrühren. Wir mussten ihr versichern, dass das Essen nichts kostet, dass es sich um einen Willkommensgruß der Handelskammer für Besucher der Stadt handelt. Diese Idee hatte übrigens Maggie. Sie ist manchmal furchtbar witzig. Dabei fällt mir ein, die Rechnung für Zimmer, Kleider, Essen und Waschen beträgt fünfundsechzig Silbertaler. Die Schminke ist gratis. Delia wollte nur wissen, wie sie damit aussieht, weil Thrace doch meinte, sie hätte noch nie welche aufgelegt.«

Royce gab ihr einen Goldtaler.

»Ihr solltet wirklich öfter vorbeischauen, das nächste Mal am besten ohne das Mädchen, eh?« Clarisse zwinkerte. »Aber im Ernst, was hat sie nach Colnora verschlagen?«

»Das ist es ja gerade«, sagte Hadrian. »Wir wissen es nicht.«

»Aber wir sollten sie danach fragen«, fügte Royce hinzu.

Der Salon Clarisse konnte sich nicht annähernd mit dem Medforder Haus vergleichen. Seine Ausstattung bestand aus knallroten Vorhängen, wackligen Möbeln, rosafarbenen Lampenschirmen und Dutzenden Kissen. Alles, von den fadenscheinigen Teppichen bis zu den Stoffborten, welche die oberen Ränder der Wände einfassten, war mit Troddeln und

Fransen besetzt. Die Einrichtung war alt, verblichen und abgenutzt, aber immerhin sauber.

Das Gesellschaftszimmer war ein kleiner, unmittelbar an die große Eingangshalle grenzender ovaler Raum mit zwei Erkerfenstern, die zur Straße hinausgingen. In ihm standen zwei Zweiersofas und einige Tische mit allerlei Nippes, dazu kam ein kleiner Kamin. Thrace saß wartend auf einem Sofa. Ihr Blick schoss unruhig hin und her wie der eines Kaninchens auf offenem Feld. Als die beiden Männer eintraten, sprang sie auf, kniete hin und verbeugte sich.

»He! Aufgepasst, das Kleid ist neu«, rief Hadrian mit einem Lächeln.

»Oh!« Sie errötete, stand hastig auf, knickste und verbeugte sich erneut.

»Was tut sie da?«, flüsterte Royce.

»Keine Ahnung«, flüsterte Hadrian zurück.

»Ich will Euch nur den gebührenden Respekt erweisen, Eure Durchlauchten«, flüsterte Thrace an beide gewandt und hielt den Kopf weiter gesenkt. »Ich bitte um Verzeihung, wenn ich darin nicht sehr geübt bin.«

Royce verdrehte die Augen, Hadrian schmunzelte.

»Warum sprichst du so leise?«, fragte er.

»Weil Ihr es auch tut.«

Hadrian musste lachen. »Entschuldigung, Thrace – so heißt du doch, nicht wahr?«

»Jawohl, Herr, Thrace Annabell Wood aus Dahlgren.« Sie knickste wieder ungeschickt.

»Also gut … Thrace.« Hadrian bemühte sich krampfhaft um ein ernstes Gesicht. »Wir sind keine vornehmen Herren, man braucht sich also nicht vor uns zu verbeugen und auch nicht zu knicksen.«

Thrace hob den Kopf.

»Ihr habt mir das Leben gerettet«, sagte sie mit einem solchen Ernst, dass Hadrian das Lachen schlagartig verging. »Auch wenn ich mich an nicht mehr viel von letzter Nacht erinnern kann, daran erinnere ich mich. Und dafür gebührt Euch mein Dank.«

»Einige Informationen wären mir lieber«, sagte Royce. Er trat zu den Fenstern und begann die Vorhänge zuzuziehen. »Hör auf, dich zu verbeugen, bei Maribor, bevor ein Straßenkehrer dich sieht und uns für Adlige hält und das überall herumerzählt. Wir bewegen uns hier sowieso schon auf dünnem Eis und dürfen niemanden provozieren.«

Thrace richtete sich auf. Hadrian konnte den Blick nicht von ihr abwenden. Die von Zweigen und Blättern befreiten langen, blonden Haare fielen ihr in schimmernden Wellen über die Schultern, und sie erschien ihm als Inbegriff jugendlicher Schönheit. Er schätzte sie auf höchstens siebzehn.

»Also«, sagte Royce und schloss den letzten Vorhang, »warum suchst du uns?«

»Ich habe eine große Bitte an Euch«, sagte Thrace. »Könnt Ihr meinen Vater retten?« Sie band die Börse von ihrem Hals los und hielt sie mit einem schüchternen Lächeln hoch. »Hier. Fünfundzwanzig Silbertaler. Massives Silber, gestempelt mit der Krone von Dunmore.«

Royce und Hadrian wechselten einen Blick.

»Reicht das nicht?« Ihre Lippen begannen zu zittern.

»Wie lange musstest du dafür sparen?«, fragte Hadrian.

»Mein ganzes Leben. Ich habe jeden Penny gespart, den ich je bekommen oder verdient habe. Das Geld war meine Aussteuer.«

»Deine Aussteuer?«

Thrace senkte den Kopf und blickte auf ihre Füße. »Mein Vater ist ein armer Bauer. Er würde nie … ich habe beschlossen, dass ich selbst sparen muss. Aber es reicht nicht, ja? Das wusste ich nicht. Ich komme aus einem kleinen Dorf und dachte, es sei viel Geld. Alle sagten das, aber …« Sie drehte sich zu dem abgewetzten Sofa und den verblichenen Vorhängen um. »So prächtige Häuser wie dieses gibt es bei uns nicht.«

Royce zeigte wie üblich keinerlei Mitgefühl. »Also wir können nun wirklich nicht …«

»Royce meint«, fiel Hadrian ihm ins Wort, »dass wir das jetzt noch nicht entscheiden können. Es hängt davon ab, was wir für dich tun sollen.«

Thrace blickte hoffnungsvoll auf.

Royce sah Hadrian nur finster an.

»Aber so ist es doch, nicht wahr?« Hadrian zuckte die Achseln. »Du sagst also, dass wir deinen Vater retten sollen, Thrace. Wurde er entführt oder etwas in der Art?«

»Nein, keineswegs. Soviel ich weiß, geht es ihm gut. Obwohl ich schon länger weg bin, weil ich ja Euch suche. Deshalb weiß ich es nicht sicher.«

»Das verstehe ich nicht. Wozu brauchst du uns dann?«

»Um eine Tür zu öffnen.«

»Eine Tür? Was für eine denn?«

»Die Tür zu einem Turm.«

»Wir sollen für dich in einen Turm einbrechen?«

»Nein. Oder … hm, doch, aber es ist nicht … es ist nicht verboten. Der Turm steht leer, schon seit Jahren. Wenigstens glaube ich das.«

»Wir sollen also nur die Tür zu einem leeren Turm öffnen?«

»Ja!« Thrace nickte so heftig, dass ihre Haare auf und ab wippten.

»Klingt nicht besonders schwer.« Hadrian sah Royce an.

»Wo liegt dieser Turm?«, fragte Royce.

»In der Nähe meines Heimatdorfes am westlichen Ufer des Nidwalden. Dahlgren ist sehr klein und existiert noch nicht lange. Es liegt in der neuen Provinz Westmark von Dunmore.«

»Ich habe davon gehört. Es wird offenbar immer wieder von Elben überfallen.«

»Nein, nicht Elben. Die haben uns noch nie Ärger gemacht.«

»Ich wusste es«, sagte Royce zu niemandem im Besonderen.

»Jedenfalls soviel ich weiß«, fuhr Thrace fort. »Wir glauben, dass es sich um ein wildes Tier handelt. Niemand hat es je gesehen. Diakon Tomas meint, es sei ein Dämon, ein Knecht des Uberlin.«

»Und was hat dein Vater damit zu tun?«, fragte Hadrian.

»Er will das Ungeheuer töten, nur …« Sie verstummte und blickte wieder auf ihre Füße.

»Nur du glaubst, dass es umgekehrt ihn töten könnte?«

»Es hat schon fünfzehn Menschen und über achtzig Schafe und Kühe auf dem Gewissen.«

Eine Frau mit sommersprossigem Gesicht und einem wilden Schopf roter Haare kam herein. Sie ging rückwärts und zog lachend einen kleinen, korpulenten Mann hinter sich her, der sich offenbar eigens für diesen Anlass rasiert hatte, denn sein Gesicht war mit Schnitten übersät. Der Mann blieb wie angewurzelt stehen, als er die anderen sah, und ließ die Hände der Frau los, und die Frau setzte sich mit einem Plumps auf den Boden. Entgeistert sah der Mann zwischen der Frau und den anderen hin und her. Die Frau blickte über die Schulter und lachte.

»Hoppla«, sagte sie. »Wusste nicht, dass hier besetzt ist. Hilf mir auf, Rubis.«

Der Mann half ihr auf die Beine. Sie musterte Thrace anerkennend und zwinkerte den Männern zu. »Gute Arbeit, was?«

Dann verschwand sie mit dem Mann wieder nach draußen.

»Das war Maggie«, erklärte Thrace.

Hadrian ging zum Sofa und bedeutete ihr, sich zu setzen. Sie setzte sich kerzengerade hin, ohne mit dem Rücken die Lehne zu berühren, und strich ihren Rock sorgfältig glatt.

Royce blieb stehen. »Hat diese Provinz einen Fürsten? Warum unternimmt er nichts?«

»Wir hatten einen tüchtigen Markgrafen«, sagte Thrace. »Einen tapferen Mann mit drei tüchtigen Rittern.«

»Hatten?«

»Er ritt mit seinen Rittern eines Abends aus, um gegen das Ungeheuer zu kämpfen. Später fand man nur noch einzelne Teile der Rüstungen.«

»Warum zieht ihr nicht einfach woanders hin?«, fragte Royce.

Thrace senkte den Kopf und ihre Schultern fielen nach unten. »Zwei Tage bevor ich hierher aufbrach, tötete das Ungeheuer meine ganze Familie außer mir und meinem Vater. Wir waren nicht zu Hause. Mein Vater arbeitete noch spät auf dem Feld und ich war ihn abholen gegangen. Ich … ich ließ versehentlich die Haustür offen. Licht zieht das Ungeheuer an. Es drang in unser Haus ein und tötete meinen Bruder Thad, seine Frau und ihren Sohn. Thad war der ganze Stolz meines Vaters. Seinetwegen sind wir überhaupt erst nach Dahlgren gezogen – er sollte der erste Böttcher des Ortes werden.«

Tränen waren Thrace in die Augen getreten. »Jetzt sind alle tot und mein Vater hat nur noch seinen Kummer und die Bestie, die ihn verursacht hat. Er will sie noch vor Monatsende töten oder aber selbst sterben. Hätte ich damals doch die Tür richtig zugemacht … Hätte ich noch einmal gegen das Schloss gedrückt …«

Sie schlug die Hände vor das Gesicht und ihr schmaler Leib bebte. Royce sah Hadrian streng an, schüttelte kaum merklich den Kopf und formte mit den Lippen ein stummes Nein.

Hadrian erwiderte seinen Blick böse, legte Thrace die Hand auf die Schulter und strich ihr die Haare aus den Augen. »Du ruinierst dein schönes Make-up«, sagte er.

»Verzeihung. Ich will Euch wirklich nicht zur Last fallen. Das hat ja nichts mit Euch zu tun. Nur, mein Vater ist alles, was ich noch habe, und ich kann den Gedanken nicht ertragen, ihn auch noch zu verlieren. Er lässt nicht mit sich reden. Ich wollte ja, dass wir wegziehen, aber er hört nicht auf mich.«

»Ich verstehe dein Problem, aber warum ausgerechnet wir?«, fragte Royce ungerührt. »Und wie kommt es, dass eine Bauerntochter aus der Provinz unsere Namen kennt und weiß, dass sie uns in Colnora findet?«

»Ein Krüppel hat es mir gesagt. Er hat mich hierher geschickt. Er meinte, Ihr könntet den Turm aufschließen.«

»Ein Krüppel?«

»Ja. Er heißt Haddon und meinte, das Ungeheuer könne nicht ...«

»Haddon?«, fiel Royce ihr ins Wort.

»Mhm.«

»Dieser Haddon ... hat nicht zufällig keine Hände?«

»Doch, stimmt.«

Royce und Hadrian wechselten einen Blick.

»Was genau hat er gesagt?«

»Er sagte, von Menschenhand geschaffene Waffen könnten dem Tier nichts anhaben, aber in Avempartha gebe es ein Schwert, mit dem man es töten könne.«

»Ein Mann ohne Hände hat also gesagt, du solltest uns in Colnora aufsuchen und beauftragen, aus einem Turm namens

Avempartha ein Schwert für deinen Vater zu holen?«, fasste Royce zusammen.

Das Mädchen nickte.

Hadrian sah seinen Partner an. »Lass mich raten … der Turm gehört den Zwergen?«

»Falsch«, erwiderte Royce, »den Elben.« Nachdenklich trat er einen Schritt zur Seite.

Hadrian wandte seine Aufmerksamkeit wieder dem Mädchen zu. Verflixt und zugenäht! Dass das Dorf so weit weg war, war schlimm genug, aber jetzt hatten sie es auch noch mit einem Turm der Elben zu tun. Selbst wenn das Mädchen ihnen hundert Goldtaler geboten hätte, konnte er Royce wahrscheinlich nicht dazu überreden, den Auftrag anzunehmen. Dabei war Thrace verzweifelt und brauchte dringend Hilfe. Krampfhaft überlegte er, was er als Nächstes sagen sollte.

»Hm«, begann er zögernd, »zum Nidwalden wären wir mehrere Tage durch unwegsames Gelände unterwegs. Wir bräuchten Proviant für eine, na … sechs- bis siebentägige Reise? Macht hin und zurück zwei Wochen. Und Futter für die Pferde. Dazu käme die Zeit am Turm. Wir könnten in dieser Zeit keine anderen Aufträge übernehmen, verlieren also Geld. Und gefährlich ist das Ganze auch noch. Jedes Risiko erhöht den Preis, und ein Massenmörder in Form eines Dämons oder Tieres, dem man mit Waffen nichts anhaben kann, ist definitiv ein Risiko.«

Er sah Thrace an und schüttelte den Kopf. »So ungern ich es sage und so leid es mir tut, aber wir können nicht …«

Royce drehte sich um. »Fünfundzwanzig Taler«, fiel er Hadrian ins Wort, »sind zu viel. So viel für diesen Auftrag zu verlangen … Im Grunde reichen zehn vollkommen aus.«

Hadrian hob die Augenbrauen und starrte ihn verblüfft an.

»Also zehn für jeden?«, fragte Thrace.

»Äh, nein«, erwiderte Hadrian, ohne den Blick von Royce abzuwenden. »Zehn zusammen. Einverstanden? Fünf für jeden?«

Royce zuckte die Achseln. »Da ich ja das Schloss knacken werde, sollte ich eher wohl sechs bekommen, aber das können wir noch unter uns ausmachen. Darum braucht sie sich keine Gedanken zu machen.«

»Im Ernst?«, fragte Thrace. Sie sah aus, als wollte sie vor Glück gleich platzen.

»Ja«, bestätigte Royce. »Wir sind schließlich keine Diebe.«

***

»Willst du mir vielleicht erklären, warum wir den Auftrag jetzt doch übernehmen?«, fragte Hadrian. Sie waren nach draußen gegangen, und er hob schützend die Hand über die Augen. Der Himmel war wolkenlos blau, die Pfützen der vergangenen Nacht verdunsteten bereits in der Morgensonne. Menschen strebten scharenweise in Richtung Markt. Hinter drei mit Heu beladenen Fuhrwerken stauten sich Karren mit Frühlingsgemüse und Fässern, die mit Planen zugedeckt waren. Unmittelbar vor ihnen löste sich ein dicker Mann aus der Menge, der sich zwei flatternde Hühner unter die Arme geklemmt hatte. Hastig trippelte er um Pfützen, Menschen und Karren herum und drängelte mit einer gemurmelten Entschuldigung an ihnen vorbei.

»Sie zahlt uns zehn Silbertaler für einen Auftrag, der uns bereits einen Goldtaler gekostet hat«, fuhr Hadrian fort, nachdem sie dem Mann mit den Hühnern erfolgreich ausgewichen waren. »Und noch weitere Goldtaler kosten wird.«

»Wir tun es nicht fürs Geld«, erklärte Royce und bahnte sich einen Weg durch das Gedränge.

»Richtig, aber warum tun wir es überhaupt? Ich meine, klar, sie sieht wirklich niedlich aus und alles, aber was bringt uns das? Es sei denn, du willst sie verkaufen.«

Royce drehte sich zu ihm um und grinste böse. »Darauf bin ich gar nicht gekommen. Damit könnten wir einen Teil der Kosten reinholen.«

»Vergiss es. Sag mir einfach, warum wir es tun.«

Royce steuerte sie aus dem Gedränge hinaus und zu Ognotons Ramsch-Laden mit einem Schaufenster voller Wasserpfeifen, Porzellantiere und messingbeschlagener Schmuckschatullen. Sie schlüpften in den schmalen Spalt, der den Laden vom Nachbarhaus trennte, einem Zuckerbäcker, bei dem man Gratisbonbons probieren konnte.

»Du hast dich doch bestimmt auch schon gefragt, was Esrahaddon vorhat«, flüsterte Royce. »Er sitzt neunhundert Jahre lang im Gefängnis, dann verschwindet er noch am selben Tag, an dem wir ihm zur Flucht verhelfen, und wir hören bis heute nichts mehr von ihm. Die Kirche muss davon wissen, trotzdem haben die Imperialisten keinerlei Suchaktion gestartet. Ich hätte ein wenig mehr Aufregung erwartet, wenn der gefährlichste Mensch auf Erden frei herumläuft. Zwei Jahre später taucht er dann in einem kleinen Dorf auf und lädt uns zu einem Besuch ein. Als Treffpunkt wählt er ausgerechnet die elbische Grenze und Avempartha. Macht dich das nicht auch neugierig?«

»Was ist dieses Avempartha eigentlich?«

»Ich weiß nur, dass es alt ist, also richtig alt. Eine Art Elbenfestung aus grauer Vorzeit. Würdest du dort nicht auch gern mal reinschauen? Esrahaddon hat bestimmt einen triftigen Grund.«

»Wir suchen also nach einem alten Elbenschatz?«

»Keine Ahnung, aber bestimmt ist dort etwas Wertvolles

versteckt. Jetzt müssen wir allerdings noch Proviant kaufen, und wir sollten von hier verschwinden, bevor Price seine Spürhunde auf uns loslässt.«

»Na gut, aber erst musst du mir versprechen, dass du das Mädchen nicht verkaufst.«

»Versprochen – wenn sie sich benimmt.«

***

Hadrian spürte, wie Thrace sich wieder zur Seite drehte. Diesmal hatte es ihr ein zweistöckiges Landhaus aus verputztem Stein mit einem gelben Strohdach und einem Schornstein aus orangefarbenem Lehm angetan. Eine hüfthohe, mit Flieder und Efeu überwachsene Mauer umgab das Anwesen.

»Ist das schön«, seufzte sie.

Es war früher Nachmittag, Colnora lag erst wenige Meilen hinter ihnen, und sie ritten auf der nach Alburn führenden Landstraße in Richtung Osten. Die Straße schlängelte sich zwischen den zahlreichen Dörfern der hügeligen Umgebung der Stadt hindurch, kleinen Flecken mit Bauern, die von der Feldarbeit lebten. Zwischen ihren Höfen standen luxuriöse Villen, in denen reiche Städter im Sommer drei Monate Gutsherr spielten. Royce ritt neben ihnen oder trabte voraus, je nachdem, wer ihnen entgegenkam. Seine Kapuze hatte er trotz des warmen Wetters aufgesetzt. Thrace saß im Damensitz hinter Hadrian auf dessen brauner Stute, und ihre Beine baumelten im Rhythmus des Pferdes hin und her.

»Wie anders hier alles ist«, rief sie. »Ein richtiges Paradies. Alle sind reich, jeder ist ein König.«

»Colnora ist zwar nicht arm, aber so weit würde ich nicht gehen.«

»Woher kommen dann all die prächtigen Häuser? Die Räder

der Fuhrwerke sind mit Eisen beschlagen. Man kann an jeder Ecke Zwiebeln und Erbsen kaufen. In Dahlgren haben wir nur Fußwege, die sich bei Regen in einen Morast verwandeln. Hier gibt es breite Straßen, die sogar Pfosten mit Namensschildern haben. Und eben erst hat ein Bauer bei der Arbeit Handschuhe getragen. Handschuhe! In Dahlgren besitzt nicht einmal der Diakon Handschuhe, und wenn er welche hätte, würde er sie bestimmt nicht zur Arbeit anziehen. Ihr seid also sehr reich.«

»Einige ja.«

»Wie Ihr und Euer Gefährte.«

Hadrian lachte.

»Ihr habt doch schöne Kleider und Pferde.«

»Mein Pferd ist nun wirklich nichts Besonderes.«

»In Dahlgren hat niemand ein Pferd außer dem Markgrafen und seinen Rittern, und Eures sieht so schön aus. Ich mag besonders die Augen mit den langen Wimpern. Wie heißt es?«

»Ich nenne es Millie nach einer Frau, die ich einmal kannte und die mir auch nie zugehört hat.«

»Millie ist ein schöner Name. Er gefällt mir. Und das Pferd von Royce?«

Hadrian runzelte die Stirn und sah zu Royce hinüber. »Weiß ich gar nicht. Royce, hast du ihm überhaupt einen Namen gegeben?«

»Wozu?«

Hadrian drehte sich zu Thrace um, die seinen Blick entsetzt erwiderte.

»Wie wäre es mit …« Sie verstummte und drehte sich suchend in alle Richtungen. »Rosa? Margerita? Oder halt, nein, Hyazintha?«

»Hyazintha?«, wiederholte Hadrian. So lustig die Vorstellung war, Royce könnte auf einer Hyazintha oder auch Rosa oder Margerita sitzen, musste er doch einwenden, dass Blumennamen nun wirklich nicht zu Royces gedrungener, schmutziggrauer Stute passten. »Wie wäre es mit Moppel oder Schmuddel?«

»Nein!«, rief Thrace entrüstet. »Das wäre doch schrecklich für das arme Tier.«

Hadrian lachte in sich hinein, Royce ignorierte ihr Geplänkel. Er schnalzte mit der Zunge, trat seinem Pferd in die Flanken und trabte nach vorn, um einem entgegenkommenden Wagen auszuweichen. Dort blieb er auch, nachdem die Straße wieder frei war.

»Wie wäre es mit Lady?«, fragte Thrace.

»Klingt das nicht übertrieben? Schließlich ist sie kein rassiges Vollblut.«

»Aber so ein Name baut sie auf, gibt ihr Selbstvertrauen.«

Sie näherten sich einem Fluss. Geißblatt und Himbeeren überzogen den glatten Granit, der die Ufer säumte, mit ihrem frischen Frühlingsgrün. Am Fluss stand eine Getreidemühle, deren großes Rad sich knarrend und tropfend drehte. Zwei kleine, viereckige Fenster, die an schwarze Augen erinnerten, machten aus der steinernen Wand unter dem steilen Holzgiebel ein Gesicht. Ein niedriges Mäuerchen trennte die Mühle von der Straße. Auf ihm saß eine grauweiße Katze. Träge öffnete sie ihre grünen Augen einen Spalt und blickte den Reisenden entgegen. Doch als die immer noch näher kamen, hatte sie offenbar genug und sprang herunter, rannte über die Straße und verschwand im Gebüsch.

Royces Stute bäumte sich wiehernd auf und wich unruhig tänzelnd einige Schritte zurück. Fluchend riss Royce an den Zügeln, zog ihren Kopf nach unten und zwang sie, sich einmal um sich selbst zu drehen.

»Lächerlich!«, schimpfte er, als er sie wieder unter Kontrolle hatte. »Ein fünfhundert Kilo schweres Pferd hat Angst vor einer drei Kilo schweren Katze. Man könnte denken, sie sei eine Maus.«

»Maus!«, rief Thrace so laut, dass Millie die Ohren nach hinten drehte. »Das passt.«

Hadrian nickte. »Gefällt mir auch.«

»Du meine Güte«, brummte Royce kopfschüttelnd und trabte wieder nach vorn.

Sie drangen weiter nach Osten vor, und aus den Landsitzen wurden Bauernhöfe, aus Rosenbüschen Hecken und aus den Zäunen zwischen den Feldern Baumreihen. Doch Thrace machte ihre Begleiter weiter auf Sehenswürdigkeiten aufmerksam wie überdachte Brücken, ein unvorstellbarer Luxus, wie sie fand, oder die prunkvollen Kutschen, die immer noch gelegentlich an ihnen vorbeidonnerten.

Die Straße stieg an, und schon bald öffnete sich um sie herum ein weites, mit Goldruten, Seidenpflanzen und wildem Salifan überwachsenes Brachland. Mücken umschwirrten sie sirrend, Zikaden schrillten. Thrace wurde immer stiller und lehnte den Kopf an Hadrians Rücken. Hadrian fürchtete schon, sie könnte einschlafen und vom Pferd fallen, aber hin und wieder hob sie den Kopf, um sich umzusehen oder nach einer Mücke zu schlagen.

Sie gelangten immer höher hinauf, bis sie schließlich die Amberhöhe erreichten, einen felsigen, grasbewachsenen Bergkamm. Der Kamm gehörte zu einer Bergkette, die sich am Ostrand von Warric entlangzog und die Grenze zwischen dem Königreich Warric und dem Königreich Alburn bildete. Alburn rangierte, was Macht und Reichtum anbetraf, in Avryn an dritter Stelle hinter Warric und Melengar. Es war zum größten Teil dicht bewaldet, und seine Küste war häufigen Überfällen der Ba Ran Ghazel ausgesetzt, die blitzschnell angriffen, die unglücklichen Einwohner entführten und niederbrannten, was sie nicht tragen konnten. Alburns Herrscher, König Armand, hatte erst vor kurzem den Thron bestiegen, nachdem der alte König überraschend gestorben war. König Reinhold war Royalist gewesen, der neue König sympathisierte dagegen Hadrians Eindruck nach eher mit den Imperialisten. Er unterstützte sie zuweilen sogar recht offen, sehr zum Verdruss von Melengar, dessen Verbündete täglich weniger wurden.

Eine Besonderheit der Amberhöhe, sogar für die Bewohner der Gegend, waren die Menhire, mächtige blaugraue Steine, die man zu eigenartig fließenden Formen zugehauen hatte. So natürlich wirkten sie mit ihren Rundungen, dass sie aussahen wie Schlangen, die sich in den Boden bohrten und wieder daraus auftauchten. Hadrian hatte nicht die leiseste Ahnung, welchem Zweck sie ursprünglich gedient haben mochten. Wahrscheinlich wusste es niemand. Darum herum waren die Überreste von Lagerfeuern verstreut. In die Steine hatten frühere Besucher Liebesschwüre und andere Botschaften geritzt, etwa »Maribor ist Gott!«, »Die Nationalisten sind doof«, »Der Erbe ist tot« oder sogar »Wirtshaus zur Grauen Maus – in Richtung Tal gehen und immer geradeaus«. Die Aussicht von der Kuppe war überwältigend: Hinter ihnen lag Colnora ausgebreitet, im Nordosten erstreckten sich die endlosen, undurchdringlichen Wälder der Königreiche Alburn und Dunmore. Sie kamen Hadrian vor wie ein endloses grünes Meer – Meilen über Meilen einer unwegsamen Wildnis, auf deren anderer Seite ein kleines Dorf namens Dahlgren lag.

Da auf dem Kamm ein kühler Wind wehte, der die Mücken vertrieb, war er als Rastplatz für eine Mittagspause bestens geeignet. Sie aßen gepökeltes Schweinefleisch, hartes Schwarzbrot, Zwiebeln und sauer eingelegtes Gemüse. In der Stadt hätte Hadrian eine solche Mahlzeit verschmäht, doch unterwegs hätte er sich nichts Besseres wünschen können. Hier war sein Appetit ohnehin größer und die Auswahl kleiner. Er sah zu, wie Thrace, die neben ihm im Gras saß, an einer sauren Gurke knabberte und dabei sorgfältig achtgab, ihr Kleid nicht zu bekleckern. Abwesend blickte sie in die Ferne und holte voller Behagen immer wieder tief Luft.

»An was denkst du?«, fragte er.

Sie lächelte ein wenig verlegen, und er meinte eine gewisse Traurigkeit zu spüren. »Nur daran, wie wunderbar es hier ist. Wie schön es wäre, auf einem der Bauernhöfe zu leben, an denen wir vorbeigekommen sind. Wir bräuchten nichts Großes, nicht einmal ein Haus – mein Vater könnte selbst eins bauen und er kommt mit jedem Boden zurecht. Für ihn ist alles möglich, wenn er es nur will, und wenn er etwas will, kann nichts und niemand ihn davon abbringen.«

»Scheint ein toller Bursche zu sein.«

»O ja. Er ist sehr stark und tatkräftig.«

»Mich überrascht allerdings, dass er dich so ganz allein durch die Lande ziehen lässt.«

Thrace lächelte.

»Du bist aber nicht den ganzen Weg zu Fuß gegangen, ja?«

»Nein, ein Hausierer und seine Frau haben in Dahlgren Station gemacht und mich mitgenommen. Sie wollten sowieso nur eine Nacht bleiben, und ich durfte hinten in ihrem Wagen mitfahren.«

»Bist du auch schon früher viel gereist?«

»Nein. Ich bin in Glamrendor geboren, der Hauptstadt von Dunmore. Meine Familie hatte dort vom Markgrafen einen Hof gepachtet. Als ich neun war, sind wir nach Dahlgren gezogen, ich habe also bis auf jetzt immer in Dunmore gelebt. Von Glamrendor weiß ich eigentlich kaum noch etwas. Nur dass es dort ziemlich schmutzig war. Die Häuser sind alle aus Holz und die Straßen ein ziemlicher Morast – jedenfalls habe ich sie so in Erinnerung.«

»Das hat sich nicht geändert«, bemerkte Royce.

»Ich kann nicht glauben, dass du dich getraut hast, einfach so aufzubrechen«, sagte Hadrian kopfschüttelnd. »Dahlgren zu verlassen und wenige Tage später in der größten Stadt der Welt anzukommen, muss doch ein kolossaler Schock gewesen sein.«

»Auf jeden Fall.« Thrace strich mit dem kleinen Finger einige Haare zur Seite, die der Wind ihr in den Mund geweht hatte. »Als ich gemerkt habe, was da auf mich zukommt, kam ich mir furchtbar dumm vor. Ich habe mir alles wie bei uns zu Hause vorgestellt, also dass man mit allen sprechen kann und alle einen kennen. Aber in Colnora wohnen viel mehr Menschen, als ich gedacht habe. Es gibt von allem viel mehr! Ich habe Euch wie wahnsinnig gesucht und schon befürchtet, ich würde Euch nie finden.«

»Dein Vater macht sich bestimmt Sorgen.«

»Nein.«

»Aber wenn …«

»Was ist das eigentlich?« Thrace zeigte mit ihrer Gurke auf die Menhire. »Die blauen Steine. Die sehen seltsam aus.«

»Das weiß niemand«, antwortete Royce.

»Wurden sie von Elben gemacht?«

Royce studierte sie mit schräggelegtem Kopf. »Woher weißt du das?«

»Sie sehen ein wenig aus wie der Turm bei unserem Dorf – der Turm, den Ihr für mich öffnen sollt. Es ist derselbe Stein, glaube ich zumindest. Er wirkt auch bläulich, aber vielleicht liegt es an der Entfernung. Habt Ihr schon bemerkt, wie in der Ferne alles immer blauer wird? Wenn man näher an den Turm rankäme, würde man vielleicht feststellen, dass er nur ganz langweilig grau ist, wer weiß.«

»Und warum kommt man nicht näher an ihn ran?«

»Weil er mitten im Fluss steht.«

»Kannst du nicht schwimmen?«

»Man müsste richtig gut schwimmen können. Er steht auf einem Felsen oberhalb eines Wasserfalls. Der Wasserfall ist wunderschön, ganz wahnsinnig hoch und mit unglaublich viel Wasser. Wenn die Sonne scheint, sieht man im Dunst lauter Regenbögen. Aber er ist natürlich sehr gefährlich. Er hat schon mindestens fünf Menschen das Leben gekostet – zwei ganz sicher, bei den anderen drei weiß man es nicht so genau, weil …« Sie brach ab, als sie die Gesichter ihrer Begleiter sah. »Was ist?«

»Das hättest du uns auch früher sagen können«, meinte Royce.

»Das mit dem Wasserfall? Aber ich dachte, Ihr wisst es. Ich meine, Ihr habt doch vorhin so getan, als würdet Ihr den Turm kennen. Tut mir leid.«

Schweigend aßen sie weiter. Dann war Thrace fertig und spazierte zu den Steinen und betrachtete sie von Nahem. Ihr Kleid bauschte sich hinter ihr. »Das verstehe ich nicht«, sagte sie schließlich. Sie musste fast schon rufen, um den Wind zu übertönen. »Wenn der Nidwalden die Grenze bildet, warum stehen dann hier Steine der Elben?«

»Hier war früher auch Elbenland«, erklärte Royce. »Als es Colnora oder Warric noch nicht gab, gehörte die ganze Gegend zum Reich Erivan. Den meisten Menschen ist das nicht geheuer. Sie verdrängen es und stellen sich lieber vor, dass hier schon immer Menschen geherrscht haben. Dabei stammen viele der Namen, die wir verwenden, aus dem Elbischen. Zum Beispiel Ervanon, Rhenydd, Glamrendor, Galewyr und

Nidwalden. Sogar der Name des Landes, Avryn. Er bedeutet *grüne Felder.*«

»Sag das mal jemandem, der ein Bier zu viel getrunken hat, und du kriegst sofort eine Ohrfeige«, fügte Hadrian hinzu. Die anderen beiden sahen ihn an.

Während er und Royce zu Ende aßen, stand Thrace bewegungslos zwischen den Menhiren und starrte nach Westen. Der Wind zerrte an ihren Haaren und Kleidern. Sie blickte über Colnora und über die blauen Berge hinaus zum fernen Horizont, zum dünnen Strich des Meeres. So klein, so zerbrechlich wirkte sie, dass Hadrian halb erwartete, der Wind würde sie forttragen wie ein goldenes Blatt. Dann bemerkte er den Ausdruck ihrer Augen. Thrace war im Grunde noch ein Kind, doch ihre Augen waren viel älter – das Leuchten kindlicher Unschuld und kindlichen Staunens war darin längst erloschen. Ein schwerer Ernst überschattete ihr Gesicht, ihr Blick war fest. Ihre Kindheit, wenn sie denn eine gehabt hatte, lag lange zurück.

Sie beendeten ihre Mahlzeit, packten zusammen und machten sich wieder auf den Weg. Sie stiegen die Amberhöhe auf der anderen Seite hinunter und folgten den Rest des Tages der Landstraße, die gegen Sonnenuntergang allerdings zusehends schmaler wurde und zuletzt zu einem einfachen Fußweg schrumpfte. Zwar tauchten immer noch gelegentlich Bauernhäuser auf, aber viel seltener als zuvor. Der Wald wurde dichter, der Weg dunkler.

Die Dämmerung brach herein und Thrace wurde sehr schweigsam. Es gab nichts mehr zu sehen oder zu zeigen, doch Hadrian vermutete, dass ihr Schweigen noch andere Gründe hatte. Als Royces Pferd mit dem Huf gegen einen Stein trat und dieser raschelnd in einen Laubhaufen vom Vorjahr flog, fuhr Thrace heftig zusammen und packte Hadrian am

Handgelenk. Sie grub die Fingernägel so tief in sein Fleisch, dass er zusammenzuckte.

»Sollten wir uns nicht nach einer Herberge umsehen?«, fragte sie.

»Die finden wir hier wahrscheinlich nicht«, erwiderte Hadrian. »Wir lassen die Zivilisation allmählich hinter uns. Aber es ist ein schöner Abend. Der Boden ist trocken und es dürfte nicht kalt werden.«

»Wir übernachten draußen?«

Hadrian sah sie an. Ihr Mund stand ein wenig offen, ihre Stirn war gerunzelt und sie hatte die Augen weit aufgerissen. Sie blickte zum Himmel auf. »Wir sind immer noch weit von Dahlgren entfernt«, versicherte er ihr. Sie nickte, wollte seine Hand aber nicht loslassen.

Auf einer Lichtung an einem kleinen Bach, der sich mit einem freundlichen Plätschern über einige Felsen ergoss, machten sie halt. Hadrian half Thrace beim Absteigen, sattelte ab und lud das Gepäck von den Pferden.

»Wo ist Royce?«, flüsterte Thrace nervös. Sie hatte die Arme vor der Brust verschränkt und sah sich ängstlich um.

»Mach dir keine Sorgen«, sagte Hadrian und zog Millie das Zaumzeug über den Kopf. »Wenn wir einen Schlafplatz aussuchen, erkundet er gern die Umgebung und vergewissert sich, dass wir allein sind. Er mag keine Überraschungen.«

Thrace nickte, hielt die Arme aber weiter an die Brust gedrückt, als stünde sie auf einem Felsen inmitten eines tosenden Flusses.

»Wir schlafen dort drüben. Vielleicht kannst du den Boden ein wenig freiräumen. Ein einziger Stein kann dich die ganze Nacht plagen. Ich spreche aus Erfahrung. Immer wenn ich draußen schlafe, drückt mir irgendein Stein ins Kreuz.«

Thrace ging über die Lichtung, bückte sich zögernd und las

einige Zweige und Steinchen auf. Sie blickte dabei immer wieder zum Himmel auf und zuckte beim leisesten Geräusch zusammen. Als Hadrian die Pferde versorgt hatte, war auch Royce zurückgekehrt. Er brachte einen Armvoll kleiner Zweige und dickerer Äste mit und machte Feuer.

Thrace sah ihn entsetzt an. »Das ist so hell«, flüsterte sie.

Hadrian drückte ihre Hand und lächelte. »Ich wette, du kannst hervorragend kochen, stimmt's? Ich könnte uns auch etwas machen, aber es würde furchtbar schmecken. Ich kann nur Kartoffeln kochen. Willst du es nicht versuchen? Wie wär's? In dem Packen da drüben sind Töpfe und Pfannen, und den Proviant findest du im Packen daneben.«

Thrace nickte stumm und ging nach einem letzten Blick nach oben zum Gepäck. »Was soll ich denn kochen?«

»Etwas Essbares wäre eine schöne Überraschung«, meinte Royce und schob einige Scheite in das Feuer.

Hadrian warf mit einem Stock nach ihm. Der Dieb fing ihn und legte ihn auf das Feuer.

Thrace durchwühlte das Gepäck, verschwand mit dem Kopf in einem Bündel und tauchte wenig später mit einem Arm voller Sachen wieder daraus auf. Sie lieh sich Hadrians Messer aus und begann, auf dem Boden einer umgedrehten Pfanne Gemüse kleinzuschneiden.

Es wurde rasch dunkel, und bald erhellte nur noch das Feuer die Lichtung. Der flackernde gelbe Schein beleuchtete die Blätter der Bäume und gab ihnen das Gefühl, in einer Höhle aus Bäumen zu sitzen. Auf einem vom Rauch abgewandten Stück Gras breitete Hadrian zwei in Pech getränkte Planen aus Leinwand aus, die verhinderten, dass die Nässe des Bodens nach oben zog. Die Idee zu diesen Planen war ihnen nach Jahren auf der Straße gekommen, sie hatten allerdings keine Zeit gehabt, auch eine für Thrace anzufertigen. Mit einem

Seufzer warf Hadrian Thraces Decken auf seine Plane und machte sich auf die Suche nach einigen Kiefernzweigen für sein eigenes Lager.

Dann wurde er von Royce zum Essen gerufen und kehrte zum Feuer zurück. Thrace teilte gerade eine dicke Suppe aus Karotten, Kartoffeln, Zwiebeln und gepökeltem Schweinefleisch aus. Royce saß mit einer Schüssel im Schoß und einem Lächeln im Gesicht am Feuer.

»Das Lächeln kannst du dir sparen«, sagte Hadrian ein wenig gekränkt.

»Koste mal, Hadrian – richtiges Essen.«

Während der Mahlzeit sprachen sie kaum. Royce zählte einige Dinge auf, die sie auf dem Weg durch Alburn kaufen mussten, darunter ein weiteres Seil und einen neuen Löffel als Ersatz für den alten, der gesprungen war. Hadrian musste immer wieder zu Thrace hinübersehen. Sie hatte nicht am Feuer sitzen wollen und aß allein auf einem Stein im Dunkeln in der Nähe der Pferde. Nach dem Essen entfernte sie sich stumm in Richtung Bach, um Töpfe und Holzschüsseln abzuwaschen.

Hadrian ging ihr nach und sah sie am steinigen Ufer sitzen. »Alles in Ordnung?«, fragte er.

Thrace hockte auf einem großen, moosbewachsenen Felsen, hatte sich das Kleid fest um die Knöchel gewickelt und scheuerte die Töpfe und Schüsseln mit Sand, den sie aus dem Bach schöpfte.

»Ja, danke. Ich bin es nur nicht gewohnt, draußen zu übernachten.«

Hadrian setzte sich neben sie und begann seine Schüssel zu waschen.

»Das kann ich doch machen«, sagte Thrace.

»Ich auch. Außerdem bist du unsere Kundin, du sollst für dein Geld also auch etwas bekommen.«

Sie grinste ein wenig befangen. »Ich bin nicht dumm, glaubt mir. Zehn Silbertaler reichen wahrscheinlich nicht einmal für das Futter der Pferde.«

»Aber du darfst nicht vergessen, dass Maus und Millie zwei sehr verwöhnte Pferde sind, die nur das beste Getreide fressen.« Hadrian zwinkerte Thrace lächelnd zu, und sie musste auch lächeln.

Sie säuberte den Topf und die restlichen Schüsseln, dann kehrten sie zum Lager zurück.

»Wie weit haben wir noch?«, fragte Thrace und verstaute die Utensilien wieder im Gepäck.

»Schwer zu sagen. Ich war noch nie in Dahlgren, aber wir sind heute gut vorangekommen, also vielleicht noch vier Tage.«

»Hoffentlich geht es meinem Vater gut. Dieser Haddon wollte ihn dazu überreden, mit der Jagd auf das Ungeheuer bis zu meiner Rückkehr zu warten. Hoffentlich konnte er das. Ich habe Euch ja gesagt, dass mein Vater ziemlich stur ist und nicht auf andere hört.«

»Aber wenn jemand ihn überzeugen kann, dann bestimmt Haddon.« Royce stocherte mit einem langen Stock im Feuer. »Wie hast du Haddon eigentlich kennengelernt?«

Thrace war zu dem Nachtlager gegangen, das Hadrian neben dem Feuer für sie vorbereitet hatte, und setzte sich auf ihre Decke. »Das war unmittelbar nach der Beerdigung meines Bruders und seiner Familie. Die Beerdigung war wunderschön. Das ganze Dorf kam. Maria und Jessie Caswell hängten Kränze aus wildem Salifan an die Pfosten auf den Gräbern. Mae Drundel und Rose und Verna McDern sangen ›Die Lilien auf dem Felde‹ und Diakon Tomas sprach Gebete. Anschließend gab es noch einen Empfang im Haus von Lena und Russell Bothwick. Lena und meine Mutter standen sich sehr nahe.«

»Du hast bisher gar nicht von deiner Mutter gesprochen. Ist sie damals auch ...«

»Meine Mutter starb vor zwei Jahren.«

»Das tut mir leid. War sie krank?«

Thrace schüttelte den Kopf.

Sie schwiegen eine Weile, dann sagte Hadrian: »Du wolltest uns erzählen, wie du Haddon kennengelernt hast ...«

»Ach ja, richtig. Ich weiß ja nicht, bei wie vielen Beerdigungen Ihr schon dabei wart, aber man bekommt nach einer Weile das Gefühl zu ... ersticken. All das viele Weinen und die alten Geschichten. Also ging ich heimlich nach draußen und wanderte ohne bestimmtes Ziel durchs Dorf. Als ich zum Dorfbrunnen kam, stand er da ... ein Fremder. Fremde sind bei uns selten, aber das war nicht alles. Er trug so ein schillerndes Gewand, dessen Farbe immer wieder wechselte. Vor allem aber hatte er keine Hände, der Arme. Er wollte Wasser trinken und mühte sich mit Eimer und Seil ab.

Ich fragte ihn nach seinem Namen und dann, ich weiß auch nicht warum, habe ich in meiner Blödheit angefangen zu weinen und er fragte, warum ich traurig sei. Dabei habe ich in diesem Moment gar nicht deshalb geweint, weil mein Bruder und seine Frau gerade gestorben waren, sondern weil ich Angst hatte, mein Vater könnte der Nächste sein. Ich weiß nicht warum, aber ich habe ihm das alles erzählt. Vielleicht gerade, weil er ein Fremder war. Vor ihm habe ich mich nicht geschämt, es sprudelte nur so aus mir heraus. Danach kam ich mir dumm vor, aber er war sehr geduldig. Und dann hat er mir von dem Schwert im Turm und von Euch erzählt.«

»Woher wusste er, dass wir in Colnora sind?«

Thrace zuckte die Achseln. »Wohnt Ihr nicht dort?«

»Nein ... wir haben nur einen alten Freund besucht. Hat er sich seltsam ausgedrückt? Altertümliche Wörter verwendet?«

»Nein, aber er klang gebildeter als die meisten. Er stellte sich als Esra Haddon vor. Ist er ein Freund von Euch?«

»Wir haben ihn nur kurz kennengelernt«, erklärte Hadrian. »Es war so ähnlich wie bei dir. Er hatte ein kleines Problem und wir konnten ihm helfen.«

»Die Frage ist, warum beobachtet er uns?«, überlegte Royce. »Und wie? Denn meines Wissens haben wir ihm unsere Namen nicht genannt, und er konnte nicht ahnen, dass wir nach Colnora gehen würden.«

»Mir hat er nur gesagt, Ihr müsstet den Turm aufsperren, und wenn ich gleich ginge, würde ich Euch in Colnora antreffen. Dann hat er noch dafür gesorgt, dass ich mit dem Hausierer fahren konnte. Er war sehr hilfsbereit.«

»Wirklich erstaunlich für jemanden, der sich nicht einmal ein Glas Wasser einschenken kann«, murmelte Royce.

3

Die Botschafterin

Arista stand am Turmfenster und blickte auf die Welt zu ihren Füßen hinab, auf die Dächer von Läden und Wohnhäusern, graue, braune und rote Drei- und Vierecke mit Kaminen, aus denen an diesem warmen Frühlingstag kein Rauch aufstieg. Der Regen hatte alles gründlich abgewaschen und die Welt erstrahlte in frischem Glanz. Menschen spazierten die Straßen entlang, standen auf Plätzen zusammen und gingen durch Türen ein und aus. Gelegentlich drang ein Ruf zu Arista herauf, aber nur leise und von fern. Der meiste Lärm kam vom Hof unmittelbar unter ihr, in den soeben ein Zug von sechs Kutschen eingefahren war. Diener beluden die Kutschkästen.

»Nein, nein, nein, doch nicht das rote Kleid!«, schimpfte Bernice, an Melissa gewandt. »Novron bewahre! Sieh dir den Ausschnitt an. Ihre Hoheit hat einen Ruf zu verlieren. Gib das auf den Speicher, oder verbrenne es lieber gleich. Genauso gut kannst du Ihre Hoheit gesalzen und mit Kräutern garniert einem Rudel hungriger Wölfe vorwerfen. Nein, auch nicht das dunkle. Es ist fast schwarz und jetzt haben wir Frühling, um Maribors willen. Wo hast du deinen Kopf? Das himmelblaue, ja, das kann bleiben. Wirklich, was für ein Glück, dass ich hier bin.«

Bernice war eine dicke alte Frau mit einem teigigen Gesicht, schlaffen Wangen und einem wulstigen Doppelkinn. Die Farbe ihrer Haare war unbekannt, da sie stets eine Kinnbinde trug, die ihren Kopf vom Scheitel bis zum Kinn fest umschloss. Zur Binde kam ein hohes Kopfband, das den Eindruck erweckte, als ende ihr Kopf oben flach wie ein Teller. Mit den Armen fuchtelnd stand sie mitten in Aristas Schlafzimmer und verstärkte mit ihrem Geschrei noch das Chaos, das sie verursacht hatte.

Überall lagen Stapel von Kleidern, nur nicht in den Schränken. Sie standen mit offenen Türen wartend da, während Bernice die Kleider sortierte und die Sachen für den Winter zur Aufbewahrung wegräumte. Zusätzlich zu Melissa hatte sie noch zwei weitere Mädchen zum Packen nach oben befohlen. Eine Truhe war bereits gefüllt, doch überall lagen noch Kleider verstreut, und Arista hatte von dem vielen Geschrei schon jetzt Kopfschmerzen.

Bernice war eine Zofe ihrer Mutter gewesen. Königin Ann hatte mehrere Zofen beschäftigt. Drundiline, eine Schönheit, war ihre Sekretärin und zugleich enge Vertraute gewesen. Harriet verwaltete den Haushalt und wachte über Reinigungspersonal, Näherinnen und Waschküche. Nora, bei der man aufgrund ihres schläfrigen Blickes nie wusste, wen sie ansah, führte die Aufsicht über die Kinder. Arista erinnerte sich noch an die Märchen, die Nora ihr zur Schlafenszeit vorgelesen hatte. Sie handelten von verwöhnten Prinzessinnen, die von habgierigen Zwergen entführt, zuletzt aber stets von einem feschen Prinzen gerettet wurden. Insgesamt erinnerte Arista sich an acht Zofen, nicht aber an Bernice.

Bernice war vor fast zwei Jahren in Schloss Essendon aufgetaucht, nur einen Monat nach der Ermordung von Aristas Vater, König Amrath. Laut Bischof Saldur hatte sie bereits früher der Königin gedient und als einzige Zofe das Feuer überlebt, in dem Aristas Mutter vor vielen Jahren umgekommen war. Von Melancholie und Krankheit geplagt, war sie dem Hof jahrelang ferngeblieben, doch nach Amraths Tod hatte sie unbedingt zurückkehren wollen, um für die Tochter ihrer geliebten Königin da zu sein.

»Ach bitte, Hoheit«, rief sie jetzt und hielt zwei verschiedene Paar Schuhe Aristas hoch, »ich wünschte, Ihr würdet vom Fenster zurücktreten. Auch wenn draußen die Sonne scheint, mit Zugluft ist nicht zu spaßen. Glaubt mir, ich habe es am eigenen Leibe erfahren müssen. Betet, dass Ihr nie leidet, was ich leiden musste – die quälenden Schmerzen, den Husten. Nicht dass ich mich beklage. Ich lebe noch und habe das Privileg, Euch zur Frau heranwachsen zu sehen. So Maribor will, werde ich Euch auch noch als Braut erleben. Was für eine schöne Braut Ihr sein werdet! Hoffentlich wählt König Alric bald einen passenden Gemahl für Euch aus. Wer weiß, wie viel Zeit mir noch bleibt, und wir wollen ja auch nicht, dass die Leute noch mehr über Euch reden, als sie es ohnehin schon tun.«

»Die Leute reden über mich?« Arista drehte sich zu Bernice um und setzte sich auf die Brüstung des offenen Fensters.

Bernice erstarrte vor Schreck. In stummem Protest öffnete und schloss sie den Mund und fuchtelte mit den Schuhen in ihren Händen. »Hoheit«, brachte sie endlich heraus, »Ihr werdet hinunterfallen!«

»Mir passiert schon nichts.«

»Aber es ist gefährlich.« Bernice schüttelte in höchster Aufregung den Kopf. »Bitte, ich flehe Euch an.«

Sie ließ die Schuhe fallen, stemmte die Füße wie Halt suchend in den Boden und streckte die Hände aus, als stehe sie am Rand eines Abgrunds. »Bitte.«

Arista verdrehte die Augen, stand auf und ging durch das Zimmer zu ihrem Bett, das unter mehreren Kleiderschichten verschwunden war.

»Nein, halt!«, rief Bernice und wedelte mit den Händen, wie um sie zu trocknen. »Melissa, räume für Ihre Hoheit einen Platz frei.«

Seufzend fuhr Arista sich mit der Hand durch die Haare und wartete darauf, dass Melissa die Kleider vom Bett schaffte.

»Vorsichtig«, mahnte Bernice. »Sonst zerknitterst du sie.«

»Entschuldigt, Hoheit«, sagte Melissa und raffte einen Arm voll Kleider zusammen. Sie war klein, hatte einen Schopf roter Haare und dunkelgrüne Augen und diente Arista seit fünf Jahren. Arista hatte das deutliche Gefühl, dass Melissas Entschuldigung sich nicht auf das Chaos auf ihrem Bett bezog. Sie unterdrückte einen Lachanfall, musste aber unwillkürlich lächeln. Als Melissa daraufhin ebenfalls grinste, wäre sie beinahe herausgeplatzt.

»Erfreulicherweise hat der Bischof Seiner Majestät heute Morgen eine Liste potentieller Freier vorgelegt«, fuhr Bernice fort, und Arista hatte auf einmal keine Mühe mehr, ihr Lachen zu unterdrücken. Auch das Lächeln war ihr vergangen. »Hoffentlich fällt seine Wahl auf König Armands Sohn, den netten Prinzen Rudolf.« Bernice hob die Augenbrauen und grinste wie eine geistig verwirrte Fee. »Er ist wirklich sehr attraktiv, ein fescher Prinz, sagen viele, und Alburn ist auch ein sehr schönes Königreich, das habe ich zumindest gehört.«

»Ich war dort und habe ihn kennengelernt. Er ist ein arrogantes Arschloch.«

»Nein, Eure Ausdrucksweise!« Bernice schlug die Hände ans Gesicht, hob den Blick und bewegte in stummem Gebet die

Lippen. »Ihr müsst lernen, Euch zu beherrschen. Wenn jemand Euch gehört hätte – zum Glück sind wir unter uns.«

Arista warf Melissa und den anderen beiden Mädchen, die eifrig ihre Kleider sortierten, einen Blick zu. Melissa erwiderte ihn und zuckte die Achseln.

»Ihr seid Euch mit Prinz Rudolf also nicht sicher, gut, in Ordnung. Wie wäre es dann mit König Ethelred von Warric? Eine bessere Wahl könntet Ihr nicht treffen. Er ist Witwer, der Arme, und der mächtigste König von ganz Avryn. Ihr würdet in Aquesta wohnen und Königin der Wintertid-Spiele sein.«

»Der ist doch schon über die fünfzig hinaus. Und außerdem Imperialist. Lieber schneide ich mir die Kehle durch.«

Bernice wich erschrocken einen Schritt zurück, griff sich mit einer Hand an den Hals und streckte die andere suchend nach der Wand aus.

Melissa kicherte und täuschte hastig einen Hustenanfall vor.

»Ich glaube, du bist hier fertig, Melissa«, sagte Bernice streng. »Nimm den Nachttopf mit, wenn du gehst.«

»Aber die Kleider sind doch noch nicht …«, begann Melissa.

Bernice sah sie tadelnd an.

Melissa seufzte. »Hoheit«, murmelte sie und machte einen Knicks vor Arista. Dann hob sie den Nachttopf auf und ging.

»Sie hat es nicht böse gemeint«, sagte Arista.

»Das ist gleichgültig. Der Respekt muss zu jeder Zeit gewahrt werden. Ich weiß, ich bin nur eine verrückte alte Schachtel, die niemand ernst nimmt, aber ich sage Euch eins: Wenn ich in den vergangenen Jahren hier gewesen wäre, wenn meine Gesundheit mir erlaubt hätte, Euch nach dem Tod Eurer Mutter großzuziehen, dann würde Euch heute niemand eine Hexe nennen.«

Arista sah sie erschrocken an.

»Mit Verlaub, Hoheit, aber genau so ist es doch. Eure Mutter ist tot und ich war nicht da, und niemand hat sich so recht um Eure Erziehung gekümmert. Maribor sei Dank bin ich nun zurückgekehrt. Wer weiß, was sonst aus Euch geworden wäre? Aber seid unbesorgt, jetzt befindet Ihr Euch auf dem richtigen Weg. Alles wird sich zum Guten fügen, wenn wir erst den passenden Gemahl für Euch gefunden haben. Dann ist der Unsinn aus Eurer Vergangenheit schnell vergessen.«

***

Nur ihre Würde und die Länge ihres Kleides hinderten Arista daran, die Treppe hinunterzurennen. Schnaufend trabte ihr Leibwächter Hilfred hinter ihr her. Er hatte nicht mit ihrer plötzlichen Eile gerechnet. Arista war selbst überrascht. Sie hatte sich in aller Ruhe zu ihrem Bruder begeben und ihn höflich fragen wollen, ob er den Verstand verloren habe. Sie war auch ganz langsam gegangen, bis sie an der Kapelle vorbeigekommen war. Danach war sie immer schneller geworden.

Erfreulicherweise hat der Bischof Seiner Majestät heute Morgen eine Liste potentieller Freier vorgelegt.

Das Grinsen auf Bernices Gesicht stand ihr noch vor Augen und sie hörte die hämische Freude in ihren Worten, als wohnte Bernice ihrer Hinrichtung bei und wartete nur darauf, dass der Henker den Eimer unter der Delinquentin wegtrat.

Hoffentlich fällt seine Wahl auf König Armands Sohn, den netten Prinzen Rudolf.

Arista rang um Luft. Ihre Haare hatten sich aus dem Band gelöst und flatterten hinter ihr her. Als sie um die Ecke vor dem Ballsaal bog, rutschte sie mit dem linken Fuß aus und wäre fast gestürzt. Ihr Schuh flog durch die Luft und schlidderte über den glänzend polierten Boden. Sie ließ ihn liegen und humpelte weiter wie ein Wagen mit einem gebrochenen

Rad. Vor ihr erstreckte sich die westliche Galerie, ein langer, gerader, von Rüstungen gesäumter Korridor. Sie begann schneller zu laufen. Jacobs, der königliche Sekretär, saß an seinem Pult vor dem Audienzsaal. Als er sie kommen sah, sprang er auf.

»Hoheit!«, rief er mit einer Verbeugung.

»Ist er da drinnen?«, herrschte Arista ihn an.

Der kleine Sekretär mit dem runden Gesicht und der roten Nase nickte. »Aber Seine Majestät befindet sich in einer wichtigen Besprechung und will nicht gestört werden.«

»Seine Majestät ist schon genug gestört. Ich bin hier, um diesem Schwachkopf ein wenig Verstand beizubringen.«

Der Sekretär wand sich entsetzt und sah auf einmal aus wie ein Eichhörnchen in einem Wolkenbruch. Wenn er einen Schwanz gehabt hätte, hätte er ihn an den Rücken angelegt. Hinter sich hörte Arista Hilfreds schwere Schritte näher kommen.

Sie ging zur Tür.

»Ihr dürft da nicht hinein!«, rief Jacobs in höchster Erregung. »Seine Majestät ist in einer wichtigen Besprechung!«

Die Soldaten rechts und links der Tür traten vor, um Arista aufzuhalten.

»Aus dem Weg!«, schrie sie.

»Verzeiht, Hoheit, aber wir haben Anweisung vom König, niemanden einzulassen.«

»Ich bin seine Schwester«, protestierte Arista.

»Tut uns leid, Hoheit, aber Seine Majestät hat ausdrücklich von Euch gesprochen.«

»Er hat was?« Arista starrte ihn entgeistert an und fuhr zu dem Sekretär herum, der sich gerade mit einem Taschentuch die Nase putzte. »Wer ist da mit ihm drin?«

»Was geht hier vor?«, fragte Julian Tempest, der oberste

Kämmerer, und eilte aus seinem Büro. Sein langer schwarzer Rock mit den goldenen Rauten am Ärmel wehte, einer Brautschleppe gleich, hinter ihm her. Julian, ein Greis, war schon vor Aristas Geburt Oberkämmerer von Schloss Essendon gewesen, womöglich auch schon vor der Geburt ihres Vaters. Normalerweise trug er eine gepuderte Perücke, deren Seitenteile ihm wie die Schlappohren eines alten Hundes auf die Schultern hingen, aber Arista hatte ihn überrascht, deshalb hatte er nur sein Scheitelkäppchen auf, unter dem einige weiße Haarsträhnen hervorlugten wie die feinen Samenhaare der Seidenpflanze.

»Ich will meinen Bruder sprechen«, verlangte Arista.

»Aber … aber Hoheit, er ist in einer wichtigen Besprechung. Es hat doch gewiss Zeit.«

»Mit wem trifft er sich?«

»Meines Wissens mit Bischof Saldur, Kanzler Pickering, Graf Valin und, äh, ich weiß nicht genau, mit wem noch.« Julian sah Jacobs hilfesuchend an.

»Und was wird besprochen?«

»Nun ja, so viel ich weiß geht es um« – er zögerte – »Eure Zukunft.«

»Meine Zukunft? Da drinnen wird über mein Leben entschieden und ich darf nicht rein?« Arista schäumte. »Ist Prinz Rudolf auch dabei? Und vielleicht Lanis Ethelred?«

»Äh … ich weiß nicht … ich glaube nicht.« Julian warf Jacobs erneut einen Blick zu, doch der wollte mit der Sache nichts zu tun haben. »So beruhigt Euch doch, Hoheit. Man kann Euch da drinnen wahrscheinlich hören.«

»Um so besser!«, rief Arista. »Sollen sie ruhig. Ich will, dass sie mich hören. Wenn sie glauben, ich drehe hier Däumchen, bis sie ihre Entscheidung gefällt haben, und höre mir dann an, was mir als Schicksal bestimmt ist, dann …«

»Arista!«

Sie drehte sich um. Die Tür zum Thronsaal war aufgegangen, und die Wachen traten hastig zur Seite, um ihren Bruder Alric durchzulassen. Alric trug den weißen Pelzmantel, den er auf Julians Drängen immer zu offiziellen Anlässen umlegte, und die schwere goldene Krone, die er sich in den Nacken geschoben hatte. »Was hast du denn? Du brüllst hier herum wie eine Wahnsinnige.«

»Das kann ich dir genau sagen: Ich werde nicht zulassen, dass du mir das antust. Du wirst mich nicht nach Alburn oder Warric schicken wie eine … eine … Ware.«

»Ich schicke dich doch gar nicht nach Warric oder Alburn. Wir haben beschlossen, dass du nach Dunmore gehst.«

»Dunmore?« Arista sah ihn wie vom Schlag getroffen an. »Soll das ein Witz sein? Sag, dass das ein Witz ist.«

»Ich wollte es dir heute Abend mitteilen. Obwohl ich nicht mit einer so heftigen Ablehnung gerechnet habe. Ich dachte, du würdest dich freuen.«

»Freuen? Freuen! Klar finde ich es ganz toll, wenn ich für irgendwelche politischen Vorteile ins Ausland verkauft werde. Was bekommst du für mich? Verhandelst du darüber gerade? Was ich dir einbringe?« Sie stellte sich auf die Zehenspitzen, um über die Schultern ihres Bruders in den Thronsaal sehen zu können. »Mussten sie auf mich bieten wie auf eine Preiskuh?«

»Preiskuh? Wovon redest du?« Alric sah sich verlegen um und schloss die Tür. Er scheuchte Julian und Jacobs mit einer Handbewegung fort und sagte leiser: »Du gewinnst damit den Respekt der anderen und hast eigene Befugnisse. Du bist nicht mehr nur die Prinzessin, sondern hast eine Aufgabe. Hast du nicht immer selbst gesagt, du wolltest aus deinem Turm heraus und etwas Nützliches für das Königreich tun?«

»Und … und das ist dir dabei eingefallen?« Sie hätte schreien mögen. »Tu's nicht, Alric, ich flehe dich an. Ich weiß, dass ich dir eine Last war, und ich weiß, was die Leute über mich sagen. Glaubst du, ich bekomme es nicht mit, wenn sie mich heimlich *Hexe* nennen? Glaubst du, ich weiß nicht, was beim Prozess gesagt wurde?«

»Arista, die Zeugen wurden zu ihren Aussagen gezwungen, das weißt du doch.« Alric warf Hilfred einen Blick zu, der neben Arista stand und den Schuh in der Hand hielt, den sie verloren hatte.

»Ich sage ja auch nur, dass ich Bescheid weiß. Bestimmt beschweren sie sich ständig bei dir.« Arista zeigte auf die geschlossene Tür hinter Alric. Sie wusste nicht, wenn sie mit *sie* meinte, und hoffte, dass er nicht nachfragte. »Aber ich kann nichts dafür, was die Leute denken. Wenn du willst, absolviere ich mehr öffentliche Auftritte. Ich könnte an Galaessen teilnehmen. Ich könnte Sticken lernen. Ich könnte so einen albernen Gobelin weben. Mit einem absolut harmlosen Motiv. Wie wär's mit einer Hirschjagd? Ich weiß zwar nicht, wie man einen Gobelin webt, aber Bernice weiß es bestimmt – die kennt sich mit diesem ganzen Quatsch aus.«

»Du willst einen Gobelin weben?«

»Wenn es hilft? Ich will mich bessern. An meiner Tür im neuen Turm habe ich nicht einmal mehr ein magisches Schloss. Seit deiner Krönung habe ich Magie nicht mehr angerührt, ich schwöre es. Verurteile mich bitte nicht zu einem Leben in Knechtschaft. Es macht mir nichts aus, nur Prinzessin zu sein, wirklich nicht.«

Alric sah sie verwirrt an.

»Im Ernst, Alric. Tu mir das nicht an, bitte.«

Er seufzte und betrachtete sie traurig. »Was soll ich denn sonst mit dir tun, Arista? Du kannst doch nicht den Rest deines Lebens wie ein Eremit in diesem Turm verbringen. Ich glaube wirklich, dass mein Vorschlag die beste Lösung wäre. Es würde dir guttun. Du verstehst das vielleicht nicht gleich, aber … sieh mich nicht so an! Ich bin der König und du tust, was ich sage. Ich brauche dich dafür. Das Königreich braucht dich.«

Arista wollte nicht glauben, was sie da hörte. Tränen traten ihr in die Augen, und sie biss die Zähne zusammen und atmete schneller, um sie zu unterdrücken. Ihr war heiß und ein wenig schwindlig. »Und ich soll wahrscheinlich sofort weggekarrt werden. Stehen deshalb die Kutschen im Hof?«

»Ja«, sagte Alric fest. »Ich hatte gehofft, du würdest morgen früh aufbrechen.«

»Morgen?« Die Beine drohten unter ihr nachzugeben und sie schnappte nach Luft.

»Bei Maribor, Arista … du tust geradezu so, als solltest du einen wunderlichen alten Kauz heiraten.«

»Na prima!«, fauchte Arista. »Wie rührend du für mich sorgst. Wer ist es denn? Ein Neffe von König Roswort? Ach du lieber Maribor, Alric! Warum Dunmore? Rudolf wäre schon schlimm genug gewesen, aber ein Bündnis mit Alburn hätte ich wenigstens verstanden. Aber Dunmore? Das ist nur grausam. Verabscheust du mich so sehr? Bin ich so schrecklich, dass ich irgendeinen unbedeutenden Herzog eines primitiven Königreichs heiraten muss? Nicht einmal Vater hätte das gewollt … aber … warum lachst du? Lach nicht, du gefühlloser Wüstling!«

»Du sollst doch nicht heiraten, Arista«, brachte Alric schließlich mühsam heraus.

Arista musterte ihn mit misstrauisch zusammengekniffenen Augen. »Nicht?«

»Du meine Güte, nein! Hast du das geglaubt? Das würde

ich nie tun. Ich kenne doch deine Freunde. Ich würde wieder den Galewyr hinuntertreiben.«

»Um was geht es dann? Julian meinte, ihr würdet da drinnen über mein Schicksal beraten.«

»Ich … also ich habe dich zur offiziellen Botschafterin von Melengar ernannt.«

Arista starrte ihren Bruder einen langen Moment stumm an. Dann blickte sie, ohne den Kopf zu drehen, zur Seite und nahm Hilfred den Schuh ab. Auf Hilfreds Schulter gestützt, zog sie ihn an.

»Aber Bernice meinte, Saldi hätte dir eine Liste mit möglichen Freiern überreicht«, sagte sie verunsichert.

»Stimmt, hat er.« Alric kicherte. »Haben wir vielleicht gelacht!«

»Wir?«

»Mauvin und Fanen sind da drin.« Er zeigte mit dem Daumen auf die Tür. »Sie begleiten dich. Fanen will an dem Turnier teilnehmen, das die Kirche droben in Ervanon veranstaltet. Es sollte eigentlich eine große Überraschung werden, aber du hast wie üblich wieder alles verdorben.«

»Tut mir leid«, sagte Arista, und ihre Stimme zitterte ganz unerwartet. Sie schlang die Arme um ihren Bruder und drückte ihn an sich. »Danke.«

***

Die Vorderräder der Kutsche tauchten mit einem Ruck in ein Schlagloch ein, und im nächsten Moment taten es ihnen die Hinterräder gleich. Arista schlug fast mit dem Kopf an die Decke und wurde aus ihren Gedanken gerissen, was ärgerlich war, denn der Name des Finanzministers von Dunmore hatte ihr schon auf der Zunge gelegen. Er begann mit Bon, Bonny oder Bobo – nein, Bobo wohl eher nicht, aber jedenfalls so ähnlich. All die Namen und Titel! Der dritte Baron von Brodinia, der Graf von Nith – oder war es der dritte Baron von Nith und der Graf von Brodinia? Arista betrachtete ihren Handteller. Ob sie sich die Namen dort aufschreiben sollte? Aber wenn das herauskam, war es nicht nur für sie selbst, sondern auch für Alric und ganz Melengar peinlich. Ab jetzt schadete jeder Fehler, jedes Versehen nicht nur ihr, sondern auch ihrem Land. Sie durfte einfach keinen Fehler machen. Nur wusste sie leider nicht, wie das ging. Hätte ihr Bruder ihr doch mehr Zeit zur Vorbereitung gelassen!

Dunmore war ein junges Königreich, erst siebzig Jahre alt, ein verwahrlostes Lehen, das ehrgeizige Adlige mäßig vornehmer Abstammung der Wildnis entrissen hatten. An Tradition und Kultur konnte es sich nicht mit den anderen Königreichen Avryns messen, dafür gab es eine Unmenge der langweiligsten Ämter samt zugehöriger Titel. Bestimmt hatte König Roswort sie geschaffen, ähnlich wie ein wenig vermögender Mensch seinem bescheidenen Heim aus Verlegenheit ein Übermaß an Schmuck angedeihen lässt. Roswort hatte jedenfalls mehr Minister als Alric, mit doppelt so langen und beeindruckend vagen Titeln wie Stellvertretender Minister des Zweiten Königlichen Straßeninspektions-Quorums. *Was bedeutet das überhaupt?* Ähnlich unergründlich war die Zuständigkeit des Großmeisters der Flotte, da Dunmore auf allen Seiten von Land umschlossen war! Doch Julian hatte ihr eine Liste mitgegeben und Arista bemühte sich nach Kräften, sie auswendig zu lernen. Gleiches galt für eine zweite Liste mit Angaben zu Import und Export, Handelsabkommen, militärischen Verträgen und sogar dem Namen des königlichen Hundes. Seufzend ließ Arista den Kopf gegen das Samtpolster sinken.

»Was fehlt Euch, meine Liebe?«, erkundigte sich Bischof Saldur, der ihr unmittelbar gegenübersaß und die Finger aneinandergepresst hielt. Er starrte sie unverwandt mit einem Blick an, der mehr sah als nur ihr Gesicht. Wäre er jemand anders gewesen, sie hätte seinen Blick als unverschämt empfunden. Saldur – oder Saldi, wie sie ihn zu nennen pflegte – hatte sie, als sie fünf war, in der Kunst des Pusteblume-Pustens unterrichtet. Er hatte ihr beigebracht, wie man Dame spielte, und weggesehen, wenn sie auf Bäume kletterte oder auf ihrem Pony galoppierte. Anlässlich ihres sechzehnten Geburtstags hatte er sie persönlich in den Grundlehren des nyphronischen Glaubens unterwiesen. Er war wie ein Großvater für sie, und er hatte sie schon immer angestarrt. Sie hatte längst aufgegeben, nach dem Grund zu fragen.

»Ich muss mir viel zu viel merken und bringe alles durcheinander. Das ständige Ruckeln tut ein Übriges. Die Sache ist die« – sie blätterte kopfschüttelnd durch die Pergamente auf ihrem Schoß – »ich will meine Sache gut machen, kann es aber wahrscheinlich nicht.«

Der Alte lächelte und hob voller Mitgefühl die Augenbrauen. »Ihr schafft das schon. Außerdem fahrt Ihr ja nur nach Dunmore.« Er zwinkerte ihr zu. »Ihr werdet vermutlich feststellen, dass Seine Majestät König Roswort kein angenehmer Mensch ist. In Dunmore macht man sich nur langsam die Tugenden zu eigen, die der Rest der zivilisierten Welt schon länger genießt. Seid geduldig und höflich. Denkt immer daran, dass Ihr Euch an König Rosworts Hof befindet und nicht in Melengar, und dass Ihr ihm dort untergeben seid. In Gesprächen tut Ihr am besten daran, zu schweigen. Lernt zu schweigen. Lernt zuzuhören, statt selbst zu reden, und Ihr werdet so manchen Sturm überstehen. Und versprecht nichts. Erweckt den Eindruck, als würdet Ihr es tun, aber sagt es nicht wirklich. Dann kann Alric sich immer noch herausreden. Ihr wärt schlecht beraten, Eurem Monarchen die Hände zu binden.«

»Wollt Ihr etwas trinken, Herrin?«, fragte Bernice, die neben Arista auf der gepolsterten Bank saß und einen Korb mit Leckereien für die Reise hütete. Die Zofe hatte den Rücken durchgedrückt und die Knie aneinandergepresst, hielt den Korb mit den Händen fest und rieb mit den Daumen sanft daran. Sie lächelte Arista an, und von ihren Augenwinkeln breiteten sich fächerartig tiefe Falten aus. Doch ihr Lächeln war ein wenig zu breit und drückte ihre feisten Wangen ein wenig zu hoch – es wirkte herablassend, so wie man ein Kind anlächelt, das sich das Knie aufgeschrammt hat. Arista fragte sich manchmal, ob die Alte ihr die Mutter ersetzen wollte.

»Was habt Ihr denn Habhaftes in Eurem Korb, meine Liebe?«, fragte Saldur.

»Eine Flasche Branntwein«, antwortete Bernice. Hastig fügte sie hinzu: »Falls es kalt wird.«

»Da fällt mir ein, mir ist tatsächlich ein wenig kühl.« Saldur rieb sich wie fröstelnd die Arme.

Arista hob die Augenbrauen. »Diese Kutsche ist wie ein Ofen«, sagte sie und zog an dem Kragen ihres Kleides, der ihr bis zum Kinn reichte. Alric hatte ihr eingeschärft, dass sie sich unbedingt sittsam und bescheiden kleiden müsse – geradezu als sei sie im Schloss ständig in tiefausgeschnittenen, knallroten Kleidern herumgelaufen, wie man sie im Wirtshaus zu sehen bekam. Bernice fühlte sich dadurch ermächtigt, Arista in altbackene Kleider aus schweren Stoffen zu zwängen. Die einzige Ausnahme war das Kleid für den Empfang beim König von Dunmore. Da Arista unbedingt einen guten Eindruck hinterlassen wollte, hatte sie beschlossen, das festliche Abendkleid zu tragen, das einst ihrer Mutter gehört hatte. Es war schlicht das allerschönste Kleid, das sie kannte. Immer wenn ihre Mutter es getragen hatte, hatte sie damit alle Blicke auf sich gezogen, so großartig, so prächtig hatte sie darin ausgesehen – jeder Zoll die Königin.

»Das ist das Alter, meine Liebe«, meinte Saldur. »Kommt, Bernice, lasst uns gemeinsam ein Gläschen trinken.« Auf dem Gesicht der alten Zofe erschien ein verlegenes Lächeln.

Arista zog den Samtvorhang zur Seite und blickte aus dem Fenster. Ihre Kutsche fuhr in der Mitte einer Kolonne von Wagen und berittenen Soldaten. Auch Mauvin und Fanen mussten irgendwo da draußen sein, aber Arista konnte sie durch den Ausschnitt des Fensters nicht sehen. Gegenwärtig fuhren sie durch Ghent, ein Königreich ohne König, denn es wurde seit mehreren hundert Jahren von der Nyphronkirche direkt verwaltet. Arista sah eine steinige Landschaft mit vereinzelten Bäumen und staubig braunen Bergen, als habe der Frühling sich verspätet – als sei er anderswo zu beschäftigt, um sich auch noch um diese Gegend kümmern zu können. Hoch über ihnen zog ein Falke seine weiten Kreise.

»Du meine Güte!«, rief Bernice, als die Kutsche wieder heftig schaukelte. *Du meine Güte*, zu heftigeren Worten ließ Bernice sich nie hinreißen. Arista drehte sich wieder zu den beiden um. Das Ruckeln machte das Einschenken des Branntweins zu einer Herausforderung. Saldur hielt die Flasche, Bernice den Becher, und ihre Arme hoben und senkten sich und versuchten sich in der Mitte zu treffen wie bei einer Geschicklichkeitsprüfung auf dem Jahrmarkt – einem einfach scheinenden Spiel, bei dem die Mitspieler sich aber letztlich blamierten. Endlich gelang es Saldur einzuschenken, und die beiden lachten erleichtert.

»Kein Tropfen daneben«, sagte er selbstzufrieden. »Auf unsere neue Botschafterin! Dass wir stolz auf sie sein können.« Er hob den Becher, nahm einen großen Schluck und lehnte sich mit einem Seufzer zurück. »Wart Ihr schon in Ervanon, meine Liebe?«

Arista schüttelte den Kopf.

»Ihr werdet es sehr anregend finden. Mich überrascht wirklich, dass Euer Vater nie mit Euch dort war. Jedes Mitglied der Nyphronkirche sollte einmal im Leben dorthin pilgern.«

Arista nickte, ohne zu erwähnen, dass ihr verstorbener Vater nicht besonders gläubig gewesen war. Er hatte an den Gottesdiensten seines Königreichs teilnehmen müssen, sie aber oft genug geschwänzt, wenn die Fische bissen oder die Jäger im Tal einen Hirsch gesichtet hatten. Gelegentlich hatte er natürlich auch Trost gesucht. Arista hatte sich lange gewundert, warum er in der Nacht, in der der nichtswürdige Zwerg ihn erstochen hatte, in der Kapelle gewesen war. Und, noch entscheidender, woher ihr Onkel Percy, der den Mord geplant hatte, gewusst hatte, dass er dort sein würde. Die Frage hatte ihr keine Ruhe gelassen, bis sie begriff, dass ihr Vater nicht zu Novron oder Maribor gebetet hatte – er hatte mit ihrer Mutter gesprochen. Es war der Jahrestag des Feuers gewesen, in dem sie ums Leben gekommen war. Wahrscheinlich hatte er die Kapelle jedes Jahr um diese Zeit besucht. Dass ihr Onkel die Gewohnheiten ihres Vaters besser kannte als sie, gab Arista zu denken. Und auch, dass sie nie daran gedacht hatte, ihn zu begleiten.

»Ihr werdet auch die Ehre haben, mit Seiner Heiligkeit dem Erzbischof von Ghent zu sprechen.«

Arista setzte sich überrascht auf. »Das hat Alric gar nicht erwähnt. Ich dachte, wir würden durch Ervanon nur auf dem Weg nach Dunmore durchfahren.«

»Es handelt sich auch nicht um ein offizielles Treffen. Der Erzbischof will nur die neue Botschafterin von Melengar kennenlernen.«

»Werde ich auch den Patriarchen treffen?«, fragte Arista besorgt. Nicht auf Dunmore vorbereitet zu sein war schlimm genug, aber dem Patriarchen unvorbereitet zu begegnen wäre eine Katastrophe gewesen.

»Nein.« Saldur lächelte vergnügt wie über ein Kind, dass gerade laufen lernt. »Solange wir den Erben Novrons nicht gefunden haben, ist der Patriarch für uns der nächste Vermittler zu Gott. Er führt ein abgeschiedenes Leben und spricht nur bei seltenen Gelegenheiten. Er ist ein sehr bedeutender, sehr heiliger Mann. Außerdem dürfen wir die Reise nicht zu lange ausdehnen. Schließlich wollt Ihr nicht zu spät zu Eurer Verabredung mit König Roswort in Glamrendor kommen.«

»Also kann ich wahrscheinlich auch nicht beim Turnier dabei sein.«

Der Bischof nahm noch einen Schluck und seine Lippen glänzten feucht. »Warum nicht?«

»Wenn ich gleich nach Dunmore weiterfahre, bin ich nicht mehr in Ervanon, wenn …«

»Aber das Turnier findet nicht in Ervanon statt«, erklärte Saldur. »Auf den Flugblättern, die Ihr bestimmt kennt, ist nur davon die Rede, dass die Teilnehmer sich dort versammeln sollen.«

»Wo findet es dann statt?«

»Hm, das soll eigentlich geheim bleiben. Angesichts der Bedeutung des Turniers muss unbedingt alles seinen geregelten Gang nehmen, aber ich kann Euch immerhin eins sagen: Dunmore liegt auf dem Weg zum Austragungsort. Ihr macht dort halt für die Audienz mit dem König und könnt anschließend mit den anderen zum Turnier weiterfahren. Es liegt bestimmt auch im Interesse Alrics, dass seine Botschafterin diesem bedeutsamen Ereignis beiwohnt.«

»Wunderbar, das würde mich freuen – Fanen Pickering nimmt daran teil. Kommt Ihr auch?«

»Darüber wird der Erzbischof entscheiden.«

»Hoffentlich. Fanen freut sich bestimmt, wenn ihn möglichst viele anfeuern.«

»Oh, aber die Teilnehmer treten nicht gegeneinander an. Ich weiß, die Herolde werben damit, leider, denn es entspricht nicht der Absicht der Patriarchen.«

Arista sah ihn verwirrt an. »Aber es handelt sich doch um ein Turnier. Auf einer Ankündigung war von einer großen Veranstaltung der Kirche die Rede, auf der Mut und Geschick geprüft würden. Dem Sieger winke eine große Belohnung.«

»Das stimmt ja auch alles, führt aber trotzdem in die Irre. Geschick ist weniger wichtig als Mut und … Nun, Ihr werdet sehen.«

Saldur kippte seinen Becher ein wenig, runzelte die Stirn und richtete den Blick hoffnungsvoll auf Bernice.

Arista starrte ihn noch einen Moment lang fragend an, begriff aber, dass er keinen weiteren Kommentar abgeben wollte. Also wandte sie sich wieder dem Fenster zu und blickte hinaus. Hilfred trabte auf seinem weißen Hengst neben der Kutsche her. Im Unterschied zu Bernice war er zurückhaltend und schweigsam. Aus gebührender Entfernung wachte er über Arista und respektierte ihre Privatsphäre, so gut es eben als Leibwächter ging, der seinem Schützling überallhin folgen musste. Er war immer in Sichtweite, ohne sie jemals anzusehen – der perfekte Schatten. Das war immer so gewesen, aber seit dem Prozess hatte sich trotzdem etwas verändert, zwar kaum merklich, aber Arista spürte es trotzdem. Hilfred hatte sich von ihr zurückgezogen. Vielleicht hatte er wegen seiner Zeugenaussage ein schlechtes Gewissen, oder er glaubte, wie so viele andere, einigen der gegen sie vorgebrachten Anklagen. Womöglich hielt er sie also für eine Hexe. Vielleicht bereute er sogar, dass er sie damals in jener Nacht aus dem Feuer gerettet hatte. Mit einem Seufzer zog Arista den Vorhang zu.

***

Als die Wagenkolonne in Ervanon eintraf, war es dunkel. Bernice schlief. Ihr Kopf hing über den Korb, der hinunterzufallen drohte. Auch Saldur war eingenickt. Sein Kopf sank langsam tiefer, fuhr mit einem Ruck wieder nach oben und begann erneut zu sinken. Arista streckte den Kopf durch das Fenster, um nach vorn sehen zu können, und spürte die kühle, taufeuchte Nachtluft im Gesicht. Der Himmel war mit unzähligen Sternen übersät, einer Art glitzerndem Staub. Vor sich sah Arista auf einem mächtigen Berg die schwarzen Umrisse der Stadt. Die Häuser versanken in der Dunkelheit, doch ragte unverkennbar und wie ein einzelner Finger der Kronturm daraus hervor. Die Alabasterzinnen, die das Dach säumten, schienen wie eine weiße Krone in der Luft zu schweben. Es handelte sich um ein uraltes Relikt aus der Zeit der Hausmeier, das höchste je von Menschenhand errichtete Gebäude. Selbst aus der Ferne weckte es Ehrfurcht.

Auf der Ebene um die Stadt brannten überall Lagerfeuer, flackernde Lichtpünktchen wie von einem Schwarm ruhender Glühwürmchen. Beim Näherkommen hörte Arista aus den vielen Zelten am Straßenrand Stimmen, Rufe, Gelächter und Geschrei. Hier kampierten die Teilnehmer des Turniers, dem Anschein nach viele hundert. Arista konnte im Vorbeifahren nur einen flüchtigen Blick darauf werfen. Gesichter leuchteten im Schein der Feuer auf, schattenhafte Gestalten mit Tellern in den Händen, Männer allen Alters, die vergnügt auf dem Boden saßen und aus Bechern tranken. Überall standen Zelte, und im Dunkel dahinter waren angepflockte Pferde und Wagen zu erkennen.

Der letzte Abschnitt der Straße war gepflastert, und Kutschräder und Pferdehufe begannen laut zu rasseln und zu klappern. Sie passierten ein Tor, dann war nur noch gelegentlich ein von einer Fackel beleuchtetes Stück Mauer oder eine brennende Kerze in einem nahen Fenster zu sehen. Arista war enttäuscht. Sie hatte sich an der Universität von Sheridan mit der Geschichte der Stadt beschäftigt und sich auf den Besuch der alten Kapitale gefreut, die einst die Welt beherrscht hatte. Das Machtvakuum nach dem Untergang des alten novronischen Imperiums hatte zunächst zu Bürgerkriegen geführt. Die Menschen hatten sich nach ihrer ursprünglichen ethnischen Zugehörigkeit aufgeteilt und die vier Nationen von Apeladorn gebildet, Trent, Avryn, Calis und Delgos. Verschiedene streitbare Fürsten hatten sich in diesen Nationen gegenseitig befehdet und um die Vorherrschaft gekämpft. Nach über dreihundert Jahren unausgesetzter Kämpfe war es schließlich einem Herrscher gelungen, die vier Nationen wieder zu einem Reich zu einen. Glenmorgan von Ghent, ein so genialer wie grausamer Feldherr, beendete die Zeit der Bürgerkriege und vereinigte Trent, Avryn, Calis und Delgos unter seinem Banner. Die Nyphronkirche stellte sich hinter ihn, verlieh ihm aber den Titel eines Verteidigers des Glaubens und Hausmeiers des Erben und stellte dadurch klar, dass sie ihn nicht als Erben Novrons betrachtete. Doch stärkte sie das neue Reich, indem sie ihren Sitz nach Ervanon verlegte und dort die große Kathedrale neben Glenmorgans Burg erbaute.

Die Hausmeier hielten sich nicht lange an der Herrschaft. Glenmorgans Sohn war laut Aristas Professor seiner Aufgabe als Thronerbe nicht gewachsen, und bereits siebzig Jahre nach seiner Entstehung endete das Reich durch den Verrat des

Adels an Glenmorgan III. Calis und Trent machten sich selbständig, Delgos erklärte sich zur Republik.

In den anschließenden Feldzügen wurde Ervanon größtenteils zerstört. Später zog der Patriarch in den einzigen Teil von Glenmorgans großem Palast, der verschont geblieben war – den Kronturm. Seit damals waren Turm und Stadt praktisch gleichbedeutend mit der Kirche und galten als heiligster Ort der Welt nach der alten – aber verschollenen – novronischen Hauptstadt Percepliquis.

Die Kutsche blieb mit einem Ruck stehen, und die Insassen purzelten durcheinander. Saldur fuhr aus dem Schlaf hoch, die alte Zofe starrte erschrocken auf den Inhalt des Korbs, der sich auf den Boden ergossen hatte.

»Wir sind da«, erklärte Saldur schlaftrunken. Er rieb sich die Augen, gähnte und streckte sich.

Der Kutscher stellte die Bremse fest, kletterte vom Bock und öffnete den Schlag. Ein Schwall kalter, feuchter Luft drang herein und ließ Arista frösteln. Steif und benommen stieg sie aus. Es fühlte sich seltsam an, auf einmal nicht mehr zu fahren. Sie hatten am Fuß des mächtigen Kronturms gehalten. Arista sah an ihm hinauf und Schwindel erfasste sie. Der Turm hob sich selbst um diese späte Stunde hell vom Nachthimmel ab. Er stand auf einer runden Kuppe namens Glenmorgan-Höhe, der höchsten Erhebung im Umkreis von Meilen. Arista blickte über die Stadtmauer auf das darunter ausgebreitete Tal. Obwohl sie keine einzige Stufe hinaufgestiegen war, hatte sie das Gefühl, auf dem Dach der Welt zu stehen.

Sie gähnte bibbernd, und schon stand Bernice neben ihr, legte ihr einen Mantel über die Schultern und knöpfte ihn zu. Saldur brauchte länger zum Aussteigen. Ganz langsam streckte er zuerst das eine, dann das andere dürre Bein zum

Boden hinunter und belastete es prüfend mit seinem Gewicht.

»Euer Gnaden.« Ein Bote in Form eines Jungen war aufgetaucht. »Ihr hattet hoffentlich eine angenehme Reise. Der Erzbischof lässt ausrichten, dass er die Prinzessin in seinen Privatgemächern erwartet.«

Arista erstarrte. »Jetzt?« Sie wandte sich an den Bischof. »Ich soll doch wohl nicht so zu ihm gehen, schmutzig und verschwitzt von einem Tag auf der Straße. Ich sehe furchtbar aus, stinke wie ein Schwein und bin todmüde.«

»Ihr seht wie immer entzückend aus, Herrin«, gluckte Bernice und strich ihr über die Haare, eine Angewohnheit, die Arista besonders verabscheute. »Der Erzbischof sieht als Geistlicher bestimmt nicht auf Euer Äußeres, sondern nur auf Eure Seele.«

Arista musterte Bernice skeptisch und verdrehte die Augen.

In klerikale Gewänder gekleidete Bedienstete eilten herbei, luden die Koffer ab, spannten die Pferde aus und tränkten sie.

»Bitte folgt mir, Euer Gnaden«, sagte der Junge und ging zum Turm voraus.

Sie betraten eine große Rotunde mit einem glänzenden Marmorfußboden und Säulen, die einen an der Wand verlaufenden Umgang abtrennten. Leiser Gesang ertönte wie aus großer Ferne, einige Dutzend Stimmen, vielleicht ein Chor, der gerade probte. Auf verschiedenen polierten Oberflächen spiegelte sich das flackernde Licht unsichtbarer Lampen. Laut hallten ihre Schritte durch den Saal.

»Können wir das Treffen nicht auf morgen Vormittag verschieben?«

»Nein«, erwiderte Saldur, »es ist sehr wichtig.«

Arista runzelte verwirrt die Stirn. Sie war davon ausgegangen, dass es sich beim Besuch des Erzbischofs nur um eine

Formalität handelte. Jetzt war sie sich nicht mehr so sicher. Als Percy Braga damals versucht hatte, die Herrschaft über das Königreich Melengar an sich zu reißen, hatte er Arista für den Mord an ihrem Vater vor Gericht gestellt. Sie hatte den Verhandlungen nicht beiwohnen dürfen, später aber von den Zeugenaussagen gehört, darunter auch der ihres geliebten Saldi. Wenn man den Gerüchten trauen durfte, hatte Saldur sie nicht nur als Mörderin ihres Vaters, sondern auch als Hexe denunziert. Sie hatte ihn nie auf diese Beschuldigungen angesprochen, genauso wenig wie sie von Hilfred eine Erklärung gefordert hatte. Der eigentliche Schuldige war Percy Braga. Er hatte die anderen hereingelegt. Hilfred und Saldur hatten nur getan, was sie zum Wohl des Königreichs für am besten hielten. Doch fragte Arista sich unwillkürlich, ob nicht vielleicht *sie* sich zum Narren hatte halten lassen.

Die Kirche betrachtete Hexerei und Magie jeder Art als schwere Gotteslästerung. *Wenn Saldi mich nun für schuldig hielte, würde er gegen mich vorgehen?* Die Vorstellung erschien ihr abwegig. Der Bischof war immer wie ein Familienmitglied für sie gewesen, nett und gütig. Doch Braga, ihr tatsächlicher Onkel, hatte nach zwanzig Jahren treuer Dienste ihren Vater ermordet und dasselbe bei ihr und Alric versucht. Bei ihm hatte die Machtgier alle Skrupel hinweggefegt.

Arista spürte auf einmal überdeutlich, wie Hilfred hinter ihr die Treppe hinaufstieg. Sonst gab seine Anwesenheit ihr immer ein beruhigendes Gefühl der Sicherheit, diesmal fühlte sie sich bedroht. *Warum sieht er mich nie an?* Vielleicht irrte sie sich. Vielleicht stand dahinter nicht ein schlechtes Gewissen oder Abneigung, vielleicht wollte er nur Distanz halten. Sie hatte gehört, dass Bauern Milchkühen oft Namen gaben, nie aber den zum Schlachten bestimmten Fleischkühen.

Ihre Gedanken begannen zu rasen. Brachte man sie wieder

in eine abgeschlossene Zelle, nur in einem anderen Turm? Sollte sie hingerichtet werden, wie die Kirche damals Glenmorgan III. hingerichtet hatte? Würde man sie auf einem Scheiterhaufen verbrennen und ihren Tod nachträglich als Sühne für das Verbrechen der Ketzerei rechtfertigen? Was würde Alric tun, wenn er davon erfuhr? Ob er der Kirche den Krieg erklärte? Aber dann hatte er alle anderen Königreiche gegen sich. Nein, er würde sich dem Urteil der Kirche wohl oder übel beugen müssen.

Sie kamen zu einer Tür, und der Bischof beauftragte Bernice, weiterzugehen und das Zimmer der Prinzessin für ihre Ankunft vorzubereiten. Hilfred sollte vor der Tür warten. Dann geleitete er Arista nach drinnen und schloss die Tür hinter ihr.

Das Zimmer, das sie betraten, war überraschend klein, eine Studierstube mit einem übervollen Schreibtisch und einigen Stühlen. Wandleuchten beschienen dicke Folianten, Pergamente, Siegel, Landkarten und geistliche Gewänder für verschiedene Anlässe.

Zwei Männer erwarteten sie. Hinter dem Schreibtisch saß der Erzbischof, ein Greis mit weißen Haaren und runzligem Gesicht. Er trug eine purpurrote Soutane mit einem bestickten Schulterkragen, und um den Hals hing ihm wie ein offenes Halstuch eine goldene Stola. Sein längliches, bleiches Gesicht wirkte durch den ungekämmten Bart, der ihm im Sitzen bis zu den Füßen reichte, noch länger. Geduckt und mit hochgezogenen Schultern saß er auf einem hohen, hölzernen Stuhl, was den Eindruck erweckte, als beugte er sich neugierig vor.

Ein deutlich jüngerer, kleiner und schmächtiger Mann mit langen Fingern und unruhig hin und her wandernden Augen durchwühlte die Schriftstücke auf dem Schreibtisch. Auch er war bleich, als hätte er die Sonne seit Jahren nicht mehr gesehen. Seine langen schwarzen, zu einem straffen Pferdeschwanz zurückgebundenen Haare verliehen ihm das asketische Aussehen eines völlig in seiner Arbeit aufgehenden Menschen.

»Eure Heiligkeit Erzbischof Galien«, sagte Saldur, nachdem sie eingetreten waren, »darf ich Euch Prinzessin Arista Essendon von Melengar vorstellen?«

»Sehr erfreut, dass Ihr kommen konntet«, sagte der Greis. Er hatte kaum noch Zähne und saugte immer wieder an seinen dünnen Lippen. Seine Stimme klang schrill und kratzig. »Setzt Euch doch. Bestimmt seid Ihr nach so einem Tag in einer schaukelnden Kutsche müde. Schreckliche Dinger, wirklich. Sie reißen die Straßen auf und schütteln einen durch, dass einem Hören und Sehen vergeht. Wie ich sie verabscheue! Man sitzt in ihnen wie in einem Sarg, und in meinem Alter steigt man nicht mehr gern in Kästen welcher Art auch immer. Aber ich muss mich wohl um der Zukunft willen damit abfinden, einer Zukunft, die ich selbst nicht mehr erleben werde.« Er zwinkerte ihr überraschend zu. »Darf ich Euch etwas zu trinken anbieten? Vielleicht Wein? Carlton, mach dich nützlich, du kleiner Strolch, und bring Ihrer Hoheit ein Glas von dem Montemorcey.«

Der andere Mann sagte nichts, eilte aber zu einer Truhe in der Ecke, nahm eine schwarze Flasche heraus und entkorkte sie.

»Setzt Euch, Arista«, flüsterte Saldur ihr ins Ohr.

Arista wählte einen rotsamtenen Sessel vor dem Schreibtisch aus, strich ihr Kleid glatt und setzte sich steif. Ihr Unbehagen wuchs, aber sie unterdrückte es.

Carlton reichte ihr auf einem ziselierten Silbertablett ein Glas Rotwein. Sie überlegte, ob der Wein ein Schlafmittel oder womöglich sogar Gift enthielt, tat den Gedanken aber als lächerlich ab. *Warum mich vergiften oder betäuben? Ich war doch schon so dumm, blindlings in euer Netz zu stolpern.* Wenn Hilfred schon zur Gegenseite übergelaufen war, hatte sie zu ihrem Schutz vor den Streitkräften Ghents nur noch Bernice. Sie war ihren Gegnern bereits auf Gedeih und Verderb ausgeliefert.

Sie nahm das Glas, nickte Carlton zu und nippte daran.

»Der Wein wird durch die Gewürzhandelsgesellschaft von Vandon in Delgos importiert«, sagte der Erzbischof im Plauderton. »Ich habe zwar keine Ahnung, wo Montemorcey liegt, aber man macht dort einen phantastischen Wein. Findet Ihr nicht auch?«

»Entschuldigt bitte«, platzte Arista nervös heraus. »Ich wusste nicht, dass ich Euch gleich aufsuchen würde, sondern hatte angenommen, ich könnte mich nach der langen Reise zuerst noch frisch machen. Sonst sehe ich nicht so schlimm aus. Vielleicht sollte ich mich zurückziehen und Euch morgen aufsuchen?«

»Aber Ihr seht hervorragend aus. Ihr könnt gar nicht anders, junge Prinzessinnen sind mit gutem Aussehen gesegnet. Bischof Saldur hatte völlig recht, Euch gleich hierher zu bringen, er weiß gar nicht, wie recht.«

»Ist etwas passiert?«, fragte Saldur.

»Von oben« – der Erzbischof hob den Blick und zeigte zur Decke – »kam der Bescheid, dass Luis Guy uns auf unserer Reise begleiten wird.«

»Der Inquisitor?«

Galien nickte.

»Aber das könnte von Vorteil sein, nicht wahr? Bestimmt bringt er eine Abteilung Seret-Ritter mit und kann für Ordnung sorgen.«

»Das denkt wahrscheinlich auch der Patriarch. Aber ich

kenne ihn. Er wird nicht auf mich hören und ist kein Diplomat. Aber wir sind nicht hier, um das zu besprechen.«

Der Erzbischof schwieg einen Moment, holte tief Luft und wandte seine Aufmerksamkeit wieder Arista zu. »Sagt mir, Kind, was wisst Ihr von Esrahaddon?«

Aristas Herz setzte einen Schlag aus, aber sie schwieg.

Bischof Saldur legte lächelnd seine Hand auf ihre. »Wir wissen bereits, dass Ihr ihn über Monate im Gutaria-Gefängnis besucht habt, meine Liebe, und dass er Euch in seiner abscheulichen schwarzen Magie unterrichtet hat. Wir wissen auch, dass Alric ihn befreit hat. Doch das ist jetzt unwichtig. Was wir dringend wissen müssen, ist sein Aufenthaltsort und ob er nach seiner Befreiung Kontakt mit Euch aufgenommen hat. Ihr seid die einzige ihm bekannte Person, die ihm vertraut, und deshalb die einzige, an die er sich womöglich wendet. Sagt also, mein Kind, habt Ihr mit ihm gesprochen?«

»Also deshalb habt Ihr mich hergebracht? Um einen angeblichen Verbrecher dingfest zu machen?«

»Er *ist* ein Verbrecher, Arista«, fiel Erzbischof Galien ein. »Egal was er Euch gesagt hat, er ist …«

»Woher wisst Ihr, was er gesagt hat? Habt Ihr jedes seiner Worte abgehört?«

»Ja«, sagte der Erzbischof unbewegt.

Die unverblümte Antwort überraschte Arista.

»Der alte Zauberer hat Euch ein Märchen aufgetischt, meine Liebe. Zwar stimmt ein großer Teil davon tatsächlich, aber er hat auch vieles weggelassen.«

Arista warf Saldur einen Blick zu, der mit grimmig-väterlicher Miene nickte.

»Nicht Euer Onkel Braga hat den Mord an Eurem Vater auf dem Gewissen«, fuhr der Erzbischof fort. »Sondern Esrahaddon.«

»Das ist absurd«, erwiderte Arista heftig. »Er saß damals im Gefängnis und konnte nicht einmal Nachrichten nach draußen schicken.«

»Nein? Aber durch Euch schon – und das hat er auch getan. Warum, glaubt Ihr, hat er Euch gezeigt, wie Ihr einen Heiltrank für Euren Vater mischen könnt?«

»Vielleicht wollte er ihn von seiner Krankheit heilen?«

»Amrath war ihm egal. Nicht einmal Ihr habt ihm etwas bedeutet. In Wahrheit wollte er den Tod Eures Vaters. Es war ein Fehler, zu ihm zu gehen, ihm zu vertrauen. Glaubtet Ihr, er würde Euer Freund sein? Ein weiser alter Lehrer wie Arcadius? Esrahaddon ist kein zahmes Tier, kein Ehrenmann, sondern ein Teufel. Er ist gefährlich. Er hat Euch zu seiner Flucht benutzt. Er hat von Anfang an überlegt, wie er Euch für seine Zwecke einsetzen kann. Wenn er freikommen wollte, musste der herrschende Monarch zu ihm kommen und ihn freilassen. Euer Vater wusste das und wusste auch, wer Esrahaddon war, deshalb war er dazu nicht bereit. Erst Alric hat es getan, weil er von nichts wusste. Esrahaddon musste also Euren Vater töten. Dazu musste er nur die Kirche glauben machen, Euer Vater sei der Erbe. Er wusste, dass wir dann gegen ihn vorgehen würden.«

»Aber warum sollte die Kirche den Erben töten? Das verstehe ich nicht.«

»Dazu kommen wir später. Vorerst genüge es zu sagen, dass Esrahaddons Interesse an Euch und Eurem Vater unsere Aufmerksamkeit weckte. Der Heiltrank, den Esrahaddon Euch herstellen ließ, besiegelte das Schicksal Eures Vaters. Er verfärbte sein Blut, so dass es aussah, als stamme er von der Familie des Imperators ab. Als Braga das erfuhr, machte er sich daran, Amrath und seine Kinder zu beseitigen. Er glaubte dabei im Sinn der Kirche zu handeln.«

»Soll das heißen, Braga hat meinen Vater im Auftrag der Kirche ermordet?«

»Nicht direkt – oder offiziell. Braga war ein sehr gläubiger Mensch. Aber er handelte auf eigene Faust und vorschnell, ohne das Urteil der Kirchenbürokratie, wie er unsere Behörde nannte, abzuwarten. Sowohl der Bischof wie ich selbst sprechen für die ganze Kirche, wenn wir Euch zu dieser schrecklichen Tragödie unser aufrichtiges Beileid bekunden. Aber nicht wir haben sie ins Werk gesetzt, das war Esrahaddon mit seinem Plan. Er hat die Kirche nur für seine Zwecke benutzt, wie er Euch benutzt hat.«

Arista starrte zuerst den Erzbischof und dann Saldur wütend an. »Ihr wusstet davon?«

Der Bischof nickte.

»Wie konntet Ihr zulassen, dass Braga meinen Vater tötet? Er war Euer Freund!«

»Ich wollte es ja verhindern«, erwiderte Saldur, »das müsst Ihr mir glauben. Sobald das mit dem Blut bekannt wurde und Euer Vater kompromittiert war, berief ich eine Sondersitzung der Kirche ein, aber Braga war nicht mehr aufzuhalten. Er wollte mir nicht zuhören und warf mir vor, ich verschwende nur wertvolle Zeit.«

Arista hatte auf einmal keine Angst mehr, ermordet zu werden. Stattdessen empfand sie Wut. Sie stand auf und ballte die Fäuste. Aus ihren Augen sprühten zornige Funken.

»Ich weiß, dass Ihr jetzt wütend seid, Arista, und Ihr habt auch jedes Recht dazu, aber lasst mich in meiner Erklärung fortfahren.« Der Erzbischof wartete, bis sie wieder saß. »Was ich Euch jetzt erzähle, ist das bestgehütete Geheimnis der Nyphronkirche. Nur die höchstrangigen Mitglieder des Klerus wissen davon. Ich vertraue Euch dieses Geheimnis an, weil wir Eure Hilfe brauchen und ich weiß, dass wir sie erst bekommen, wenn Ihr verstanden habt, worum es geht.« Er hob sein Weinglas und nahm einen kleinen Schluck. Dann beugte er sich vor und fuhr leise fort: »In den letzten Jahren des Imperiums deckte die Kirche ein finsteres Komplott auf, das zum Ziel hatte, die gesamte Menschheit zu versklaven. Die Verschwörung ging direkt auf den Imperator zurück. Nur die Kirche konnte die Menschheit retten. Wir töteten den Imperator und wollten auch seine gesamte Familie auslöschen, aber der Sohn des Imperators konnte mit Esrahaddons Hilfe entkommen. Er verfügt als Erbe über die Macht, die Dämonen der Vergangenheit zu beschwören und die Menschheit erneut an den Rand des Abgrunds zu führen. Deshalb sucht die Kirche ihn. Niemand darf vom Geschlecht des Imperators übrig bleiben, es stellt eine Bedrohung für uns alle dar. Nach so langer Zeit weiß der Erbe aber womöglich gar nichts von seiner Macht oder wer er überhaupt ist. Aber Esrahaddon weiß es. Wenn er den Erben findet, kann er ihn als Waffe gegen uns verwenden. Dann ist niemand mehr sicher.«

Der Erzbischof musterte Arista. »Esrahaddon gehörte einst dem hohen Rat an und trug als Ratsmitglied entscheidend dazu bei, das Imperium vor den Verschwörern zu retten. Doch dann verriet er im letzten Moment die Kirche. Statt auf einen friedlichen Übergang hinzuwirken, brach er skrupellos einen Bürgerkrieg vom Zaun, in dem das Imperium unterging. Die Kirche ließ ihm die Hände abschlagen und sperrte ihn für fast tausend Jahre ein. Was wird er Eurer Meinung nach tun, wenn er die Möglichkeit zur Rache hat? Sollte er je menschliche Züge besessen haben, hat er sie im Gutaria-Gefängnis abgelegt. Übrig bleibt ein mächtiger Dämon, der uns vernichten will – Rache um der Rache willen, davon ist er geradezu besessen. Wenn niemand ihn aufhält, wird er wie ein Flächenbrand alles verschlingen. Als Prinzessin eines Königreichs versteht Ihr sicher, dass für die Zukunft des Reiches Opfer gebracht werden müssen. Wir bedauern zutiefst den tragischen Irrtum, der Euren Vater das Leben gekostet hat, doch versteht Ihr jetzt hoffentlich, wie es dazu kommen konnte, nehmt unsere Entschuldigung an und helft uns, den Untergang der gesamten uns bekannten Welt zu verhindern.

Esrahaddon ist ein wahnsinniges Genie, das alles zerstören will. Seine Waffe ist der Erbe. Wenn er ihn vor uns findet, können wir nicht mehr verhindern, dass er die Schrecken entfesselt, die wir vor Jahrhunderten gebannt haben. Dann ist alles verloren – diese Stadt, Euer Königreich Melengar und ganz Apeladorn. Wir brauchen Eure Hilfe, Arista. Ihr müsst uns helfen, Esrahaddon zu finden.«

Unvermittelt ging die Tür auf und ein Priester trat ein.

»Euer Gnaden«, keuchte er, »der Inquisitor spricht zur Kurie.«

Galien nickte und wandte sich erneut an Arista. »Was meint Ihr, meine Liebe? Werdet Ihr uns helfen?«

Die Prinzessin blickte auf ihre Hände. Zu viele Dinge gingen ihr durch den Kopf: Esrahaddon, Braga, Saldi, mysteriöse Verschwörungen und Heiltränke. Nur ein Bild blieb inmitten dieses Chaos unverändert: das ihres Vaters, wie er leichenblass auf seinem blutgetränkten Bett gelegen hatte. Sie hatte so lange um ihn getrauert und jetzt … hatte Esrahaddon ihn getötet? Oder die Kirche? »Ich weiß nicht«, murmelte sie.

»Könnt Ihr uns wenigstens sagen, ob er seit seiner Flucht Kontakt mit Euch aufgenommen hat?«

»Ich habe schon vor dem Tod meines Vaters nichts mehr von ihm gesehen oder gehört.«

»Wie auch immer«, beschied der Erzbischof, »Ihr seht bestimmt ein, dass er sich am ehesten an Euch wenden würde. Uns liegt viel daran, dass Ihr uns bei unserer Suche helft. Als

Botschafterin Melengars könnt Ihr zwischen den Königreichen und Nationen hin und her reisen, ohne Verdacht zu erregen. Ich habe Verständnis dafür, wenn Ihr jetzt noch keine Entscheidung treffen könnt, und beharre nicht darauf. Aber denkt darüber nach. Die Kirche hat Euch großes Leid zugefügt. Gestattet bitte, dass wir es wiedergutmachen.«

Arista trank ihren restlichen Wein und nickte langsam.

***

»Glaubt Ihr, sie sagt die Wahrheit?«, fragte der Erzbischof. Seine jammervolle Miene hatte sich ein wenig aufgehellt. »Ich habe viel Widerstand gespürt.«

Saldur hatte den Blick noch auf die Tür gerichtet, durch die Arista hinausgegangen war. »*Wut* wäre ein treffenderes Wort, aber doch, ich glaube, sie sagt die Wahrheit.«

Er wusste nicht, was Galien erwartet hatte. Dass Arista ihm um den Hals fiel, nachdem er sich im Namen der Kirche zum Mord an ihrem Vater bekannt hatte? Der ganze Plan war abwegig, der Einfall eines Mannes, der den Boden unter den Füßen verloren hatte.

»Aber das Gespräch hat etwas bewirkt«, sagte der Erzbischof ohne Überzeugung.

Saldur zupfte an einem losen Faden seines Ärmels und wünschte, er hätte den Rest von Bernices Branntwein mitgenommen. Aus Wein hatte er sich nie viel gemacht. Bragas Tod bedeutete für ihn vor allem den tragischen Verlust einer Bezugsquelle für ausgezeichneten Branntwein. Vom Schnaps hatte der Großherzog wirklich etwas verstanden.

Galien starrte ihn an. »Ihr schweigt? Natürlich glaubt Ihr, dass das Gespräch ein Fehler war. Ihr sagtet es ja bereits. Bei unserer letzten Begegnung habt Ihr kein Blatt vor den Mund genommen. Ihr habt die Prinzessin ja schon lückenlos überwachen lassen. Ihr habt diese … diese alte …« Er zeigte mit der Hand zur Tür, wie um zu verdeutlichen, was er meinte. »Ihr habt diese alte Zofe damit beauftragt, nicht wahr? Und wenn Esrahaddon Kontakt mit der Prinzessin aufgenommen hätte, hätten wir es erfahren, ohne dass sie es mitbekommen hätte. So dagegen …« Der Erzbischof warf in gespielter Empörung die Hände in die Luft und sah Saldur spöttisch an.

Saldur zupfte weiter an dem Faden, wickelte ihn sich um den Zeigefinger und zog daran.

»Eure Überheblichkeit macht Euch blind«, fuhr Galien vorwurfsvoll fort. »Esrahaddon ist ein genialer Zauberer. Seine Fähigkeiten übersteigen Euer Vorstellungsvermögen. Soweit wir wissen, könnte er die Prinzessin in Gestalt eines Schmetterlings im Garten besucht haben oder als Motte, die nachts durchs Schlafzimmerfenster fliegt. Wir mussten ganz sicher sein.«

»Schmetterling?« Saldur war aufrichtig erstaunt.

»Er ist ein Zauberer, verdammt. Die tun so was.«

»Ich bezweifle doch sehr …«

»Entscheidend ist, dass wir nicht sicher sein konnten.«

»Das sind wir auch jetzt nicht. Ich kann nur sagen, dass ich nicht glaube, dass Arista lügt, aber sie ist nicht auf den Kopf gefallen. Das hat sie oft genug bewiesen, bei Maribor.«

Galien hob sein leeres Weinglas. »Carlton!«

Der Diener hob den Kopf. »Entschuldigt, Euer Gnaden, aber ich kenne die Prinzessin nicht gut genug, um das beurteilen zu können.«

»Du meine Güte, Carlton, ich habe dich nicht nach deiner Meinung gefragt. Ich will noch Wein, du Esel.«

»Sehr wohl«, sagte Carlton. Er trat zu der Flasche und zog mit einem hohl klingenden Ploppen den Korken heraus.

»Das Problem ist, daß der Patriarch mich für das Verschwinden Esrahaddons verantwortlich macht«, fuhr Galien fort.

Saldur beugte sich zum ersten Mal, seit Arista gegangen war, interessiert vor. »Er hat Euch das gesagt?«

»Das ist es ja gerade, er hat mir nichts gesagt. Er spricht nur noch mit den Inquisitoren. Mit Luis Guy und diesem anderen – Thranic. Guy ist ein unangenehmer Mensch, aber Thranic …« Galien verstummte kopfschüttelnd und runzelte die Stirn.

»Ich habe noch nie einen Inquisitor kennengelernt.«

»Dann habt Ihr bisher Glück gehabt. Das dürfte sich allerdings bald ändern. Guy hat den ganzen Morgen droben mit dem Patriarchen gesprochen.« Der Erzbischof fuhr mit dem Finger über den Rand seines leeren Glases. »Jetzt ist er im Ratssaal und hält eine Rede an die Kurie.«

»Sollten wir nicht auch dort sein?«

»Doch«, sagte der Erzbischof unglücklich, machte aber keine Anstalten aufzustehen.

»Euer Gnaden?«, fragte Saldur.

»Ich komme ja schon.« Der Erzbischof machte eine ungeduldige Handbewegung. »Bring meinen Stock, Carlton.«

* * *

Schon von draußen hörten sie einen Mann mit dröhnender Stimme sprechen. Der große Ratssaal nahm die ganze Breite des Turmes ein und erstreckte sich über drei Stockwerke. Er war rund und von schlanken Säulen gesäumt, die in Paaren zusammenstanden, symbolhaft für die Beziehung zwischen dem Verteidiger des Glaubens, Novron, und dem Gott der Menschen, Maribor. Die Säulenpaare umrahmten jeweils hohe, schmale Fenster, so dass man vom Saal einen Panoramablick auf die gesamte Umgebung hatte. Auf den um die Mitte angeordneten, kreisförmigen Bänken saß die Kurie, das Kollegium der wichtigsten Geistlichen der Nyphronkirche. Alle achtzehn Amtskollegen Saldurs waren anwesend und lauschten den durch Luis Guy verkündeten Worten des Patriarchen.

Inquisitor Luis Guy, ein großer, hagerer Mann mit langen schwarzen Haaren und stechendem Blick, stand in der Mitte des Saals. Ein Mann von durchdringendem Verstand, war Saldurs erster Eindruck, geordnet und konzentriert in Auftritt und Aussehen. Die helle Haut kontrastierte auffallend mit seinen tiefschwarzen Haaren. Sein Schnurrbart war zu einem schmalen Strich zurückgestutzt, sein kurzer Bart lief in einer perfekten Spitze aus. Gekleidet war er in die traditionelle rote Soutane und den schwarzen Mantel mit der schwarzen Kapuze, auf seine Brust war das Emblem der zerbrochenen Krone aufgestickt. Jedes Haar lag an seinem Platz, jede Falte war ordentlich zurechtgezupft. Aufrecht stand er da und musterte seine Zuhörer eindringlich. In seinem Blick lag nichts Verbindliches.

»… der Patriarch glaubt, dass Rufus die Adligen von Trent überzeugen kann. Den Rest wird die Kirche besorgen. Denkt daran, es geht nicht darum, auf den besten Mann zu setzen. Der Patriarch muss entscheiden, wer das Rennen gewinnen kann, und Rufus ist der aussichtsreichste Kandidat. Er ist ein gebürtiger Nordländer, aber auch im Süden beliebt, und hat keine offensichtlichen Verbindungen zur Kirche. Ihn zum Imperator zu krönen, wird den Protest großer Teile der Bevölkerung im Keim ersticken. Trent und Calis werden sich deswegen vielleicht noch nicht dem Neuen Imperium unterwerfen, aber wohl auch nicht gegen uns verbünden. Solange sie zögern, haben wir Zeit, die Herrschaft des Imperators über Avryn zu festigen. Anschließend werden wir nacheinander

Trent und dann Calis vor die Alternative stellen, dem Imperium beizutreten oder gegen uns Krieg zu führen. Avryn ist ihnen an Reichtum und Macht so haushoch überlegen, dass sie sich uns kampflos ergeben werden – zumal mit Rufus als Imperator.«

»Ihr klingt, als sei die Vereinigung schon vollzogen«, wandte Bischof Tildale von Dunmore ein. »Doch Avryn besteht aus acht Königreichen, und nur in Dunmore, Ghent und Warric herrschen Imperialisten. Was werden die Royalisten tun? Sie werden nicht kampflos einwilligen. Die Zeiten haben sich geändert seit Glenmorgan, der es nur mit einer Hand voll Kriegsherren zu tun hatte – jetzt herrschen überall Fürsten mit über Generationen vererbten Ländereien und Titeln. Alburn und Melengar sind stolz auf ihre Tradition. König Urith von Rhenydd mag zwar arm sein, wird aber auch nicht das Knie vor Rufus beugen, nur weil wir es wollen. Und Maranon? Maranon versorgt fast ganz Avryn mit Getreide. Wenn König Vincent sich sträubt, könnte er uns durch Aushungern zur Aufgabe zwingen. Und Galeannon? König Frederick hat schon oft gedroht, sich Calis anzuschließen. Er ist lieber dort der Erste als hier der Zweite. Wenn wir von ihm verlangen, dass er die wenige Unabhängigkeit aufgibt, die er besitzt, verlieren wir ihn womöglich.«

»Ich versichere Euch, König Frederick wird sich dem Imperator unterwerfen, wenn die Zeit kommt«, versprach der Bischof von Galeannon.

»Und wegen der Weizenfelder von Maranon braucht Ihr Euch auch nicht zu sorgen«, fügte der Bischof von Maranon hinzu.

»Wie Ihr seht, ist das Problem mit den Royalisten gelöst«, fuhr Guy fort. »Es hat zwar fast eine Generation gedauert, aber in dieser Zeit hat die Kirche erfolgreich treue Imperialisten in Schlüsselpositionen sämtlicher Königreiche untergebracht. Eine Ausnahme ist Melengar, wo unsere Pläne nicht wie erwartet umgesetzt werden konnten. Doch handelt es sich um einen Einzelfall, der deshalb nicht weiter ins Gewicht fällt. Sobald Rufus Imperator ist, werden die anderen Königreiche sich ihm unterwerfen und Melengar ist isoliert. Es muss kapitulieren oder gegen ganz Avryn Krieg führen. Die Vereinigung Avryns ist also, von einigen kleineren Ausnahmen abgesehen, tatsächlich schon vollzogen. Wir haben sie nur noch nicht in der Öffentlichkeit bekanntgegeben.«

Im Saal wurde Murmeln laut.

»Ich wusste, dass wir Fortschritte gemacht haben«, sagte Saldur zum Erzbischof, »aber ich hatte keine Ahnung, dass wir schon so weit sind.«

»Bragas Ernennung zum König von Melengar hätte den Abschluss bilden sollen.« Galien klang enttäuscht. In allen Königreichen hatte die Kirche Vorbereitungen für das Neue Imperium treffen können, nur in dem von Saldur nicht.

»Und die Nationalisten?«, fragte der Prälat von Rutibor, das im Volksmund Rehagen genannt wurde. »Sie haben schon seit einiger Zeit regen Zulauf. Man darf sie nicht ignorieren.«

»Sie sind tatsächlich ein Problem«, gab Guy zu. »Die Seret-Ritter haben Gaunt und seine Anhänger schon seit Jahren im Visier. Er wird von der Familie DeLur und einigen mächtigen Kaufmannsvereinigungen der Republik Delgos unterstützt. Delgos ist schon so lange frei, dass man dort nicht mehr an die Vorteile einer Zentralregierung glaubt. Schon die Vorstellung eines vereinten Reiches gilt als Bedrohung. Delgos wird gegen uns kämpfen, das wissen wir. Wir müssen es auf dem Schlachtfeld besiegen, ein weiterer Grund übrigens, warum die Wahl des Patriarchen auf Rufus gefallen ist. Rufus gilt als skrupelloser Feldherr. Seine erste Amtshandlung als Imperator wird sein, die Nationalisten zu vernichten. Dann kann auch Delgos sich nicht mehr lange halten.«

»Aber haben wir genügend Soldaten, um Delgos zu erobern?«, fragte Prälat Krindel, der Historiker vor Ort. »Tur Del Fur wird durch eine von Zwergen erbaute Festung gesichert und hat einer Belagerung durch die Einwohner von Dacca zwei Jahre lang standgehalten.«

»Ich habe mich mit diesem Problem beschäftigt und eine, wie ich meine, außergewöhnliche Lösung gefunden.«

»Und die wäre?«, fragte Galien misstrauisch.

Luis Guy hob den Kopf. »Ah, Erzbischof, schön, dass Ihr zu uns gestoßen seid. Ich hatte Euch bereits vor einer Stunde ausrichten lassen, dass wir anfangen.«

»Wollt Ihr mir deshalb den Hintern versohlen, Guy? Oder weicht Ihr nur meiner Frage aus?«

»Ihr würdet die Antwort noch nicht vertragen«, erwiderte der Inquisitor, was ihm einen vorwurfsvollen Blick des Erzbischofs einbrachte. »Ihr würdet sie nicht glauben und keinesfalls billigen. Aber wenn es so weit ist und wir handeln müssen, dann wird die Festung Drumindor fallen, seid versichert, und Delgos mit ihr.«

Der Erzbischof runzelte ein wenig die Stirn, doch bevor er etwas sagen konnte, meldete sich Saldur zu Wort. »Und die Bevölkerung?«, fragte er. »Wird sie den neuen Imperator willkommen heißen?«

»Ich habe alle vier Nationen längs und breit bereist und für das Turnier geworben. Herolde haben es von Dagastan im Süden bis Lanksteer im Norden ausgerufen, ganz Apeladorn weiß davon. Überall, auf Märkten, in Wirtshäusern und Schlosshöfen, sieht man ihm freudig entgegen. Wenn wir erst den eigentlichen Zweck des Turniers bekanntgeben, wird die Begeisterung keine Grenzen mehr kennen. Wir leben in aufregenden

Zeiten, meine Herren. Es geht nicht mehr darum, ob, sondern wann das Neue Imperium sein Haupt erhebt. Das Fundament ist gelegt. Jetzt brauchen wir nur noch einen Herrscher.«

»Und König Ethelred von Warric?«, fragte Galien. »Steht er ebenfalls auf unserer Seite?«

Guy zuckte die Achseln. »Er freut sich nicht gerade darauf, den Thron abzugeben und Vizekönig zu werden, aber das gilt auch für die anderen Könige, sogar die, die wir selbst eingesetzt haben. Es ist erstaunlich, wie schnell Herrscher sich daran gewöhnen, mit Eure Majestät angeredet zu werden. Aber wir haben Ethelred zugesichert, wenn er als Erster auf die Krone verzichtet, wird er dafür in der neuen Rangordnung ganz oben stehen. Voraussichtlich übernimmt er die Rolle des Regenten, der das Reich im Namen von Graf Rufus regiert, wenn der neue Imperator woanders einen Aufstand unterdrücken muss. Ich habe ihm vorgeschlagen, auch weiterhin als oberster Berater tätig zu sein, und er schien damit zufrieden.«

»Mir ist ein wenig mulmig, wenn wir die Macht an Rufus und Ethelred abgeben«, sagte Saldur.

»Tun wir ja nicht«, versicherte Galien ihm. »Die Kirche herrscht weiterhin. Rufus und Ethelred sind die Gesichter, aber wir der Verstand. Im Palast des Imperators wird ein ständiger Vertreter der Kirche residieren und den Aufbau der neuen Gesellschaft überwachen.« Er wandte sich an Guy. »Hat der Patriarch davon gesprochen?«

»Das hat er.«

»Und wäre er bereit, diese Aufgabe selbst zu übernehmen?«

»Das will er aufgrund seines fortgeschrittenen Alters nicht, aber er wird jemanden aus diesem Gremium auswählen und ermächtigen, selbständig im Namen der gesamten Kirche zu entscheiden. Der Betreffende wird zumindest für die Dauer der Aufbauphase als Mitregent neben Ethelred fungieren.«

»Er wäre über alle Maßen mächtig«, sagte der Erzbischof. Seinem Ton nach zu schließen, dachte Saldur und dachten vielleicht auch die anderen, schloss er sich selbst als Kandidaten aus. »Wärt dieser Mitregent Ihr?«

Guy schüttelte den Kopf. »Meine Aufgabe, wie vor mir die meines Vaters und davor seines Vaters, ist es, den Erben Novrons zu finden. Der Patriarch hat mich gebeten, in der Anfangszeit beim Aufbau des Imperiums zu helfen, was ich auch gerne tue, aber meine eigentliche Lebensaufgabe bleibt unverändert.«

»Wer wird es dann sein?«

»Seine Heiligkeit hat sich noch nicht entschieden. Vermutlich will er das Ergebnis des Turniers abwarten.« Eine Pause entstand, und alle warteten, bis Guy wieder das Wort ergriff. »Dies ist ein historischer Moment. Jahrhundertelange Vorbereitung und alles, wofür wir gearbeitet haben, wird jetzt Früchte tragen. Wir stehen an der Schwelle einer neuen Ära der Menschheit. Was vor fast tausend Jahren begann, wird in dieser Generation zum Abschluss gebracht. Möge Novron unsere Hände segnen.«

»Ein eindrucksvoller Redner«, sagte Saldur zu Galien.

»Findet Ihr? Gut, denn Ihr kommt mit uns.«

»Zum Turnier?«

Der Erzbischof nickte. »Ich brauche jemanden als Gegengewicht zu Guy. Vielleicht könnt Ihr ihm genauso auf den Geist gehen wie mir.«

* * *

Vor der Tür blieb Arista zögernd stehen. Sie hielt eine einzelne Kerze in der Hand. Drinnen hörte sie Bernice hin und her gehen, die Bettdecke aufschütteln, Wasser in eine Schüssel gießen und ihr Nachtgewand zurechtlegen. Wie schrecklich fürsorglich sie war. Arista verspürte trotz ihrer Müdigkeit nicht die geringste Lust, hineinzugehen. Sie musste über so vieles nachdenken, und Bernice hätte sie nur gestört.

Wie viele Tage?

Sie versuchte sie im Kopf zu zählen und sich an die wirre Zeit zwischen dem Tod ihres Vaters und dem ihres Onkels zu erinnern. So vieles war in so wenigen Tagen passiert. Vor ihrem inneren Auge erschien das leichenblasse Gesicht ihres Vaters mit dem blutigen Tropfen auf der Wange, wie er auf seinem Bett gelegen hatte, und wie sich auf der Matratze unter ihm ein dunkler Fleck ausgebreitet hatte.

Verlegen drehte sie sich zu Hilfred um, der hinter ihr stehen geblieben war. »Ich kann noch nicht schlafen.«

»Wie Ihr wünscht, Herrin«, sagte er ruhig, als verstehe er vollkommen, dass sie die aufdringliche Kinderfrau im Augenblick nicht gebrauchen konnte.

Ziellos ging Arista los. Sie folgte zunächst dem Gang. Der bloße Akt des Gehens gab ihr eine gewisse Sicherheit, das Gefühl, selbst zu handeln statt mitgerissen zu werden. Hilfred folgte drei Schritte hinter ihr. Sein Schwert schlug klappernd gegen seinen Schenkel, ein Geräusch, das ihr seit Jahren vertraut war wie der Schwung eines Pendels, das die Sekunden ihres Lebens maß.

Wie viele Tage?

Saldi hatte gewusst, dass Onkel Percy ihren Vater töten wollte. Er hatte es schon vorher gewusst! Wie lange vorher? Stunden? Tage? Wochen? Er hatte behauptet, er habe ihn aufhalten wollen. Das war gelogen – musste gelogen sein. Warum hatte er Percy nicht verraten? Und ihren Vater gewarnt? Aber vielleicht hatte er es ja getan. Vielleicht hatte ihr Vater nicht auf ihn hören wollen. Hatte Esrahaddon sie wirklich benutzt?

Der schwach erleuchtete Gang machte eine Kurve. Offenbar folgte er der Außenwand des Turms. Er wies zu Aristas Überraschung keinerlei Verzierungen auf. Aber natürlich war der Kronturm auch nur ein kleiner Teil des alten Palasts gewesen, ein Treppenturm. Die Steine waren schon vor Jahrhunderten zugehauen und zu einer Mauer aufgeschichtet worden. Sie sahen alle gleich aus – verrußt und schmutziggelb, wie alte Zähne. An verschiedenen Türen vorbei gelangte Arista zu einer Treppe. Sie begann die Stufen hinaufzusteigen. Nach dem langen Sitzen tat es gut, die Beine zu betätigen.

Wie viele Tage?

Sie wusste noch, wie ihr Onkel nach Alric gesucht und sie selbst beobachten und beschatten lassen hatte. Wenn Saldi Percys Plan gekannt hatte, warum hatte er nicht eingegriffen? Warum hatte er nicht verhindert, dass sie im Turm eingesperrt wurde und diesen schrecklichen Prozess über sich ergehen lassen musste? Hätte er auch ihre Hinrichtung zugelassen? Hätte er sich doch rechtzeitig zu Wort gemeldet, sich auf ihre Seite gestellt! Dann wäre Braga verhaftet worden. Die Schlacht von Medford hätte nie stattgefunden und viele Menschen würden noch leben.

Wie viele Tage vor Bragas Tod wusste Saldur davon … ohne etwas zu tun?

Unablässig ging ihr diese Frage durch den Kopf, ohne dass sie einer Antwort näher kam. Sie war sich nicht einmal sicher, ob sie die Antwort überhaupt wissen wollte.

Und was sollte das Gerede von der Vernichtung der Menschheit? Die anderen hielten sie für naiv. *Aber halten sie mich wirklich für so dumm?* Niemand war so mächtig, dass er die ganze Menschheit versklaven konnte. Und die Vorstellung, dass eine solche Verschwörung ausgerechnet vom Imperator ausgehen sollte, war erst recht absurd. Er war damals doch schon Weltherrscher gewesen!

Die Treppe endete an einem dunklen, runden Zimmer, das weder von Wandlampen noch von Fackeln oder Laternen erhellt wurde. Aristas Kerzenstummel war die einzige Lichtquelle. Gefolgt von Hilfred trat sie ein. Offenbar befand sie sich in der Krone aus Alabaster, unmittelbar unter den Zinnen des Turms. Unbehagen überfiel sie, und sie kam sich vor wie ein Eindringling auf verbotenem Terrain. Es musste an der Dunkelheit liegen. Zugleich fühlte sie sich wie ein Kind bei der Erkundung eines Dachbodens – alles war still und in dunklen Winkeln harrten die Schätze einer längst vergessenen Zeit ihrer Entdeckung.

Arista war wie alle Kinder mit dem Märchen von Glenmorgans Schatz aufgewachsen, der angeblich im obersten Stock des Kronturms versteckt war. Sie kannte sogar die Geschichte, wie jemand den Schatz gestohlen, in der folgenden Nacht jedoch zurückgebracht hatte. Viele Sagen rankten sich um den Turm und um die berühmten Gefangenen, die dort eingesperrt worden waren. Ketzer wie Edmund Hall, der angeblich den Zugang zur heiligen Stadt Percepliquis gefunden hatte und dafür zur Strafe den Rest seines Lebens in einer Einzelzelle hatte schmachten müssen, wo er niemandem von seiner Entdeckung erzählen konnte.

Das alles hat sich hier zugetragen.

Sie ging an der runden Wand des Zimmers entlang. Das Echo ihrer Schritte auf den steinernen Fliesen kam ihr besonders laut vor, vielleicht aufgrund der niedrigen Decke. Vielleicht bildete sie sich es aber auch nur ein. Sie streckte die Hand mit der Kerze aus und entdeckte eine weitere Tür am anderen Ende, eine merkwürdige Tür. Sie war breit und hoch, bestand aber nicht wie die anderen Türen des Turms aus Holz und auch nicht aus Stahl oder Eisen, sondern aus Stein, einem einzigen Block, der aussah wie Granit und neben den Wänden aus poliertem Alabaster fehl am Platz wirkte.

Verwirrt betrachtete Arista die Tür näher. Sie hatte keine Klinke, keinen Knauf und keine Angeln, nichts, womit man sie hätte öffnen können. Arista überlegte, ob sie anklopfen sollte. *Aber warum sollte ich gegen Granit klopfen? Davon bekomme ich nur blutige Knöchel.* Sie drückte mit der Hand dagegen, aber nichts geschah. Verwirrt drehte sie sich zu Hilfred um, der sie stumm beobachtete.

»Ich hätte nur gern die Aussicht von oben gesehen«, sagte sie. Was er sich wohl dachte?

Im selben Moment hörte sie über sich einen schlurfenden Schritt. Sie blickte auf und hob die Kerze. An der Holzdecke hingen Spinnweben. Dort oben war jemand.

Edmund Halls Geist!

Kaum hatte sie es gedacht, da schüttelte sie schon den Kopf über ihre eigene Dummheit. Vielleicht sollte sie sich doch lieber im Bett verkriechen und sich von Tante Bernice eine schöne Gutenachtgeschichte vorlesen lassen. Trotzdem fragte sie sich unwillkürlich, was hinter der Tür aus massivem Stein verborgen sein könnte.

»Hallo?«, fragte eine hohl klingende Stimme, und Arista zuckte zusammen. Auf der Treppe näherte sich der Schein einer zweiten Kerze und Schritte erklangen. »Ist da oben jemand?«

Am liebsten hätte sie sich versteckt, wenn es hier ein Versteck gegeben hätte und Hilfred nicht dabei gewesen wäre.

»Wer ist da?« Auf der gekrümmten Treppe unter ihr erschien ein Kopf, der Kopf eines Mannes – dem Aussehen nach zu schließen eines Priesters. Er trug eine schwarze Kutte mit einem purpurroten Band, das rechts und links von seinem

Hals herunterhing. Sein Haar war schütter, und Arista sah von ihrem Platz die kahl werdende Stelle auf seinem Hinterkopf, eine braune Insel inmitten grauer Haare. Er hielt eine Laterne über seinen Kopf und sah sie mit verwirrt zusammengekniffenen Augen an.

»Wer seid Ihr?«, fragte er. Es klang weder drohend noch erfreut, nur neugierig.

Arista lächelte verlegen. »Ich bin Arista, Arista aus Melengar.«

»Arista aus Melengar?«, wiederholte er nachdenklich. »Darf ich fragen, was Ihr hier tut, Arista aus Melengar?«

»Ach so? Ich … äh … wollte eigentlich ganz nach oben steigen, um die Aussicht zu genießen. Ich bin zum ersten Mal hier.«

Der Priester lachte leise. »Ihr macht also eine Besichtigung?«

»Ja, das könnte man wohl sagen.«

»Und der Herr in Eurer Begleitung – besichtigt ebenfalls?«

»Er ist mein Leibwächter.«

»Leibwächter?« Der Mann blieb stehen. »Haben die jungen Frauen aus Melengar auf Reisen im Ausland immer Leibwächter dabei?«

»Ich bin Prinzessin Arista von Melengar, Tochter des verstorbenen Königs Amrath und Schwester von König Alric.«

»Ach so!« Der Priester trat ein und kam näher. »Ich dachte mir schon so etwas. Ihr seid heute Abend mit dem Wagenzug eingetroffen – die Dame in Begleitung des Bischofs von Medford. Ich habe die königliche Kutsche gesehen, wusste aber nicht, welche königliche Hoheit sie befördert hat.«

»Und Ihr seid?«

»O ja, entschuldigt bitte, ich bin Monsignore Merton von Ghent, geboren und aufgewachsen in einem kleinen Dorf namens Iberton am Fuß dieses Berges, nur einen Steinwurf von Ervanon entfernt. Mein Vater war übrigens Fischer. Wir haben das ganze Jahr gefischt, im Sommer mit Netzen, im Winter mit Angeln. Lehre einen Menschen fischen und er wird nie mehr hungern, sage ich immer. Wahrscheinlich bin ich deshalb hier, wenn Ihr versteht, was ich meine.«

Arista lächelte höflich und blickte wieder auf die steinerne Tür.

»Tut mir leid, aber diese Tür führt nicht nach draußen und das Dach ist nicht zugänglich.« Mit einem Nicken zur Decke fuhr er leiser fort: »Dort oben wohnt *er.*«

»Er?«

»Seine Heiligkeit Patriarch Nilnev. Der oberste Stock des Turms ist sein Refugium. Ich komme gelegentlich her und sitze nur da und lausche. Wenn alles still ist und kein Wind weht, hört man ihn manchmal auf und ab gehen. Ich bilde mir ein, ich hätte ihn einmal auch sprechen hören, aber das war vielleicht nur Wunschdenken. Es ist fast so, als wohne Novron selbst da oben und wache über uns. Aber wenn Ihr wollt, kann ich Euch einen Platz zeigen, von dem Ihr eine gute Aussicht habt. Kommt.«

Der Monsignore wandte sich zum Gehen und begann die Treppe hinunterzusteigen. Arista warf einen letzten Blick auf die Tür, dann folgte sie ihm.

»Wann kommt er denn heraus?«, fragte sie. »Also ich meine, der Patriarch?«

»Überhaupt nicht. Wenigstens habe ich ihn noch nie gesehen. Er lebt ganz allein und ist lieber mit dem Herrn zusammen.«

»Aber wenn er nie herauskommt, woher wisst Ihr, dass er überhaupt dort oben wohnt?«

»Wie bitte?« Merton drehte sich zu ihr um und lachte leise.

»Mit bestimmten Personen spricht er schon. Er trifft sich mit ihnen und sie verkünden seine Worte dann uns anderen.«

»Mit wem trifft er sich denn? Mit dem Erzbischof?«

»Manchmal. In letzter Zeit haben allerdings immer die Inquisitoren seine Erlasse an uns weitergegeben.« Merton blieb stehen und sah Arista an. »Von denen wisst Ihr bestimmt?«

Arista nickte.

»Ich dachte es mir, weil Ihr doch eine Prinzessin seid.«

»In den vergangenen Jahren hat allerdings keiner Melengar besucht.«

»Verständlich. Es gibt nur noch wenige, und sie müssen ein großes Einzugsgebiet abdecken.«

»Warum gibt es nur noch wenige?«

»Seine Heiligkeit hat nach Luis Guy keinen mehr ernannt. Guy war meines Wissens der letzte.«

Das war die erste gute Nachricht, die Arista an diesem Tag hörte. Die Inquisitoren waren als Wachhunde der Kirche berüchtigt. Sie hatten ursprünglich den Auftrag gehabt, den verschollenen Erben zu suchen, und befehligten den berühmten Orden der Seret-Ritter. Die Seret-Ritter vollstreckten den Willen der Kirche und überprüften Laien wie Geistliche gleichermaßen auf Anzeichen von Ketzerei. Wo sie ermittelten, wurde auch ein Schuldiger gefunden, und wer sich gegen sie zur Wehr setzte, fand sich in der Regel ebenfalls auf der Anklagebank wieder.

Monsignore blieb vor einer Tür zwei Stockwerke tiefer stehen und klopfte.

»Was ist?«, rief eine Stimme gereizt.

»Wir hätten gern Eure Aussicht bewundert«, antwortete Merton.

»Heute habe ich keine Zeit für dich, Merton. Belästige jemand anders und lass mich in Ruhe.«

»Ich frage nicht für mich. Prinzessin Arista von Medford ist zu Besuch und möchte die Aussicht vom Turm genießen.«

»Nein, bitte«, sagte Arista und schüttelte den Kopf. »Es ist nicht so wichtig. Ich wollte nur …«

Die Tür ging auf. Dahinter stand ein dicker Mann mit einem vollkommen kahlen Schädel. Er war ganz in Rot gekleidet und hatte eine goldene Kordel um seinen mächtigen Bauch geschlungen. Unverwandt starrte er Arista an, während er sich die fettigen Hände an einem Handtuch abwischte.

»Bei Mar! Eine Prinzessin.«

»Janison!«, wies Merton ihn scharf zurecht. »So spricht kein Prälat der Kirche.«

Der Dicke bedachte ihn mit einem finsteren Blick. »Hört Ihr, wie er mich behandelt? Er hält mich für Uberlin persönlich, nur weil ich gerne esse und gelegentlich etwas trinke.«

»Nicht ich richte dich, sondern unser Herr Novron. Dürfen wir hereinkommen?«

»Ja, natürlich, kommt nur.«

Im Zimmer herrschte ein furchtbares Durcheinander. Kleider, Pergamente und Gemälde lagen auf dem Boden verstreut und lehnten an Körben und Kisten. Auf einer Seite stand ein Schreibtisch, auf der anderen ein Tisch mit einer geneigten Tischplatte. Darauf lagen Stapel von Landkarten und einige Dutzend Schreibfedern, dazwischen standen Tintenfässer. Nichts schien sich an seinem richtigen Platz zu befinden oder überhaupt einen zu haben.

»Ach …« Fast hätte Arista *du meine Güte* gesagt. Gerade noch rechtzeitig brach sie ab. Sie wollte nicht wie Bernice klingen.

»Ja, was für ein Anblick, nicht wahr? Prälat Janison ist ein rechter Schlamper.«

»Bei meinen Karten halte ich Ordnung und nur darauf kommt es an.«

»Nicht für Novron.«

»Habt Ihr das gehört? Und ich kann mich nicht wehren. Wer könnte es mit Seiner Heiligkeit Monsignore Merton aufnehmen, der Kranke heilt und mit Gott spricht?«

Arista, die Merton durch das unaufgeräumte Zimmer zu einer von einem Vorhang bedeckten Wand folgte, blieb stehen. Eine Erinnerung aus ihrer Kindheit war ihr eingefallen, und sie sah Merton an. »Ihr seid der Retter von Fallenried?«

»Aha! Natürlich hat er Euch das verschwiegen. Er will sich nicht damit brüsten, der Auserwählte des Herrn zu sein.«

»Sei still.« Jetzt war es an Merton, finster zu blicken.

»Wart Ihr es?«, beharrte Arista.

Merton nickte und sah Janison böse an.

»Ich weiß alles darüber. Es hat sich vor Jahren zugetragen. Ich muss fünf oder sechs gewesen sein, als in Fallenried die Pest ausbrach. Alle hatten Angst, weil sie sich von Süden her ausbreitete und Fallenried nicht weit von Medford entfernt war. Ich weiß noch, wie mein Vater überlegte, mit dem Hof nach Drondilsfeld umzuziehen, aber wir haben es dann doch nicht getan. Es war nicht mehr nötig, weil die Pest sich nicht weiter ausbreitete.«

»Weil *er* sie aufgehalten hat«, sagte Janison.

»Habe ich nicht!«, rief Merton barsch. »Novron hat es getan.«

»Aber er hat dich nach Fallenried geschickt, habe ich recht? Habe ich recht?«

Merton seufzte. »Ich habe nur getan, was der Herr von mir wollte.«

Janison sah Arista an. »Seht Ihr? Wie könnte ich mich gegen einen Menschen behaupten, zu dem Gott täglich spricht?«

»Ihr habt wirklich die Stimme Novrons gehört und er sagte, Ihr solltet die Einwohner von Fallenried retten?«

»Er lenkte meine Schritte.«

»Aber Ihr sprecht auch mit ihm«, beharrte Janison. Er warf Arista einen Blick zu. »Das gibt er natürlich nicht zu, denn es wäre Ketzerei und Luis Guy wohnt nur einen Stock tiefer und hat keinen Sinn für solche Wunder.« Janison setzte sich auf einen Schemel und kicherte. »Nein, der gute Monsignore gibt es nicht zu, aber es stimmt trotzdem. Ich habe ihn gehört. Spätabends draußen auf dem Flur, wenn er glaubt, dass alle schlafen.« Janison hob die Stimme eine Oktave, als wollte er ein Mädchen nachmachen. *»Ach Herr, warum hältst du mich mit diesen Kopfschmerzen wach, wo ich morgen früh doch so viel zu tun habe? Wie bitte? Ach so, verstehe, wie weise von dir.«*

»Es reicht, Janison«, sagte Merton ernst.

»Ja gewiss, Monsignore. Genießt jetzt Eure Aussicht und lasst mich weiteressen.«

Janison nahm einen Hähnchenschlegel in die Hand und biss hinein, während Merton den Vorhang aufzog. Dahinter kam ein prächtiges Fenster zum Vorschein, das fast die gesamte Breite des Zimmers einnahm und nur von drei steinernen Pfeilern unterteilt wurde. Die Aussicht war atemberaubend. In einem Meer funkelnder Sterne hing wie eine Laterne und zum Anfassen nah der Mond und beschien die Nacht.

Arista stützte sich mit der Hand auf den Fenstersims und blickte nach unten. In der Tiefe sah sie die im Mondlicht glänzende silberne Schlangenlinie des Flusses. Lagerfeuer umgaben die Stadt am Fuß des Turmes und funkelten wie die Sterne über ihnen. Schwindel erfasste sie, und ihr Herz begann schneller zu schlagen. Wie weit es wohl noch bis zum oberen Ende des Turms war? Sie blickte hinauf und zählte noch drei Stockwerke mit Fenstern bis zu der weißen Alabasterkrone.

»Danke«, sagte sie zu Merton und nickte Janison zu.

»Seid versichert, Hoheit, er wohnt tatsächlich da oben.«

Sie nickte, war sich aber nicht sicher, ob er Gott meinte oder den Patriarchen.

4

Dahlgren

Fünf Tage lang waren Royce, Hadrian und Thrace in Richtung Norden durch das namenlose Meer von Bäumen unterwegs, das den östlichen Teil Avryns bedeckte und sowohl von Alburn als auch von Dunmore beansprucht wurde. Bis zur Gründung von Dahlgren hatten es allerdings beide Länder nicht eilig gehabt, das Gebiet zu besiedeln. Der dichte Wald, meist einfach nur »Osten« oder »Wildnis« genannt, blieb unberührt, kein Baum wurde gefällt. Die breite Straße, die nach Norden aus Alburn hinausführte, schrumpfte rasch zu zwei durch einen Grasstreifen getrennten Wegen und zuletzt zu einem staubigen Pfad, der streckenweise ganz zu verschwinden drohte. Kein Zaun, kein Bauernhof und kein Wirtshaus unterbrach die grünen Mauern auf beiden Seiten, keine anderen Reisenden begegneten ihnen. Die Landkarten für den Nordosten waren ungenau und wiesen nur wenige Einträge auf, und für das Gebiet jenseits des Nidwalden gab es überhaupt keine mehr.

Monumentale Ulmen ragten über ihnen auf und bildeten einen hohen grünen Tunnel, der Hadrian an seine wenigen Besuche in der Mares-Kathedrale von Medford erinnerte. Die langen Stämme und Äste der Bäume schlossen sich wie die

Strebepfeiler der gewaltigen Kirche zu einem Gewölbe zusammen, einem natürlichen Kirchenschiff. Gedämpftes Sonnenlicht fiel seitlich schräg durch das Laub wie durch eine hohe Fenstergalerie. Auf dem Boden wuchsen die fein gefiederten Fächer des Farns wie ein sich sanft wiegender Teppich durch die braunen Wedel des Vorjahres. Hoch droben sang ein unsichtbarer Chor von Vögeln, im spröden Laub raschelten die Eich- und Streifenhörnchen wie eine hustende, flüsternde und sich ständig bewegende Gemeinde. Es war schön und bedrohlich zugleich, wie wenn man auf dem Meer zu weit hinausschwimmt oder in eine unbekannte Wildnis vorstößt.

Das Reisen wurde zunehmend beschwerlich. Die letzten Frühlingsstürme hatte einige Bäume quer über den Weg geworfen, wo sie furchteinflößend wie Burgtore den Weg versperrten. Hadrian und Thrace mussten absteigen und sich durch das dichte Unterholz zwängen, während Royce nach einer Umgehung suchte. Zerkratzt und verschwitzt führten sie ihre Pferde über verschiedene Bäche. Bei einer Gelegenheit standen sie unvermittelt vor einem steil abfallenden, felsigen Hang. Hadrian warf einen Blick nach unten und sah Royce skeptisch an. Sonst überließ er sich der Führung des Freundes ohne Widerrede. Royce fand sich in der Wildnis mit einem untrüglichen Gespür zurecht, wie er schon mehrfach bewiesen hatte. Hadrian legte den Kopf in den Nacken, doch er sah weder Sonne noch Himmel, nichts, woran man sich hätte orientieren können – nur Äste und Blätter. Royce hatte ihn noch nie in die Irre geführt, aber sie waren auch noch nie durch einen so unwegsamen Wald geritten.

»Wir sind hier schon richtig«, sagte Royce. Er klang ein wenig verärgert.

Vorsichtig arbeiteten sie sich den Hang hinunter. Royce und Thrace führten die Pferde, Hadrian bahnte den Weg. Unten angekommen, standen sie vor einem Bach. Vom Weg keine Spur. Wieder sah Hadrian Royce an, aber der Dieb schwieg. Sie zwängten sich durch das Unterholz.

»Da«, sagte Thrace und zeigte voraus auf eine von wenigen Sonnenstrahlen erhellte lichtere Stelle. Nach einigen weiteren Schritten kam eine kleine Straße in Sicht. Royce betrachtete sie einen Moment lang, zuckte dann nur die Achseln, stieg wieder auf sein Pferd und trieb es an.

Sie tauchten aus dem Wald auf wie aus einer tiefen Höhle und gelangten zum ersten Mal seit Tagen auf eine direkt von der Sonne beschienene größere Lichtung. Vor ihnen stand neben einer von groben Brettern eingefassten Brunnenöffnung ein Kind mit einer Herde von acht grasenden Schweinen. Das Kind, das höchstens fünf Jahre alt sein mochte und einen langen, dünnen Stock in der Hand hielt, starrte die Ankömmlinge mit seinem runden, verschwitzten und schmutzigen Gesicht staunend an. Hadrian konnte nicht erkennen, ob es sich um einen Jungen oder ein Mädchen handelte, die Kleidung gab darüber keinen Aufschluss. Es trug einen einfachen, schmutzigen Leinenkittel, der so viele Löcher und Risse hatte, dass es schon fast dekorativ wirkte.

»Pearl!«, rief Thrace und kletterte so hastig von Millie, dass das Pferd erschrocken einen Schritt zur Seite machte. »Da bin ich wieder.« Sie ging zu dem Kind und fuhr ihm mit der Hand durch die verfilzten Haare.

Das kleine Mädchen, wie Hadrian jetzt annahm, beachtete Thrace allerdings kaum und starrte die beiden Männer weiter mit großen Augen an.

Thrace breitete die Arme aus und drehte sich um. »Das ist Dahlgren, meine Heimat.«

Hadrian stieg ab und sah sich verwirrt um. Sie standen auf einer kleinen, abgegrasten Wiese neben einem aus schiefen

Brettern gezimmerten Brunnen. Auf einem Querbalken stand nass und tropfend ein hölzerner Eimer. Zwei weitere holprige Wege kreuzten sich mit dem ihren und bildeten ein Dreieck mit dem Brunnen als Zentrum. Wald umgab sie auf allen Seiten. Gewaltige Bäume versperrten den Blick nach oben, und nur über der Lichtung klaffte ein Loch, durch das Hadrian den hellblauen Himmel des späten Nachmittags sehen konnte.

Er schöpfte eine Handvoll Wasser aus dem Eimer und wusch sich den Schweiß aus dem Gesicht. Millie drängte ihn zur Seite, steckte die Schnauze in den Eimer und trank gierig.

»Was ist das für eine Glocke?«, fragte Royce, der ebenfalls abgestiegen war. Er zeigte zum dämmrigen Rand der Lichtung.

Hadrian folgte seiner Hand und sah zu seiner Überraschung eine schwere Bronzeglocke an einem Balken hängen, der wiederum an einem tiefen Ast einer Eiche befestigt war. Wenn die Glocke auf dem Boden gestanden hätte, hätte Royce darin wohl aufrecht Platz gefunden. Daneben hing ein Seil herunter, in das in bestimmten Abständen Knoten geknüpft waren.

»Interessant«, sagte er und ging darauf zu. »Wie sie wohl klingt?«

»Nicht läuten!«, rief Thrace. Hadrian sah sie fragend an. »Das tun wir nur im Notfall.«

Hadrian betrachtete die Glocke näher. Ihre Flanke zeigte Reliefbilder von Maribor und Novron, außerdem ein Schriftband mit einem religiösen Text. »Ziemlich aufwendige Glocke für … na ja …« Er sah sich auf der ansonsten leeren Lichtung um.

»Sie war Diakon Tomas' Idee. Er meinte, ein Dorf ohne Kirche sei kein Dorf und eine Kirche ohne Glocke keine Kirche. Also legten alle zusammen, und der alte Markgraf legte noch einmal dieselbe Summe drauf und bestellte die Glocke für uns. Sie war fertig, bevor wir die Kirche bauen konnten. McDern holte sie mit seinen Ochsen aus Ervanon ab. Bei seiner Rückkehr hatten wir keinen Platz zum Aufhängen, und er brauchte sein Fuhrwerk für etwas anderes. Da kam mein Vater auf die Idee, sie hier aufzuhängen und bis zur Fertigstellung der Kirche als Alarmglocke zu verwenden. Das war eine Woche, bevor es mit den Überfällen losging. Damals wusste niemand, wie dringend wir die Glocke noch brauchen würden.« Thrace starrte sie einen Moment lang an und fügte dann hinzu: »Ich hasse es, wenn sie läutet.«

Eine Bö fuhr rauschend durch das Laub und wehte ihr eine Strähne ins Gesicht. Sie strich sie zur Seite und wandte sich ab. »Die meisten von uns wohnen da drüben.« Sie zeigte über den Weg. Im Schatten einer flachen Senke hinter einem Gebüsch aus Goldruten und Seidenpflanzen konnte Hadrian einige Gebäude erkennen, kleine Häuser mit hölzernen Rahmen, deren Fächer mit einer Mischung aus Lehm, Stroh und Dung ausgefüllt waren. Die Dächer waren strohgedeckt, die Fenster Löcher in den Wänden. Die meisten Häuser hatten anstelle von Haustüren nur Vorhänge, die im Wind flatterten und hinter denen Böden aus gestampfter Erde sichtbar wurden. Neben einem Haus lag ein Gemüsegarten, der gerade einige Sonnenstrahlen einfing.

»Gleich da vorn wohnen Mae und Went Drundel«, sagte Thrace. »Oder jetzt eigentlich nur noch Mae. Went und die Jungs … sie … wurden erst vor kurzem getötet. Das Haus mit dem Garten links gehört den Bothwicks. Früher habe ich Tad und die Zwillinge gehütet, aber jetzt ist Tad alt genug, selbst auf seine Geschwister aufzupassen. Die Bothwicks sind für mich wie eine Familie. Lena und meine Mutter waren eng befreundet. Hinter dem Haus kann man gerade noch das Dach der McDerns erkennen. McDern ist der Dorfschmied und der Besitzer des einzigen Ochsengespanns. Er teilt die Ochsen mit allen und ist im Frühjahr deshalb sehr beliebt. Im Haus mit der Schaukel rechts davon wohnen die Caswells. Maria und Jessie sind meine besten Freundinnen. Kurz nach unserem Umzug hierher hat mein Vater die Schaukel für uns gemacht. Ich habe ein paar der schönsten Tage meines Lebens darauf verbracht.«

»Wo wohnst du?«, fragte Hadrian.

»Mein Vater hat unser Haus etwas weiter hangabwärts gebaut.« Thrace zeigte auf einen Pfad, der nach Osten führte. »Das schönste Haus des Dorfes, der schönste Bauernhof. Alle haben das gesagt. Jetzt ist davon fast nichts mehr übrig.«

Das Mädchen, Pearl, starrte die beiden Männer immer noch an und folgte jeder ihrer Bewegungen.

»Guten Tag«, sagte Hadrian lächelnd und hockte sich vor sie hin. »Ich bin Hadrian, und das ist mein Freund Royce.« Pearl sah ihn böse an, wich einen Schritt zurück und hob ihren Stock. »Du bist nicht gerade sehr gesprächig.«

»Ihre Eltern wurden vor zwei Monaten beim Pflanzen getötet«, erklärte Thrace und betrachtete das Mädchen voller Mitgefühl. »Am helllichten Tag, sie glaubten deshalb wie alle anderen, ihnen könnte nichts passieren, aber es wehte ein heftiger Wind, und Wolken verdunkelten den Himmel.« Sie machte eine Pause. »Hier sind in letzter Zeit viele gestorben.«

»Wo sind die anderen?«, fragte Royce.

»Wahrscheinlich auf dem Feld, bei der ersten Heuernte. Aber sie kommen bestimmt bald wieder. Es ist schon spät. Pearl hütet die Schweine für das ganze Dorf, nicht wahr, Pearl?« Das Mädchen nickte grimmig, hielt den Stock weiter mit beiden Händen umklammert und ließ Hadrian nicht aus den Augen.

»Was ist das da oben?«, fragte Royce. Er war zum Rand der Lichtung gegangen und blickte den Weg nach Norden entlang.

Hadrian ließ Millie, die mit dem Schweif in einem fort nach einigen lästigen Fliegen schlug, bei dem Eimer stehen und ging zu ihm. An einigen Fichten vorbei sah er in einer Entfernung von ein paar hundert Fuß eine gerodete Anhöhe. Auf der Kuppe stand inmitten einer Art Palisade aus Holzpfählen ein großes Holzhaus.

»Das ist die Burg des Markgrafen. Diakon Tomas führt die Amtsgeschäfte, bis der König einen Nachfolger ernennt. Er ist sehr nett und hat bestimmt nichts dagegen, wenn Ihr die Pferde bei ihm unterstellt. Andere Pferde gibt es im Dorf nicht mehr. Aber jetzt bindet sie am besten erst mal am Brunnen fest, und dann besuchen wir meinen Vater.«

Thrace wandte sich an Pearl. »Du passt auf die Sachen auf und gibst acht, dass die Schweine nicht drangehen. Wenn Tad, Hal oder Arvid kommen, bevor ich zurück bin, sollen sie schon mal die Pferde zur Burg hinaufbringen und den Diakon fragen, ob sie bei ihm im Stall stehen können.«

Das Mädchen nickte.

»Spricht sie auch?«, fragte Hadrian.

»Ja, allerdings nur noch selten. Aber jetzt kommt mit zu mir … zu dem, was einmal mein Zuhause war. Mein Vater ist wahrscheinlich auch dort. Es ist nicht weit und ein schöner Weg.« Sie ging voraus und folgte einem Pfad, der hinter den Häusern in östlicher Richtung bergab führte. Der Weg beschrieb einen Bogen, und Hadrian konnte sich nach und nach einen besseren Eindruck von dem Dorf verschaffen. Er sah weitere Häuser, die allesamt sehr klein waren und wahrscheinlich nur aus einem Zimmer und dem Dachboden bestanden. Dazwischen standen ein paar noch kleinere Hütten, einige aus Latten gezimmerte Futterbehälter, die zum Schutz vor Nagetieren auf Stelzen standen, und eine Art gemeinschaftliches Plumpsklo, das wie die Häuser keine feste Tür besaß.

»Ich werde die Bothwicks fragen, ob sie Euch für die Zeit Eures Aufenthalts bei sich aufnehmen. Ich selber wohne auch dort. Sie …« Thrace brach ab, holte erschrocken Luft und schlug die Hände vors Gesicht. Ihre Lippen begannen zu zittern.

Neben dem Weg, unweit des Hauses mit der Schaukel, standen zwei Pfosten, die dort in jüngster Zeit jemand eingeschlagen hatte. In das Holz waren die Namen Maria und Jessie Caswell eingeschnitzt.

***

Dann tauchte schließlich der Hof der Woods auf – einige Morgen gerodetes Land am Fuß einer Anhöhe, auf denen in kerzengeraden Reihen üppiger Weizen stand. Ein niedriges Mäuerchen aus sorgfältig aufgeschichteten Feldsteinen diente als Einfassung. Mit seiner dunklen, fruchtbaren Erde und den geraden, sorgfältig bepflanzten und entwässerten Furchen war das Feld eine Augenweide.

Das Haus selbst stand auf der Anhöhe oberhalb des Ackers. Es war nur noch eine Ruine ohne Dach. Das Stroh lag auf dem Hof verstreut und wurde vom Wind in alle Richtungen geweht. Nur einige wenige Balken standen noch aufrecht – gesplitterte Pfosten, die wie gebrochene Knochen in die Höhe ragten. Die untere Hälfte des Hauses und der Kamin dagegen, beide aus unregelmäßigen Feldsteinen gemauert, waren weitgehend intakt geblieben. Einige Steine waren heruntergefallen, ansonsten wirkten die Mauern gespenstisch unberührt.

Einige weitere Kleinigkeiten erregten Hadrians Aufmerksamkeit. An einem Fenster hing ein Blumenkasten mit einem gewellten Rand und dem eingeschnitzten Bild eines Rehs. Die Haustür war aus massiver Eiche gefertigt, ohne sichtbare Naht oder Verstrebung. Die Steine der Wände waren abwechselnd grau, rosa und braun und sorgfältig geglättet, die kurvige Einfahrt war von Büschen gesäumt, die zu einer Art Hecke geschnitten waren.

Inmitten der Ruine seines Hofes saß Theron Wood. Er war groß und hatte eine dunkle, ledrige Haut und ein von Wind und Wetter gegerbtes Gesicht mit einem wirren Schopf kurzer, grauer Haare. Er sah wie ein Teil der Erde aus, wie ein knorriger Baumstamm mit einem Gesicht wie ein verwitterter Felsen. Er saß auf dem noch stehenden steinernen Unterbau seines Hauses, hielt eine Sense zwischen den Beinen und zog langsam einen Wetzstein über das lange, gekrümmte Blatt. Kratzend fuhr der Stein hin und her, während der Mann mit einem Ausdruck auf das grüne Feld vor ihm starrte, den Hadrian nur als Verachtung beschreiben konnte.

»Papa, ich bin wieder da!« Thrace rannte zu ihm und schlang die Arme um seinen Hals. »Ich habe dich vermisst.«

Theron ließ die Umarmung über sich ergehen und sah den beiden Männern misstrauisch entgegen. »Sind das die beiden?«

»Ja, das sind Hadrian und Royce. Sie sind extra von Colnora gekommen, um uns zu helfen. Sie können das Schwert holen, von dem Esra uns erzählt hat.«

»Ich habe schon eine Waffe«, brummte der Bauer und zog den Wetzstein erneut mit einem misstönenden Scharren über seine Sense.

»Das da?«, fragte Thrace. »Die Sense? Der Markgraf hatte Schwert, Schild und Rüstung, und trotzdem …«

»Nicht die Sense, ich habe noch etwas anderes, viel größeres und schärferes. Ich brauche das Schwert in diesem Turm nicht, um die Bestie zu töten.«

»Aber du hast mir ein Versprechen gegeben.«

»Das ich auch halten werde.« Wieder zog er den Stein über das Blatt der Sense. »Meine Waffe ist vom Warten nur schärfer geworden.« Er tauchte den Stein in den Wassereimer, der neben ihm stand, hob ihn wieder an die Klinge und hielt inne.

»Jeden Tag beim Aufwachen sehe ich Thads zertrümmertes Bett und Hickorys Wiege. Ich sehe das zerbrochene Fass, das Thad gemacht hat, und die Felder, die ich für ihn gepflanzt habe – und die trotz allem weiterwachsen. Das beste Wetter seit zehn Jahren haben wir. Ich hätte mehr als genug geerntet, um Pacht und Werkzeug zu bezahlen. Es wäre sogar noch etwas übrig geblieben. Ich hätte ihm einen Laden bauen können. Vielleicht hätte es sogar für ein Ladenschild und Fenster aus echtem Glas gereicht. Sogar eine gehobelte Holztür mit Angeln und Beschlägen hätte er haben können. Sein Laden wäre schöner gewesen als jedes andere Haus im Dorf. Schöner noch als das Haus des Markgrafen. Andere wären davor stehen geblieben und hätten sich gefragt, welcher bedeutende Mann wohl einen solchen Laden besitzt. Der Böttcher des Ortes muss etwas von seinem Handwerk verstehen, hätten sie gesagt, wenn er sich ein so schönes Geschäft leisten kann.

Den Dummköpfen in Glamrendor, die Thad kein Geschäft aufmachen lassen wollten, hätte es die Sprache verschlagen. Ein Schindeldach hätte der Laden gehabt und eine geschwungene Dachtraufe, einen Ladentisch aus harter Eiche und Eisenhaken als Halterungen für die Laternen, wenn er spätabends noch hätte arbeiten müssen, um mit seinen vielen Aufträgen fertig zu werden. Die fertigen Fässer hätte er in einem Schuppen neben dem Laden gestapelt, einem stattlichen Schuppen so groß wie eine Scheune. Leuchtend rot hätte ich ihn angemalt, damit ihn auch niemand übersieht. Und ein Fuhrwerk hätte er von mir bekommen, auch wenn ich es selbst hätte bauen müssen. Damit hätten wir die Bestellungen aus ganz Avryn verschickt – auch nach Glamrendor. Höchstpersönlich hätte ich die Fässer dort abgeliefert, nur um ihre verblüfften und wütenden Gesichter zu sehen.

Einen guten Morgen hätte ich ihnen gewünscht und dabei von einem Ohr zum anderen gegrinst wie ein Krokodil. Hier bringe ich euch wieder eine Ladung schöner Fässer von Thaddeus Wood, dem besten Böttcher von Avryn. Zusammengezuckt wären sie und geschimpft hätten sie. Tja, mein Junge ist kein Bauer, nein, mein Herr. Die Woods sind jetzt Handwerker und Ladenbesitzer.

Das Dorf wäre gewachsen. Menschen wären hergezogen und hätten eigene Geschäfte eröffnet, aber das von Thad wäre natürlich das schönste, größte und beste geblieben. Dafür hätte ich schon gesorgt. Bald wäre aus dem Dorf eine Stadt geworden, eine schöne Stadt, und die Woods wären die erfolgreichste Familie gewesen – eine Kaufmannsfamilie, die Geld für Kunst ausgibt und in prächtigen Kutschen fährt. Wir hätten in einem Herrenhaus gewohnt, weil Thad drauf bestanden hätte, aber mir wäre das egal gewesen, ganz egal. Mir hätte es gereicht, Hickory aufwachsen zu sehen, zu erleben, wie er lesen und schreiben lernt – und vielleicht einmal Richter wird. Mein Enkel in der schwarzen Robe des Richters! Jawohl, da fährt Richter Wood in seiner schönen Kutsche zum Gericht, und ich stehe da und blicke ihm nach.

Ich sehe es, jeden Morgen beim Aufstehen. Ich setze mich, blicke den Hang hinunter und sehe es vor meinen Augen, auf dem Feld, das da vor mir heranwächst. Ich habe kein Unkraut gejätet und die Erde nicht gepflügt, aber seht euch das an – die beste Ernte, die ich je hatte.«

»Komm bitte mit zu den Bothwicks, Papa. Es ist schon spät.«

»Ich wohne hier!«, rief der Alte, aber nicht an Thrace gewandt. Ohne den Blick vom Feld zu nehmen, begann er erneut, den Wetzstein über die Sense zu ziehen. Thrace seufzte.

Ein langes Schweigen folgte.

»Geh du mit deinen Freunden. Ich habe dir versprochen, dass ich die Bestie nicht suche, aber vielleicht kommt sie ja zu mir.«

»Aber …«

»Ich sagte, geh und nimm deine Freunde mit. Ich brauche euch hier nicht.«

Thrace warf Hadrian einen Blick zu. In ihren Augen standen Tränen und ihre Lippen zitterten. Einen kurzen Augenblick verharrte sie so, dann wandte sie sich abrupt ab und eilte den Weg zum Dorf zurück. Theron schenkte ihr keine weitere Beachtung. Er drehte das Blatt der Sense auf die andere Seite und begann wieder zu schleifen. Hadrian sah ihm einen Augenblick lang zu. Das Scharren des Steins auf dem Metall übertönte Thraces leiser werdendes Schluchzen. Der Alte blickte nicht mehr auf. Weder Hadrian noch seine Tochter schienen ihn zu interessieren. Er ließ keinerlei Gefühlsregung erkennen.

Hadrian hatte Thrace nach ein paar Dutzend Schritten eingeholt. Sie kniete weinend auf dem Boden, ihr schmächtiger Leib zuckte und ihre Haare schwangen mit jedem Zucken hin und her. Behutsam legte er ihr die Hand auf die Schulter. »Dein Vater hat recht. Er hat wirklich eine messerscharfe Waffe.«

Royce holte sie ein. Er hielt ein zersplittertes Stück Holz in der Hand. Unbehaglich blickte er auf Thrace hinunter.

»Was ist?«, fragte Hadrian, bevor Royce eine taktlose Bemerkung machen konnte.

»Was hältst du davon?« Royce hielt ihm das Holzstück hin, das vielleicht zu einem Balken des Hauses gehört hatte. Es war dick, hervorragendes Holz vom gut abgelagerten Stamm einer Eiche. Auf einer Seite zeigte es vier tiefe Einkerbungen.

»Klauenspuren?« Hadrian nahm es und legte seine Hand mit gespreizten Fingern darauf. »Die sind ja riesig.«

Royce nickte. »Das auf jeden Fall. Aber warum hat dann bisher noch niemand das Ungeheuer gesehen?«

»Es ist hier nachts sehr dunkel«, erklärte Thrace. Sie stand auf und wischte sich über die Wangen. Ein sonderbarer Ausdruck trat auf ihr Gesicht. Sie ging zu einer mit gelben Blüten übersäten Forsythie am Fuß eines Ahorns, zögerte kurz, bückte sich und hob etwas vom Boden auf, das wie ein Bündel aus Stoff und altem Gras aussah. Sorgfältig befreite sie es von Blättern und Zweigen, und Hadrian sah, dass es sich um eine primitive Puppe mit Haaren aus Garn und Augen in Form zweier Kreuzstiche handelte.

»Ist das deine?«, fragte er.

Thrace schüttelte den Kopf und schwieg. Dann sagte sie: »Die habe ich für Thads Sohn Hickory gemacht, als Geschenk zur Wintertid. Es war seine Lieblingspuppe. Er nahm sie überallhin mit.« Sie zupfte noch ein paar Gräser aus dem Stoff und rieb daran. »Hier klebt Blut.« Ihre Stimme bebte. Sie drückte die Puppe an die Brust. Leise fügte sie hinzu: »Mein Vater vergisst, dass die beiden auch meine Familie waren.«

***

Nach Royces Einschätzung war es immer noch früh am Abend, als sie ins Dorf zurückkehrten, doch die hohen Bäume hatten die Sonne bereits geschluckt und es dämmerte. Das Mädchen und die Schweineherde waren verschwunden, dasselbe galt für ihre Pferde und das Gepäck. Stattdessen eilten andere Menschen über die Lichtung. Ihre Hast erfüllte Royce mit Unbehagen.

Die Männer hatten Äxte, Hacken und Bündel von Holzscheiten geschultert. Die meisten gingen barfuß, bekleidet waren sie mit verschwitzten Hemden. Hinter ihnen folgten Frauen mit Bündeln von Reisig, Schilf, anderen Gräsern und Flachsstengeln. Auch sie gingen barfuß. Die Haare hatten sie hochgesteckt und darüber einfache Kopftücher gezogen. Royce verstand jetzt, warum Thrace von dem Kleid, das sie ihr gekauft hatten, so viel Aufhebens gemacht hatte. Die Dorffrauen trugen einfache, selbstgenähte Kittel in einem einheitlichen Naturweiß ohne jede Verzierung.

Sie wirkten müde und erhitzt, nur noch von dem Gedanken beherrscht, nach Hause zu kommen und ihre Last abzustellen. Als die drei sich dem Dorf näherten, blickte ein Junge auf und blieb stehen. Er hatte eine Hacke geschultert und die Arme um den langen Stiel geschlungen.

»Wer ist das?«, fragte er.

Andere in seiner Nähe wurden auf die Ankömmlinge aufmerksam. Eine alte Frau, die ein Reisigbündel umklammert hielt, musterte sie böse. Ein Mann mit nacktem Oberkörper und mächtigen Armen stellte sein Holzbündel ab und hob seine Axt. Er warf Thrace einen Blick zu, die sich immer noch die geröteten Augen rieb, kam näher und verlagerte die Axt in die rechte Hand.

»Vince, wir haben Besuch!«, rief er.

Ein untersetzter älterer Mann mit einem ungepflegten Bart hob den Kopf und setzte sein Bündel ebenfalls ab. »Hol deinen Papa, Tad«, sagte er an den Jungen gewandt, der die Fremden zuerst bemerkt hatte. Der Junge zögerte. »Na mach schon!«

Der Junge rannte in Richtung der Häuser.

»Thrace, meine Liebe«, sagte die alte Frau, »ist alles in Ordnung?«

Der bärtige Mann musterte die Fremden finster. »Was haben sie dir getan, Mädchen?«

Die beiden Männer kamen langsam näher. Royce und Hadrian traten nebeneinander und sahen Thrace erwartungsvoll an. Royce ließ eine Hand in den Falten seines Mantels verschwinden.

»Nichts!«, erwiderte Thrace hastig. »Gar nichts haben sie mir getan.«

»Sieht aber anders aus. Du verschwindest zuerst wochenlang und dann tauchst du weinend wieder auf, angezogen wie …«

Thrace schüttelte den Kopf. »Nein. Es ist nur wegen meinem Vater.«

Die Männer blieben stehen. Sie starrten die Fremden zwar weiter misstrauisch an, blickten zwischendurch aber voller Mitgefühl auf Thrace.

»Theron ist ein mutiger Mann«, sagte Vince. »Er ist stark und kommt darüber weg, du wirst sehen. Er braucht nur Zeit.«

Thrace nickte, aber es wirkte gezwungen.

»Wer sind die beiden?«

»Hadrian und Royce«, brachte Thrace schließlich heraus. »Aus Colnora in Warric. Ich habe sie gebeten, mitzukommen und uns zu helfen. Das ist Griffin, der Gründer des Dorfes.«

»Kam mit einer Axt und einem Messer her, sonst hatte ich kaum was. Die anderen kamen mit, weil ich ihnen gesagt hatte, hier sei das Leben besser, und sie so dumm waren, mir zu glauben.« Er streckte die Hand aus. »Vince.«

»Und ich bin Dillon McDern«, sagte der Hüne mit dem nackten Oberkörper. »Der Dorfschmied. Vielleicht interessiert Euch das ja. Ihr habt Pferde, ja? Meine Jungs sagen, sie hätten vorhin zwei Pferde zur Burg hochgebracht.«

»Das ist Mae«, stellte Vince die Alte mit dem Reisigbündel vor. Die Frau nickte ernst. Da Thrace offenbar nichts zugestoßen war, ließ ihre Anspannung nach, und der Blick ihrer Augen wurde wieder stumpf und abwesend. Sie wandte sich zum Gehen.

»Achtet nicht auf sie. Sie … also sie hat eine schwere Zeit hinter sich.« Vince warf Dillon einen Blick zu und Dillon nickte.

Der Junge, den er ins Dorf geschickt hatte, kehrte mit einem weiteren Mann zurück. Der Mann stand im Alter zwischen McDern und Griffin, war aber schmächtiger als die beiden. Er ging schlurfend und hatte die Augen trotz des Dämmerlichts zusammengekniffen. In den Händen hielt er ein zappelndes Ferkel.

»Warum bringst du dein Schwein mit, Russell?«, fragte Griffin.

»Der Junge meinte, Ihr bräuchtet mich, es sei ein Notfall.«

Griffin sah Dillon an, der seinen Blick erwiderte und die Achseln zuckte. »Und du findest, bei Notfällen hilft ein Schwein?«

Russell sah ihn wütend an. »Ich habe die Kleine eben erst eingefangen. Nach einem Tag mit Pearl ist sie vollkommen aufgedreht und man kriegt sie kaum zu fassen. Und jetzt, wo es gleich Nacht ist, lasse ich sie nicht mehr laufen. Was ist denn? Was haben wir für einen Notfall?«

»Wie sich herausgestellt hat, gar keinen«, sagte Griffin. »Fehlalarm.«

Russell schüttelte den Kopf. »Bei Mar, Vince, du kannst einen aber auch erschrecken. Das nächste Mal hängst du dich ans Glockenseil, nur damit die Leute in Ohnmacht fallen.«

»War keine Absicht.« Griffin wies mit einem Nicken auf Royce und Hadrian. »Wir dachten, die beiden führten was im Schilde.«

Russell betrachtete sie näher. »Besucher, was? Woher denn?«

»Aus Colnora«, antwortete Thrace. »Ich habe sie geholt. Esra meinte, sie könnten meinem Vater helfen. Ich hatte gehofft, sie könnten bei Euch wohnen.«

Russell sah sie an, seufzte schwer und zog die Mundwinkel nach unten.

»Oder … geht auch anders«, stotterte Thrace und wurde rot. »Ich kann Diakon Tomas fragen, ob er …«

»Natürlich können sie bei uns wohnen, Thrace, das weißt du doch. Da brauchst du nicht erst zu fragen.« Russell klemmte sich das Ferkel unter den Arm und strich Thrace mit der Hand über die Wange. »Wir, also Lena und ich, wir glaubten nur, du seist für immer verschwunden. Dachten, du hättest vielleicht anderswo ein neues Zuhause gefunden.«

»Ich würde meinen Vater nie verlassen.«

»Nein, nein, das wohl nicht. Du und dein Vater – ihr seid eben so. Hart wie Granit, beide. Maribor sei dem Pflug gnädig, der mit einem von euch zusammenstößt.«

Das Ferkel wand sich, zappelte mit den Beinen und quiekte. Russell konnte es nur mit Mühe festhalten. »Ich muss zurück, sonst schimpft die Frau. Komm, Thrace, und bring deine Freunde mit.« Er ging ihnen voraus in Richtung der Häuser. »Bei Mar, Mädchen, woher hast du das Kleid?«

Die anderen folgten ihm, nur Royce blieb stehen. Hadrian sah ihn fragend an, ging dann aber mit den anderen weiter. Bewegungslos sah Royce zu, wie andere Dorfbewohner noch schnell Wasser holten, Kleider zum Lüften aufhängten und Tiere einsammelten, bevor es ganz dunkel wurde. Auch Pearl kam noch einmal am Brunnen vorbei. Ihre Herde bestand nur noch aus zwei Schweinen. Mae Drundel trat aus ihrem Haus. Ihr Kopftuch hatte sich gelöst und die grauen Haare hingen ihr um das Gesicht. Im Unterschied zu den anderen schien sie es nicht eilig zu haben. Langsam ging sie zur Seite ihres Hauses. Dort standen drei Holzpfähle von derselben Art wie bei den Caswells. Mae blieb davor stehen und kniete sich hin. Nach einer Weile stand sie wieder auf und kehrte langsam nach drinnen zurück. Jetzt war niemand mehr draußen.

Abgesehen von Royce und dem Mann am Brunnen.

Der kein Bauer war.

Royce hatte ihn gleich bei ihrer Rückkehr bemerkt. Groß gewachsen und schlank hatte er stumm an der Brunneneinfassung gelehnt und sich in der Dämmerung kaum vom Hintergrund abgehoben. Die Haare hingen ihm offen auf die Schultern. Sie waren schwarz und nur von einigen wenigen grauen Strähnen durchzogen. Er hatte hohe Wangenknochen und tiefliegende, grüblerisch blickende Augen. Das lange Gewand, das ihn einhüllte, schimmerte im letzten Sonnenlicht. Bewegungslos saß er da. Das Warten machte ihm offenbar nichts aus. Er schien in Geduld geübt.

Er wirkte nicht alt, aber Royce wusste es besser. Seit damals vor zwei Jahren, als Royce, Hadrian, der junge Prinz Alric und ein Mönch namens Myron ihm bei der Flucht aus dem Gutaria-Gefängnis geholfen hatten, hatte er sich nur unwesentlich verändert. Die Farbe seines Gewands war anders, aber immer noch schwer zu bestimmen. Für Royce changierte sie diesmal zwischen Türkis und Dunkelgrün. Die Ärmel hingen wie immer nach unten und verbargen die fehlenden Hände. Außerdem trug er einen Bart, der aber natürlich neu war.

Über das Gras hinweg sahen sie einander unverwandt an. Dann setzte Royce sich in Bewegung und ging stumm auf den anderen zu. Zwei Geister, die sich an einer Kreuzung trafen.

»Es ist schon eine Weile her – Esra, ja? Oder sollte ich Euch lieber Haddon nennen?«

Der Mann legte den Kopf schräg. »Auch ich freue mich sehr über unser Wiedersehen, Royce.«

»Woher kennt Ihr meinen Namen?«

»Ich kann zaubern, oder ist Euch das bei unserer letzten Begegnung entgangen?«

Royce lächelte. »Könnte durchaus sein, es ist mir wohl tatsächlich entgangen. Vielleicht solltet Ihr es mir aufschreiben, damit ich es mir merken kann.«

Esrahaddon hob die Augenbrauen. »Ihr übertreibt.«

»Woher kennt Ihr mich?«

»Hm, ich habe in Colnora ein Theaterstück gesehen, *der Thron von Melengar.* Die Kulissen haben mir nicht gefallen und die Inszenierung noch viel weniger, aber die Geschichte war gut, besonders die tollkühne Flucht aus dem Turm. Der kleine Mönch war zum Schreien – für mich die weitaus beste Rolle des Stücks. Auch dass kein Zauberer vorkommt, fand ich gut. Ich wüsste gern, bei wem ich mich dafür bedanken kann – bei Euch gewiss nicht.«

»Auch unsere wirklichen Namen kommen nicht vor, also noch einmal: Woher kennt Ihr sie?«

»Wie würdet Ihr sie an meiner Stelle in Erfahrung bringen?«

»Ich würde Leute fragen, die sie kennen. Wen habt Ihr also gefragt?«

»Würdet *Ihr* mir das verraten?«

Royce runzelte die Stirn. »Gebt Ihr auf Fragen hin und wieder auch eine Antwort?«

»Entschuldigt, das ist die Macht der Gewohnheit. Ich war die meiste Zeit meines freien Lebens Lehrer.«

»Eure Sprache hat sich geändert«, stellte Royce fest.

»Danke für den Hinweis. Ich habe auch hart daran gearbeitet und mich in den vergangenen zwei Jahren in vielen Wirtshäusern umgehört. Ich habe eine Begabung für Sprachen und spreche mehrere davon. Zwar kenne ich noch nicht alle Feinheiten der Umgangssprache, aber die Grammatik hatte ich mir schnell angeeignet. Schließlich handelt es sich immer noch um dieselbe Sprache. Ihr sprecht nur einen etwas … weniger anspruchsvollen Dialekt als ich damals. Alles klingt irgendwie gröber.«

»Ihr kennt uns also durch Herumfragen und ein schlechtes Theaterstück, und die Sprache habt Ihr im Wirtshaus aufgelesen. Jetzt verratet mir doch noch, warum Ihr hier seid und warum wir kommen sollten.«

Esrahaddon stand auf und ging langsam um den Brunnen herum. Er betrachtete den Boden, auf den die letzten Sonnenstrahlen, die durch die Blätter einer Pappel fielen, Sprenkel zeichneten.

»Ich könnte jetzt behaupten, dass ich mich hier verstecke, was auch glaubhaft klingen würde. Genauso gut könnte ich behaupten, ich hätte von der Not des Dorfes gehört und wollte helfen, wie Zauberer es eben tun. Aber wir wissen beide, dass Ihr mir nicht geglaubt hättet. Sparen wir uns also die Zeit. Sagt *Ihr* mir doch, warum ich hier bin. Dann könnt Ihr meiner Reaktion entnehmen, ob Ihr recht habt oder nicht.«

»Waren alle Zauberer so nervtötend wie Ihr?«

»Leider noch viel schlimmer. Ich war einer der jüngsten und nettesten.«

Ein Junge, der Tad hieß, wenn Royce sich recht erinnerte, näherte sich ihnen mit einem Eimer. »Es ist schon spät«, sagte er mit einem gehetzten Blick und füllte den Eimer mit Wasser. Etwas weiter entfernt mühte sich eine Frau, eine widerspenstige Ziege in ein Haus zu zerren, während ein kleiner Junge das Tier von hinten anschob.

»Tad!«, rief ein Mann, und der Junge am Brunnen hob erschrocken den Kopf.

»Ich komme!«

Er nickte den beiden Männern mit einem schüchternen Lächeln zu, nahm seinen Eimer und rannte denselben Weg zurück, den er gekommen war. Dabei schwappte die Hälfte des Wassers über.

Sie waren wieder allein.

»Ihr seid vermutlich hier, weil Ihr etwas aus diesem Avempartha braucht«, sagte Royce. »Allerdings wohl kaum ein Schwert, mit dem man Dämonen tötet. Ihr habt das arme Mädchen und seinen unglücklichen Vater nur dazu benützt, um Hadrian und mich hierher zu locken. Wir sollen eine Tür öffnen, die Ihr irgendwie nicht selbst aufkriegt.«

Esrahaddon seufzte. »Schade, ich hatte Euch wirklich für klüger gehalten, und Eure ständigen Anspielungen auf meine Unfähigkeit langweilen mich. Ich *benütze* niemanden.«

»Soll das heißen, in diesem Turm wird wirklich ein Schwert aufbewahrt?«

»Genau das.«

Royce musterte ihn mit gerunzelter Stirn.

»Ihr wisst nicht, ob ich lüge oder nicht, stimmt's?« Esrahaddon lächelte selbstgefällig.

»Ich glaube nicht, dass Ihr lügt, aber ich glaube auch nicht, dass Ihr die Wahrheit sagt.«

Der Zauberer hob die Augenbrauen. »Das klingt schon besser. Womöglich ist in Eurem Fall doch noch nicht alle Hoffnung verloren.«

»Vielleicht gibt es in diesem Turm also ein Schwert und vielleicht kann man damit dieses … was immer es ist … töten.

Aber vielleicht habt Ihr das Untier auch nur hergezaubert, damit wir kommen.«

»Logisch.« Esrahaddon nickte. »Zwar ziemlich makaber, aber ich kann Eure Überlegung nachvollziehen. Nur vergesst bitte nicht, dass die Überfälle auf das Dorf schon losgingen, als ich noch im Gefängnis saß.«

Royce runzelte erneut die Stirn. »Warum seid Ihr also hier?«

Esrahaddon lächelte. »Ihr müsst eins verstehen, mein Lieber: Zauberer sind kein Auskunftsdienst. Ihr solltet zumindest wissen, dass der Bauer Theron und seine Tochter heute tot wären, wenn ich nicht gekommen wäre und die Tochter losgeschickt hätte, um Euch zu holen.«

»Also gut, Eure Ziele gehen mich nichts an, damit kann ich leben. Aber warum bin *ich* hier? Zumindest das könntet Ihr mir doch verraten. Warum die aufwendige Suche nach unseren Namen und unserem Aufenthaltsort – übrigens wirklich sehr beeindruckend –, wenn doch jeder beliebige Dieb das Schloss für Euch knacken und den Turm öffnen könnte?«

»Weil es eben nicht jeder kann. Ihr seid der einzige mir bekannte Dieb, der es kann.«

»Heißt das, ich bin der einzige Dieb, den Ihr kennt?«

»Es wäre hilfreich, wenn Ihr mir zuhören würdet. Ihr seid der einzige mir bekannte Dieb, der Avempartha öffnen kann.«

Royce machte ein böses Gesicht.

»Das Ungeheuer, das dieses Dorf heimsucht, tötet wahllos alle Menschen«, fuhr Esrahaddon fort. Er klang auf einmal sehr ernst. »Keine von Menschenhand geschaffene Waffe kann es töten. Es kommt nachts und tötet die Menschen. Nichts kann es aufhalten, nur das Schwert, das sich in diesem Turm befindet. Ihr müsst dort eindringen und es holen.«

Royce starrte ihn unverwandt an.

»Ihr habt recht, das ist nicht die ganze Wahrheit, aber trotzdem die Wahrheit und alles, was ich zu sagen bereit bin … vorerst. Um mehr zu erfahren, müsst Ihr zuerst den Turm öffnen.«

»Schwerterklau«, murmelte Royce wie zu sich selbst. »Na gut, dann sehen wir uns den Turm doch am besten gleich an. Dann kann ich wenigstens mit Schimpfen anfangen.«

»Nein«, erwiderte der Zauberer. Er ließ den Blick über die Lichtung wandern, auf der die Sonne bereits untergegangen war, und blickte zum dämmrigen Himmel auf. »Es wird Nacht und wir dürfen nicht draußen bleiben. Morgen früh gehen wir, aber heute Abend verstecken wir uns mit den anderen.«

Royce betrachtete ihn nachdenklich. »Als ich Euch das erste Mal begegnete, hielt alle Welt Euch für einen furchteinflößenden Zauberer, der Blitze schleudern und Berge versetzen kann. Jetzt könnt Ihr nicht einmal ein kleines Ungeheuer bekämpfen oder einen alten Turm aufsperren. Ich hätte Euch für mächtiger gehalten.«

»Das war ich auch«, sagte Esrahaddon. Er hob zum ersten Mal die Arme und ließ die Ärmel zurückfallen, so dass die Stümpfe zu sehen waren, an denen eigentlich die Hände hätten sein sollen. »Mit dem Zaubern ist es ein wenig wie mit dem Fiedeln. Ohne Hände tut man sich verdammt schwer.«

* * *

Zum Abendessen gab es Gemüsesuppe, einen dünnen Eintopf aus Lauch, Sellerie, Zwiebeln und Kartoffeln in einer wässrigen Brühe. Hadrian nahm sich nur eine kleine Portion, die ihn keineswegs satt machte, aber überraschend würzig schmeckte, eine Kombination ungewöhnlicher Geschmäcker, die ein Brennen im Mund hinterließ.

Lena und Russell Bothwick machten ihr Versprechen wahr,

sie für die Nacht bei sich aufzunehmen, ein Angebot, dass sie erst richtig zu schätzen wussten, als sie entdeckten, wie beengt die Familie in ihrem kleinen Häuschen wohnte. Die Bothwicks hatten drei Kinder, vier Schweine, zwei Schafe und eine Mammy genannte Ziege, die sich alle einen offenen Raum teilten. Dazu kamen Stechmücken, die die Fliegen nachts ablösten. Man konnte kaum atmen, so dick war die Luft vom Rauch, den Ausdünstungen der Tiere und dem Dampf der Suppe. Royce und Hadrian sicherten sich ein Plätzchen so nahe wie möglich an der offenen Tür und setzten sich auf den Boden aus Erde.

»Ich hatte von Landwirtschaft keine Ahnung«, sagte Russell Bothwick gerade. Er trug wie die meisten Männer im Dorf ein dünnes, ausgefranstes Hemd, das ihm bis zu den Knien reichte und um die Hüften von einer Schnur zusammengehalten wurde. Ebenfalls wie die anderen Dorfbewohner hatte er dunkle Ringe unter den Augen. »In meinem Heimatort Drismoor war ich Kerzengießer. Ich arbeitete als Geselle in einem Laden in der Hithilstraße. Dass wir hier das erste Jahr überlebt haben, war Therons Verdienst. Ohne ihn und seine Frau Addie wären wir verhungert oder erfroren. Die beiden haben uns unter ihre Fittiche genommen und geholfen, dieses Haus zu bauen. Theron hat mir gezeigt, wie man ein Feld umpflügt.«

»Addie hat mir geholfen, die Zwillinge zur Welt zu bringen«, sagte Lena und schöpfte Suppe in Teller, die Thrace an die Kinder weiterreichte. Die Zwillingsmädchen und Tad, die auf den Dachboden verbannt worden waren, hatten das Kinn in die Hände gestützt und blickten von ihrem Strohlager aufmerksam zu den anderen herunter. »Und Thrace hat auf die Kinder aufgepasst.«

»Es war selbstverständlich, dass wir sie bei uns aufnehmen«, ergänzte Russell. »Ich wünschte nur, Theron würde auch kommen, aber er weigert sich hartnäckig.«

»Dieses Kleid ist wirklich wunderschön«, erklärte Lena Bothwick zum wiederholten Mal und sah Thrace kopfschüttelnd an. Russell brummte etwas, aber da er den Mund voll hatte, verstand ihn niemand.

Lena presste die Lippen zusammen. »Stimmt doch.«

Sie verstummte, doch ohne den Blick abzuwenden. Ihre gerade geschnittenen, kurzen hellbraunen Haare verliehen ihr ein jungenhaftes Aussehen. Ihre Nase war so spitz, als könnte man damit Pergament schneiden. Dazu kamen ein Meer von Sommersprossen und kaum sichtbare Augenbrauen. Die Kinder schlugen nach der Mutter. Sie trugen alle drei denselben Kurzhaarschnitt, während Russell überhaupt keine Haare mehr besaß.

Thrace berichtete von ihren Abenteuern, von den Sehenswürdigkeiten der großen Stadt und den Menschen, denen sie dort begegnet war. Sie erzählte, wie Hadrian und Royce sie in ein verschwenderisch ausgestattetes Hotel gebracht hätten. Lena runzelte daraufhin besorgt die Stirn, entspannte sich im weiteren Fortgang des Berichts aber wieder. Thrace schwärmte von einem Bad in einer Wanne mit warmem Wasser und duftender Seife und von dem gewaltigen Federbett unter einem aus Balken gezimmerten, festen Dach, in dem sie die Nacht verbracht hatte. Den Bogen der Kaufmannschaft und das damit verbundene Abenteuer unterschlug sie.

Lena war so gefesselt, dass sie die restliche Suppe fast hätte überkochen lassen. Russell brummte beim Essen immer wieder etwas in sich hinein. Esrahaddon saß mit dem Rücken zur seitlichen Wand zwischen Lenas Spinnrad und dem Butterfass. Sein Gewand hatte eine dunkelgraue Färbung angenommen, und er war so still, dass man ihn für einen Schatten hätte halten können. Thrace fütterte den Zauberer mit einem Löffel.

Wie das wohl war?, dachte Hadrian mit einem Blick auf die beiden. *Wie fühlte es sich an, einst so mächtig gewesen zu sein und jetzt nicht einmal mehr einen Löffel halten zu können?*

Nach dem Essen half Thrace Lena beim Abwasch und stellte die abgespülten Teller auf ein Regal. »An diesen Teller erinnere ich mich«, rief sie und zeigte auf den einzigen Tonteller im Haus. Ein Lächeln erschien auf ihrem Gesicht. Der ovale weiße Teller mit dem filigranen blauen Muster lag sorgfältig verstaut bei den anderen Familienschätzen ganz hinten im Geschirrschrank. »Ich weiß noch, wie Jessie Caswell und ich als Kinder …« Sie brach ab, und im Haus wurde es totenstill. Sogar die Kinder verstummten.

Lena legte den Teller beiseite, den sie gerade abspülte, umarmte Thrace und drückte sie an sich. Hadrian bemerkte auf einmal Falten in ihrem Gesicht, die ihm zuvor nicht aufgefallen waren. Bewegungslos standen die beiden vor dem Eimer mit Schmutzwasser und weinten lautlos. »Du hättest nicht zurückkehren sollen«, flüsterte Lena schließlich. »Du hättest bei diesen Leuten im Hotel bleiben sollen.«

»Aber ich kann Vater nicht verlassen«, hörte Hadrian Thrace leise und durch Lenas Schulter gedämpft antworten. »Ich habe doch sonst niemanden mehr.«

Sie trat zurück, und Lena rang sich ein krampfhaftes Lächeln ab.

Draußen war es ganz dunkel geworden. Von seinem Platz neben der Tür konnte Hadrian nicht viel erkennen – einige vom Mond beschienene Stellen und hin und wieder die leuchtende Spur eines Glühwürmchens. Der Rest versank in der endlosen Nacht des Waldes.

Russell nahm sich einen Schemel und setzte sich Royce und

Hadrian gegenüber. Mit einem Holzspan zündete er sich eine lange Tonpfeife an, dann sagte er: »Ihr wollt Theron also helfen, das Ungeheuer zu töten?«

»Wir werden unser Bestes versuchen«, antwortete Hadrian.

Russell zog ein paarmal an seiner Pfeife, bis sie richtig brannte, dann drückte er den brennenden Kienspan auf dem Boden aus. »Theron ist schon über fünfzig. Er ist ein tüchtiger Bauer, aber ich glaube nicht, dass er schon einmal ein Schwert in der Hand gehalten hat. Ihr beide seht mir dagegen aus, als hättet Ihr damit einige Erfahrung, und Hadrian hat nicht nur ein Schwert, sondern gleich drei. Jemand, der drei Schwerter hat, kann damit wahrscheinlich auch umgehen. Deshalb denke ich, Leute wie Ihr könnten etwas Nützlicheres tun als einem alten Mann dabei zu helfen, sich umzubringen.«

»Russell!«, rief Lena vorwurfsvoll. »Sie sind unsere Gäste. Warum verbrühst du sie nicht gleich mit heißem Wasser?«

»Weil ich nicht zulassen kann, dass der Alte sich umbringt. Wenn der Markgraf mit seinen Rittern keine Chance hatte, was soll er dann ausrichten? Ein alter Mann mit einer Sense? Was will er denn beweisen? Seinen Mut?«

»Er will gar nichts beweisen«, sagte Esrahaddon unerwartet, und im Zimmer wurde es so still, als sei ein Teller hinuntergefallen. »Er will nicht mehr leben.«

»Wie bitte?«, fragte Russell.

»Das gibt es durchaus«, meinte Hadrian. »Ich habe es schon erlebt. Soldaten – Berufssoldaten –, tapfere Männer kommen plötzlich an einen Punkt, an dem ihnen alles über den Kopf wächst. Dann kann alles als Auslöser dienen – ein Toter zu viel, ein sterbender Freund oder auch etwas Banales wie ein Wetterumschwung. Ich kannte einen Mann, der in Dutzenden von Schlachten an vorderster Front gekämpft hatte. Erst als ein Hund, den er liebgewonnen hatte, geschlachtet und gegessen wurde, gab er auf. Aber natürlich kapituliert ein kämpferischer Geist nicht einfach sang- und klanglos, er geht mit Pauken und Trompeten unter. Er stürzt sich in einen Kampf, den er nicht gewinnen kann.«

»Dann habe ich Eure Zeit verschwendet«, sagte Thrace. »Wenn mein Vater nicht mehr leben will, kann auch das Schwert im Turm ihn nicht retten.«

Hadrian bedauerte seine Worte schon wieder und fügte rasch hinzu: »Solange dein Vater lebt, ist es jederzeit möglich, dass er wieder hoffen lernt.«

»Dein Vater wird sich wieder aufrappeln, Thrace«, sagte Lena. »Er ist hart wie Granit, du wirst schon sehen.«

»Mama«, rief eins der Kinder vom Dachboden.

Lena achtete nicht darauf. »Höre nicht auf die Leute, die schlecht von deinem Vater sprechen. Sie kennen ihn nicht.«

»Mama!«

»Wirklich, einem armen Mädchen, das eben erst seine Familie verloren hat, so etwas zu sagen!«

»Mama!«

»Was ist denn, Tad?« Lena schrie fast.

»Was ist denn mit den Schafen?«

Da bemerkten die anderen es auch. Die Schafe, die sich in einer Ecke des Zimmers zusammendrängten, hatten sich während der Mahlzeit ruhig verhalten, ein zufriedener Haufen aus Wolle, den Hadrian nicht weiter beachtet hatte. Jetzt stießen sie einander an und drängten gegen das Brett, das Russell angebracht hatte. Auch die Ziege war unruhig geworden und die kleine Glocke an ihrem Hals bimmelte. Ein Schwein versuchte, durch die Tür zu entkommen. Thrace und Lena konnten es gerade noch festhalten.

»Kommt sofort herunter, Kinder!«, rief Lena leise.

Die drei Kinder kletterten nacheinander die Leiter hinunter. Man merkte, dass sie diesen Fall schon oft geprobt hatten. Ihre Mutter holte sie zu sich in die Mitte des Raumes. Russell stand von seinem Hocker auf und löschte mit dem Spülwasser das Feuer.

Dunkelheit hüllte sie ein. Niemand sprach. Draußen verstummten die Grillen, im nächsten Moment dann auch die Frösche. Drinnen stampften die Tiere weiter unruhig mit den Füßen. Wieder versuchte ein Schwein zu entkommen. Hadrian hörte seine kleinen Füße in Richtung Tür über den Boden trippeln. Er spürte, wie Royce sich neben ihm bewegte, dann kehrte wieder Ruhe ein.

»Kann das mal jemand nehmen?«, flüsterte Royce. Tad kroch im Dunkeln zu ihm und nahm ihm das Schwein ab.

Sie warteten.

Das Geräusch setzte ganz leise und dumpf ein. Ein Pusten, dachte Hadrian, wie von einem Blasebalg, mit dem man das Feuer im Ofen anfacht. Das Geräusch kam näher und schwoll zu einem volltönenden, tiefen Fauchen an. Dann kam es von über ihnen, und Hadrian hob unwillkürlich den Kopf, sah aber nur die dunkle Decke. Er legte die Hände an die Griffe seiner Schwerter.

Pfffff, pfffff, pfffff.

Bewegungslos saßen sie im Dunkeln da und lauschten, während das Pusten sich wieder entfernte und erneut lauter wurde. Dann trat eine Pause ein – tiefe Stille. Nicht einmal die Atemgeräusche der anderen Anwesenden waren zu hören.

Dann ein Krachen.

Es klang, als sei ein Baum explodiert. Hadrian zuckte zusammen. Auf das Krachen folgte ein misstönendes Knirschen, Splittern und Reißen, dann ein Schrei. Die Stimme einer Frau. Hysterisch, in Todesangst gellte er über den Dorfplatz.

»Bei Maribor!«, rief Lena. »Das ist Mae!«

Hadrian sprang auf. Royce stand bereits.

»Bleibt sitzen«, sagte Esrahaddon. »Sie ist schon tot, Ihr könnt ihr nicht mehr helfen. Mit Euren Waffen könnt Ihr nichts gegen das Ungeheuer ausrichten. Es …«

Doch da waren die beiden schon durch die Tür gestürmt.

Royce rannte über den Dorfplatz zu Mae Drundels Häuschen. Hadrian sah nichts und konnte nur blind dem Geräusch seiner Schritte folgen.

Das Geschrei brach unvermittelt ab.

Royce blieb stehen, und Hadrian wäre fast in ihn hineingerannt.

»Was ist?«

»Jemand hat das Dach weggerissen. An den Wänden klebt überall Blut. Die Frau ist weg. Das Ungeheuer auch.«

»Das Ungeheuer? Hast du es gesehen?«

»Durch eine Lücke im Laub – nur ganz kurz, aber es reichte.«

5

Die Festung

Im ersten Morgengrauen brachen Royce und Esrahaddon auf. Sie folgten einem Pfad aus dem Dorf hinaus. Royce hatte seit ihrer Ankunft in Dahlgren ein fernes Geräusch gehört, ein dumpfes, beständiges Rauschen. Als sie sich jetzt dem Fluss näherten, wuchs das Rauschen zu einem Tosen an. Der Nidwalden war riesig – eine grüne Wasserfläche, die gurgelnd dahinströmte und sich schäumend an felsigen Klippen brach. Staunend blieb Royce stehen. Sein Blick fiel auf einen Ast, einen schwarzgrauen Klumpen von Blättern in der Mitte des Flusses, der von den Wassermassen mitgerissen wurde. Auf und ab nickend trieb er dahin, durch Lücken zwischen den Klippen hindurch und über Felsen hinweg, bis er in einer weißen Gischtwolke verschwand. In der Mitte des Flusses sah Royce etwas aufragen, doch konnte er es durch den Dunst und die über das Wasser hängenden Äste der Bäume nur undeutlich erkennen.

»Wir müssen noch ein Stück flussabwärts gehen«, erklärte Esrahaddon und führte Royce einen noch schmaleren Pfad entlang, der das Ufer säumte. Das Schilfgras am Wasser glänzte taufeucht, die Vögel zwitscherten laut in der sanften morgendlichen Brise. Royce spürte trotz der donnernden Wassermassen und der noch lebhaften Erinnerung an das dachlose Haus und die blutbespritzten Wände eine innere Ruhe.

»Da wären wir«, sagte Esrahaddon ernst. Sie hatten eine steinige Lichtung erreicht, die einen ungehinderten Blick auf den Fluss erlaubte. Reißend strömte er dahin und verschwand unvermutet über die Kante eines Wasserfalls.

Sie standen in nächster Nähe des Wasserfalls, von dem Gischt aufstieg wie weißer Nebel. In seiner Mitte ragte unmittelbar an der Kante eine mächtige Felsplatte aus den Fluten auf wie der Bug eines gewaltigen Schiffes, das auf Grund gelaufen ist und im nächsten Augenblick in den Abgrund zu kippen droht. Auf diesem furchteinflößenden Sockel erhob sich wie ein Turm die Festung Avempartha. Zur Gänze aus Stein erbaut, schien sie gleichsam aus dem Felsen heraus zum Himmel zu wachsen. Ein ganzes Bündel hoher, schlanker Türme ähnlich Kristall- oder Eissplittern krönte sie, der Sockel ging in weißen Schwaden aus Nebel und Gischt unter. Auf den ersten Blick erinnerte das Gebilde an eine natürliche Felsformation, erst bei näherem Hinsehen bemerkte man die sorgfältig in das Bauwerk eingepassten Fenster, Wege und Treppen.

»Wie soll ich da rüberkommen?«, fragte Royce. Er musste gegen das Brausen anschreien, und sein Mantel bäumte sich hinter ihm auf wie eine Schlange.

»Das wäre die erste Schwierigkeit«, rief Esrahaddon zurück, ohne die Frage zu beantworten.

Ist das eine Art Prüfung oder weiß er es wirklich nicht?

Royce folgte dem Fluss über einige kahle Felsen bis zur Kante des Wasserfalls. Hier stürzte das Land mehr oder weniger senkrecht zweitausend Fuß ins Tal hinunter. Der Anblick war unvergleichlich schön. Die Gewalt der herabtosenden Wassermassen zog Royce hypnotisch in ihren Bann. Funkelnd verschwanden die blaugrünen Fluten in dem glitzernden Dunst, und das Donnern dröhnte ihm in den Ohren und vibrierte in seiner Brust. Dahinter, im Süden, bot sich ein ähnlich atemberaubender Anblick. Royce sah meilenweit in die Ferne und konnten den restlichen Lauf des Flusses überblicken, der sich wie eine lange, glänzende Schlange durch die üppig grüne Vegetation zur Goblinsee wand.

Esrahaddon stieg zu einer geschützteren Stelle weiter landeinwärts hinauf und verschwand hinter einem aufrechtstehenden Granitfelsen, der ihn vor dem böigen Wind und der Gischt schützte. Royce kletterte ihm nach. Doch dann bemerkte er im Blätterdach der Bäume unter ihm eine Art Rinne, die vom Fluss wegführte. Einige Bäume waren niedriger als ihre Nachbarn, was sich in dem ansonsten einförmigen Blätterdach als Vertiefung bemerkbar machte. Royce stieg zu den Bäumen hinunter und stellte fest, dass sie nicht in einem Graben standen, sondern jünger waren als die anderen Bäume. Dann fiel ihm noch etwas anderes auf: Die Rinne war vollkommen gerade. Auf dem Boden entdeckte er unter einem Gestrüpp von Kletterpflanzen und Dornbüschen merkwürdige Buckel. Er zog einen Teil des Gestrüpps zur Seite und entfernte einige Lagen Erde und welkes Laub und stieß zuletzt auf flache Steinplatten.

»Sieht aus, als sei hier eine Straße gewesen«, rief er zu dem Zauberer hinauf.

»Das stimmt tatsächlich. Früher hat eine große Brücke über den Fluss nach Avempartha geführt.«

»Wo ist sie geblieben?«

»Der Fluss hat sie mitgenommen. Der Nidwalden lässt sich vom Menschen nicht für längere Zeit bändigen. Das meiste wurde wahrscheinlich vom Wasser weggerissen, der Rest stürzt nach und nach ein.«

Royce folgte der verschwundenen Straße zum Flussufer und blickte von dort über den schäumenden Strom zur Festung hinüber. Eine dunkelgraue Masse trieb an ihm vorbei. Ihre Größe täuschte über ihre Geschwindigkeit hinweg. An der Kante des Wasserfalls angekommen, wurde das Dunkelgrau zu einem kreiselnden, durchscheinenden Grün. Dann kippte es hinunter. Weiße Gischt stieg auf, Milliarden von Tropfen flogen durch die Luft, und Royce hörte nur noch das donnernde Tosen.

»Unmöglich«, murmelte er.

Er kehrte zum Zauberer zurück, setzte sich auf den von der Sonne aufgewärmten Stein und blickte zu der Festung hinüber, die in einiger Entfernung aus dem von Regenbögen umspielten Dunst aufragte.

»Und ich soll da rein?«, fragte er ernst. »Oder ist das eine Art Scherz?«

»Nein«, erwiderte Esrahaddon. Er lehnte sich an einen Felsen, verschränkte die Arme und schloss die Augen.

Seine Ruhe ärgerte Royce. »Dann müsst Ihr mir schon noch ein wenig mehr verraten.«

»Was wollt Ihr wissen?«

»Alles – alles, was Ihr mir über Avempartha sagen könnt.«

»Hm, lasst sehen. Ich war vor sehr langer Zeit einmal hier. Damals sah natürlich alles anders aus. Zum einen stand Novrons Brücke noch und man konnte zu Fuß hinübergehen.«

»Die Brücke bildete also den einzigen Zugang?«

»O nein, das glaube ich nicht. Wenigstens ergäbe es keinen Sinn, wenn es so wäre. Die Elben haben Avempartha gebaut, bevor die ersten Menschen Elan bevölkerten. Niemand, zumindest kein Mensch, weiß warum oder wozu. Aufgrund der Lage oberhalb des Wasserfalls und der Ausrichtung nach Süden zur sogenannten Goblinsee hin könnte es den Elben als Bollwerk gegen die Kinder des Uberlin gedient haben. Ihr nennt sie meines Wissens bei ihrem Zwergennamen Ba Ran Ghazel – Goblins der See. Doch ist das unwahrscheinlich, weil Avempartha auch älter ist als die Goblins. Vielleicht gab es hier früher sogar eine Stadt. Die Elben hatten eine unerhört reiche Kultur, in der schöne Dinge, Musik und die Kunst eine große Rolle spielten, auch wenn in Apeladorn heutzutage nur wenig davon übrig ist.«

»Wenn Ihr von der Kunst sprecht, meint Ihr die Magie?«

Der Zauberer öffnete ein Auge und betrachtete ihn stirnrunzelnd. »Ja, aber seht mich nicht so an, als sei Magie etwas Anrüchiges oder Schlimmes. Ich bin diesem Blick seit meiner Flucht schon viel zu oft begegnet.«

»Die Menschen haben eben keine gute Meinung von der Magie.«

Esrahaddon seufzte und schüttelte missbilligend den Kopf. »Es betrübt mich zutiefst, zu erleben, wie die Welt sich in den Jahren meiner Haft verändert hat. Nur das Wissen, dass ich eines Tages einen Beitrag zum Überleben der Menschheit leisten würde, hat mich am Leben gehalten und vor dem Wahnsinn bewahrt, aber jetzt stelle ich fest, dass die Menschheit kaum mehr verdient, gerettet zu werden. In meiner Jugend lebte ich in einer großartigen Welt mit prächtigen Städten. Euer Colnora hätte damals nicht einmal zum Elendsviertel der kleinsten Stadt getaugt. Wasserleitungen transportierten das Wasser in die Häuser der Menschen, wo wir es durch Hähne zapfen konnten. Jede Stadt verfügte über eine Kanalisation, die ständig instandgehalten wurde und verhinderte, dass die Straßen wie Jauchegruben stanken. Die Häuser waren acht oder neuen Stockwerke hoch, einige sogar zwölf. Wir hatten Spitäler, in denen die Kranken behandelt wurden und tatsächlich genasen. Und wir hatten Bibliotheken, Museen,

Tempel und alle möglichen Schulen. Die Menschen haben das Erbe Novrons verprasst. Mir ist, als wäre ich als Reicher schlafen gegangen und als Armer aufgewacht.«

Er machte eine Pause.

»Außerdem gab es die Kunst, die Ihr so schwachsinnig Magie nennt. Sie unterschied uns von den Tieren und war die größte Errungenschaft unserer Zivilisation. Heute ist sie nicht nur in Vergessenheit geraten, sie wird sogar beschimpft. Wer sie zu meiner Zeit beherrschte und sich die natürlichen Mächte der Welt zu Diensten machen konnte, handelte im Auftrag der Götter, er war heilig und unantastbar. Wer heute zufällig das Wetter von morgen errät, wird verbrannt.

Damals war alles anders. Die Menschen waren glücklich. Es gab keine armen Familien, die auf der Straße leben mussten, keine hoffnungslosen Bauern, die am Verhungern waren oder zusammen mit drei Kindern, vier Schweinen, zwei Schafen und einer Ziege in einer elenden Hütte hausten, in der die Fliegenschwärme am Nachmittag dicker waren als der Eintopf am Abend.«

Esrahaddon blickte sich traurig um. »Als Zauberer habe ich mein Leben der Erkenntnis der Wahrheit und ihrer Anwendung im Dienst des Imperators gewidmet. Nie konnte ich diesen Zielen besser dienen als dadurch, dass ich hierher kam. Und doch bedaure ich es in vieler Hinsicht. Wäre ich nur zu Hause geblieben! Ich hätte ein glückliches Leben geführt und wäre jetzt längst tot.«

Royce lächelte. »Und ich dachte, Zauberer seien kein Auskunftsdienst.«

Esrahaddon machte ein böses Gesicht.

»Und was hat es mit dieser Festung auf sich?«

Der Zauberer blickte zu den schlanken Türmen hinüber, die über dem Nebel aufstiegen. »In Avempartha fand die letzte Schlacht der Großen Elbenkriege statt. Novron trieb die Elben bis zum Nidwalden zurück, aber dort verschanzten sie sich in ihrem Turm. Doch Wasser konnte Novron nicht aufhalten, und er befahl den Bau einer Brücke. Acht Jahre vergingen darüber und viele hundert Menschen mussten sterben, die meisten, weil sie den Wasserfall hinunterstürzten, doch dann war die Brücke fertig. Anschließend brauchte Novron noch einmal fünf Jahre, um Avempartha zu erobern. Die Eroberung hatte nicht nur strategische, sondern auch symbolische Bedeutung. Die Elben mussten sich damit abfinden, dass Novron sie ein für alle Mal aus Elan vertreiben würde. Damals geschah etwas sehr Merkwürdiges. Die genaueren Umstände sind bis heute nicht geklärt. Novron beschaffte sich angeblich das Horn von Gylindora und zwang die Elben damit, sich bedingungslos zu ergeben. Sie mussten ihr sämtliches Kriegsgerät zerstören und sich über den Fluss zurückziehen – ohne Aussicht auf Rückkehr.«

»Es gab vor Novron also keine Brücke? Auch nicht auf der anderen Seite?«

»Nein, das war ja das Problem. Man konnte die Festung nicht erreichen.«

»Wie sind die Elben dann hingekommen?«

»Genau.« Der Zauberer nickte.

»Ihr wisst es nicht?«

»Ich bin zwar alt, aber auch wieder nicht so alt. Novron liegt für mich weiter zurück als meine Zeit für Euch.«

»Das Rätsel hat also eine Lösung, nur kennt sie keiner.«

»Glaubt Ihr, Novron hätte acht Jahre lang eine Brücke gebaut, wenn er sie gekannt hätte?«

»Und wie kommt Ihr darauf, ich könnte die Lösung finden?«

»Introduktion.«

Royce sah ihn verwirrt an. »Ihr meint wohl Intuition?«

Der Zauberer schüttelte verärgert den Kopf. »Offenbar hat mein Wortschatz immer noch Lücken.«

Royce starrte zu der Festung in der Flussmitte hinaus. Aufträge, bei denen Schwerter geklaut werden sollten, waren doch nie einfach.

***

Mae Drundel wurde mit einer düster-respektvollen Zeremonie beerdigt, die Hadrian allerdings einstudiert vorkam. Es gab keine verlegenen Momente, niemand stolperte über Worte oder sagte etwas Falsches. Alle spielten ihre Rolle routiniert. Die noch lebenden Einwohner von Dahlgren trauerten fast schon so professionell wie bezahlte Totenkläger.

Diakon Tomas sagte die einzigen persönlichen Worte des Gottesdienstes, als er davon sprach, wie viel Mae ihre verstorbenen Angehörigen und die Kirche bedeutet hätten. Mae war die Letzte ihrer Familie gewesen. Ihre Söhne waren noch vor dem sechsten Lebensjahr an Krankheiten gestorben, ihr Mann war vor nicht einmal fünf Monaten von dem Ungeheuer getötet worden. Und dann sprach Tomas öffentlich aus, was fast alle dachten – dass Maes Tod zwar schlimm war, aber vielleicht gar nicht so schlimm für sie selbst. Nachbarn berichteten, sie habe in den vergangenen Nächten sogar eine einladende Kerze in ihrem Fenster brennen lassen.

Da es wie üblich keine Leiche zu beerdigen gab, wurde lediglich ein weiß gestrichener Pfahl in den Boden geschlagen, in den Maes Name eingebrannt war. Die Pfähle daneben trugen die Namen Davie, Firth und Went Drundel.

Mit Ausnahme von Royce und Esrahaddon besuchten alle den Gottesdienst. Sogar Theron Wood tauchte auf, um Mae die letzte Ehre zu erweisen. Er wirkte noch ausgezehrter und verbitterter als am Tag zuvor, und Hadrian vermutete, dass er die ganze Nacht nicht geschlafen hatte.

Danach aß das ganze Dorf gemeinsam zu Mittag. Die Männer schoben auf dem Dorfplatz Tische aneinander, und jede Familie brachte ein Gericht mit, insbesondere geräucherten Fisch, Blutwurst, hergestellt aus Schweineblut, Milch, Tierfett, Zwiebeln und Hafermehl, und Hammelfleisch.

Hadrian trat zur Seite, lehnte sich gegen eine Zeder und sah zu, wie die anderen sich am Essen anstellten.

»Bedient Euch«, forderte Lena ihn auf.

»Es scheint nicht allzu viel zu geben und ich habe selbst genug Proviant dabei.«

»Unsinn, kommt nicht in Frage. Bei einem Leichenschmaus kriegt jeder zu essen. Mae hätte es so gewollt, und bei einer Beerdigung geht es doch darum, dem Toten die letzte Ehre zu erweisen.«

Sie sah ihn streng an, bis er nickte und sich auf den Tischen nach einem Teller umsah.

»Sind das Eure Pferde, die bei mir im Burgstall stehen?«, fragte eine Stimme hinter ihm, und er drehte sich um. Vor ihm stand ein rundlicher Mann im Rock eines Geistlichen, der erste Mensch im Dorf, der nicht halb verhungert aussah. Er hatte feiste, rosige Wangen, und wenn er lächelte, verschwanden seinen Augen fast. Obwohl nicht besonders alt, hatte er schneeweiße Haare. Auch sein kurzer Bart war weiß.

»Wenn Ihr Diakon Tomas seid, dann ja«, antwortete Hadrian.

»Der bin ich, und die Pferde stehen bei mir gut. Nachts ist es droben in der Burg mit den vielen leeren Zimmern recht einsam, man hört jedes Geräusch. Der Wind schlägt die Fensterläden zu, das Gebälk knarrt – ganz schön unheimlich hört sich das zuweilen an. Jetzt kann ich wenigstens Euren Pferden die

Schuld an den Geräuschen geben. Sie stehen zwar drunten im Stall und ich könnte sie wahrscheinlich gar nicht hören, aber ich kann ja wenigstens so tun, nicht wahr?« Er kicherte leise. »Aber im Ernst, manchmal halte ich es da droben kaum aus. Ich bin es gewohnt, unter Menschen zu sein, und die Einsamkeit der Burg setzt mir ziemlich zu.« Er belud seinen Teller mit Hammelfleisch.

»Wie müsst Ihr leiden! Aber bestimmt seid Ihr wenigstens gut versorgt. Der Adel versteht sich darauf, seine Keller zu füllen.«

»O ja, natürlich«, sagte der Diakon. »Der Markgraf hat beträchtliche Mengen Räucherfleisch eingelagert, von seinen Vorräten an Bier und Wein ganz zu schweigen. Aber ich nehme mir natürlich nur, was ich brauche.«

»Natürlich«, nickte Hadrian. »Wenn ich Euch ansehe, weiß ich sofort, dass Ihr nicht zu denen gehört, die aus einer solchen Situation Kapital schlagen. Habt Ihr das Bier für die Beerdigung spendiert?«

»Aber nein«, erwiderte der Diakon erschrocken. »Ich würde es nie wagen, die Vorräte des Markgrafen dafür zu plündern. Wie Ihr sagtet, ich gehöre nicht zu denen, die aus einer solchen Situation Kapitel schlagen. Die Vorräte gehören nicht mir, ich kann sie deshalb auch nicht verschenken.«

»Ach so.«

»Nein, seht Euch diesen Käse an«, rief der Diakon. Er griff nach einem Stück und stopfte es sich in den Mund. »Man muss dem Dorf eines lassen«, sagte er kauend, »es lässt sich bei einer Beerdigung nicht lumpen.«

Sie kamen zum Ende der Tische, und Hadrian sah sich nach einem Sitzplatz um. Die wenigen Bänke waren mit Dörflern besetzt, die von ihrem Schoß aßen.

Der Blick des Diakons fiel auf Tad und Pearl. »Aufstehen,

Kinder«, rief er. »Ihr braucht keine eigene Bank. Setzt euch ins Gras.« Die beiden runzelten unwillig die Stirn, standen aber auf. »He, Ihr da, Hadrian? Setzt Euch zu mir und erzählt, was einen Mann, der ein Pferd und drei Schwerter sein Eigen nennt, nach Dahlgren führt. Ein Adliger seid Ihr wohl nicht, sonst hättet Ihr gestern Abend bei mir angeklopft.«

»Nein, das bin ich nicht, aber dabei fällt mir eine Frage ein. Wie kommt es, dass Ihr den Wohnsitz des Burgherrn geerbt habt?«

»Wie? Geerbt? Äh, ich habe nichts geerbt. Es ist nur meine Pflicht als Staatsdiener, in einer Krise wie dieser zu helfen. Als der Markgraf und seine Männer starben, wusste ich, dass ich mich um die armen Leute im Dorf kümmern und die Interessen des Königs vertreten muss. Ich erdulde also alle Strapazen und tue, was ich kann.«

»Wie zum Beispiel?«

»Wie was?« Der Diakon biss herzhaft in ein Stück Hammelfleisch, und Fett spritzte ihm über Lippen und Wangen.

»Wie helft Ihr den Leuten im Dorf?«

»Ach so – na ja, also ... Ich halte das Haus sauber, sehe im Hof nach dem Rechten und gieße den Garten. Man muss hinter dem Unkraut her sein, sonst wuchert es alles zu und das ganze Gemüse geht ein. Und, ja ... ich bezahle dafür mit Rückenschmerzen. Wobei mein Rücken noch nie der stärkste war.«

»Ich meinte eigentlich die Überfälle. Was habt Ihr unternommen, um das Dorf davor zu schützen?«

»Na hört mal.« Der Diakon kicherte. »Ich bin ein Geistlicher, kein Ritter. Ich kann nicht einmal ein Schwert halten und befehlige kein Heer von Rittern. Ich kann also wirklich nicht viel tun, abgesehen von fleißigem Beten.«

»Habt Ihr schon daran gedacht, die Bauern in der Burg

übernachten zu lassen? Strohdächer scheinen dieses Ungeheuer nicht zu bremsen, aber das Haus des Burgherrn hat ein festes Dach und dicke Wände.«

Der Diakon schüttelte den Kopf und sah Hadrian lächelnd an wie ein Erwachsener ein Kind, das soeben gefragt hat, warum es auf der Welt arme Menschen gibt. »Aber nein, das würde überhaupt nichts helfen. Der Nachfolger des Markgrafen würde es sicher nicht gutheißen, wenn das ganze Dorf sich bei ihm einnistet.«

»Aber Ihr wisst doch, dass ein Herr seine Untertanen schützen muss? Deshalb zahlen sie ihm ja Steuern. Wenn er sie nicht mehr beschützt, warum sollten sie ihm dann noch Geld und einen Teil der Ernte abliefern oder ihn überhaupt achten?«

»Ihr habt es vielleicht nicht bemerkt«, gab der Diakon zurück, »aber gegenwärtig haben wir hier keinen Herrn.«

»Dann werdet Ihr den Bauern für die Zeit, in der sie ohne Schutz sind, die Steuern erlassen?«

»So habe ich das nicht gemeint …«

»Ihr steht also zur Verantwortung eines Verwalters und Stellvertreters des Markgrafen?«

»Nun, ich …«

»Ich verstehe, wenn Ihr fürchtet, Eure Autorität zu missbrauchen, indem Ihr den Bauern die Burg öffnet, also habt Ihr Euch bestimmt für die Alternative entschieden.«

»Alternative?« Der Diakon, der soeben in eine weitere Scheibe Hammelfleisch hatte beißen wollen, hielt verwirrt inne.

»Nun, als Verwalter und Stellvertreter des Markgrafen ist es Eure Pflicht, das Dorf an seiner Stelle zu beschützen. Da die Bauern unmöglich im Haus des Markgrafen übernachten können, werdet Ihr vermutlich ausziehen, um gegen das Ungeheuer zu kämpfen.«

»Kämpfen?« Der Diakon ließ das Hammelfleisch in den Schoß fallen. »Ich glaube nicht …«

Doch Hadrian ließ ihn nicht ausreden. »Keine Sorge, in diesem Fall kann ich Euch helfen. Ich habe ein zweites Schwert, wenn Ihr eins braucht, und da Ihr mir so freundlich erlaubt habt, mein Pferd bei Euch unterzustellen, ist das mindeste, das ich tun kann, Euch mein Schwert zum Kämpfen zu leihen. Wie ich hörte, wurde der Aufenthaltsort des Ungeheuers inzwischen ermittelt, es erscheint von daher recht einfach …«

»Ich … ich habe nie gesagt, dass die Bauern auf keinen Fall in der Burg übernachten können«, fiel der Diakon Hadrian laut ins Wort. Einige Köpfe drehten sich nach ihnen um. Leiser fügte er hinzu: »Ich stellte lediglich fest, dass es dazu sorgfältiger Überlegung bedarf. Denn seht, andere zu führen ist eine schwere Aufgabe und ich muss die Folge jeder Handlung sorgfältig abwägen, damit nicht Schaden verursacht, was eigentlich helfen soll. Nein, nein, man darf so etwas nicht überstürzen.«

Hadrian nickte. »Das ist sehr verständlich und auch sehr weise, wie ich hinzufügen darf.« Er sprach so laut, dass die anderen ihn hören konnten. »Aber der Markgraf wurde vor über zwei Wochen getötet, Ihr seid also gewiss inzwischen zu einer Entscheidung gekommen.«

Der Diakon bemerkte die interessierten Blicke der Bauern. Wer fertig gegessen hatte, kam neugierig näher, darunter Dillon McDern, der die anderen um Haupteslänge überragte. Er ließ Hadrian und den Diakon nicht aus den Augen.

»Ich … hm …«

»Kommt alle her!«, rief Hadrian laut. »Der Diakon möchte mit uns über die Verteidigung des Dorfes sprechen.«

Die Trauernden drehten sich mit den Tellern in der Hand um und versammelten sich in einem Kreis um den Brunnen.

Aller Augen richteten sich auf Diakon Tomas, der ängstlich wie ein in die Falle gegangenes Kaninchen auf seiner Bank hockte.

»Ich … äh …«, begann er, dann straffte er sich ein wenig und sagte lauter: »In Anbetracht der jüngsten Überfälle auf das Dorf seid ihr eingeladen, die Nächte hinter den schützenden Mauern der Burg zu verbringen.«

Unter den Trauergästen wurde Murmeln laut, dann rief Russell Bothwick: »Ist dort überhaupt für alle Platz?«

Der Diakon wollte seinen Vorschlag schon wieder zurückziehen, da stand Hadrian auf. »Der Platz reicht auf jeden Fall für Frauen und Kinder und die meisten verheirateten Männer. Unverheiratete Männer ab dreizehn können im Stall, in der Räucherkammer und in anderen Wirtschaftsgebäuden schlafen. Auch diese Gebäude haben stärkere Wände und Dächer als die Häuser im Dorf.«

Die Bauern begannen ernsthaft zu überlegen.

»Was geschieht mit unserem Vieh? Opfern wir das dem Ungeheuer?«, fragte ein Bauer, den Hadrian nicht kannte. »Ohne das Vieh haben wir kein Fleisch, keine Wolle und keine Tiere für die Feldarbeit.«

»Und ich muss an Trotter und Zottel denken«, fiel McDern ein. »Es wäre schlimm für Dahlgren, wenn den beiden Ochsen etwas zustieße.«

Hadrian sprang auf den Rand des Brunnens, wo alle ihn sehen konnten, und hielt sich mit dem Arm an der Seilwinde fest. »Innerhalb der Palisaden ist genügend Platz für die Tiere, und dort kann ihnen weniger passieren als bei euch zu Hause. Denkt daran, zu mehreren ist man sicherer. Wer allein im Dunkeln zu Hause sitzt, fällt dem Ungeheuer leichter zum Opfer. Dagegen wird es nicht wagen, vor den Augen des ganzen Dorfes in eine von Palisaden umgebene Burg einzudringen. Wir können vor den Wällen auch große Feuer anzünden, dann haben wir Licht.«

Erschrockene Rufe wurden laut. »Aber Licht zieht das Ungeheuer an!«

Hadrian schüttelte den Kopf. »Soweit ich das beurteilen kann, findet es euch auch jederzeit im Dunkeln.«

Die Bauern sahen von Hadrian zu Diakon Tomas und wieder zurück.

»Woher wisst Ihr das eigentlich?«, fragte eine Stimme aus der Menge. »Ihr kommt nicht von hier. Woher wisst Ihr so gut Bescheid?«

»Das Ungeheuer ist ein Dämon, den Uberlin geschickt hat!«, rief jemand, den Hadrian nicht kannte.

»Man kann es nicht aufhalten!«, schrie eine Frau auf der rechten Seite. »Wenn wir alle auf einem Fleck hocken, kann es uns umso leichter töten.«

»Es will euch nicht alle auf einmal töten und es ist auch kein Dämon«, versicherte Hadrian.

»Woher wisst Ihr das?«

»Warum tötet es jedes Mal nur einen oder zwei? Wenn es Theron Woods Haus zerstören und in Sekundenschnelle das Dach von Mae Drundels Haus abreißen kann, könnte es auch mit Leichtigkeit das ganze Dorf in einer Nacht zerstören. Aber das tut es nicht. Und zwar, weil es euch gar nicht alle töten will. Es tötet, weil es Hunger hat. Das Ungeheuer ist kein Dämon, sondern ein Raubtier.«

Die Dörfler überlegten, und während sie noch damit beschäftigt waren, fuhr Hadrian fort: »Wie ich gehört habe, hat bisher niemand das Ungeheuer zu Gesicht bekommen und kein Opfer hat überlebt. Das überrascht mich auch überhaupt nicht. Wie kann man überleben, wenn man allein im Dunkeln dasitzt und praktisch darauf wartet, gefressen zu werden? Niemand hat das Ungeheuer gesehen, weil es nicht gesehen werden will. Es versteckt sich wie jedes Raubtier, bis es zuschlägt, und es sucht sich wie jedes Raubtier das schwächste Opfer aus – Einzelgänger, Junge, Alte und Kranke. Ihr habt Euch portionsgerecht in kleine Mahlzeiten aufgeteilt und seid so leicht zu fressen, dass das Ungeheuer nicht widerstehen kann. Wenn wir uns zusammentun, jagt es heute Nacht vielleicht lieber ein Reh oder einen Wolf als einen von uns.«

»Und wenn Ihr Euch irrt? Wenn niemand es gesehen hat, weil es ein Dämon ist und unsichtbar? Ein unsichtbarer Geist, der von der Angst lebt? Könnte das nicht sein, Diakon?«

»Nun ja, äh …«, begann der Diakon.

»Es könnte so sein, ist aber nicht so«, widersprach Hadrian.

»Woher wisst Ihr das?«

»Mein Gefährte hat es gestern Nacht gesehen.«

Damit hatten die Bauern nicht gerechnet. Alle redeten aufgeregt durcheinander. Pearl, die im Gras saß, starrte Hadrian unverwandt an. Einige stellten gleichzeitig Fragen, doch Hadrian brachte sie mit einem Wink zum Schweigen.

»Wie hat es denn ausgesehen?«, fragte eine Frau mit sonnenverbranntem Gesicht und einem weißen Kopftuch.

»Da ich es nicht gesehen habe, soll euch Royce das lieber selbst erzählen. Er ist vor Einbruch der Nacht wieder da.«

»Wie kann er es im Dunkeln gesehen haben?«, fragte ein älterer Bauer misstrauisch. »Ich habe nach draußen geblickt, als ich den Schrei hörte, und die Nacht war so finster wie der Grund des Brunnens, auf dem Ihr steht. Er konnte es unmöglich sehen.«

»Das Schwein hat er auch gesehen!«, rief Tad Bothwick.

»Welches Schwein, Junge?«, fragte Dillon McDern.

»Das Schwein bei uns zu Hause gestern Abend«, sagte Tad

aufgeregt. »Es war stockdunkel und das Schwein wollte nach draußen rennen, aber er sah es und hielt es fest.«

»Stimmt«, erinnerte sich Russell Bothwick. »Wir hatten gerade erst das Feuer gelöscht und ich konnte meine Hand nicht vor den Augen sehen, aber er fing das Schwein ein. Offenbar hat er es gesehen.«

»Entscheidend ist doch, dass wir eine bessere Überlebenschance haben, wenn wir zusammenhalten«, fuhr Hadrian fort. »Der Diakon hat uns freundlicherweise eingeladen, zu ihm auf die Burg zu kommen, die durch starke Mauern und ein festes Dach geschützt ist. Ich finde, wir sollten seinem klugen Rat folgen und den Umzug planen und Brennholz sammeln, bevor es dunkel wird. Noch haben wir ausreichend Zeit, viel Holz für große Feuer zu sammeln.«

Alle Blicke waren jetzt auf Hadrian gerichtet. Die Bauern nickten. Einige wirkten noch nicht überzeugt, aber selbst die Skeptiker unter ihnen schienen Hoffnung zu schöpfen. Gespräche in kleineren Gruppen entstanden, und man begann die Nacht zu planen.

Hadrian setzte sich wieder und aß. Er war kein großer Freund von Blutwurst, deshalb hielt er sich an den geräucherten Fisch, der köstlich schmeckte.

»Ich hole die Ochsen«, hörte er McDern sagen. »Brent, du holst dein Fuhrwerk und deine Axt.«

»Außerdem brauchen wir Schaufeln und Wents Säge«, meinte Vince Griffin. »Sie ist scharf, dafür hat er immer gesorgt.«

»Tad soll sie holen«, erklärte Russell.

»Stimmt das?« Hadrian blickte von seinem Teller auf. Vor ihm stand Pearl. Ihr Gesicht war so schmutzig wie am Vortag. »Hat Euer Freund … hat er das Schwein wirklich im Dunkeln eingefangen?«

»Wenn du mir nicht glaubst, kannst du ihn heute Abend ja selbst fragen.«

Sein Blick fiel auf Thrace, die hinter dem Mädchen allein an dem Weg saß, der an den Gräbern der Caswells vorbeiführte. Sie wischte sich gerade mit den Händen über die Wangen. Hadrian stellte seinen leeren Teller auf den Tisch, lächelte Pearl zu und ging zu Thrace. Sie blickte nicht auf, deshalb hockte er sich neben sie. »Was ist?«

»Nichts.« Sie schüttelte den Kopf und verbarg das Gesicht hinter ihren Haaren.

Hadrian sah sich auf dem Weg und dann unter den anderen Dorfbewohnern um. Die Frauen sammelten das übriggebliebene Essen ein, die Männer holten ihre Werkzeuge. Alles schwatzte aufgeregt durcheinander.

»Wo ist dein Vater? Vorhin war er noch da.«

»Er ist nach Hause gegangen.« Thrace schnupfte.

»Was hat er gesagt?«

»Ich sagte doch, es ist nichts.« Sie stand auf, schüttelte ihr Kleid aus und wischte sich mit der Hand die Augen. »Ich muss beim Aufräumen helfen. Entschuldigt mich.«

***

Hadrian ging über den Platz und blieb vor der Ruine des Hauses der Woods stehen. Die Stützpfeiler des Daches standen schief, die Balken waren gesplittert und das Stroh lag überall verstreut. *So sehen zerbrochene Träume aus.* Ein Fluch schien über dem Haus zu hängen, Geister schienen dort umzugehen. Ein Geist war allerdings nicht zu Hause. Der alte Bauer war spurlos verschwunden und seine Sichel lehnte einsam an einer geborstenen Mauer. Hadrian nutzte die Gelegenheit, um einen Blick nach drinnen auf zerbrochene Möbel, zertrümmerte Schränke, zerrissene Kleider und Blutflecken zu werfen. Mitten unter den Trümmern stand neben einer hölzernen Wiege ein einzelner Stuhl.

Wenig später kam Theron Wood vom Fluss herauf. Auf den Schultern trug er ein Tragjoch, an dessen Enden zwei volle Wassereimer hingen. Er hielt nicht an, als er Hadrian vor dem Haus stehen sah, sondern ging an ihm vorbei. Im Haus stellte er die Eimer ab und begann Wasser in drei große Krüge zu gießen.

»Ihr schon wieder?«, brummte er, ohne aufzublicken. »Thrace sagte, sie hätte Euch in Silber gezahlt, damit Ihr mitkommt. Ist das Eure Taktik? Arglose Mädchen auszunützen? Ihnen ihr hart verdientes Geld aus der Tasche zu ziehen und anschließend noch auf Kosten des ganzen Dorfes zu essen? Wenn Ihr es darauf anlegt, auch mich um mein Geld zu erleichtern, muss ich Euch enttäuschen.«

»Ich will kein Geld.«

»Nein? Was dann?« Theron kippte den zweiten Wassereimer in einen Krug. »Wenn Ihr wirklich hier seid, um die Keule oder das Schwert zu holen, das sich diesem verrückten Krüppel zufolge im Turm befindet, warum schwimmt Ihr dann nicht rüber?«

»Mein Partner befasst sich zur Zeit mit diesem Problem.«

»Aha, er kann also schwimmen, ja? Und was ist Eure Aufgabe? Den armen Bauern das Geld abzuluchsen? Ich kenne Leute wie Euch, Wegelagerer und Betrüger – Ihr macht den Leuten Angst, bis sie Euch bezahlen, nur weil sie leben wollen. Aber hier funktioniert das nicht, mein Freund.«

»Ich habe doch gesagt, ich will kein Geld.«

Theron stellte den Eimer auf den Boden. »Was dann?«

»Ihr habt den Leichenschmaus vorzeitig verlassen und ich fürchtete, Ihr hättet vielleicht nicht gehört, dass heute Nacht alle in der Burg schlafen sollen.«

»Danke für die Information.« Theron wandte sich ab und verschloss die Krüge mit Korken. Als er damit fertig war, hob er ärgerlich den Kopf. »Warum seid Ihr immer noch da?«

»Könnt Ihr mit einer Waffe umgehen?«, fragte Hadrian.

Der Bauer erwiderte seinen Blick böse. »Was geht das Euch an?«

»Wie Ihr bereits gesagt habt, Eure Tochter hat meinen Partner und mich mit gutem Geld dafür bezahlt, dass wir Euch helfen, das Ungeheuer zu töten. Gegenwärtig arbeitet mein Partner daran, Euch eine geeignete Waffe zu beschaffen. Ich will mich nur vergewissern, dass Ihr damit umgehen könnt, wenn Ihr sie bekommt.«

Theron Wood fuhr mit der Zunge an seinen Zähnen entlang. »Ihr wollt mir das beibringen?«

»So ähnlich.«

»Ist aber nicht nötig.« Er legte sich das Tragjoch mit den Eimern wieder auf die Schultern und entfernte sich.

»Ihr versteht nichts vom Kämpfen. Habt Ihr überhaupt schon einmal ein Schwert in der Hand gehalten?«

Theron drehte sich wütend um. »Nein, aber ich habe fünf Morgen Land an einem Tag umgepflügt. Ich habe an einem Vormittag ein Klafter Holz gespalten, ich habe einen Schneesturm überlebt, der mich acht Meilen vom nächsten Unterstand entfernt überrascht hat, und ich habe in einer einzigen Nacht meine ganze Familie verloren! Was habt Ihr dagegen zu bieten?«

»Nicht die *ganze* Familie«, erinnerte Hadrian ihn.

»Die wichtigsten Mitglieder.«

Hadrian zog sein Schwert und ging auf Theron zu. Der Alte blickte ihm unbewegt entgegen.

»Dieses Schwert taugt nichts«, sagte Hadrian. Er ließ es dem Bauern vor die Füße fallen und ging ein halbes Dutzend

Schritte zurück. »Ich finde, es passt gut zu Euch. Hebt es auf und greift mich damit an.«

»Ich habe Wichtigeres zu tun als Spielchen mit Euch zu spielen«, erwiderte Theron.

»Wie damals in jener Nacht, als Ihr Eure Familie hättet beschützen sollen?«

»Passt auf, was Ihr da sagt.«

»Wie damals, als Ihr Euren Enkel seinem Schicksal überlassen habt? Warum eigentlich, Theron? Warum habt Ihr in jener Nacht so spät noch auf dem Feld gearbeitet? Und kommt mir nicht mit dem Quatsch, Ihr hättet es Eurem Sohn zuliebe getan. Ihr wolltet in diesem Jahr mehr Geld verdienen für etwas, das *Ihr* wolltet. Das Euch so wichtig war, dass Ihr Eure Familie dafür geopfert habt.«

Der Bauer hob das Schwert auf, blies die Wangen auf und straffte die Schultern. »Ich habe meine Familie nicht geopfert«, fauchte er. »Es war nicht meine Schuld!«

»Für was habt Ihr sie eingetauscht, Theron? Für welchen absurden Traum? Euer Sohn war Euch doch vollkommen egal, Ihr habt nur an Euch selbst gedacht. Großvater eines Richters wolltet Ihr werden, der wichtige Mann im Hintergrund sein, stimmt's? Und dazu war Euch jedes Mittel recht. Ihr habt spätabends noch gearbeitet, Ihr wart nicht da. Wegen dieses Traums, wegen Eurer Wünsche wart Ihr damals, als das Ungeheuer kam, draußen auf dem Feld. Musste Euer Sohn deshalb sterben? Eure Familie hat Euch doch nie interessiert, nur Ihr selbst seid Euch wichtig.«

Theron packte das Schwert mit beiden Händen, stürzte sich auf Hadrian und schlug nach ihm. Hadrian trat zur Seite. Theron verfehlte ihn und stürzte, von seinem eigenen Schwung mitgerissen, zu Boden.

»Ihr habt zugelassen, dass sie sterben. Ihr wart nicht da,

wie es sich gehört hätte. Ein Mann muss seine Familie beschützen, aber was habt Ihr getan? Ihr habt draußen auf dem Feld Eure eigenen Ziele verfolgt. Weil sie Euch wichtiger waren.«

Theron stand auf und griff erneut an. Hadrian wich wieder zur Seite aus, aber diesmal konnte Theron sich aufrecht halten und schlug wie wild auf ihn ein. Hadrian zog sein Kurzschwert und wehrte die Hiebe ab. Der Alte steigerte sich in eine solche Wut hinein, dass er nur noch blindlings drauflosdrosch wie mit einer Axt, mit ruckartigen Bewegungen, die ihn jedes Mal fast das Gleichgewicht kosteten. Hadrian brauchte die Schläge schon bald nicht mehr zu parieren, es genügte, zur Seite zu treten. Therons Gesicht wurde mit jedem danebengegangenen Schlag röter. Tränen traten ihm in die Augen. Zuletzt stürzte er erneut und blieb wütend und atemlos liegen.

»Nicht *ich* habe sie getötet!«, schrie er. »Thrace war es! Sie hat das Licht angelassen und die Tür nicht zugemacht!«

»Nein, Theron.« Hadrian nahm ihm das Schwert aus den kraftlosen Händen. »Thrace hat Eure Familie nicht getötet und Ihr auch nicht – das Ungeheuer war es.« Er schob das Schwert wieder in die Scheide. »Ihr könnt Thrace nicht vorwerfen, dass sie die Tür offen gelassen hat. Sie wusste nicht, was geschehen würde. Keiner von euch wusste es. Wenn Ihr es gewusst hättet, Ihr wärt zur Stelle gewesen. Wenn Eure Familie es gewusst hätte, hätte sie das Licht gelöscht. Je eher Ihr aufhört, anderen die Schuld zu geben, und je eher Ihr etwas gegen das Ungeheuer unternehmt, desto besser ist es für alle Beteiligten.

Eure Waffe mag noch so scharf sein, Theron, aber was nützt sie Euch, wenn Ihr nicht damit trefft oder, noch schlimmer, den Falschen trefft? Mit Hass gewinnt man keine Schlacht.

Zorn und Hass machen mutig und stark, aber auch dumm. Am Ende stolpert man über die eigenen Füße.«

Hadrian blickte streng auf den Alten hinunter. »Für heute reicht das an Unterricht.«

* * *

Als Royce und Esrahaddon eine knappe Stunde vor Sonnenuntergang ins Dorf zurückkehrten, begegneten sie einer langen Kolonne von Tieren. Offenbar hatten sich sämtliche Tiere des Dorfes auf den Weg gemacht, ebenso wie die meisten Dorfbewohner, die die Tiere mit Hilfe von Stöcken, Glocken, Töpfen und Löffeln begleiteten und unter lautem Klopfen und Schlagen den Hang zur Burg hinaufscheuchten. Schafe und Kühe gingen einigermaßen willig hintereinander her, die Schweine zeigten sich widerspenstiger. Pearl bildete mit einer Gerte die Nachhut und sammelte geschickt die Nachzügler ein.

Rose McDern, die Frau des Schmieds, entdeckte die beiden. »Er ist wieder da!«, hörte Royce sie rufen. Die anderen Dorfbewohner wiederholten die Nachricht aufgeregt.

Royce drückte sich an den Erwachsenen vorbei. »Was geht hier vor?«, fragte er Pearl.

»Wir bringen die Viecher zur Burg. Angeblich übernachten wir heute dort.«

»Weißt du, wo Hadrian ist? Du erinnerst dich, der Mann, mit dem ich gekommen bin? In Begleitung von Thrace?«

»In der Burg«, antwortete Pearl. Sie musterte ihn mit zusammengekniffenen Augen. »Hast du wirklich im Dunkeln ein Schwein eingefangen?«

Royce sah sie verblüfft an. Im selben Augenblick büchste vor ihnen ein Schwein aus, und Pearl rannte ihm, ihre Gerte schwingend, nach.

Beim Wohnsitz des Herrn der Westmark handelte es sich um eine typische Erdhügelburg, ein großes Wohnhaus auf einem künstlich aufgeschütteten Hügel, umgeben von einer Mauer aus angespitzten Holzpfählen, die auch die Nebengebäude einschloss. Ein schweres Tor sicherte den Zugang. Um die Palisaden zog sich noch ein Burggraben, der allerdings kaum mehr war als eine flache Rinne. Darum herum war das Gelände im Umkreis von zweihundert Fuß gerodet und mit angespitzten Baumstümpfen übersät.

Am Waldrand war eine Gruppe von Männern mit dem Fällen von Kiefern beschäftigt. Royce hatte sich nicht alle Namen merken können, aber er erkannte Vince Griffin und Russell Bothwick, die eine zweihändige Säge hielten. Tad Bothwick und einige andere Jungen rannten herum und schlugen mit Äxten und Beilen die Äste von den gefällten Bäumen ab. Drei Mädchen schnürten die Äste zu Bündeln zusammen und stapelten sie auf einem Wagen. Dillon McDern und seine Söhne schafften die Stämme mit den Ochsen zur Burg hinauf, wo weitere Männer das Holz in kleinere Stücke spalteten.

Am Eingangstor begegnete Royce Hadrian. Er hackte Holz und war bis zur Hüfte nackt, abgesehen von dem kleinen Silbermedaillon, das an seinem Hals hing und hin und her schwang, als er sich vorbeugte, um das nächste Stück Holz auf den Bock zu legen. Er war nassgeschwitzt, und neben ihm lag ein großer Haufen Brennholz.

»Hast du wieder alle Pferde scheu gemacht?«, fragte Royce und ließ den Blick über das hektische Treiben wandern.

»Du musst zugeben, dass sich hier noch niemand Gedanken über die Verteidigung gemacht hat.« Hadrian richtete sich auf und wischte sich den Schweiß von der Stirn.

Royce lächelte. »Du kannst es einfach nicht lassen, was?«

»Und du? Hast du die richtige Tür gefunden?«

Hadrian griff nach einem Krug und nahm mehrere Schlucke. Er trank so schnell, dass ihm das Wasser übers Kinn lief. Anschließend schüttete er sich ein wenig auf die Hand, wusch sich damit das Gesicht und fuhr sich mit den Fingern durch die Haare.

»Ich habe nicht mal von Ferne eine gesehen.«

»Na ja, sieh es positiv« – Hadrian lächelte – »wenigstens wurdest du diesmal nicht gefangen genommen und zum Tode verurteilt.«

»Das nennst du positiv?«

»Was soll ich sagen? Für jemanden wie mich ist das Glas immer halb voll.«

»Da ist er«, rief Russell Bothwick und zeigte auf Royce. »Da drüben.«

»Was ist los?«, wollte Royce wissen, als plötzlich von den Feldern und aus dem Inneren der Burg Menschen herbeieilten.

»Ich habe ihnen gesagt, du hättest das Untier gesehen, und jetzt wollen sie wissen, wie es aussieht«, erklärte Hadrian. »Was hast du gedacht? Dass sie dich lynchen wollen?«

Royce zuckte die Achseln. »Was soll ich sagen? Für mich ist das Glas immer halb leer.«

»Halb leer?« Hadrian grinste. »War da überhaupt je was drin?«

Royce sah ihn immer noch böse an, als die Dörfler sie umringten. Die Frauen hatten sich Kopftücher über die Haare gebunden, die an der Stirn nass und verschwitzt waren. Die Ärmel hatten sie aufgekrempelt, ihre Gesichter waren dreckverschmiert. Die meisten Männer waren wie Hadrian bis zur Hüfte nackt. An ihrer Haut klebten Holzspäne und Kiefernnadeln.

»Habt Ihr es wirklich gesehen?«, fragte Dillon.

Royce nickte, und Gemurmel wurde laut.

»Könnt Ihr es beschreiben?«, fragte Diakon Tomas. Er trug im Unterschied zu den anderen saubere Kleider und wirkte frisch und ausgeruht.

»Hatte es Flügel?«, fragte Russell.

»Und Klauen?«, fragte Tad.

»Wie groß war es?«, fragte Vince Griffin.

»Lasst ihn doch zu Wort kommen!«, brüllte Dillon. Die Menge verstummte.

»Es hat tatsächlich Flügel und Klauen. Ich habe es nur kurz gesehen, durch eine kleine Lücke im Laub, weil es über den Bäumen flog. Jedenfalls war es länglich wie eine Schlange oder Eidechse und hatte Flügel und zwei Beine, mit denen es … mit denen es immer noch Mae Drundel gepackt hielt.«

»Eine Eidechse mit Flügeln?«, wiederholte Dillon.

»Ein Drache«, rief eine Frau. »Das war ganz eindeutig ein Drache!«

»Stimmt«, pflichtete Russell bei. »Ein Drache ist eine geflügelte Eidechse.«

»Drachen haben doch angeblich unter den Achseln oder eben da, wo bei anderen Tieren die Achseln sind, eine Lücke in ihrem Panzer«, erklärte eine Frau mit einer besonders schmutzigen Nase. »Ein Bogenschütze soll einmal einen fliegenden Drachen dort getroffen und getötet haben.«

»Ich habe gehört, dass man einen Drachen schwächen kann, indem man ihm seinen Schatz stiehlt«, rief ein glatzköpfiger Mann. »Ich kenne ein Märchen, in dem ein Prinz in der Höhle eines Drachen gefangen ist und den ganzen Schatz ins Meer wirft. Daraufhin ist der Drache so geschwächt, dass der Prinz ihm das Auge ausstechen und ihn töten kann.«

»Ich habe gehört, dass Drachen unsterblich sind und man sie nicht töten kann«, entgegnete Rose McDern.

»Aber es war gar kein Drache«, sagte Esrahaddon. In seiner Stimme schwang Ungeduld. Er trat vor die anderen, und alle Blicke richteten sich auf ihn.

»Wie kommt Ihr drauf?«, fragte Vince Griffin.

»Weil es eben keiner war«, erwiderte Esrahaddon bestimmt. »Wenn ihr euch den Zorn eines Drachen zugezogen hättet, wäre dieses Dorf schon vor Monaten vom Gesicht der Erde getilgt worden. Drachen sind intelligente Wesen, viel intelligenter als ihr und sogar ich, und unvorstellbar stark. Nein, meine Gnädigste, kein Bogenschütze könnte einen Drachen töten, indem er ihm einen Pfeil in die Weichteile schießt. Und nein, bester Goodman, den Schatz eines Drachen zu rauben schwächt ihn nicht. Drachen besitzen keine Schätze. Was sollten sie mit Gold oder Edelsteinen anfangen? Glaubt ihr, es gibt Geschäfte, in denen Drachen einkaufen können? Drachen können mit Besitz nichts anfangen, es sei denn, ihr zählt dazu auch Dinge wie Erinnerungen, Stärke und Ehre.«

»Aber Royce sagte, er hätte einen Drachen gesehen«, beharrte Vince.

Der Zauberer seufzte. »Er sprach von einer Schlange oder Eidechse mit Flügeln und zwei Beinen. Das hätte euch misstrauisch machen müssen.« Er wandte sich an Pearl, die die letzten Schweine in den Burghof getrieben hatte und eilig zu der draußen wartenden Menge zurückgekehrt war. »Sag mir, Pearl, wie viele Beine hat ein Drache?«

»Vier«, antwortete das Mädchen ohne nachzudenken.

»Richtig. Also handelt es sich nicht um einen Drachen.«

»Um was dann?«, fragte Russell.

»Einen Gilarabrywn«, erklärte Esrahaddon beiläufig.

»Einen … was?«

»Gi … la … ra … brin«, buchstabierte der Zauberer ganz langsam Silbe für Silbe. »Gilarabrywn, ein magisches Wesen.«

»Was heißt das? Kann es zaubern wie eine Hexe?«

»Nein, es ist kein natürliches Wesen. Es wurde nicht geboren, sondern geschaffen – durch einen Zauber, wenn Ihr wollt.«

»So was von verrückt«, rief Russell. »Für wie naiv haltet Ihr uns eigentlich? Dieses Dingsbums – wie Ihr es eben genannt habt – hat ein paar Dutzend Menschen getötet. Das ist doch nicht irgendein Fabeltier.«

»Nein, halt!«, fiel Diakon Tomas ihm ins Wort und hob den Arm. Die Umstehenden machten ihm Platz. Er hatte nachdenklich die Stirn gerunzelt, den erhobenen Arm hatte er offenbar vergessen. »Es gab tatsächlich einmal ein Tier namens Gilarabrywn, ich habe im Priesterseminar davon gehört. In den Großen Elbenkriegen wurden sie von Erivan im Kampf eingesetzt. Sie wüteten entsetzlich, verwüsteten ganze Landstriche und metzelten ihre Gegner zu Tausenden nieder. Berichten zufolge zerstörten sie Städte und vernichteten ganze Armeen. Keine Waffe konnte ihnen etwas anhaben.«

»Ihr kennt Euch gut in Geschichte aus, Diakon«, sagte Esrahaddon. »Die Gilarabrywn waren tatsächlich fürchterliche Kriegsmaschinen. Sie waren intelligent und stark und töteten lautlos aus der Luft.«

»Aber wie kann ein solches Wesen nach so langer Zeit noch leben?«, fragte Russell.

»Es handelt sich nicht um natürliche Wesen. Sie können nicht auf herkömmliche Art sterben, weil sie in unserem Sinne gar nicht leben.«

»Ich glaube, wir brauchen noch mehr Holz«, murmelte Hadrian.

Die Sonne war untergegangen, und die Bauern hatten die für die Nacht notwendigen Dinge in die Burg geschafft. Kinder und Frauen hatten sich im Saal des Haupthauses versammelt, während die Männer noch bis Einbruch der Nacht die Feuer vorbereiteten. Hadrian hatte sie in Gruppen eingeteilt, die das Holz zuschnitten, beförderten und zu gewaltigen Haufen stapelten. Als es dunkel wurde, lagen sechs solcher Haufen im Umkreis der Palisaden und einer im Burghof. Das Holz war mit Öl und Tierfett getränkt, damit es schneller Feuer fing. Es würde eine lange Nacht werden, und die Feuer durften nicht zu früh ausgehen, aber auch nicht zu spät angezündet werden.

»Hadrian!«, schrie Thrace und rannte aufgeregt zu ihm.

»Thrace«, sagte Hadrian, der bis zur letzten Minute an dem Holzstoß im Burghof arbeitete. »Es ist schon dunkel. Du solltest drinnen sein.«

»Mein Vater ist nicht da.« Thrace war in Tränen aufgelöst. »Ich habe ihn überall in der Burg gesucht. Niemand hat ihn kommen sehen. Bestimmt ist er noch zu Hause. Er ist ganz allein im Dorf, und wenn er dort heute Nacht der Einzige ist …«

»Royce!«, rief Hadrian, aber er brauchte nicht zu rufen, Royce führte ihre gesattelten Pferde bereits aus dem Stall.

»Thrace war schon bei mir«, sagte er und gab Hadrian Millies Zügel.

»Dieser Idiot«, schimpfte Hadrian. Er schlüpfte in sein Hemd, nahm seine Waffen und schwang sich auf das Pferd. »Ich habe ihm gesagt, er solle in die Burg kommen.«

»Ich auch«, sagte Thrace. Ihr Gesicht war starr vor Angst.

»Keine Sorge, Thrace, wir holen ihn.«

Sie trieben die Pferde an und galoppierten durch das Tor.

* * *

Theron saß auf einem Stuhl in den Ruinen seines Hauses. Vor der Tür brannte in einer flachen Grube ein kleines Feuer. Die Nacht war endlich hereingebrochen, und am Himmel funkelten die Sterne. Theron lauschte auf das nächtliche Konzert der Grillen und Frösche. Irgendwo schrie eine Eule, und das Feuer knisterte und knackte, vom fernen Tosen des Wasserfalls untermalt. Stechmücken flogen ungehindert zu ihm herein, umschwärmten ihn, landeten auf seiner Haut und stachen ihn. Der Alte ließ es geschehen. Er saß wie jeden Abend stumm da, in Erinnerungen versunken.

Sein Blick fiel auf die Wiege. Er wusste noch, wie er sie für seinen ersten Sohn gebaut hatte. Addie und er hatten ihn auf den Namen Hickory getauft – ein gutes, festes, haltbares Holz. Den ganzen Wald hatte Theron nach dem schönsten Hickorybaum abgesucht und ihn schließlich auf einer Anhöhe gefunden. Die Sonne hatte ihn beschienen, als hätten die Götter ihn auserwählt. Unter Aufbietung seiner ganzen Kunst hatte Theron die Wiege gezimmert und das Holz geölt, um es noch haltbarer zu machen. Alle fünf Kinder hatten darin geschlafen. Hickory war noch vor seinem ersten Geburtstag an einer Krankheit gestorben, die niemand benennen konnte. Auch seine anderen Söhne waren jung gestorben, mit Ausnahme von Thad, der zu einem stattlichen jungen Mann herangewachsen war. Er hatte ein bezauberndes Mädchen namens Emma geheiratet, und als Therons Enkel geboren wurde, hatten sie ihn auf den Namen Hickory getauft. Theron wusste noch, wie er damals gedacht hatte, dass ihm nach so viel Leid endlich Gerechtigkeit widerfuhr – dass die Geburt des Enkels eine Art Wiedergutmachung für den frühen Tod seines Erstgeborenen bedeutete, mit dem ihn das Leben so ungerecht bestraft hatte. Doch jetzt galt das nicht mehr. Nur die blutige Wiege fünf toter Kinder war ihm geblieben.

Hinter der Wiege lag eines der beiden Kleider Addies auf dem Boden. Es war schrecklich zugerichtet, blutig und zerrissen, aber Therons tränenden Augen erschien es wunderschön.

Addie war ihm eine gute Frau gewesen. Über dreißig Jahre lang war sie ihm von einem tristen Dorf zum nächsten gefolgt, immer auf der Suche nach einem Ort, an dem er sich dauerhaft niederlassen konnte. Sie hatten nie viel besessen und oft gehungert, und bei mehr als einer Gelegenheit wären sie fast erfroren. Doch hatte Addie sich in dieser ganzen Zeit nie beschwert. Sie hatte seine Kleider geflickt, seine gebrochenen Knochen geschient, seine Mahlzeiten gekocht und ihn gepflegt, wenn er krank war. Die größten Essensportionen hatte sie ihm und den Kindern gegeben, sie selbst war immer zu dünn gewesen. Sie hatte die ärmlichsten Kleider der Familie getragen und nie Zeit gefunden, sie zu flicken. Eine gute Frau war sie ihm gewesen, aber er erinnerte sich nicht, ihr je gesagt zu haben, dass er sie liebte. Er hatte es nicht für wichtig gehalten. Das Ungeheuer hatte auch Addie getötet, hatte sie auf dem Weg zwischen dem Dorf und ihrem Hof gepackt. Thads Frau Emma hatte die Leere ausgefüllt, die Addie hinterlassen hatte, und das Leben war weitergegangen. Theron hatte den Gedanken an Addie verdrängt und sich auf Thads Fortkommen konzentriert. Aber jetzt war auch Thad tot und sein Haus lag in Trümmern.

Wie war das, als das Ungeheuer kam? Haben sie noch gelebt, nachdem es sie gepackt hat? Mussten sie leiden? Unablässig quälten ihn diese Gedanken.

Das Zirpen der Grillen verstummte, und Theron stand auf, die Sense in der Hand, bereit, seinem Schicksal entgegenzutreten. Doch dann hörte er, was die Grillen gestört hatte. Auf dem Weg näherten sich im Galopp Pferde. Im nächsten Moment tauchten im Schein des Feuers die beiden Männer auf, die Thrace mitgebracht hatte.

* * *

»Theron!«, rief Hadrian, als er und Royce auf dem Platz vor Therons Haus eintrafen. Die Sonne war untergegangen, es war Nacht geworden und der Alte hatte ein Willkommensfeuer angezündet – allerdings nicht für sie. »Kommt, wir müssen sofort zur Burg zurück.«

»Geht Ihr alleine«, brummte der Alte. »Ich habe Euch nicht hergebeten. Hier ist mein Zuhause und hier bleibe ich auch.«

»Eure Tochter braucht Euch. Steigt also auf, wir haben keine Zeit zu verlieren.«

»Ich gehe nirgendwohin. Meine Tochter ist versorgt. Sie wohnt bei den Bothwicks, die kümmern sich um sie. Und jetzt verschwindet von meinem Hof!«

Hadrian stieg ab und baute sich vor Theron auf, der ihn vollkommen unbewegt ansah.

»Bei Maribor, seid Ihr ein sturer Bock. Ihr steigt jetzt entweder auf dieses Pferd oder ich setze Euch drauf.«

»Dann müsst Ihr mich schon draufsetzen.« Theron legte seine Sense weg und verschränkte die Arme vor der Brust.

Hadrian sah sich nach Royce um, der stumm auf seinem Pferd wartete. »So hilf mir doch!«

»Fällt nicht in mein Fachgebiet. Wenn du ihn töten willst – bitte sehr, das kann ich für dich besorgen.«

Hadrian seufzte und wandte sich wieder an Theron. »Steigt bitte auf. Wenn wir bleiben, tötet das Ungeheuer uns noch alle drei.«

»Wie schon gesagt, ich habe Euch nicht hergebeten.«

»Verdammt«, schimpfte Hadrian. Er schnallte seine Schwerter ab und hängte sie an den Sattel.

Royce beugte sich zu ihm hinunter. »Vorsicht«, warnte er leise. »Der Bursche ist zwar alt, aber seinem Aussehen nach immer noch recht gut beieinander.«

Hadrian stürzte sich auf Theron und stieß ihn zu Boden.

Theron war größer als er und hatte von der jahrelangen Feldarbeit kräftige Arme und Hände, Hadrian war dafür schneller und beweglicher. Ineinander verkrallt rollten sie über den Boden, während jeder versuchte, die Oberhand zu gewinnen.

Hadrian sprang auf. »Das ist lächerlich«, keuchte er. »Steigt doch einfach auf das Pferd …«

»Steigt gefälligst selbst auf!«, brüllte Theron. »Und dann verschwindet und lasst mich in Ruhe!« Vornüber gebeugt und die Hände auf die Knie gestützt stand er da und rang um Luft.

»Würdest du mir vielleicht jetzt helfen?«, fragte Hadrian Royce.

Royce verdrehte die Augen und stieg ab. »Dass du mit dem so viel Mühe hast!«

»Es ist nicht leicht, jemanden zu überwältigen, der größer ist als man selbst, ohne ihm dabei wehzutun.«

»Dann hätte ich folgenden Vorschlag: Tun wir ihm doch einfach weh.«

Sie wandten sich Theron zu. Der Bauer hatte inzwischen einen dicken Knüppel gepackt. Seine Augen funkelten grimmig entschlossen.

Hadrian seufzte. »Offenbar haben wir keine andere Wahl.«

Da tauchte plötzlich Thrace im Schein des Feuers auf. »Papa!«, rief sie. Tränen strömten ihr über das Gesicht. »Papa.« Sie rannte zu ihm und schlang die Arme um ihn.

»Was tust du hier, Thrace?«, rief Theron. »Das ist gefährlich!«

»Ich wollte dich holen.«

»Ich bleibe hier.« Er machte sich von seiner Tochter los und stieß sie von sich weg. »Kehr sofort zu den Bothwicks zurück und nimm diese Schlägertypen mit. Hast du gehört?«

»Nein«, schluchzte Thrace und hob flehend die Arme. »Ich lasse dich nicht allein.«

»Thrace!«, brüllte Theron und trat drohend vor sie. »Ich bin dein Vater und du tust, was ich dir sage!«

»Nein!«, schrie sie zurück. Ihre nassen Wangen glänzten im Schein der Flammen. »Ich lasse dich nicht sterben. Wenn du willst, kannst du mich verprügeln, aber dazu musst du in die Burg kommen.«

»Dummes Gör!«, schimpfte Theron. »Du setzt dein Leben aufs Spiel, weißt du das?«

»Ist mir egal!« Ihre Stimme überschlug sich, und sie hatte die Arme nach unten gestreckt und die Hände zu Fäusten geballt. »Warum sollte ich noch leben wollen, wenn mein eigener Vater – der einzige Mensch auf der ganzen Welt, den ich noch habe – mich so sehr hasst, dass er lieber sterben will als mich ansehen?«

Theron starrte sie entgeistert an.

»Anfangs«, fuhr Thrace mit zitternder Stimme fort, »dachte ich noch, du wolltest weitere Opfer verhindern oder irgendwie – ich weiß nicht – dafür sorgen, dass die Seelen der Toten Frieden finden. Dann dachte ich, du wolltest dich rächen. Vielleicht verzehrt dich Hass, dachte ich, und du musst das Ungeheuer tot sehen. Aber das stimmt alles nicht. Du willst einfach nur sterben. Du hasst dich selbst – und mich. Die Welt bedeutet dir nichts mehr, dir ist alles egal.«

»Ich hasse dich nicht«, sagte Theron.

»Doch, das tust du, weil ich an allem schuld bin. Ich weiß, was Thad und seine Familie dir bedeutet haben – ich denke jeden Morgen beim Aufwachen daran.« Sie wischte sich die Tränen aus den Augen. »Wenn das Ungeheuer nur mich geholt hätte, wäre es genauso wie bei Mama gewesen – du hättest einen Pfahl mit meinem Namen in die Erde gesteckt und am nächsten Tage wieder gearbeitet. Du wärst hinter dem Pflug hergegangen und hättest Maribor dafür gedankt, dass er deinen Sohn gnädig verschont hat. Ich hätte an seiner Stelle sterben sollen, aber ich kann nicht rückgängig machen, was geschehen ist, und dein Tod bringt Thad auch nicht zurück. Nichts vermag das. Trotzdem, wenn ich nur noch hier mit dir sterben kann, wenn es sonst nichts mehr für mich zu tun gibt, dann füge ich mich in mein Schicksal. Ich werde dich nicht verlassen, Papa. Das kann ich nicht. Es geht einfach nicht.« Sie sank erschöpft auf die Knie und fügte mit brüchiger Stimme hinzu: »Dann sind wir wenigstens alle wieder vereint.«

Wie als Antwort auf ihre Worte kehrte im Wald erneut Stille ein. Diesmal verstummten die Grillen und Frösche so abrupt, dass die Stille ihnen in den Ohren klang.

»Nein«, sagte Theron. Er schüttelte den Kopf und blickte zum nächtlichen Himmel auf. »Nein!«

Er fasste seine Tochter an den Händen und zog sie hoch. »Wir gehen.« Er drehte sich um. »Helft uns.«

Hadrian wendete Millie. »Rauf mit euch beiden.« Millie stampfte mit den Hufen, blähte die Nüstern, zuckte mit den Ohren und zerrte unruhig an den Zügeln. Hadrian packte sie an der Trense und hielt sie fest.

Theron stieg auf und zog Thrace vor sich auf den Sattel. Dann versetzte er Millie einen Tritt, und Millie trabte in Richtung Dorf los. Royce sprang auf sein Pferd, streckte die Hand aus, zog Hadrian hinter sich hinauf und folgte den anderen im Galopp.

Die Pferde bedurften keiner weiteren Ermunterung. Sie galoppierten, so schnell sie konnten. Angstschweiß bedeckte ihre Flanken und ihre Hufe donnerten wie Trommelwirbel über den Boden. Der Weg vor ihnen war nur geringfügig heller als der restliche Wald, und Hadrian sah ihn nur verschwommen, weil der Wind ihm die Tränen in die Augen trieb.

»Über uns!«, rief Royce. Über ihren Köpfen fuhr etwas aufrauschend durch die Blätter.

Abrupt verließen die Pferde den Weg und galoppierten in den Wald. Unsichtbare Äste, Blätter und Zweige schlugen ihnen ins Gesicht und zerrten und rissen an ihnen. In blinder Panik rannten die Tiere weiter, pflügten durch das Unterholz und stießen gegen Stämme und Äste. Hadrian spürte, wie Royce sich duckte, und tat es ihm nach.

»Umgestürzter Baum!«, rief Royce. Die Pferde sprangen.

Hadrian konnte sich nur oben halten, weil Royce rasch hinter sich griff und ihn festhielt. Im Dunkeln hörte er Thrace schreien, gefolgt von einem Stöhnen und einem dumpfen Schlag wie von einer Axt, die ins Holz fährt. Royce riss sein Pferd an den Zügeln zurück. Schnaubend bäumte es sich auf und gehorchte schließlich. Vor ihnen entfernte sich Millie im Galopp.

»Was ist passiert?«, fragte Hadrian.

»Die beiden sind vom Pferd gefallen«, brummte Royce.

»Ich kann sie nicht sehen.« Hadrian sprang hinunter.

»Da im Dickicht rechts.« Royce stieg ebenfalls ab. Sein Pferd Maus schwang den Kopf in Panik auf und ab.

»Hier«, sagte Theron gepresst. »Wir sind hier.«

Er beugte sich über seine Tochter, die bewusstlos und mit verrenkten Gliedern auf dem Boden lag. Blut lief ihr aus Nase und Mund.

»Sie ist gegen einen Ast geprallt«, sagte er. Seine Stimme zitterte. »Ich … ich habe ihn nicht gesehen.«

»Setzt sie auf mein Pferd«, befahl Royce. »Ihr reitet mit ihr zur Burg, Theron. Es ist nicht mehr weit, Ihr könnt den Schein der Feuer schon von hier sehen.«

Der Alte fügte sich ohne Widerrede und kletterte auf Royces Pferd, das weiter stampfte und schnaubte. Hadrian fasste Thrace unter. Der Mond fiel auf ihr Gesicht und beschien ein schwarzes Mal, eine lange, breite Wunde. Er hob sie hoch. Ihr Kopf sank schlaff zurück, Arme und Beine hingen baumelnd nach unten. Sie schien tot zu sein. Er reichte sie Theron hinauf, der den Arm um sie schlang und sie fest an sich drückte. Royce ließ die Trense los, und das Pferd setzte sich in Bewegung und galoppierte auf das offene Gelände hinaus. Royce und Hadrian blieben zurück.

»Ob Millie noch irgendwo ist?«, flüsterte Hadrian.

»Ich fürchte, sie wurde bereits als Vorspeise vertilgt.«

»Das Gute daran ist wahrscheinlich, dass Thrace und Theron unbehelligt zur Burg kommen.«

Sie gingen langsam zum Waldrand. Von hier hatten Dillon und seine Helfer am Nachmittag das Holz zur Burg transportiert. Vor ihnen brannten drei der sechs Feuer. Hell fiel ihr Schein über das offene Gelände.

»Und was machen wir?«, fragte Royce.

»Ob der Gilarabrywn weiß, dass wir noch hier sind?«

»Laut Esrahaddon ist er sehr intelligent, also kann er vermutlich zählen.«

»Dann kommt er bestimmt zurück und sucht uns. Wir müssen zur Burg. Die Entfernung beträgt – wie viel Fuß? Zweihundert?«

»So ungefähr«, bestätigte Royce.

»Wir können vermutlich davon ausgehen, dass das Ungeheuer noch mit der Vorspeise beschäftigt ist. Bereit?«

»Wir rennen verteilt, damit es uns nicht beide kriegt. Los!«
Das Gras war vom Tau schlüpfrig und mit Baumstümpfen und Vertiefungen übersät. Bereits nach einem Dutzend Schritte stolperte Hadrian und fiel hin.

»Lauf hinter mir«, wies Royce ihn an.

»Ich dachte, wir verteilen uns?«

»Ich hatte vergessen, dass du nichts siehst.«

Im Zickzack rannten sie den Hügel hinauf, Hadrian immer hinter Royce her. Sie hatten den Weg fast zur Hälfte geschafft, da hörten sie über sich wieder das einem Blasebalg ähnliche, pumpende Geräusch.

Pfffff, pfffff, pfffff.

Es kam rasch näher. Hadrian hob den Kopf. Ein dunkler Schatten schob sich vor die leuchtende Scheibe des aufgehenden Mondes. Eine Schlange mit fledermausartigen Flügeln schwebte kreisend am Himmel wie ein Falke auf Mäusejagd über einem Feld.

Das Pumpen verstummte.

»Er stößt herunter!«, rief Royce.

Eine gewaltige Bö drückte sie nieder. Schlagartig erloschen die Feuer vor ihnen. Ein lautes Rumpeln erschütterte die Erde, dann wuchs in einem weiten Kreis um den Hügel plötzlich eine undurchdringliche grüne Flammenwand aus dem Boden. Dreißig Fuß loderten die Flammen zum Himmel auf wie Bäume aus Licht, und eine sengende Hitze breitete sich aus.

Hadrian hatte jetzt keine Mühe mehr, den Weg zu sehen. Er sprang auf und rannte zum Burgtor, dicht gefolgt von Royce und dem Tosen der Flammen. Über ihnen gellte ein markerschütternder Schrei.

Sobald sie drinnen waren, verriegelten Dillon, Vince und Russell das Tor. Aus dem Holzstoß im Burghof, der noch nicht brannte, schlugen zu allseitigem Schrecken plötzlich gleißend blaugrüne Flammen und formierten sich zu einer hoch aufragenden Säule. Wieder ertönte am nächtlichen Himmel über ihnen der Schrei des Gilarabrywn.

Die smaragdgrüne Flammenhölle brannte herunter, die Flammen verloren ihre Färbung und wurden schwächer, bis nur noch gewöhnliche Feuer übrig waren. Sie knisterten und zischten und Funkenregen stiegen zum Himmel auf. Wie gebannt blickten die Männer nach oben, aber das Ungeheuer war spurlos verschwunden, und nur noch das ferne Zirpen der Grillen drang durch die Nacht.

6

Das Turnier

»Seid versichert, Majestät«, sagte Arista in ihrem verbindlichsten Ton, »dass es unter König Alric weder außen- noch innenpolitische Veränderungen geben wird. Er wird den Kurs unseres Vaters fortsetzen, wie er mit der Würde und Ehre des Hauses Essendon am besten vereinbar ist. Melengar wird Euch als Euer westlicher Nachbar weiterhin in Freundschaft verbunden sein.«

Im Staatskleid ihrer Mutter, einer atemberaubenden Kreation aus silberner Seide, stand Arista vor dem König von Dunmore. Vierzig Knöpfe säumten die Ärmel, das mit Stickereien verzierte Mieder und der lange Rock waren mit mehreren Dutzend Fuß Knittersamt besetzt, der runde Ausschnitt bedeckte züchtig die Schultern. Erhobenen Hauptes stand sie da, den Blick geradeaus gerichtet, die Hände gefaltet.

König Roswort, der mit einer Art Wolfspelz angetan auf seinem Thron saß, leerte seinen Becher und rülpste. Er war klein und außerordentlich dick. Sein rundes, feistes Gesicht sackte unter seinem eigenen Gewicht nach unten und stülpte sich dort zu einem dreifachen Kinn auf. Seine Augen waren halb geschlossen, seine Lippen feucht, und Arista meinte deutlich zu sehen, wie Speichel an den Falten seines Halses hinunterlief. Neben ihm saß seine Gemahlin Freda, auch sie von beträchtlicher Leibesfülle, wenngleich im Vergleich zu ihm mager. Während der König Flüssigkeiten ausdünstete, wirkte sie vertrocknet wie eine Wüste – sowohl in ihrem Aussehen als auch in ihrem Benehmen.

Der Thronsaal war klein, hatte einen Dielenboden und eine hohe, an eine Kathedrale erinnernde Balkendecke. An den Wänden hingen die Köpfe von Hirschen und Elchen. Ihr Fell war mit einer dicken Staubschicht bedeckt und sah grau aus. Neben der Tür stand der berühmte, neun Fuß große ausgestopfte Bär namens Oswald mit erhobenen Tatzen und drohend aufgerissenem Maul. Der Legende nach hatte Oswald fünf Ritter und eine unbekannte Zahl von Bauern getötet, bis König Ogden – König Rosworts Großvater – ihn schließlich mit nur einem Messer erlegt hatte. Das war vor siebzig Jahren gewesen. Glamrendor war damals eine kleine Grenzfestung gewesen, Dunmore kaum mehr als ein Wald mit einigen Wegen. Roswort selbst hatte keine ähnlich ruhmreiche Tat vollbracht. Er hatte das Jägerleben seiner Vorfahren zugunsten des Lebens am Hof aufgegeben, was man ihm auch deutlich ansah.

Jetzt hielt er den Becher hoch und schüttelte ihn.

Arista wartete und der König gähnte. Irgendwo hinter ihr klackten laute Absätze durch den Thronsaal. Gemurmel wurde laut, dann klackten wieder Absätze, gefolgt von einem Fingerschnippen. Endlich näherte sich eine schmächtige Gestalt dem Podium – ein Elbe. Er trug eine bräunliche Uniform aus grober Wolle, um den Hals hing ihm ein genietetes Halseisen. Aus einem Krug füllte er den Becher des Königs, anschließend zog er sich wieder zurück. Der König trank, kippte den Becher allerdings so stark, dass der Wein seitlich überlief und zwei rosafarbene Spuren auf die Wangen zeichnete. In den Bartstoppeln formte sich ein Tropfen. Der König rülpste erneut, diesmal lauter, und seufzte zufrieden. Dann wandte er sich an Arista.

»Und Bragas Tod?«, fragte er. »Gibt es Beweise dafür, dass Braga in diese angebliche Verschwörung verwickelt war?«

»Er wollte mich ermorden.«

»Gut, das sagt Ihr, aber selbst wenn er es wollte, dann doch offenbar mit gutem Grund. Er war ein treuer Anhänger der Nyphronkirche und Ihr seid schließlich eine Hexe.«

Arista verknotete ihre Finger. Sie hatte das schon so oft getan, dass die Finger inzwischen schmerzten. »Mit Verlaub, Majestät, diesbezüglich hat man Euch leider falsch informiert.«

»Falsch informiert? Ich habe ...« Der König hustete, dann noch einmal, und spuckte auf den Boden neben dem Thron aus. Freda starrte den Elben böse an, bis er vortrat und die Spucke mit dem Saum seines Kittels wegwischte.

»Ich habe ausgezeichnete Informanten«, fuhr der König fort. »Laut ihnen haben Braga und Bischof Saldur Euch vor Gericht der Hexerei und des Mordes an Eurem Vater beschuldigt. Kurz darauf ist Braga tot, enthauptet wegen derselben Vorwürfe, die er gegen Euch erhoben hat. Und Ihr – eine Frau – taucht als Botschafterin Melengars hier auf. Für meinen Geschmack passt das alles ein wenig zu gut zusammen.«

»Braga hat auch behauptet, ich hätte Seine Majestät König Alric ermordet, der mich zur Botschafterin ernannt hat. Oder wollt Ihr bestreiten, dass er lebt?«

Die königlichen Augenbrauen hoben sich. »Ihr seid noch jung«, sagte der König kalt, »und es ist Eure erste Audienz als Botschafterin. Deshalb sehe ich Euch diese Beleidigung nach – aber nur diesmal. Beim nächsten Mal lasse ich Euch aus meinem Reich ausweisen.«

Arista verbeugte sich stumm.

»Dass der Thronwechsel in Melengar blutig vonstatten ging, verheißt nichts Gutes. Ähnlich bedenklich stimmt uns, dass das Haus Essendon nur Lippenbekenntnisse zur Kirche ablegt. Dass Ihr die Elben bei Euch duldet, ist abscheulich. Ihr lasst dieses Ungeziefer frei herumlaufen. Novron wollte das nicht. Die Kirche lehrt uns, dass der Elbe eine Krankheit ist. Die Elben müssen versklavt oder ausgemerzt werden. Sie sind wie Ratten, und Melengar ist der Abfallhaufen, in dem sie nisten. Gewiss, Alric wird die Politik seines Vaters fortsetzen. Beide wurden mit Scheuklappen geboren. Veränderungen stehen ins Haus und ich weiß schon jetzt, dass man in Melengar versäumen wird, ihnen Rechnung zu tragen. Dunmore kann davon nur profitieren.«

Arista wollte etwas erwidern, aber der König hob den Finger.

»Die Audienz ist beendet. Kehrt zu Eurem Bruder zurück und richtet ihm aus, wir hätten Euch gnädig empfangen, seien aber nicht angetan gewesen.«

Der König und die Königin standen auf und gingen durch eine Tür in der hinteren Wand hinaus. Ein wenig ratlos blickte Arista auf die beiden leeren Stühle vor ihr. Der Elbe, der neben ihr stand, musterte sie aufmerksam, schwieg aber. Am liebsten hätte Arista noch den Rest ihrer vorbereiteten Rede gehalten. Es wäre zwar sinnlos gewesen, aber ein leerer Thron konnte in diesem Fall nicht abweisender sein als ein besetzter und gewiss nicht unhöflicher.

Mit einem Seufzer ließ sie die Schultern sinken. *Hätte es noch schlimmer kommen können?* Sie drehte sich um und ging hinaus und lauschte dabei auf das Rascheln ihres schönen Kleides.

Draußen trat sie vor das Burgtor und blickte auf die Stadt

hinunter. Tiefe Wagenspuren durchzogen die holprigen, ungepflasterten Straßen, die mit ihren vielen Steinen an ausgetrocknete Flussbetten erinnerten. Die Sonne hatte das Holz der dicht zusammengedrängten Häuser zu einem hellen Grau ausgebleicht. Die meisten Einwohner trugen trübe Farben, Kleider aus ungefärbter Wolle oder ungefärbtem Leinen. Dutzende von Menschen mit müden Gesichtern saßen an den Straßenecken oder wanderten mit ausgestreckten Händen ziellos durch die Straßen. Die anderen Passanten schienen sie nicht wahrzunehmen. Arista besuchte Glamrendor, die Hauptstadt von Dunmore, zum ersten Mal. »Ich bin auch nicht angetan«, sagte sie leise und schüttelte den Kopf.

Trotz des ärmlichen Eindrucks, den die Stadt machte, herrschte lebhafter Verkehr, der allerdings hauptsächlich auf auswärtige Besucher zurückzugehen schien. Der Unterschied zu den Einheimischen war leicht zu erkennen. Die Auswärtigen trugen Schuhe. Die Wagen, Fuhrwerke und Kutschen, die an diesem Morgen das Zentrum der Hauptstadt durchquerten, fuhren alle in Richtung Osten. Die Kirche hatte das große Turnier für Bewerber aller Schichten geöffnet, für Nichtadlige ebenso wie Adlige. Jeder hatte die Chance, zu Ruhm, Ehre und Reichtum zu kommen.

Ihr eigener Wagen, über dem der Falke von Melengar wehte, wartete bereits. Hilfred hielt ihr den Schlag auf. Drinnen saß Bernice mit einem Tablett voller Süßigkeiten auf dem Schoß und einem Lächeln im Gesicht. »Wie ist es Euch ergangen, meine Liebe? Konntet Ihr ihn beeindrucken?«

»Nein, überhaupt nicht, aber wir liegen auch nicht miteinander im Krieg, wofür ich Maribor von Herzen danke.« Sie setzte sich Bernice gegenüber und raffte sorgfältig ihr langes Kleid, bevor Hilfred die Tür schloss.

»Lebkuchen gefällig?«, fragte Bernice und hob das Tablett.

Ihr mitfühlender Blick wurde durch die vorgeschobene Unterlippe noch verstärkt. »Das lindert den Ärger.«

»Wo ist Saldi?«, fragte Arista und betrachtete die Lebkuchenmänner auf dem Tablett.

»Er wollte noch einige Dinge mit dem Erzbischof besprechen und dann mit ihm nachkommen. Er hofft, es ist Euch recht.«

Es war Arista recht, sie wünschte sich nur, Bernice wäre beim Bischof geblieben. Sie war ihre ständige Gesellschaft gründlich leid und vermisste die Einsamkeit ihres Turms. Gehorsam nahm sie einen Lebkuchen. Die Kutsche schwankte, als Hilfred und der Kutscher auf den Bock kletterten, und setzte sich mit einem Ruck in Bewegung. Ratternd fuhren sie über die holprige Straße.

»Die sind ja schon steinalt«, sagte Arista. Der Lebkuchen in ihrem Mund war hart und krümelig.

Bernice sah sie erschrocken an. »Das tut mir leid.«

»Woher hast du sie?«

»Aus einer kleinen Bäckerei dort …« Bernice streckte die Hand durch das Fenster, aber der Wagen schaukelte zu sehr. Suchend sah sie sich um, dann gab sie auf und zog die Hand wieder zurück. »Ach, ich weiß nicht mehr, aber es war ein netter Laden und ich dachte, Ihr könntet zur – Ihr wisst schon – zur Besserung Eurer Laune eine kleine Stärkung gebrauchen.«

»Besserung meiner Laune?«

Bernice nickte und lächelte gezwungen. Dann beugte sie sich vor und tätschelte der Prinzessin die Hand. »Es ist nicht Eure Schuld, meine Liebe. Es war wirklich unfair von Seiner Majestät, Euch hierher zu schicken.«

»Ich sollte besser in Medford bleiben und Freier empfangen«, überlegte Arista.

»Genau. Das hier ist nicht das Richtige.«

»Dieser Lebkuchen auch nicht.« Arista legte den Lebkuchenmann ohne das Bein, das sie ihm abgebissen hatte, auf das Tablett zurück. Dann lehnte sie sich zurück und fuhr wie eine Katze, die Haare im Maul hat, mit der Zunge an ihren oberen Zähnen entlang.

»Aber bestimmt war Seine Majestät wenigstens von Eurem Aussehen beeindruckt.« Stolz betrachtete Bernice ihren Schützling. »Ihr seid so schön.«

Arista streifte sie mit einem Blick. »Das Kleid ist schön.«

»Natürlich, aber ...«

»Du lieber Maribor!«, fiel Arista ihr ins Wort und blickte aus dem Fenster. »Wie viele sind das denn? Da ist ja eine ganze Armee unterwegs.«

Sie hatten das Ende der Stadt erreicht und sahen die vielen Menschen, der mit ihnen ostwärts zogen. Hinter den Fahnen der Nyphronkirche hatten sich an die dreihundert Männer versammelt. Sie hatten sich zu einer ordentlichen Schlange formiert, hätten aber unterschiedlicher nicht sein können – kräftig und schmächtig, groß und klein. Alle Stände der Gesellschaft waren vertreten, Ritter, Soldaten, Adlige und Bauern. Einige trugen Rüstungen, andere seidene Gewänder, wieder andere Leinen oder Wolle. Sie saßen auf Schlachtrössern, Zugpferden, Ponys und Maultieren oder in Kutschen, offenen Wagen und Fuhrwerken. Doch so bunt zusammengewürfelt sie auch waren, alle trugen dasselbe erwartungsvolle Lächeln auf den Lippen und alle blickten nach Osten.

Aristas erster offizieller Auftritt als Botschafterin war beendet. So sehr sie gelitten hatte, jetzt war alles vorbei. Außerdem fehlte Saldi, sie konnte also getrost alle Gedanken an Kirche und Staat, Schuld und Versagen beiseiteschieben. Der Druck, der seit Tagen auf ihr gelastet hatte, war verflogen und sie spürte, wie die Aufregung und Erwartung ihrer Umgebung auf sie übergriff.

Von überallher eilten Menschen herbei, um sich dem wachsenden Zug anzuschließen. Einige hatten sich als Gepäck nur einen kleinen Leinenbeutel unter den Arm geklemmt, andere ritten an der Spitze einer ganzen Kolonne von Saumpferden.

Einige Teilnehmer führten gleich mehrere Wagen mit Zelten, Proviant und Kleidern mit sich. Ein vornehm gekleideter Kaufmann beförderte zuoberst auf seinem Fuhrwerk mit Samt gepolsterte Sessel und ein Himmelbett.

Jemand schlug mit der Faust auf das Dach der Kutsche, und Arista und Bernice fuhren erschrocken zusammen. Die Lebkuchenmänner flogen in alle Richtungen. »Ach du meine Güte!«, ächzte Bernice. Im nächsten Augenblick erschien der Kopf von Mauvin Pickering im Fenster. Er bückte sich vom Rücken seines Pferdes zu ihnen herunter, und die schwarzen Haare hingen ihm wirr ins Gesicht.

»Na, wie ging's?« Er grinste verschmitzt. »Muss ich mich auf einen Krieg einstellen?«

Arista sah ihn böse an.

»Das bedeutet nein, ja?«, fuhr Mauvin fort, scheinbar ohne die Unordnung zu bemerken, die er angerichtet hatte. »Wir sprechen uns später noch. Jetzt muss ich unbedingt Fanen finden, bevor er sich mit jemandem duelliert. Servus, Hilfred! Das wird ein Heidenspaß. Wann haben wir zuletzt gemeinsam gezeltet? Bis dann.«

Bernice fächelte sich mit den Händen Luft zu und starrte mit offenem Mund zum Kutschdach hinauf. Als Arista sie sah und außerdem die Lebkuchenmänner, die auf den Bänken lagen, in den Vorhängen hingen, den Boden bedeckten und sich auf ihrem Schoß stapelten, musste sie lachen.

»Du hattest recht, Bernice. Die Lebkuchen haben mich tatsächlich aufgeheitert.«

***

»Siehst du den?« Fanen zeigte auf einen Mann in einem Wams aus braunem Wildleder. »Das ist Baron Enden, der vielleicht größte lebende Ritter nach Baron Breckton.«

Arista war nach einem weiteren Reisetag durchgeschüttelt und benommen im Lager eingetroffen und vor Bernice zu den Pickerings geflüchtet. Die beiden Brüder teilten sich ein vornehmes jurtenähnliches Zelt aus einem goldgrün gestreiften Stoff, das sie am östlichen Rand des Hauptlagers aufgestellt hatten. Zu dritt saßen sie unter dem Vordach mit gewellten Volants, das von zwei hohen Stangen gehalten wurde. An der linken Stange flatterte der goldene Falke auf rotem Grund des Hauses Essendon, an der rechten das goldene Schwert auf grünem Grund des Hauses Pickering. Verglichen mit den Lagern der meisten anderen Adligen nahm sich das Zelt freilich bescheiden aus. Einige andere ähnelten kleinen Schlössern und mussten von der vielköpfigen Dienerschaft in stundenlanger Arbeit aufgebaut werden. Die Pickerings reisten dagegen mit leichtem Gepäck. Sie beförderten alles, was sie brauchten, auf ihren beiden Hengsten und zwei Packpferden. Tische oder Stühle gab es keine, deshalb hatte Arista, die in ein einfaches Kleid geschlüpft war, es sich auf einer Plane aus Leinen bequem gemacht. Wenn die alte Bernice sie so gesehen hätte, sie hätte einen Herzanfall bekommen.

Arista kümmerte das nicht. Sie konnte sich nichts Schöneres vorstellen, als auf dem Rücken dazuliegen und in den Himmel zu blicken. Sie fühlte sich an ihre Kindheit erinnert, die Zeit von Somershoh. Die Erwachsenen hatten nachts getanzt, die Kinder lagen auf dem südlichen Hügel von Drondilsfeld, dem Sitz der Pickerings, und zählten Sternschnuppen und Glühwürmchen. Damals hatten sie noch alle zusammen gespielt – Mauvin, Fanen, Alric und sogar Lenare –, bis Lenare sich dann in ein Edelfräulein verwandelt hatte. Arista erinnerte sich an die nächtliche Brise auf ihrem Körper, das Gras an ihren nackten Füßen, das endlose Sternengefunkel über ihr und die leise Musik der Kapelle, die »Calide Portmore« gespielt hatte, ein Volkslied aus Galinin.

»Und siehst du den Mann dort in dem grünen Waffenrock? Das ist Graf Gravin, ein Gralsritter. Gravin arbeitet vor allem für die Nyphronkirche. Du weißt schon – er beschafft wertvolle Gegenstände und tötet Ungeheuer, in der Art. Er gilt als einer der größten Abenteurer unserer Zeit und stammt aus Vernes. Das liegt ganz im Süden, schon fast in Delgos.«

»Ich weiß, wo Vernes liegt, Fanen«, erwiderte Arista.

»Ach richtig, solche Sachen musst du ja jetzt wissen, nicht wahr?«, fiel Mauvin ein. »Als das hochwohlgeborene Fräulein Botschafterin.« Der älteste Pickering vollführte im Sitzen eine kunstvolle Verbeugung.

»Lach nur, du wirst schon sehen«, wies Arista ihn zurecht. »Du bekommst dein Fett noch weg. Eines Tages wirst du Graf und dann hört der Spaß auf. Dann bist du für andere verantwortlich, mein Lieber.«

»Im Unterschied zu mir«, sagte Fanen traurig.

Er war drei Jahre jünger, hätte aber jederzeit als Mauvins Zwillingsbruder durchgehen können. Beide besaßen das schneidige Aussehen der Pickerings: scharfe, kantige Gesichtszüge, dicke, schwarze Haare, blendend weiße Zähne und breite, athletische Schultern, die nach unten hin zu schmalen Hüften zuliefen. Fanen war nur ein wenig schmaler und kleiner als sein Bruder und trug die Haare stets sorgfältig gekämmt, im Unterschied zu Mauvin, dem sie immer kreuz und quer um den Kopf standen.

»Deshalb musst du hier gewinnen«, erklärte Mauvin. »Was du als echter Pickering natürlich auch wirst. Die Pickerings gewinnen immer. Sieh dir den Typen da drüben an. Der hat gegen dich doch keine Chance.«

Arista hob nicht einmal den Kopf. Das ging schon den ganzen Abend so – Mauvin machte sie auf bestimmte Leute aufmerksam und erklärte dann, wie ihr Gang oder die Art, wie sie ihr Schwert trugen, zeigte, dass sie Fanen nicht das Wasser reichen konnten. Bestimmt hatte er auch recht, dachte sie, sie war nur zu müde zum Zuhören.

»Was für einen Preis bekommt der Sieger eigentlich?«, fragte sie.

»Wurde noch nicht bekanntgegeben«, brummte Fanen.

»Wahrscheinlich Gold«, mutmaßte Mauvin. »Irgendeine Trophäe. Aber viel wichtiger ist das Prestige. Wenn Fanen hier gewinnt, hat er einen Namen. Er trägt natürlich schon den Namen Pickering, aber er hat noch keinen Titel. Wenn er einen hat, steht ihm alles offen. Vielleicht gewinnt er ja auch Land. Dann hätte er ausgesorgt.«

»Hoffentlich, denn ich will auf keinen Fall im Kloster enden.«

»Schreibst du eigentlich noch Gedichte, Fanen?«, fragte Arista.

»In letzter Zeit nicht.«

»Sie waren gut – wenigstens soweit ich mich erinnere. Du hast die ganze Zeit gedichtet. Was ist passiert?«

»Er dichtet jetzt mit dem Schwert«, antwortete Mauvin für seinen Bruder. »Was ihm auch viel mehr nützen wird als die Feder.«

»Wer ist das?«, fragte Fanen und zeigte nach Westen.

»Das ist Rentinual«, antwortete Mauvin, »das selbsternannte Genie. Er hat so einen Apparat mitgebracht, ein riesiges Ding.«

»Wozu?«

»Für das Turnier, sagt er.«

»Was ist es denn?«

Mauvin zuckte die Achseln. »Keine Ahnung, aber es ist groß. Er hat eine Plane drübergeschnallt und keift wie eine Frau, wenn seine Leute mit dem Wagen durch ein Schlagloch fahren.«

»He, ist das nicht Prinz Rudolf?«

»Wo?« Arista hob den Kopf und stützte sich auf die Ellbogen.

Mauvin kicherte. »War nur ein Scherz. Alric hat uns von … eurem Missverständnis erzählt.«

»Kennst du ihn überhaupt?«

Mauvin nickte. »Ich bin ihm tatsächlich einmal begegnet. Ein Esel, wie er im Buche steht.« Fanen und Arista lachten und Mauvin stimmte ein. »Er ist ein königlicher Volltrottel, das steht fest, und ich hätte wirklich Albträume, wenn ich diesen Hornochsen ein Leben lang küssen müsste. Wirklich, Arista, dass du Alric nicht in eine Kröte oder sonst was verwandelt hast …«

Arista hörte auf zu lachen. »Wie bitte?«

»Ihn irgendwie verhext hast, du weißt schon. Eine Woche als Frosch hätte … was ist?«

»Nichts.« Sie legte sich wieder hin und drehte sich auf den Bauch.

»He, hör zu – war nicht so gemeint.«

»Ist schon gut«, log sie.

»War nur ein Scherz.«

»Der erste war besser.«

»Arista, ich weiß doch, dass du keine Hexe bist.«

Ein langes, unbehagliches Schweigen folgte.

»Tut mir leid«, sagte Mauvin schließlich.

»Das hat aber lange gedauert«, murmelte Arista.

»Du hast noch Glück gehabt«, meinte Fanen. »Alric hätte dich zwingen können, Mauvin zu heiraten.«

»Das ist jetzt aber wirklich abwegig«, sagte Arista und setzte sich auf. Mauvin sah sie überrascht und ein wenig gekränkt an. Sie schüttelte den Kopf. »Nein, ich meine doch nur, das wäre wie einen Bruder zu heiraten. Ihr wart für mich immer Familie.«

»Sag das nicht Denek«, warnte Mauvin. »Er ist seit Jahren in dich verknallt.«

»Im Ernst?«

»Ach, und verrate ihm bitte auch nicht, dass ich das gesagt habe. Oder … vergiss am besten, dass ich überhaupt etwas gesagt habe.«

»Wer sind die beiden?«, fragte Fanen plötzlich und zeigte auf ein großes, schwarz-rot gestreiftes Zelt, aus dem soeben zwei Männer getreten waren. Der eine war ein Hüne mit einem struppigen Schnurrbart und Bart. Er trug einen ärmellosen scharlachroten Waffenrock und darüber eine grüne Schärpe, außerdem einen verbeulten eisernen Helm. Der andere Mann war groß und schlank und hatte lange, schwarze Haare und einen gestutzten Bart. Er trug eine rote Soutane und einen schwarzen Mantel, und auf seiner Brust prangte das Emblem einer zerbrochenen Krone.

»Mit denen willst du lieber nichts zu tun haben«, sagte Mauvin nach einer kurzen Pause. »Der Hüne ist Graf Rufus aus Trent, der Herr von Lingard, ein Stammesführer, der schon Dutzende Male gegen die wilden Männer von Estrendor gekämpft und natürlich heldenhaft in der Schlacht in den Bergen von Vilan gesiegt hat.«

»Das ist Rufus?«, murmelte Fanen.

»Stark wie ein Bär und launisch wie ein zänkisches Weib, heißt es.«

Fanen zeigte auf den anderen Mann. »Und der Typ mit dem Kronen-Wappen?«

»Das, mein lieber Bruder, ist ein Inquisitor. Denen sollten wir nun wirklich nicht zu nahe kommen.«

Auch Arista betrachtete die beiden Männer. Dann fiel ihr Blick auf eine kleine Gestalt mit einem langen Bart und Puffärmeln, die als Silhouette vor dem Schein eines weiter entfernten Lagerfeuers aufgetaucht war.

»Ich will morgen übrigens früh aufbrechen, Fanen«, sagte Mauvin. »Dann reite ich voraus und brauche nicht den ganzen Tag den Staub der anderen zu schlucken.«

»Weiß eigentlich jemand, wohin es geht?«, fragte Fanen. »Ich habe das Gefühl, bis ans Ende der Welt.«

Arista nickte. »Saldi hat gestern mit dem Erzbischof darüber gesprochen. Soviel ich weiß, in ein kleines Dorf namens Dahlgren.«

Sie drehte sich noch einmal nach der Gestalt um, aber die war verschwunden.

7

Von Elben und Menschen

Thrace lag auf dem Bett des Markgrafen im Haupthaus der Burg. Ihr Kopf verschwand unter einem Verband aus Tüchern, die man in Streifen gerissen hatte, dazwischen quollen Strähnen ihrer verfilzten blonden Haare hervor. Um Augen und Nase hatte ihre Haut sich dunkelrot und gelb verfärbt. Ihre Oberlippe war auf die doppelte Größe angeschwollen und von einer schwarzen Blutkruste gesäumt. Sie hustete und stöhnte leise, sagte aber nichts und schlug die Augen nicht auf.

Theron wich nicht von ihrer Seite.

Esrahaddon befahl Lena, Mutterkrautblätter in einem großen Topf mit Apfelessig zu kochen. Lena gehorchte. Dasselbe galt für die anderen Dorfbewohner. Nach der vorangegangenen Nacht begegneten sie Esrahaddon mit neuem Respekt, ja Scheu und sogar einer gewissen Angst. Tad Bothwick und Rose McDern hatten mit eigenen Augen gesehen, wie er die grüne Flammenwand heraufbeschworen und damit das Ungeheuer vertrieben hatte. Niemand sprach das Wort *Zauberer* oder *Hexenmeister* aus, das war gar nicht nötig. Der aus dem Topf aufsteigende Dampf erfüllte den Raum schnell mit einem scharfen, blumigen Geruch.

»Es tut mir so leid«, flüsterte Theron, über seine Tochter gebeugt.

Das Husten und Stöhnen war verstummt, und Thrace lag bewegungslos da wie eine Tote. Theron drückte ihre schlaffe Hand an seine Wange, unsicher, ob sie ihn hören konnte. Er entschuldigte sich schon seit Stunden und flehte sie an, aufzuwachen. »Ich habe es nicht ernst gemeint, ich war nur wütend. Es tut mir leid. Du darfst mich nicht verlassen. Bitte komm zu mir zurück.«

Der Schrei seiner Tochter gellte ihm immer noch in den Ohren. Ein dumpfes Knacken hatte ihn so grässlich abgeschnitten. Wenn sie gegen einen Baumstamm oder einen dickeren Ast geprallt wäre, wäre sie vermutlich sofort tot gewesen. Auch so konnte sie jederzeit sterben.

Niemand außer Lena und Esrahaddon wagte es, das Zimmer zu betreten, in dem Theron seinem Schmerz freien Lauf ließ. Alle waren auf das Schlimmste gefasst. Thraces Gesicht war bei ihrer Ankunft in der Burg blutüberströmt gewesen, das Hemd ihres Vaters blutgetränkt. Ihre Haut war weiß gewesen, der Mund seltsam bläulich verfärbt, und sie hatte sich weder bewegt noch die Augen geöffnet. Esrahaddon hatte flüsternd mit ihr gesprochen und Anweisung gegeben, sie ins Haupthaus zu bringen und mit Decken warm zu halten. So versorgte man Sterbende. Man machte es ihnen so bequem wie möglich. Diakon Tomas hatte für sie gebetet und hielt sich bereit, ihre scheidende Seele zu segnen.

Im vergangenen Jahr waren in Dahlgren viele gestorben, und nicht immer war das Ungeheuer die Ursache gewesen. Wie überall hatte es Unfälle und Krankheiten gegeben, und im Winter suchten Wölfe die Gegend heim. Einige waren auch auf unerklärliche Weise verschwunden. Zwar gab man dafür dem Ungeheuer die Schuld, aber sie konnten sich genauso gut im Wald verirrt haben oder in den Nidwalden gefallen sein. Jedenfalls war die Dorfbevölkerung in nur einem Jahr durch Tod oder Verschwinden um die Hälfte geschrumpft. Jeder kannte jemanden, der gestorben war, fast jede Familie hatte zumindest ein Opfer zu beklagen. Die Menschen von Dahlgren hatten sich an den Tod als allnächtlichen Besucher, als Gast an jedem Frühstückstisch gewöhnt. Sie kannten sein Gesicht, den Klang seiner Stimme, seinen Gang und seine besonderen Angewohnheiten. Er war allgegenwärtig. Hätte er nicht jedes Mal so viel Leid hinterlassen, man hätte ihn womöglich gar nicht mehr wahrgenommen. Niemand rechnete damit, dass Thrace überleben würde.

Die Sonne ging auf und tauchte das Zimmer, in dem Theron um seine Tochter weinte, in einen trüben Schein. Mit Thrace ging das letzte Mitglied seiner Familie. Erst jetzt begriff er, wie viel sie ihm bedeutete. Ungebetene Gedanken quälten ihn. Immer wieder war sie zu ihm gekommen. Die Nacht fiel ihm ein, in der das Ungeheuer seinen Hof überfallen hatte und er zu spät nach Hause gekommen war. Nur Thrace hatte es gewagt, im Dunkeln nach ihm zu suchen. Und es war Thrace gewesen, eine junge Frau, kaum dem Kindesalter entwachsen, die durch halb Avryn gereist war und ihre ganzen Ersparnisse dafür geopfert hatte, um ihm Hilfe zu bringen. Und auch als er am Vorabend in seiner Sturheit auf dem Hof geblieben war, war sie gekommen, war sie allein und unter Missachtung aller Gefahren durch den nächtlichen Wald gelaufen, beseelt nur von einem Gedanken – ihn zu retten. Mit Erfolg. Sie hatte ihn vor dem Ungeheuer gerettet und, mehr noch, in die Welt der Lebenden zurückgeholt. Sie hatte den schwarzen Schleier von seinen Augen weggerissen und ihn von der auf ihm lastenden Schuld befreit. Doch sie hatte dafür mit ihrem Leben bezahlt.

Tränen rannen ihm über die Wangen, sammelten sich an seiner Oberlippe. Er küsste die Hand seiner Tochter und hinterließ einen nassen Fleck, ein Opfer, eine Entschuldigung.

Wie konnte ich so blind sein?

Er umklammerte die Hand, küsste sie immer wieder und drückte sie an seine feuchte Wange. Ihm war, als würde ihm das Herz aus der Brust gerissen.

Thraces regelmäßige Atemzüge verstummten.

Theron schluchzte auf. »Bei Maribor.«

»Papa?« Er hob mit einem Ruck den Kopf. Seine Tochter hatte die Augen geöffnet und blickte ihn an. »Geht es dir gut?«, flüsterte sie.

Er öffnete den Mund, brachte aber kein Wort heraus. Tränen strömten ihm über das Gesicht, und wie auf einem ausgedörrten Stück Land, auf dem es zum ersten Mal seit Jahren regnet, breitete sich auf seinem Gesicht ein glückliches Lächeln aus.

***

Bei Tagesanbruch jagten Wolken über den Himmel und launische Böen kündigten ein Unwetter an. Royce saß auf dem von der Gischt des Wasserfalls glitschigen Felssims direkt oberhalb des Flusses. Seine Füße und Beine waren von der morgendlichen Suche im feuchten Unterholz des Waldes durchnässt. Unverwandt starrte er über die Kante des Wasserfalls zu dem Felsen hinüber, auf dem die unzugängliche Festung aufragte. Seine Vermutung, es könnte ein Tunnel unter dem Fluss hindurchführen, hatte sich nicht bestätigt. Er hatte im Wald nach einem Zugang gesucht, aber keinen gefunden. So kam er nicht weiter.

Nach fast zwei Tagen war er seinem Ziel keinen Schritt näher gekommen. Die Festung blieb unerreichbar, durch ein unüberwindliches Hindernis von ihm getrennt, solange er nicht durch die reißende Strömung schwimmen, über Wasser gehen oder fliegen konnte.

»Sie sind übrigens gerade da«, bemerkte Esrahaddon.

Royce hatte ihn ganz vergessen. Esrahaddon war vor einiger Zeit gekommen, hatte aber nur gesagt, dass Thrace überlebt habe und wohl vollständig genesen würde. Dann hatte er sich auf einen Stein gesetzt und eine Stunde lang über den Fluss gestarrt, wie Royce es schon den ganzen Tag getan hatte.

»Wer?«

»Die Elben. Sie sind auf der anderen Seite des Flusses und blicken zu uns herüber. Wahrscheinlich sehen sie uns sogar auf diese Entfernung. Sie können so vieles. Die meisten Menschen halten sie für minderwertig – faul, schmutzig und ungebildet –, aber in Wirklichkeit sind sie den Menschen in fast jeder Hinsicht überlegen. Vielleicht schimpfen die Menschen deshalb so gern über sie. Weil sie nicht zugeben wollen, dass sie nur die Zweitbesten nach ihnen sind.

Elben sind wirklich bemerkenswerte Geschöpfe. Seht Euch nur dieses Gebäude an, wie es organisch, nahtlos aus dem Felsen herauswächst. Wie elegant es ist, wie vollkommen. Es fügt sich in die Landschaft ein, als sei es ein Teil davon, ein Wunder der Natur, was es natürlich nicht ist. Die Elben verfügen über Techniken und Fertigkeiten, von denen unsere Steinmetze keine Ahnung haben. Stellt Euch vor, wie ihre Städte erst aussehen müssen! Was für Wunder in den Wäldern jenseits des Flusses verborgen sind!«

»Ihr seid nie drüben gewesen?«, fragte Royce.

»Niemand war drüben oder wird es je sein. Sobald ein Mensch das andere Ufer betritt, fällt er tot um. Der Faden, an dem das Schicksal des Menschen hängt, ist wirklich sehr dünn.«

»Wie kommt das?«

Esrahaddon lächelte nur. »Wusstet Ihr, dass vor der Ankunft Novrons keine Armee der Menschen die Elben je im Kampf besiegen konnte? Damals waren die Elben unsere Heimsuchung. Die Große Bibliothek von Percepliquis hatte Regale voller Bücher über sie. Wir hielten sie sogar für Götter. Sie leben so lange, dass niemand bemerkte, wie sie altern. Ihre Beerdigungsrituale sind so geheim, dass kein Mensch je einen toten Elben gesehen hat.

Sie waren die Erstgeborenen, die Kinder des großen und mächtigen Ferrol. Die Menschen fürchteten sie im Kampf wie niemanden sonst. Krankheiten konnten wir behandeln, Bären und Wölfe jagen und in Fallen fangen, uns rechtzeitig gegen Unwetter und Dürren wappnen. Aber nichts, gar nichts half gegen die Elben. Ihre Schwerter zerbrachen unsere, ihre Pfeile durchschlugen unsere Rüstungen, nichts konnte umgekehrt ihre Schilde durchdringen, und natürlich verstanden sie sich auf die Kunst der Magie. Stellt Euch vor, wie Schwärme von Gilarabrywn den Himmel verdunkeln. Und sie kennen noch viel mehr Waffen als die Gilarabrywn. Aber selbst ohne das alles, ohne die Magie, sind sie den Menschen an Schnelligkeit, Seh- und Hörvermögen, innerem Gleichgewicht und uralten Fertigkeiten weit überlegen.«

»Wenn das stimmt, wie kommt es dann, dass sie da drüben sitzen und wir hier?«

»Das ist Novrons Verdienst. Er hat uns ihre Schwächen gezeigt und uns gelehrt, gegen sie zu kämpfen und uns zu verteidigen. Auch in die magische Kunst hat er uns eingeweiht. Ohne sie wären wir den Elben hoffnungslos unterlegen.«

»Trotzdem verstehe ich nicht, wie wir sie besiegen konnten«, beharrte Royce. »Sie müssen uns doch auch dann noch überlegen gewesen sein.«

»Stimmt, und einen Kampf unter gleichen Voraussetzungen hätten wir wohl verloren, aber die Voraussetzungen waren nicht gleich. Die Elben leben sehr lange, müsst Ihr bedenken. Wohl kein Mensch weiß, wie lange genau, jedenfalls viele Jahrhunderte. Vielleicht werden wir in diesem Moment von Elben beobachtet, die sich noch daran erinnern, wie Novron ausgesehen hat. Aber wer so lange lebt, pflanzt sich langsam fort. Die Elben haben nur wenige Kinder, entsprechend bedeutsam ist für sie eine Geburt. Geburt und Tod sind in der Elbenwelt seltene und heilige Vorkommnisse.

Stellt Euch das Elend vor, das die Kriege gegen die Menschen über sie gebracht hat. Sie mochten noch so viele Schlachten gewinnen, danach hatten sie doch jedes Mal Verluste zu beklagen. Während wir Menschen uns davon in einer Generation erholten, dauert es bei den Elben ein Jahrtausend. Wir haben sie durch unsere Masse förmlich erdrückt – erstickt, wenn Ihr wollt.« Esrahaddon machte eine Pause, dann fügte er hinzu: »Nur dass Novron jetzt nicht mehr da ist. Diesmal wird uns niemand retten.«

»Diesmal?«

»Was hindert sie daran, auf unsere Seite zu kommen? Dieses Land gehört ihnen. Für uns liegt es zwar schon eine Ewigkeit zurück, dass Elben auf dieser Seite des Flusses gelebt haben, aber für sie ist es wie gestern. Inzwischen dürften sie sich von ihren Verlusten erholt haben.«

»Was hält sie dann noch auf ihrer Seite?«

»Was hält jemanden davon ab, zu tun, was er will? Angst. Angst vor Vernichtung, die Angst, wir könnten sie ein für alle Mal unterwerfen. Aber Novron ist tot.«

»Das hattet Ihr bereits erwähnt«, bemerkte Royce.

»Ich habe Euch auch schon einmal gesagt, dass die Menschen das Erbe Novrons verschleudert haben, und zwar auf eigenes Risiko. Novron hat uns die Magie gegeben, aber er ist tot und die Magie vergessen. Die Menschen sind nackt und hilflos wie Kinder. Sie fordern den Zorn einer Art heraus, die uns so weit überlegen ist, dass sie nicht einmal unsere Schreie hören wird. Uns rettet nur noch die Ahnungslosigkeit der Elben, was unsere Schwächen betrifft, und das brüchige Abkommen zwischen Erivan und einem toten Imperator.«

»Gut, dass sie so ahnungslos sind.«

»Aber das ist es ja gerade«, widersprach der Zauberer. »Sie sind dabei, zu lernen.«

»Durch den Gilarabrywn?«

Esrahaddon nickte. »Laut Dekret Novrons sind die Ufer des Nidwalden *ryin contita.«*

»Verbotenes Territorium«, übersetzte Royce, was ihm ein schwaches Lächeln des Zauberers einbrachte. »Ich kann außerdem noch lesen und schreiben.«

»Sieh an, ein wahrhaft gebildeter Mensch. Also wie gesagt, die Ufer des Nidwalden sind *ryin contita.«*

Royce dämmerte plötzlich, worauf Esrahaddon hinauswollte. »Und Dahlgren verstößt gegen die Bestimmungen dieses Abkommens.«

»Genau. Laut dem Abkommen dürfen Elben keine Menschen töten, es sei denn, die Menschen überqueren den Fluss. Von Menschen, die durch an sich harmlose Handlungen zu Tode kommen, ist nicht die Rede. Wenn ich einen Felsen anschiebe, kann er überallhin rollen, aber die Wahrscheinlichkeit spricht dafür, dass er bergab rollt. Wenn am Fuß des Abhangs zufällig Häuser und Menschen stehen, zerquetscht er sie, aber nicht ich bin dann der Übeltäter, sondern der Felsen und der unglückliche Zufall, dass Menschen am Fuß des Berges wohnen.«

»Und die Elben beobachten uns bei unserem Tun und Handeln, um unsere Stärken und Schwächen einzuschätzen. Ganz ähnlich, wie Ihr es bei mir tut.«

Esrahaddon lächelte. »Vielleicht«, sagte er. »Wir wissen nicht, ob sie das Ungeheuer herbeigerufen haben, aber eines ist sicher: Sie beobachten uns. Wenn sie merken, dass wir einem Gilarabrywn hilflos aufgeliefert sind, wenn sie das Gefühl haben, wir hätten das Abkommen gebrochen, oder wenn es sowieso ausläuft, dann wird Angst sie nicht länger zurückhalten.«

»Seid Ihr deshalb hier?«

»Nein.« Der Zauberer schüttelte den Kopf. »Unter anderem, ja, aber der Krieg zwischen Elben und Menschen wird ausbrechen, ich kann ihn nicht verhindern. Ich will nur die Folgen eines Angriffs lindern und dafür sorgen, dass die Menschen wenigstens eine Chance haben.«

»Dann könntet Ihr einigen anderen zunächst einmal beibringen, was Ihr gestern Abend getan habt.«

Der Zauberer sah Royce an. »Was denn?«

»Bescheidenheit steht Euch nicht.«

»Nein, vermutlich nicht.«

»Ihr sagtet doch, Ihr könntet ohne Hände nicht zaubern.«

»Es ist zumindest sehr schwer und zeitaufwendig und das Ergebnis ist ungenau, gleichsam als würdet Ihr Euren Namen mit den Zehen schreiben. Ich habe bereits vor Eurer Ankunft damit angefangen, diesen Zauber einzuüben, weil ich dachte, ich könnte ihn vielleicht gebrauchen. Trotzdem wärt Ihr beide fast in den Flammen umgekommen. Das Feuer sollte eigentlich ein paar Schritte weiter weg ausbrechen und statt nur Minuten einige Stunden brennen. Mit meinen Händen hätte ich …« Er verstummte. »Das bringt ja nichts.«

»Wart Ihr früher wirklich so mächtig?«

Esrahaddon grinste verschlagen. »Ihr habt ja keine Vorstellung, mein Lieber.«

***

Die Nachricht von Thraces Genesung verbreitete sich rasch im ganzen Dorf. Thrace war zwar noch etwas benommen, aber schon wieder bemerkenswert gut bei Kräften. Sie konnte scharf sehen, war noch im Besitz aller Zähne und hatte Hunger. Am späteren Vormittag saß sie bereits im Bett und aß Suppe. An diesem Tag schien aus den Blicken der Dorfbewohner ein neues Selbstbewusstsein – das Ungeheuer hatte erneut angegriffen, aber niemand war zu Tode gekommen.

Die meisten hatten an jenem Abend im grellen Schein des grünen Feuers die Silhouette des geflügelten Wesens gesehen. Neben ihnen ging an diesem Vormittag ein fremd gewordener Begleiter her, ein lange verlorener, unerwartet zurückgekehrter Freund – die Hoffnung.

Im ersten Morgengrauen machten sie sich an die Arbeit und bereiteten weitere Feuer vor. Da jeder inzwischen wusste, was er zu tun hatte, waren die Holzstöße in wenigen Stunden Arbeit errichtet. In der Annahme, das Ungeheuer könne nachts zwar gut sehen, aber vielleicht nicht durch dichten Rauch, hatte Vince Griffin vorgeschlagen, Kohlenpfannen zu verwenden. Seit Jahrhunderten vertrieben die Bauern damit Ungeziefer, das ihre Ernte zu fressen drohte, und Dahlgren war keine Ausnahme. Also wurden alte Töpfe gesammelt und befüllt, als seien Schwärme von Heuschrecken im Anmarsch. Hadrian, Tad Bothwick und Kline Goodman gingen unterdessen daran, die Außengebäude des unteren Burghofs auf ihre Tauglichkeit als Schutzräume hin zu überprüfen.

Hadrian teilte die Männer in kleine Gruppen ein. Die eine begann, den Keller zu vergößern, den sie unter der Räucherkammer entdeckt hatten, eine andere grub einen Tunnel, mit dessen Hilfe man das Ungeheuer womöglich fangen konnte. Wenn es ein Opfer jagte, folgte es ihm vielleicht auch in einen Tunnel, der immer enger zulief. Vielleicht konnten sie dann die Ausgänge verschließen, bevor es seinen Fehler bemerkte. Man konnte es vielleicht nicht mit einer von Menschenhand geschaffenen Waffe töten, aber es gefangen zu nehmen unterlag nach Hadrians Einschätzung keiner ähnlichen Einschränkung.

Diakon Tomas war über die Grabungsarbeiten und das Holzhacken und Feuermachen auf dem Burggelände zwar keineswegs erbaut, wusste aber, dass die Dörfler inzwischen Hadrian als ihren Anführer betrachteten. Er ließ sich deshalb gar nicht erst draußen blicken, sondern kümmerte sich drinnen um Thrace.

»Hadrian?«

Hadrian wusch sich gerade am Dorfbrunnen, wo er einigermaßen unbeobachtet war. Er hob den Kopf. Vor ihm stand Theron.

»Du hast schwer gearbeitet, wie ich sehe«, sagte Theron. »Dillon meinte, du würdest mit den Leuten einen Tunnel graben. Ganz schön raffiniert.«

»Wahrscheinlich bringt es nichts«, erklärte Hadrian und schüttete sich mit den Händen Wasser ins Gesicht. »Aber einen Versuch ist es wert.«

»Hör zu«, setzte Theron mit einem gequälten Gesicht an und verstummte.

Eine Weile verging. »Thrace geht es gut?«, fragte Hadrian schließlich.

»Bestens, sie ist so hart im Nehmen wie ihr alter Vater.«

Theron schlug sich stolz an die Brust. »Von einem Baum lässt sie sich nicht unterkriegen. So ist das mit uns Woods. Man sieht es uns vielleicht nicht an, aber wir sind ein ziemlich robuster Haufen. Es dauert vielleicht eine Weile, aber dann stehen wir wieder auf den Beinen und sind stärker als vorher. Wir brauchen etwas, für das wir kämpfen können – du weißt schon, einen Grund. Ich hatte keinen oder glaubte, keinen zu haben. Thrace hat mir die Augen geöffnet.«

In verlegenem Schweigen standen sie einander gegenüber.

»Hör zu«, nahm Theron einen zweiten Anlauf und machte erneut eine Pause. »Ich stehe nicht gerne in jemandes Schuld. Ich bin immer selbst zurechtgekommen. Was ich besitze, habe ich mir durch meiner Hände Arbeit erworben, und ich habe viel gearbeitet. Ich bitte niemanden um Hilfe und entschuldige mich auch nicht dafür, wie ich bin.«

Hadrian nickte.

»Aber … vieles von dem, was du gestern gesagt hast, stimmt. Nur ist die Lage heute schon wieder anders, verstehst du? Thrace und ich wollen dieses Dorf verlassen, sobald sie wieder bei Kräften ist. Wahrscheinlich braucht sie noch ein paar Tage Ruhe, dann können wir aufbrechen. Wir wollen nach Süden, vielleicht nach Alburn oder sogar Calis. Wie ich höre, ist es dort wärmer und die Vegetationsperiode länger. Ein paar Nächte müssen wir also noch bleiben und mit der Bedrohung durch das Ungeheuer leben. Ich werde nicht zulassen, dass es mir mein kleines Mädchen nimmt, wie es mir die anderen genommen hat. Natürlich ist ein alter Bauer wie ich Thrace keine große Hilfe, und das Ungeheuer lässt sich auch nicht von einer Sense oder Mistgabel abschrecken. Deshalb wäre es nützlich, wenn ich richtig kämpfen könnte. Dann hätte ich wenigstens eine Chance, wenn es vor unserer Abreise noch einmal zuschlägt. Geld habe ich nicht viel, aber ein wenig Silber habe ich doch beiseitegelegt, ich frage dich deshalb hiermit, ob dein Angebot, mich zu unterrichten, noch gilt.«

»Ich muss zunächst einmal eins klarstellen«, sagte Hadrian streng. »Deine Tochter hat uns bereits ausreichend dafür bezahlt, dir in jeder erdenklichen Weise zu helfen. Spar dein Geld also für die Reise nach Süden, sonst unterrichte ich dich nicht. Einverstanden?«

Theron zögerte und nickte dann.

»Gut. Wenn du bereit bist, können wir eigentlich gleich anfangen.«

»Sollten wir nicht deine Schwerter holen?«, fragte Theron.

»Das wäre schwierig. Ich habe sie gestern an Millies Sattel gehängt, und seitdem hat niemand mehr mein Pferd gesehen. Was allerdings für unsere Zwecke nicht weiter schlimm ist.«

»Soll ich Stöcke zuschneiden?«

»Nein.«

»Was dann?«

»Wie wäre es mit hinsetzen und einfach zuhören? Bevor du ein Schwert in die Hand nimmst, musst du vieles wissen.«

Theron musterte Hadrian skeptisch.

»Du willst doch etwas lernen, ja? Wenn ich dich fragen würde, wie ich in wenigen Stunden ein guter Bauer werde, was würdest du sagen?«

Theron fügte sich mit einem Nicken und setzte sich unweit der Stelle, an der Hadrian Pearl zum ersten Mal begegnet war, auf den Boden. Hadrian schlüpfte in sein Hemd, nahm einen Eimer, drehte ihn um und setzte sich Theron gegenüber.

»Kämpfen erfordert wie alles andere Übung. Wenn man jemandem bei einer Tätigkeit zusieht, die er beherrscht, sieht alles ganz leicht aus. Was man nicht sieht, ist die jahrelange Übung, durch die der Betreffende es zur Meisterschaft gebracht hat. Du könntest ein Feld in einem Bruchteil der Zeit pflügen, die ich dafür bräuchte. Mit dem Schwertkampf ist es dasselbe. Übung gestattet einem, sofort und ohne Nachdenken auf Angriffe des Gegners zu reagieren oder diese sogar vorwegzunehmen. Man entwickelt ein Gespür dafür, was gleich geschehen wird, man weiß, was der Gegner tun wird, noch bevor er es tut. Ohne Übung muss man zu lange nachdenken. Im Kampf gegen einen überlegenen Gegner kann einen jedes noch so kleine Zögern das Leben kosten.«

»Mein Gegner ist eine Riesenschlange mit Flügeln«, sagte Theron.

»Die bereits über ein Dutzend Dorfbewohner getötet hat, also doch wohl ganz gewiss ein überlegener Gegner ist. Ohne Übung geht hier nichts. Stellt sich nur die Frage, was soll man üben?«

»Wie man ein Schwert führt, denke ich.«

»Richtig, aber das ist noch lange nicht alles. Wenn es nur darum ginge, mit einem Schwert zuzuschlagen, wäre jeder Mensch mit zwei Beinen und mindestens einem Arm ein Meister. Doch geht es um viel mehr. Zum einen muss man sich konzentrieren, was viel mehr bedeutet als dem Kampf aufmerksam zu folgen. Du dürftest nicht an Thrace denken, an deine Familie, an die Vergangenheit oder Zukunft, sondern ausschließlich an das, was du in diesem Moment tust. Das klingt vielleicht einfach, ist es aber nicht. Dazu kommt die richtige Atemtechnik.«

»Atemtechnik?«, fragte Theron misstrauisch.

»Ich weiß, wir atmen die ganze Zeit, aber manchmal atmen wir nicht oder nicht richtig. Bist du je erschrocken und hast dann festgestellt, dass du die Luft anhältst? Hast du je schneller geatmet, weil du nervös warst oder Angst hattest? Man kann dadurch sogar ohnmächtig werden. Glaub mir, wenn du einmal richtig kämpfst, wirst du Angst haben, und ohne die entsprechende Übung wirst du flach atmen oder die Luft anhalten. Luftmangel schwächt dich und beeinträchtigt dein Denkvermögen. Du wirst müde und langsam, was im Kampf natürlich nicht geht.«

»Wie atmet man also richtig?«, fragte Theron immer noch ein wenig ungläubig.

»Du musst tief und langsam atmen, schon bevor die Anstrengung dich dazu zwingt. Anfangs erfordert das eine bewusste Willensanstrengung, die widersinnig, ja störend erscheinen mag. Doch mit der Zeit geht es einem in Fleisch und Blut über. Man sollte auch bedenken, dass man beim Ausatmen am meisten Kraft zum Zuschlagen hat und auch besser trifft. Manchmal hilft auch ein Schrei oder Gebrüll. Auch das werden wir üben. Ich will dich schreien hören, wenn du zuschlägst. Später brauchst du das nicht mehr, obwohl es nützlich sein kann, wenn man den Gegner erschrecken will.« Hadrian machte eine kurze Pause, und Theron sah, dass ein kaum merkliches Lächeln um seine Lippen spielte.

»Dazu käme das Gleichgewicht, womit keineswegs nur das Nicht-Umfallen gemeint ist. Leider haben wir Menschen nur zwei Beine, also nur zwei Punkte, die uns stützen. Wer ein Bein hebt, macht sich verletzbar. Also sollte man immer fest mit beiden Beinen auf dem Boden stehen. Man kann sich trotzdem bewegen, aber man hebt die Füße nicht an, sondern schiebt sie mehr über den Boden. Außerdem sollte man das Gewicht nach vorn verlagern, die Knie leicht anwinkeln und mehr auf den Fußballen stehen als auf den Fersen. Die Füße unmittelbar nebeneinander zu stellen erschwert es ebenfalls, das Gleichgewicht zu halten, man sollte deshalb einen etwa schulterbreiten Abstand wählen.

Entscheidend ist außerdem die richtige Zeiteinteilung. Ich

sage dir gleich, du wirst damit am Anfang große Schwierigkeiten haben, man lernt das erst durch Erfahrung. Du hast gestern selbst bemerkt, wie verhängnisvoll es ist, zuzuschlagen und nicht zu treffen. Die richtige Zeiteinteilung ermöglicht dir, den Gegner zu treffen und ihm darüber hinaus auch Schaden zuzufügen. Du wirst lernen, bestimmte Bewegungsabläufe zu erkennen und abzuschätzen, wann der andere sich eine Blöße gibt. Wer die Bewegungen seines Gegners aufmerksam verfolgt, kann häufig seinen Angriff voraussagen – man erkennt ihn etwa an der Stellung seiner Füße, seinem Blick, einem verräterischen Senken der Schultern oder der Anspannung eines Muskels.«

»Aber ich kämpfe ja nicht gegen einen Menschen«, fiel Theron ihm ins Wort. »Die Schlange hat gar keine Schultern.«

»Auch Tiere kündigen an, was sie gleich tun werden. Sie machen einen Buckel, ducken sich oder verlagern das Gewicht, genau wie Menschen. Solche Signale fallen nicht unbedingt ins Auge. Erfahrene Kämpfer versuchen meist, ihre Absicht zu verschleiern oder, schlimmer noch, ihren Gegner bewusst in die Irre zu führen. Sie wollen ihn verwirren, ihn aus dem Konzept bringen, bis er sich eine Blöße gibt. Umgekehrt willst natürlich auch du deinen Gegner täuschen. Gelingt es dir, fällt dein Gegner auf die vorgetäuschte Bewegung herein und übersieht den eigentlichen Angriff. Das Resultat wäre – in deinem Fall – eine geköpfte Schlange.

Und noch ein Letztes musst du lernen, das Schwierigste überhaupt, denn man kann es nicht lehren und kaum in Worte fassen: dass nämlich der eigentliche Kampf, die Schlacht, sich weniger in deinen Händen und Füßen abspielt als vielmehr in deinem Kopf. Man muss, noch bevor man anfängt zu kämpfen, schon wissen, dass man siegen wird. Felsenfest muss man davon überzeugt sein, mit allen Sinnen daran glauben.

Man braucht also Selbstvertrauen, darf aber auch nicht zu selbstsicher sein. Man muss flexibel sein, sich blitzschnell anpassen, und darf nie aufgeben. Sonst ist alles umsonst. Wer nicht an seinen Sieg glaubt, der macht sich zur Beute von Angst und Zaudern und unterliegt. Jetzt holen wir uns zwei dicke Stöcke und dann werden wir sehen, wie gut du aufgepasst hast.«

***

Am Abend wurden die Feuer angezündet, und alle zogen sich in das Haupthaus oder den Keller der Räucherkammer zurück. Nur Royce und Hadrian gingen nach draußen, blieben aber im schützenden Eingang der Räucherkammer stehen und beobachteten von dort im Schein der Flammen die Nacht.

»Wie geht es Thrace?«, fragte Royce, den Blick zum Himmel gerichtet.

»Ausgezeichnet, wenn man bedenkt, dass sie mit dem Kopf einen dicken Ast von einem Baum abgebrochen hat.« Hadrian setzte sich auf ein Fass und nagte die letzten Fleischreste von einem Hammelknochen. »Wie ich höre, ist sie sogar schon aufgestanden und wollte bei den Essensvorbereitungen helfen.« Er schüttelte den Kopf und lächelte. »Sie ist schon eine starke Persönlichkeit, diese Thrace. Wer hätte das gedacht, als sie da in Colnora unter dem Triumphbogen lag? Sie ist zäh. Aber der Alte hat sich verändert. Er meint, in ein, zwei Tagen, sobald Thrace reisen kann, wollen sie von hier verschwinden.«

»Dann sind wir also arbeitslos?«, fragte Royce in gespielter Enttäuschung.

»Warum, hast du den Zugang zur Festung schon gefunden?« Hadrian warf den Knochen weg und wischte sich die Hände an seiner Weste ab.

»Überhaupt nicht. Ich habe keine Ahnung, wie man rüberkommt.«

»Tunnel?«

»Dachte ich auch, aber ich habe den Wald und die Felsen Zoll für Zoll abgesucht und da ist nichts. Keine Höhle, keine Vertiefung, nichts, das auf einen versteckten Tunnel hinweist. Ich bin mit meiner Weisheit am Ende.«

»Und Esra? Hat er keine Idee?«

»Vielleicht, aber er weicht mir aus und verheimlicht mir etwas. Er will unbedingt in diesen Turm, verrät aber nicht, warum, und antwortet auch nicht auf entsprechende Fragen. Er hat hier vor Jahren etwas erlebt, über das er nicht reden will. Vielleicht wird er ja morgen gesprächiger, wenn ich ihm eröffne, dass die Woods unsere Dienste nicht mehr brauchen und ich deshalb auch keine weiteren Versuche machen werde.«

»Glaubst du nicht, er durchschaut das?«

»Durchschaut was? Nein wirklich, ich versuche es morgen noch einmal, und wenn ich nichts finde, reisen wir mit Theron und Thrace ab.«

Hadrian schwieg.

»Was ist?«, fragte Royce.

»Ich lasse die Bauern einfach ungern im Stich. Ich meine jetzt, wo das Blatt sich allmählich wendet.«

»Das ist wieder typisch für dich. Die hoffnungslosen Fälle lassen dich nicht los …«

»Ich darf dich daran erinnern, dass es deine Idee war, hierher zu kommen. Ich wollte den Auftrag ablehnen.«

»Also gut, an einem Tag kann viel passieren. Vielleicht finde ich den Zugang ja morgen.«

Hadrian ging ein paar Schritte vor die Tür und sah sich um. »Die Frösche quaken und die Grillen zirpen. Sieht aus, als bekämen wir heute Nacht keinen Besuch von unserem Freund. Vielleicht hat er sich an Esrahaddons Feuer die Flügel verbrannt und speist heute Abend lieber Wild.«

»Das Feuer wird ihn nicht ewig abhalten«, erwiderte Royce. »Laut Esrahaddon hat es ihn nur verwirrt, nicht verletzt – offenbar hat helles Licht diese Wirkung auf ihn. Nur das Schwert im Turm kann ihn töten. Er kommt wieder.«

»Dann sollten wir seine Abwesenheit nützen und uns zeitig schlafen legen.«

Hadrian stieg in den Keller hinunter und überließ Royce der Betrachtung des Nachthimmels und der vor den Sternen aufziehenden Wolken. Der Wind blies unvermindert stark. Die Bäume bogen sich und die Feuer flackerten. Hadrian konnte es förmlich riechen: Veränderung lag in der Luft.

8

Sagen und Legenden

Royce stand im ersten Licht der Morgendämmerung am Ufer des Flusses und ließ Steine über das Wasser in Richtung der Festung hüpfen. Kein Stein kam allerdings über einen Hüpfer hinaus, dann verschlang ihn die reißende Strömung. Royce hatte zuletzt überlegt, ob er die Festung per Boot ansteuern sollte. Er könnte ein Stück weiter flussaufwärts losfahren und darauf hoffen, dass er den Felsen erreichte, bevor die Strömung ihn den Wasserfall hinunterriss. Zwar war vom Ufer aus keine Landestelle zu erkennen, aber wenn er die Strömung richtig berechnete, trieb es ihn vielleicht gegen den Felsen. Das Boot würde dabei wahrscheinlich zerschmettert oder unter Wasser gedrückt, aber er könnte sich vielleicht davor auf den Felsen retten. Das Problem war nur, dass er, selbst wenn ihm das gelänge, nicht mehr zurückkäme.

Er drehte sich um und sah den Zauberer am Ufer näherkommen. Vielleicht wollte Esrahaddon ihn im Auge behalten oder jedenfalls zur Stelle sein, falls er einen Zugang entdeckte.

»Guten Morgen«, sagte der Zauberer. »Heute schon eine Erleuchtung gehabt?«

»Nur eine. Die Festung ist unerreichbar.«

Esrahaddon sah ihn enttäuscht an.

»Ich bin alle Möglichkeiten durchgegangen, die mir einfallen. Außerdem werden Theron und Thrace Dahlgren demnächst verlassen, es gibt also keinen Grund, warum ich mir weiterhin den Kopf an diesem Turm einrennen sollte.«

»So«, murmelte Esrahaddon und starrte ihn unverwandt an. »Und das Schicksal des Dorfes?«

»Ist nicht mein Problem. Es dürfte dieses Dorf gar nicht geben, schon vergessen? Es verstößt gegen den Vertrag. Am besten, die Bewohner verlassen es.«

»Aber wenn wir es aufgeben, könnten die Elben das als Zeichen der Schwäche auslegen und uns überfallen.«

»Und wenn es bleibt, ist das Vertragsbruch und sie könnten dasselbe tun. Aber ich trage zum Glück keine Krone, ich bin weder der Imperator noch ein König, deshalb geht mich das alles nichts an.«

»Ihr wollt einfach abreisen?«

»Gibt es einen Grund zum Bleiben?«

Der Zauberer hob die Augenbrauen und sah den Dieb lange an. »Was verlangt Ihr?«, fragte er schließlich.

»Heißt das jetzt, *Ihr* wollt mich bezahlen?«

»Wir wissen beide, dass ich kein Geld habe, aber Ihr wollt etwas von mir. Was?«

»Die Wahrheit. Hinter was seid Ihr her? Was ist hier vor neunhundert Jahren geschehen?«

Der Zauberer betrachtete Royce prüfend, dann blickte er auf seine Füße. Schließlich nickte er. Er ging zu einer umgestürzten Buche, setzte sich darauf und blickte suchend über das Wasser und die Gischt – offenbar ohne zu sehen, was er suchte.

»Ich war das jüngste Mitglied der Cenzar. Wir waren ein Rat von Zauberern, der dem Imperator persönlich zuarbeitete.

Die größten Zauberer aller Zeiten gehörten ihm an. Daneben gab es die Teshlor-Ritter, eine Vereinigung der berühmtesten Ritter des Imperators. Traditionsgemäß diente je ein Vertreter dieser Gremien dem Sohn und Erben des Imperators als Lehrer und Leibwächter. Bei den Cenzar fiel diese Aufgabe mir als dem Jüngsten zu, bei den Teshlor wurde Jerish Grelad ausgewählt. Jerish und ich kamen nicht gut miteinander aus. Er misstraute den Zauberern wie die meisten Teshlor-Ritter, ich verachtete ihn und seine gewalttätige, rohe Art.

Doch Nevrik brachte uns zusammen. Er war wie sein Vater Imperator Nareion eine Ausnahmeerscheinung, und es bedeutete eine Ehre, ihn zu unterrichten. Ich machte ihn mit überliefertem Wissen, Büchern und der Magie bekannt, Jerish mit den Künsten des Kampfes und der Kriegführung. Obwohl ich nach wie vor meinte, selbst zu kämpfen sei unter der Würde des Imperators und seines Sohnes, musste ich anerkennen, dass Jerish Nevrik genauso hingebungsvoll diente wie ich. In unserer Sorge für ihn trafen wir uns. Als der Imperator beschloss, mit der Tradition zu brechen und mit seinem Sohn hierher nach Avempartha zu reisen, begleiteten wir die beiden.«

»Mit der Tradition zu brechen?«

»Seit Jahrhunderten hatte kein Imperator mehr persönlich mit den Elben gesprochen.«

»Es gab nach dem Krieg keine Tributzahlungen oder Ähnliches?«

»Nein, am Nidwalden endete jeder Kontakt. Entsprechend aufgeregt waren wir. Im Grunde wusste niemand, was wir zu erwarten hatten. Ich selbst wusste über Avempartha nur, dass es Austragungsort der letzten Schlacht der Großen Elbenkriege gewesen war. Während der Imperator sich in der Festung mit einigen hohen Beamten aus Erivan traf, versuchten

Jerish und ich Nevrik zu unterrichten, allerdings ohne großen Erfolg. Mit dem Anblick des Wasserfalls und der Elbenfestung konnten wir bei dem Zwölfjährigen nicht konkurrieren.

Es war gegen Abend und schon fast dunkel. Nevrik hatte uns den ganzen Tag nach Dingen der Elben gefragt, die ihm aufgefallen waren, und sich diebisch gefreut, wenn weder Jerish noch ich sie benennen konnten. Zum Beispiel hingen Elbenkleider zum Trocknen in der Sonne, die aus einem uns unbekannten schillernden Material bestanden. Es handelte sich um die erste Begegnung von Menschen mit Elben seit Jahrhunderten, was für uns Lehrer natürlich einen Nachteil bedeutete. Nevrik hatte seine helle Freude daran, uns in die Enge zu treiben. Als er nach dem Wesen fragte, das er auf die Festung zufliegen sah, glaubte ich zunächst, er meinte einen Vogel oder eine Fledermaus. Doch er sagte, dazu sei es zu groß, es ähnele mehr einer Schlange. Dann sagte er noch, das Tier sei durch eines der hohen Fenster der Festung verschwunden. Er war sich seiner Sache so sicher, dass wir nach drinnen zurückkehrten. Wir wollten gerade die Haupttreppe hinaufsteigen, da hörten wir die Schreie.

Es klang, als sei über uns ein Kampf ausgebrochen. Die Leibwache des Imperators – eine Abteilung von Teshlor-Rittern – kämpfte gegen den Gilarabrywn und beschützte den Imperator auf der Flucht nach unten. Auch Gruppen von Elben stellten sich dem Ungeheuer entgegen und starben, um den Imperator zu schützen.«

»Elben?«

Esrahaddon nickte. »Ich war selbst erstaunt. Die ganze Szene steht mir noch heute, nach tausend Jahren, lebhaft vor Augen. Doch was die Ritter und Elben auch taten, sie konnten das Ungeheuer nicht aufhalten, das fest entschlossen schien, den Imperator zu töten. Ein furchtbares Gemetzel folgte. Ritter stürzten die Treppe hinunter und starben auf den nassen Stufen, den Elben erging es nicht anders. Der Imperator befahl uns, Nevrik in Sicherheit zu bringen.

Jerish zerrte den Jungen nach draußen, obwohl er strampelte und schrie. Ich aber zögerte, denn ich begriff, dass die fliegende Bestie, wenn sie nach draußen gelangte, die Flüchtenden schnell einholen und töten würde. Mit Magie war ihr nicht beizukommen. Sie war selbst ein Produkt der Magie, und solange ich nicht wusste, wie ich den Zauber lösen konnte, konnte ich ihn nicht verändern. Doch dann hatte ich eine Idee. Sobald der Imperator nach draußen geeilt war, sprach ich einen Bindezauber, nicht über das Tier, sondern über die Festung, und sperrte den Gilarabrywn damit in der Festung ein. Die Ritter und Elben, die sich noch drinnen aufhielten, starben, aber das Ungeheuer saß in der Falle.«

»Woher kam es? Warum hat es die Festung überfallen?«

Esrahaddon zuckte die Achseln. »Die Elben erklärten nachdrücklich, sie wüssten es nicht. Nach den Kriegen sei ein Gilarabrywn vermisst gewesen, sie hätten aber geglaubt, er sei umgekommen. Wir erfuhren von einer wachsenden militanten Bewegung innerhalb des Elbenreiches, die einen neuen Krieg vom Zaun brechen wolle und vermutlich für das Attentat verantwortlich sei. Die Elbenfürsten entschuldigten sich und sicherten uns eine gründliche Untersuchung zu. Der Imperator hielt es für unklug, Vergeltung zu üben oder auch nur öffentlich über den Vorfall zu sprechen, und kehrte ohne weitere Maßnahmen nach Hause zurück.«

»Und was hat es mit diesem Schwert auf sich?«

»Ein Gilarabrywn entsteht durch einen Zauber. Er ist ein starkes magisches Wesen mit einem eigenen Leben unabhängig vom Leben seines Schöpfers. Aber er lebt nicht im eigentlichen Sinn des Wortes und kann sich nicht fortpflanzen, altern oder Freude empfinden. Genauso wenig kann er sterben. Dafür kann man ihn auflösen. Kein Zauber ist vollkommen, immer gibt es eine Naht, an der man ihn auftrennen kann. Im Fall des Gilarabrywn ist die Naht sein Name. Zusammen mit einem Gilarabrywn wird immer auch ein Gegenstand geschaffen, ein Schwert, in das sein Name eingraviert ist. Damit kontrolliert man ihn und vernichtet ihn notfalls. Am Ende des Krieges wurden den Elben zufolge alle Schwerter der Gilarabrywn auf Geheiß Novrons in die Elbenfestung gebracht. Zu jedem Schwert gab es damals einen Gilarabrywn, und mit einer Ausnahme hatten alle Schwerter eine Einkerbung zum Zeichen dafür, dass das zugehörige Ungeheuer nicht mehr existierte.«

Royce stand auf und vertrat sich die Beine. »Dann haben die Elbenfürsten also einen Gilarabrywn zurückbehalten, nur für den Fall. Oder diese militante Gruppe hat einen versteckt, um damit Unruhe zu stiften. Die Elbenfürsten behaupten, alle Schwerter seien in der Festung. Vielleicht stimmt das, vielleicht aber auch nicht, und sie wollen nur …«

»Es stimmt«, fiel Esrahaddon ihm ins Wort.

»Ihr habt sie gesehen?«

»Man hat uns bei unserer Ankunft durch die Festung geführt. Unter dem Dach wurde eine Art Gedenkstätte des Krieges eingerichtet. Dort sind die Schwerter ausgestellt.«

»Also gut, unser Schwert ist dort, aber Ihr wollt nicht deshalb in die Festung eindringen. Ihr seid nicht hier, um Dahlgren zu retten. Was ist der wahre Grund?«

»Ihr habt mich nicht ausreden lassen.« Esrahaddon klang wie der weise Lehrer, der seinem Schüler zu verstehen gibt, dass er Geduld haben muss. »Der Imperator kehrte in dem Glauben heim, einen Krieg mit den Elben verhindert zu haben, doch zu Hause erwartete ihn ein Anschlag. In unserer

Abwesenheit hatte die Kirche unter Führung des Patriarchen Venlin seine Ermordung geplant. Der Anschlag erfolgte auf der Palasttreppe während einer Feier zum Jahrestag der Imperiumsgründung. Jerish und ich konnten mit Nevrik entkommen. Viele Cenzar und Teshlor-Ritter waren in die Verschwörung der Kirche verstrickt, wie ich wusste, und sie hätten uns gefunden. Deshalb mussten wir uns etwas ausdenken – wir versteckten Nevrik, und ich stellte zwei Amulette her. Eines gab ich Nevrik, das andere Jerish. Mit ihrer Hilfe konnten sie sich den hellseherischen Blicken entziehen, mit denen die Cenzar sie gewiss suchen würden. Ich dagegen würde sie finden. Dann schickte ich sie fort.«

»Und Ihr?«, fragte Royce.

»Ich blieb. Um den Imperator zu retten.« Esrahaddon schwieg. In seine Augen war ein abwesender Blick getreten. »Was nicht gelang.«

»Und was wurde aus dem Thronfolger?«

»Woher soll ich das wissen? Ich kam für neunhundert Jahre ins Gefängnis. Glaubt Ihr, er hat mir geschrieben? Jerish sollte sich mit ihm verstecken.« Esrahaddon gestattete sich ein grimmiges Lächeln. »Wir glaubten beide, in ein, zwei Monaten wäre alles vorbei.«

»Ihr wisst also nicht einmal, ob es überhaupt noch einen Erben gibt?«

»Ich bin ziemlich überzeugt, dass die Kirche Nevrik nicht getötet hat, sonst hätten sie anschließend auch mich umgebracht. Aber ich weiß nicht, was aus Jerish und Nevrik geworden ist. Wenn jemand Nevrik retten konnte, dann Jerish. Er war trotz seines Alters einer der besten Ritter des Imperators. Dass der Imperator ihm seinen Sohn anvertraute, beweist das. Jerish beherrschte wie alle Teshlor-Ritter sämtliche Kampftechniken, und es gab damals niemanden, der ihn im

Kampf besiegt hätte. Außerdem wäre er eher gestorben, als Nevrik auszuliefern. Jetzt sind sie natürlich beide tot, dafür hat schon die Zeit gesorgt. Dasselbe gilt für ihre Ur-Urenkel, wenn sie welche gehabt haben. Jerish wusste bestimmt, wie wichtig es war, die Linie fortzusetzen. Er hätte sich mit Nevrik an einem ruhigen Ort niedergelassen und ihn ermutigt, zu heiraten und Kinder zu zeugen.«

»Und auf Euch zu warten?«

»Wie bitte?«

»So war es doch geplant, nicht wahr? Die beiden fliehen und verstecken sich, Ihr bleibt zurück und gebt Bescheid, wenn die Luft rein ist.«

»So ähnlich.«

»Also hattet Ihr die Möglichkeit, Kontakt zu ihnen aufzunehmen und den Thronerben ausfindig zu machen? Bestimmt mit Hilfe der Amulette.«

»Vor neunhundert Jahre hätte ich diese Frage bejaht, aber die Nachfahren der beiden heute noch finden zu wollen, ist wahrscheinlich abwegig. Die Zeit zerstört so vieles.«

»Aber Ihr versucht es trotzdem.«

»Was sollte ein rechtloser Krüppel sonst tun?«

»Verratet Ihr mir, wie Ihr sie zu finden gedenkt?«

»Das kann ich nicht. Ich habe Euch schon mehr gesagt, als ich durfte. Der Erbe hat viele Feinde. Ihr seid mir ans Herz gewachsen, aber dieses Geheimnis bleibt bei mir. Das bin ich Jerish und Nevrik schuldig.«

»Aber etwas in dieser Festung hat damit zu tun. Deshalb wollt Ihr dort rein.« Royce überlegte kurz. »Ihr habt die Festung versiegelt, kurz bevor Ihr eingesperrt wurdet. Da der Gilarabrywn erst vor kurzem freikam, könnt Ihr davon ausgehen, dass das Innere der Festung seither unverändert geblieben ist. Sie ist als einziger Ort noch genauso wie damals. Ihr habt dort an jenem Tag etwas gesehen oder zurückgelassen – und das braucht Ihr jetzt, um den Erben zu finden.«

»Wirklich ein Jammer, dass Ihr Euch bei der Suche nach einem Zugang zur Festung nicht genauso geschickt anstellt.«

»Apropos«, sagte Royce, »Ihr meintet, der Imperator hätte sich dort mit den Elben getroffen. Die Elben dürfen dieses Ufer nicht betreten, richtig?«

»Richtig.«

»Und es führte auf ihrer Seite keine Brücke über den Fluss?«

»Auch richtig.«

»Aber Ihr habt nicht gesehen, wie sie die Festung betreten haben?«

»Nein.«

Royce dachte nach. »Warum war die Treppe nass?«

Esrahaddon sah ihn verwirrt an. »Wie bitte?«

»Ihr sagtet vorhin, die Ritter, die gegen den Gilarabrywn kämpften, seien auf den nassen Stufen gestorben. Nass vom Blut?«

»Nein, vom Wasser, glaube ich. Ich erinnere mich, dass die Stufen schon beim Hinaufsteigen nass waren. Sie waren so glitschig, dass ich fast ausgerutscht wäre. Einige Ritter fielen tatsächlich hin, deshalb erinnere ich mich daran.«

»Und Ihr sagtet, die Elben hätten Kleider zum Trocknen aufgehängt?«

Esrahaddon schüttelte den Kopf. »Ich weiß, worauf Ihr hinauswollt, aber nicht einmal ein Elbe kann zur Festung schwimmen.«

»Mag sein, aber warum waren sie dann nass? War es ein heißer Tag? Haben sie sich im Wasser abgekühlt?«

Esrahaddon hob ungläubig die Augenbrauen. »In diesem Fluss? Nein, es war Anfang Frühling und noch kalt.«

»Wie sind sie dann nass geworden?«

Royce hörte hinter sich ein leises Geräusch. Er wollte sich schon umdrehen, hielt aber inne.

»Wir sind nicht allein«, raunte er.

***

»Wenn du einen Schritt nach vorne machst, benutze dazu das Bein auf der Seite deiner Schwerthand«, erklärte Hadrian. »Damit verlängerst du deine Reichweite und hast einen besseren Stand.« Theron und er waren früh aufgestanden und zum Brunnen zurückgegangen. Jetzt zeigte er Theron mit zwei provisorischen Schwertern, die sie aus Harkenstielen gemacht hatten, einige grundlegende Übungen. Der Alte stellte sich wider Erwarten geschickt an und bewegte sich trotz seiner Größe geschmeidig. Sie hatten einige grundlegende Paraden, Konter, Angriffe, Schläge und Ausfallschritte durchgenommen und arbeiteten jetzt an einem Bewegungsablauf, der sich aus Täuschungsmanöver, Parade und Konter zusammensetzte.

»Die Schläge müssen ohne Pause aufeinanderfolgen«, sagte Hadrian. »Am wichtigsten sind Schnelligkeit, Schlagkraft und Irreführung. Und alle Bewegungen sollten möglichst einfach sein.«

»Hör ihm gut zu. Wenn jemand den Stockkampf beherrscht, dann Hadrian.«

Hadrian und Theron drehten sich um. Zwei Reiter trabten über den Dorfplatz. Sie führten mit Stangen und Planen beladene Packpferde mit sich und waren noch jung, kaum älter als Thrace, aber wie Fürsten prächtig in Strumpfhose und Wams mit Rüschen und Spitzenbesatz gekleidet.

»Mauvin!«, rief Hadrian entgeistert. »Fanen?«

»Krieg dich wieder ein.« Mauvin gab seinem Pferd die Zügel frei und es begann zu grasen.

»Das ist im Moment wirklich etwas viel verlangt. Was habt Ihr beide in Maribors Namen hier zu suchen?«

In diesem Moment tauchte ein Zug von Musikern, Herolden, Rittern, Fuhrwerken und Kutschen aus dem Wald auf. An seiner Spitze marschierten Bannerträger mit langen, rotgoldenen Fahnen, die in der Morgensonne leuchteten, gefolgt von den federgeschmückten Gardisten der Nyphronkirche.

Hastig wichen Hadrian und Theron an den Rand der Lichtung zurück. Prächtig herausgeputzte Hengste und weiße, goldbeschlagene Kutschen zogen an ihnen vorüber. Neben gutgekleideten Geistlichen marschierten Soldaten in Kettenhemden und Ritter mit Knappen, die Packpferde am Zügel führten, beladen mit blitzenden Rüstungen. Einige Adlige, denen Standarten vorausgetragen wurden, kamen aus fernen Ländern wie Calis und Trent. Aber auch das gemeine Volk war vertreten, rauhe Gesellen mit breiten Schwertern und vernarbten Gesichtern, Mönche in zerknitterten Kutten und Waldbewohner mit langen Bögen und grünen Kapuzen. Hadrian musste bei dem bunt zusammengewürfelten Haufen unwillkürlich an einen Zirkus denken, den er einmal besucht hatte, obwohl der Zug einen weitaus grimmigeren und ernsteren Anblick bot und mit einem Jahrmarkt nichts gemein hatte. Die Nachhut bildeten sechs in Schwarz und Rot gekleidete Reiter mit dem Emblem einer zerbrochenen Krone auf der Brust. An ihrer Spitze ritt ein dünner Mann mit langen schwarzen Haaren und einem gestutzten Bart.

»Man hat also endlich beschlossen, dass hier etwas getan werden muss«, sagte Hadrian. »Ich bin beeindruckt, welchen Aufwand die Kirche betreibt, um ein kleines, abgelegenes Dorf zu retten, das sogar seinem eigenen König egal ist. Das erklärt allerdings immer noch nicht die Anwesenheit von Euch beiden.«

»Ich bin gekränkt.« Mauvin verzog wie in tiefstem Schmerz das Gesicht. »Zugegeben, ich bin nur hier, um Fanen zu helfen, aber vielleicht lockt es mich ja auch. Natürlich, wenn du teilnimmst, sieht es so aus, als hätten wir uns die Reise sparen können.«

Theron wandte sich an Hadrian. »Was sind das für Leute?«, fragte er leise. »Und wovon reden sie?«

»Ach, entschuldige – das sind Mauvin und Fanen Pickering, die Söhne von Graf Pickering von Galilin in Melengar, die sich offenbar verirrt haben. Mauvin, Fanen, das ist Theron Wood, seines Zeichens Bauer.«

»Und er bezahlt dich dafür, dass du ihn unterrichtest? Originelle Idee. Aber wie habt ihr beide es geschafft, vor uns hier zu sein? Ich habe euch in keinem Lager gesehen. Aber was sage ich. Für Royce und dich war es bestimmt ein Kinderspiel, den Austragungsort des Turniers in Erfahrung zu bringen.«

»Des Turniers?«

»Wahrscheinlich war Royce unter dem Schreibtisch des Erzbischofs versteckt, als der die Regeln ausgetüftelt hat. Kämpfen wir mit Schwertern? Dann hätte Fanen eine echte Chance. Wenn es dagegen eher traditionell zugeht, hm …« Er warf seinem Bruder einen Blick zu, der verdrossen vor sich hinstarrte. »Mit einer Lanze kommt er nicht so gut zurecht. Kennst du die Regeln für die Vorausscheidungen? Ich kann mir nicht vorstellen, dass sie den Adel gegen das gemeine Volk antreten lassen, Fanen wird also nicht gegen dich kämpfen und …«

»Ihr seid nicht hier, um den Gilarabrywn zu töten? Heißt das, der Grund für diesen ganzen Aufmarsch ist ein albernes Turnier?«

»Gilarabrywn? Was soll das sein? So was wie Oswald der Bär? Von dem habe ich auf dem Weg durch Dunmore gehört.

Hat wohl jahrelang die Dörfer terrorisiert, bis der König ihn mit einem einfachen Dolch abgemurkst hat.«

Die Kolonne zog ohne anzuhalten an ihnen vorbei und zur Burg weiter. Eine Kutsche fuhr unmittelbar hinter dem Brunnen seitlich heraus und hielt. Eine junge, vornehm gekleidete Frau entstieg ihr und rannte auf Hadrian und die anderen zu. Den Saum ihres Kleides hielt sie hoch, damit er nicht durch den Schmutz schleifte.

»Hadrian!«, rief sie und lächelte strahlend.

Hadrian verbeugte sich, Theron ebenfalls.

»Ist das dein Vater, Hadrian?«

»Nein, Hoheit. Darf ich Euch Theron Wood von Dahlgren vorstellen? Theron, das ist Ihre Königliche Hoheit Prinzessin Arista von Melengar.«

Theron starrte Hadrian wie vom Donner gerührt an. »Du kommst wirklich ganz schön herum.«

Hadrian lächelte verlegen und zuckte die Achseln.

* * *

»Tag, Arista«, sagte Fanen. »Stell dir vor, Hadrian meint, wir müssten bei dem Turnier ein wildes Tier töten.«

»Das habe ich nicht gesagt.«

»Was mir gut passt, denn wenn Hadrian mitmacht, hätte ich wahrscheinlich sowieso keine Chance gehabt. Aber eine Jagd ist etwas ganz anderes. Dabei entscheidet oft das Glück.«

»Tatsächlich?« Arista lachte. »Wie viele Turniere mit wilden Tieren hast du schon bestritten, Fanen?«

»Ach komm! Du weißt genau, was ich meine. Manchmal ist man eben zur richtigen Zeit am richtigen Ort.«

Mauvin zuckte die Achseln. »Klingt nicht, als sei das was für Adlige. Wenn es wirklich stimmt, bin ich enttäuscht. Wehrlose Tiere abzuschlachten geziemt sich nicht für einen Pickering.«

»Weißt du vielleicht auch, was man gewinnen kann?«, fragte Fanen. »Für dieses Turnier wurde überall geworben, auf jedem Platz, in jeder Kirche und in jeder Kaschemme von ganz Avryn, deshalb muss der Preis ziemlich ansehnlich sein. Ist es nur ein goldener Pokal oder vielleicht Land? Ich hoffe, dadurch zu Grundbesitz zu kommen. Mauvin erbt den Titel unseres Vaters, aber ich muss selbst für mich sorgen. Was ist das überhaupt für ein Tier? Ein Bär? Ist es groß? Hast du es gesehen?«

Hadrian und Theron wechselten einen fassungslosen Blick.

»Was denn?«, fragte Fanen. »Hat schon jemand es getötet?«

»Nein«, erwiderte Hadrian, »das nicht.«

»Na prima.«

»Hoheit!«, rief die Stimme einer Frau aus der Kutsche, die am Wegrand wartete. »Wir müssen weiter – der Erzbischof ist bestimmt schon ungeduldig.«

»Tut mir leid«, sagte Arista zu Hadrian, »ich muss gehen. War schön, dich wiederzusehen.« Sie winkte und eilte zu ihrer Kutsche zurück.

»Wir sollten auch los«, meinte Mauvin. »Wir wollen Fanens Namen möglichst weit oben auf der Teilnehmerliste eintragen.«

»Halt«, sagte Hadrian. »Macht lieber nicht mit.«

»Was?«, riefen die beiden wie aus einem Munde.

»Dafür sind wir nicht tagelang geritten«, rief Fanen.

»Folgt meinem Rat. Dreht sofort um und kehrt nach Hause zurück. Nehmt Arista mit und alle, die Ihr überzeugen könnt. Wenn im Rahmen dieses Turniers der Gilarabrywn getötet werden soll, tragt Euch nicht in die Liste ein. Gegen den wollt Ihr gar nicht kämpfen, im Ernst. Ihr wisst nicht, auf was Ihr Euch da einlasst. Wenn Ihr gegen dieses Ungeheuer antretet, wird es Euch töten.«

»Aber du traust dir zu, es zu bezwingen?«

»Ich bin nicht deswegen hier. Wir haben nur einen Auftrag für Therons Tochter ausgeführt und werden demnächst wieder abreisen.«

»Royce ist auch hier?« Fanen sah sich suchend um.

»Kehrt um. Euer Vater wird es Euch danken.«

Mauvin runzelte die Stirn. »Wenn du jemand anders wärst, fände ich deinen Ton unverschämt. Ich würde dich vielleicht sogar einen Feigling und Lügner nennen, wüsste ich nicht, dass du weder das eine noch das andere bist.« Er seufzte und rieb sich nachdenklich das Kinn. »Aber wir waren wirklich so lange unterwegs, dass wir jetzt nicht einfach umkehren können. Ihr wolltet demnächst abreisen? Wann denn?«

Hadrian sah Theron fragend an.

»So in zwei Tagen«, sagte der Alte. »Zuerst muss Thrace wieder bei Kräften sein.«

»Dann bleiben wir auch noch so lange und hören uns selbst um. Wenn sich herausstellt, dass es so ist, wie du sagst, reisen wir mit euch ab. Einverstanden, Fanen?«

»Warum gehst nicht du und ich bleibe? Schließlich soll ich doch am Turnier teilnehmen.«

»Niemand kann dieses Ungeheuer töten, Fanen«, erklärte Hadrian. »Hört zu, ich bin seit drei Tagen hier. Ich habe es gesehen und weiß, was es anrichten kann. Können oder Mut nützen in diesem Fall nichts. Ihr könnt ihm mit Eurem Schwert nichts anhaben, genauso wenig wie die anderen. Gegen dieses Ungeheuer zu kämpfen wäre Selbstmord.«

»Ich entscheide jetzt noch nichts«, erklärte Fanen. »Wir wissen ja noch nicht einmal sicher, worum das Turnier geht. Ich trage mich noch nicht als Teilnehmer ein, kehre aber auch nicht nach Hause zurück.«

»Dann tut mir wenigstens einen Gefallen«, sagte Hadrian. »Bleibt nachts drinnen.«

***

Im Unterholz raschelte etwas.

Royce entfernte sich von Esrahaddon und ging zum Ufer, ohne in die Richtung des Geräusches zu blicken. Er kletterte von den Felsen zu der Senke am Fuß hinunter, schlüpfte dort in den Wald und arbeitete sich in einem Bogen zu der Stelle zurück, von der das Rascheln gekommen war. Dort war jemand, der nicht bemerkt werden wollte.

Er sah etwas orangefarben und blau durch die Blätter leuchten und hielt es zunächst für einen Vogel, einen Hüttensänger. Doch dann bewegte es sich. Für einen Vogel war es viel zu groß. Royce schlich näher und entdeckte einen hellbraunen, zu Zöpfen geflochtenen Bart, eine breite, flache Nase, eine blaue Lederweste, große schwarze Stiefel und ein leuchtend orangefarbenes Hemd mit Puffärmeln.

»Magnus!«, begrüßte er den Zwerg laut. Der Zwerg verlor vor Schreck das Gleichgewicht und purzelte aus dem Brombeergestrüpp, in dem er sich versteckt hatte. Anschließend kippte er von dem schmalen, grasbewachsenen Sims und plumpste unweit von Esrahaddon mit dem Rücken auf den nackten Felsen. Nach Luft schnappend blieb er liegen.

Royce sprang ihm hinterher und drückte ihm den Dolch an die Kehle.

»Du wirst von vielen Leuten gesucht«, sagte er drohend. »Und ich muss gestehen, dass ich auch zu ihnen gehöre. Ich wollte mich für die viele Hilfe bedanken, die du mir in Schloss Essendon geleistet hast.«

»Ist das etwa der Zwerg, der König Amrath von Melengar ermordet hat?«, fragte Esrahaddon.

»Er heißt Magnus, oder wenigstens hat Percy Braga ihn so genannt. Ein meisterhafter Fallenbauer und Steinmetz, stimmt's?«

»Das ist mein Beruf!«, protestierte der Zwerg außer Atem. »Ich bin Handwerker und lebe wie du von Aufträgen. Du kannst mir meine Arbeit nicht zum Vorwurf machen.«

»Deine Arbeit hätte mich fast das Leben gekostet«, erwiderte Royce. »Und du hast den König ermordet. Alric wird hocherfreut sein, wenn ich ihm sage, dass ich dich endlich unschädlich gemacht habe. Und wenn ich micht recht erinnere, ist ein Preis auf deinen Kopf ausgesetzt.«

»Halt, warte!«, rief Magnus. »Das war damals doch nicht persönlich gemeint. Willst du behaupten, du hättest noch nie jemanden für Geld getötet, Royce?«

Royce zögerte.

»Ich weiß, wer du bist«, fuhr der Zwerg fort. »Ich wollte wissen, wer mir auf die Schliche gekommen ist. Du hast früher für den Schwarzen Diamanten gearbeitet, aber nicht nur als Botenjunge. Ich habe auch nur meine Arbeit getan, sage ich dir. Politik, Braga und Essendon sind mir egal.«

»Er sagt vermutlich die Wahrheit«, meinte Esrahaddon. »Das Einzige, was die Zwerge an den Menschen interessiert, ist das Geld, das sie ihnen abnehmen können.«

»Siehst du, er versteht mich. Also lass mich jetzt laufen.«

»Ich habe nur davon gesprochen, dass Ihr die Wahrheit sagt, von laufenlassen war keine Rede. Im Gegenteil, jetzt, wo mir bewusst wird, dass Ihr unsere Gespräche belauscht habt, plädiere ich stark dafür, Euer Leben zu beenden. Wer weiß, was Ihr alles gehört habt.«

»Wie?«, rief der Zwerg ängstlich.

»Wenn Ihr ihm die Kehle durchgeschnitten habt, entsorgt die Leiche einfach hier.« Der Zauberer stand auf und blickte über die Klippe.

»Nein«, widersprach Royce, »ich werfe ihn lieber den Wasserfall hinunter. Er ist nicht besonders schwer, seine Leiche schwimmt wahrscheinlich bis zur Goblinsee.«

»Braucht Ihr seinen Kopf?«, fragte Esrahaddon. »Als Beweis für Alric?«

»Wäre natürlich schön, aber ich trage nicht eine ganze Woche lang einen abgeschlagenen Kopf mit mir herum, wenn ich im Wald unterwegs bin. Er würde sämtliche Fliegen im Umkreis von Meilen anziehen und schon nach wenigen Stunden anfangen zu stinken. Glaubt mir, ich spreche aus Erfahrung.«

Der Zwerg sah die beiden entsetzt an.

»Nein!«, schrie er in Panik, als Royce ihm den Dolch erneut an die Kehle setzte. »Nein! Ich kann euch helfen. Ich zeige euch, wie man zur Festung rüberkommt!«

Royce sah den Zauberer an, der seinen Blick skeptisch erwiderte.

»Um Dromes willen, ich bin ein Zwerg. Ich verstehe was von Steinen und Felsen und weiß, wo der Tunnel verläuft.«

Royce nahm den Dolch von seinem Hals.

»Lass mich leben und ich zeige ihn dir.« Der Zwerg drehte den Kopf und sah Esrahaddon an. »Und wenn ich etwas gehört habe: Was Zauberer und Menschen besprechen, ist mir vollkommen egal. Ich werde kein Wort davon verraten. Wenn Ihr die Zwerge kennt, wisst Ihr auch, dass wir bei Bedarf stumm wie Steine sein können.«

»Es gibt also einen Tunnel«, sagte Royce.

»Natürlich.«

»Bevor ich entscheide, was ich mit dir tue, eine Frage: Was hast du eigentlich hier zu suchen?«

»Ich war mit einem anderen Auftrag beschäftigt.«

»Und der wäre?«

»Nichts Schlimmes, ich sollte nur für jemanden ein Schwert anfertigen.«

»Hier draußen im Wald? Für wen denn?«

»Einen Grafen Rufus. Ich sollte es hier tun und er wollte mich hier treffen. Wirklich, das ist keine Falle.«

»Und wie kommt es, dass du noch lebst? Wie konntest du aus Melengar entkommen, ohne erwischt zu werden?«

»Mein Auftraggeber ist sehr mächtig.«

»Dieser Rufus?«

»Nein. Für ihn mache ich das Schwert, aber er hat es nicht in Auftrag gegeben.«

»Wer dann?«

Royce hörte Schritte. Jemand kam eilig auf dem Weg näher, womöglich die Komplizen des Zwergs. Rasch trat er hinter Magnus, packte ihn an den Haaren, zog seinen Kopf nach hinten und machte sich bereit, ihm die Kehle durchzuschneiden.

»Royce!«, rief Tad Bothwick vom Ufer zu ihnen herauf.

»Was ist, Tad?«, fragte Royce misstrauisch.

»Hadrian schickt mich. Ihr sollt sofort ins Dorf kommen, aber Esra lieber nicht.«

»Warum nicht?«, fragte Esrahaddon.

»Ich soll Euch sagen, soeben seien Würdenträger der Nyphronkirche eingetroffen.«

»Der Kirche?«, murmelte Esrahaddon. »Im Dorf?«

»Befindet sich ein Graf Rufus unter ihnen?«, fragte Royce.

»Gut möglich. Sind ziemlich viele feine Leute dabei, bestimmt auch ein Graf.«

»Weißt du, warum sie hier sind, Tad?«

»Nein.«

»Ihr macht Euch besser unsichtbar«, sagte Royce zu Esrahaddon. »Vielleicht hat jemand Euren Namen genannt. Ich sehe nach, was da vorgeht.« Er blickte auf den Zwerg hinunter. »Sieht aus, als sei soeben dein Auftraggeber eingetroffen. Das Todesurteil wird ausgesetzt. Du bleibst hier, und dieser nette alte Herr passt heute Nachmittag auf dich auf. Später zeigst du uns dann, wo der Tunnel verläuft, und wenn du es wirklich weißt, lasse ich dich leben. Andernfalls werfe ich dich in zwei Teilen den Wasserfall hinunter. Einverstanden? Gut.« Er wandte sich noch einmal an den Zauberer. »Soll ich ihn fesseln oder ihm einfach einen Stein auf den Kopf schlagen?« Der Zwerg geriet wieder in Panik.

»Nicht nötig. Magnus scheint ein ehrlicher Bursche zu sein. Außerdem habe ich selbst noch einige überraschend unangenehme Tricks auf Lager. Kennt Ihr das Gefühl, als wenn einem Ameisen durch den Kopf wuseln?«

Der Zwerg schwieg entsetzt und rührte sich nicht. Royce durchsuchte ihn. Unter seinen Kleidern entdeckte er einen Gürtel mit kleinen Hämmerchen, einigen Meißeln und einem Dolch. Überrascht betrachtete er ihn.

»Es sollte eine Kopie werden«, erklärte der Zwerg nervös. »Allerdings ist sie nicht besonders gut, ich musste aus dem Gedächtnis arbeiten.«

Royce verglich den Dolch mit seinem eigenen. Die beiden sahen einander sehr ähnlich, nur die Klingen unterschieden sich deutlich. Die von Royce bestand aus einem fast durchscheinenden Metall, das im Licht schimmerte, die von Magnus war vergleichsweise stumpf und schwer. Royce warf den Dolch des Zwergs über die Klippe.

»Du besitzt eine wunderbare Waffe«, sagte der Zwerg und betrachtete fasziniert den Dolch, den Royce ihm eben noch an den Hals gedrückt hatte. »Sie kommt aus Tur, nicht wahr?«

Royce ignorierte ihn und sagte zu Esrahaddon: »Passt auf ihn auf. Ich komme später wieder.«

***

Arista nahm ihren Platz auf dem Balkon über dem Eingang zum Rittersaal der Burg ein. Dort hatte sich bereits das Gefolge des Erzbischofs versammelt, darunter Saldur und Luis Guy. Der Balkon, eine Konstruktion aus groben Balken und dicken Seilen, war sehr klein und furchtbar eng, doch Bernice konnte sich trotzdem noch zwischen die anderen zwängen und fand einen Platz unmittelbar hinter Arista. Ihre unsichtbare Gegenwart war so irritierend wie eine Stechmücke bei Nacht.

Arista hatte keine Ahnung, was hier vorging. Den meisten anderen erging es offenbar ähnlich.

Bei ihrer Ankunft hatten sie Chaos vorgefunden. Der Markgraf war offenbar tot und überall hatten sich Bauern breitgemacht. Sie wurden schleunigst verjagt. Luis Guy und seine Seret-Ritter sorgten für Ordnung und verteilten die Quartiere nach der Rangfolge. Arista bekam eine eigene, aber winzige Kammer im zweiten Stock, ein schreckliches Loch ohne eigenes Fenster. Auf dem Boden lag ein Bärenfell, über dem Bett hing ein Elchkopf und daneben eine aus Geweihstangen gefertigte Garderobenleiste. Bernice fing gerade an, den Kleiderkoffer auszupacken, da trat Saldur ein. Arista sollte unbedingt mit ihm zum Balkon kommen. Zuerst hatte sie geglaubt, das Turnier würde eröffnet, doch das sollte, wie allgemein bekannt, erst bei Einbruch der Nacht geschehen.

Ein Signalbläser trat an das Geländer und blies auf seinem Horn eine Fanfare. Drunten im Hof versammelte sich eine Menschenmenge. Aus allen Richtungen eilten Männer herbei, einige noch mit Getränken oder halbgegessenen Broten in den Händen. Einer knöpfte sich im Laufen sogar noch eben die Hose zu. Die Menge wuchs zu einem Meer von Schultern und Köpfen an. Alle starrten zum Balkon hinauf.

Langsam erhob sich der Erzbischof, angetan mit seinem prunkvollsten Ornat, und breitete feierlich die Arme aus. Dann begann er zu sprechen. Seine heisere Stimme war kaum zu hören.

»Der Zeitpunkt ist gekommen, über die Bestimmungen und die eigentliche Bedeutung des Turniers zu sprechen, an dem Ihr, die treuen Anhänger Novrons, teilnehmen werdet – eines Ereignisses von epochaler Bedeutung, nach dem die Welt für immer eine andere sein wird.«

Einige Zuhörer in der letzten Reihe riefen, sie könnten nichts verstehen, doch der Erzbischof fuhr unbeirrt fort: »Ich weiß, einige von euch kamen in dem Glauben, hier sollte mit Schwertern oder Lanzen gekämpft werden wie auf einem Wintertid-Turnier. Stattdessen werdet ihr etwas erleben, das einem Wunder gleichkommt. Einige werden ihr Leben lassen, einer wird siegen, die anderen werden bezeugen, was hier geschah. Ein schreckliches Unheil sucht diesen Ort heim. Hier am Ufer des Nidwalden, am Rand der Welt, haust ein Ungeheuer. Kein großer Bär wie Oswald, der seinerzeit Glamrendor in Angst und Schrecken versetzte, sondern der legendäre Gilarabrywn, eine abscheuliche Kreatur, die seit den Tagen Novrons nicht mehr gesichtet wurde. So schrecklich ist er, dass selbst in jener Zeit der Götter und Heroen nur Novron oder einer seines Geblüts ihn zu töten vermochte. Eure Aufgabe, die Herausforderung an euch, wird sein, das Ungeheuer zu erlegen und das unglückselige Dorf von dem Fluch zu erlösen, der seit uralter Zeit auf ihm lastet.«

Gemurmel wurde laut, doch der Erzbischof gebot mit erhobenen Händen Schweigen. »Ruhe! Denn ich habe noch nicht von der Belohnung gesprochen!«

Er wartete, bis wieder Stille einkehrte. Die Zuschauer drängten näher heran, um ihn besser zu verstehen.

»Wie gesagt, nur Novron oder einer seines Geblüts können den Gilarabrywn bezwingen. Deshalb ist derjenige, der diesem Schrecken ein Ende bereitet, niemand anders als der Erbe der imperialen Krone, der seit langer Zeit verschollene Nachfolger Novrons!«

Die Menge blieb überraschend ruhig. Kein Beifall, keine Jubelrufe wurden laut. Wie betäubt schwiegen die Zuhörer und starrten den Erzbischof nur fragend an. Der Erzbischof sah sich, durch das Schweigen der Menge ebenfalls aus dem Konzept gebracht, verwirrt um.

»Hat er gerade gesagt, der Turniersieger sei der Erbe?«, fragte Arista, an Saldur gewandt. Saldur verzog das Gesicht, als sei ihm ein unangenehmer Geruch in die Nase gestiegen. Er lächelte, stand auf und flüsterte dem Erzbischof etwas ins Ohr. Daraufhin setzte sich der Erzbischof, und Bischof Saldur wandte sich an die Menge.

»Die Kirche ist seit Jahrhunderten bestrebt, den wahren Erben zu finden und das Geschlecht unseres hochheiligen Herrn Novrons des Großen wieder einzusetzen.« Saldurs kräftige, klangvolle Stimme war in der von Kiefernduft geschwängerten Luft deutlich zu hören. »Wir haben ihn gesucht, hatten als Hilfsmittel allerdings nur alte Bücher und Gerüchte. Mutmaßungen, nicht mehr, Hoffnungen und Träume. Im Grunde wussten wir nie, wie wir ihn finden sollten, es gab keine sichere Methode, seinen Aufenthaltsort oder seine Identität festzustellen. Viele haben sich fälschlich als Nachfahre Novrons ausgegeben, viele Unwürdige nach seiner erhabenen

Krone gegriffen, ohne dass die Kirche etwas dagegen tun konnte.

Trotzdem glauben wir, dass es ihn gibt. Novron hätte nicht zugelassen, dass sein Geschlecht ausstirbt. Wir wissen, dass es einen Nachkommen gibt. Aber vielleicht weiß er selbst nicht, wer er ist. Tausend Jahre sind seit Novrons Verschwinden vergangen, und wer von uns könnte seinen eigenen Stammbaum bis in die Zeit des Alten Imperiums zurückverfolgen? Wer weiß, ob nicht einer von uns einen Vorfahren hatte, der ein schreckliches Geheimnis mit ins Grab genommen hat? Ein schreckliches und zugleich wunderbares Geheimnis.

Der Gilarabrywn ist ein Wunder, das Novron uns geschickt hat, ein Werkzeug, mit dem wir seinen Sohn finden können. Das hat Novron dem Patriarchen anvertraut und er hat Seine Heiligkeit beauftragt, ein Turnier abzuhalten. Unter den Teilnehmern werde sich der Erbe finden, der selbst nichts von seiner Abstammung wisse.

Ihr seht: Jeder von euch könnte der Erbe Novrons sein und göttlicher Abstammung, ein Gott. Hat einer von euch je eine innere Kraft gespürt? Geglaubt, mehr wert zu sein als andere? Jetzt kann er ganz Elan beweisen, dass er sich nicht getäuscht hat, dass er kein gewöhnlicher Mensch ist. Tragt euch in die Teilnehmerliste ein, reitet bei Einbruch der Nacht in den Wald und tötet das Ungeheuer. Wer das schafft, den werden wir zu unserem göttlichen Herrscher krönen. Nicht nur ein König wird er sein, sondern ein Imperator, und alle Könige werden das Knie vor ihm beugen. Er wird den imperialen Thron in Aquesta besteigen. Alle getreuen Imperialisten und die Kirche mit ihrer gesamten Macht werden ihm helfen, ein neues Zeitalter des Friedens und der Eintracht zu errichten. Er braucht dazu nur ein wildes Tier zu bezwingen. Was sagt ihr dazu?«

Diesmal johlte die Menge. Saldur streifte den Erzbischof mit einem Blick, trat vom Balkon zurück und setzte sich wieder.

***

Als Royce nach Dahlgren zurückkehrte, befand sich das Dorf in Aufruhr. Die ganze Einwohnerschaft schien auf den Beinen. Die meisten Dörfler waren zum Dorfplatz unterwegs, darunter viele neue Gesichter, die allerdings ausschließlich Männern gehörten. Die meisten trugen irgendeine Art von Waffe. Am Brunnen entdeckte Royce Hadrian, umlagert von einer Traube von Dörflern. Sie machten keine glücklichen Gesichter.

»Wohin sollen wir gehen?«, fragte Selen Brockton in Tränen aufgelöst.

Hadrian stieg wieder auf den Brunnen, damit alle ihn sehen konnten. Seine Augen funkelten kampflustig. »Ich weiß es nicht. Am besten nach Hause – zumindest vorerst.«

»Aber unser Haus ist mit Stroh gedeckt.«

»Dann grabt Keller. Versucht so tief wie möglich nach unten zu kommen.«

»Was ist hier los?«, fragte Royce.

»Der Erzbischof von Ghent ist eingetroffen. Er, seine Geistlichen und ein paar Dutzend Adlige haben die Burg für sich reklamiert und alle anderen hinausgeworfen. Mit Ausnahme von Russell, Dillon und Kline. Sie sollen den Schutzkeller und den Tunnel, den wir gegraben haben, wieder zuschütten, ansonsten würden sie wegen Sachbeschädigung gehängt. Der gute alte Diakon Tomas steht nur die ganze Zeit kopfnickend daneben und erklärt, er hätte uns davon abgeraten, aber wir hätten nicht auf ihn hören wollen. Das Vieh wurde größtenteils einbehalten, mit der Begründung, es sei in der Burg vorgefunden worden und gehöre deshalb auch dazu. Jetzt geben alle mir die Schuld am seinem Verlust.«

»Und die Feuer?«, sagte Royce. »Wir könnten natürlich auch hier eins anzünden.«

»Geht nicht«, erwiderte Hadrian. »Seine Eminenz der Erzbischof hat erklärt, es sei verboten, in dieser Gegend Bäume zu fällen. Außerdem hat er zusätzlich zu den anderen Tieren auch die Ochsen beschlagnahmt.«

»Hast du ihm gesagt, was passiert, wenn es dunkel wird?«

»Konnte ich gar nicht.« Hadrian warf die Hände in die Luft und fuhr sich mit den Fingern durch die Haare, als wollte er sie einzeln ausreißen. »Ich komme nicht an den über zwanzig Soldaten vorbei, die er am Burgtor postiert hat. Was vielleicht ein Glück ist, sonst würde ich ihm womöglich an die Gurgel gehen.«

»Warum ist er überhaupt gekommen?«

»Das ist ja der Knüller. Hast du von dem Turnier gehört, das die Kirche veranstaltet? Wie sich herausgestellt hat, geht es darum, den Gilarabrywn zu töten.«

»Was?«

»Eine erste Gruppe von Teilnehmern soll bei Einbruch der Nacht in den Wald ziehen und dort gegen das Ungeheuer kämpfen. Werden sie getötet, sind die nächsten dran. Eine entsprechende Liste hängt am Burgtor.«

»Alles wird gut«, rief Diakon Tomas.

Alle drehten sich um. Der Diakon näherte sich von der Burg. Die Hände hatte er im Laufen wie segnend erhoben und er lächelte breit, was seine Augen in Halbmonde verwandelte. »Es wird alles gut werden.« Seine Stimme klang fest und zuversichtlich. »Der Erzbischof ist gekommen, um uns zu helfen. Die Kirche will das Ungeheuer töten lassen und uns von diesem Albtraum erlösen.«

»Was wird aus unserem Vieh?«, fragte Vince Griffin.

»Es wird überwiegend zur Verköstigung der Truppe benötigt, aber übrige Tiere werden zurückgegeben, wenn das Ungeheuer tot ist.«

Murren wurde laut.

»Was ist euch eure Sicherheit denn wert? Und das Leben eurer Kinder? Kann man dafür nicht ein Schwein oder eine Kuh opfern? Damit eure Frauen leben? Betrachtet das Vieh als Zehnt und seid dankbar, dass die Kirche überhaupt nach Dahlgren gekommen ist und uns retten will. Sonst tut das nämlich niemand. Der König von Dunmore hat unsere Bitten nicht erhört, im Unterschied zu eurer Kirche, die nicht einen beliebigen Ritter oder Markgrafen schickt, sondern den Erzbischof von Ghent höchstpersönlich. Bald ist das Ungeheuer tot und in Dahlgren kehren wieder Ruhe und Frieden ein. Wenn man dafür ein Jahr ohne Fleisch und ohne Ochsen zum Pflügen auskommen muss, ist das gewiss kein zu hoher Preis. Jetzt kehrt bitte alle nach Hause zurück. Lasst die Kirche ihre Arbeit tun und steht nicht im Weg herum.«

»Und was ist mit meiner Tochter?« Theron drängte sich aufgebracht nach vorn. Er sah aus, als hätte er den Diakon am liebsten eigenhändig erwürgt.

»Es ist alles geregelt, ich habe mit dem Erzbischof und mit Bischof Saldur gesprochen. Eure Tochter darf bleiben. Man hat sie in ein kleineres Zimmer verlegt, aber …«

»Man lässt mich nicht zu ihr!«, schimpfte Theron.

»Ich weiß doch, ich weiß«, rief Tomas beschwichtigend. »Aber mich lässt man zu ihr. Ich bin nur gekommen, um das Vorgehen der Kirche zu erklären. Gleich kehre ich zurück, und ich verspreche Euch, ich werde mich um Thrace kümmern und bis zu ihrer vollständigen Genesung nicht von ihrer Seite weichen.«

Hadrian schlüpfte aus der Menge, die sich um den Diakon gebildet hatte, und ging zu Royce. Bitter sah er ihn an. »Sag bloß, du hast einen Zugang zur Festung gefunden.«

Royce zuckte die Achseln. »Vielleicht. Wir werden es heute Abend überprüfen.«

»Heute Abend? Sollte man so etwas nicht lieber im Hellen tun? Wenn wir *beide* etwas sehen und keine Wesen mit komplizierten Namen herumfliegen?«

»Nicht, wenn ich mit meiner Vermutung recht habe.«

»Und wenn du dich irrst?«

»Dann sind wir beide tot – wahrscheinlich werden wir gefressen.«

»Leider weiß ich, dass du es ernst meinst. Habe ich schon gesagt, dass ich meine Schwerter verloren habe?«

»Mit etwas Glück brauchen wir sie gar nicht. Was wir dagegen brauchen, ist ein mindestens sechzig Fuß langes Seil. Außerdem Laternen, Wachs, eine Zunderbüchse …«

»Die Sache gefällt mir nicht, stimmt's?«, fragte Hadrian betrübt.

»Stimmt.« Royce nickte.

9

Nächtliche Experimente

»Ab ins Bett mit dir«, rief der Mann. »Aber sofort!«

Arista war im Korridor des Haupthauses unterwegs. Sie wollte ihre Umgebung kennenlernen und war zugleich auf der Flucht vor Bernice, die darauf bestanden hatte, dass sie Mittagschlaf machte. Zuerst glaubte sie, das Gebrüll gelte ihr, und während sie sich mit Bernice und ihrem Geglucke abgefunden hatte, hätte sie ganz gewiss nicht geduldet, dass jemand in diesem Ton mit ihr redete. Zwar weilte sie derzeit nicht im heimatlichen Melengar, wo sie eine Fürstin war, aber sie war immer noch eine Prinzessin und Botschafterin, und niemand hatte das Recht, so mit ihr zu sprechen.

Wütend marschierte sie also in die Richtung der Stimme und bog um eine Ecke. Vor ihr standen ein Mann mittleren Alters und ein Mädchen. Das Mädchen trug nur ein Nachtgewand und hatte ein von Schrammen und Prellungen übersätes Gesicht. Der Mann hielt sie am Handgelenk fest und wollte sie gerade in ein Zimmer zerren.

»Sofort loslassen!«, befahl Arista. »Hilfred! Wache!«

Der Mann und das Mädchen blickten ihr verwirrt entgegen.

Hilfred rannte um die Ecke und stand im nächsten Augenblick mit gezogenem Schwert zwischen der Prinzessin und der Ursache ihres Grolls.

»Ich sagte, nimm sofort deine dreckigen Hände von diesem Mädchen, sonst lasse ich sie abschlagen.«

»Aber ich …«, setzte der Mann an.

Aus der anderen Richtung trafen im Laufschritt zwei imperiale Wachen ein und salutierten vor Arista. »Hoheit?«

Hilfred legte nur schweigend sein Schwert an die Kehle des Mannes.

»Nimm den Kerl in Gewahrsam«, befahl Arista. »Er wollte sich das Mädchen gefügig machen.«

»Aber nein, bitte«, protestierte das Mädchen. »Es war meine Schuld. Ich …«

»Es ist nicht deine Schuld.« Arista betrachtete sie mitleidig. »Du brauchst keine Angst zu haben. Ich sorge dafür, dass er dich nie mehr belästigt und dir auch niemand anders wehtut.«

»Beschütze mich, Maribor«, betete der Mann.

»Ihr versteht nicht«, fuhr das Mädchen fort. »Er wollte mir nicht wehtun, sondern mir helfen.«

»Helfen?«

»Ich hatte einen Unfall.« Das Mädchen zeigte auf die Prellungen in seinem Gesicht. »Diakon Tomas pflegte mich und heute ging es mir schon besser. Ich wollte aufstehen und ein wenig herumgehen, aber er meinte, ich sollte noch einen Tag im Bett bleiben. Er will wirklich nur mein Bestes. Bitte tut ihm nichts, er hat sich so viel um mich gekümmert.«

»Kennt ihr diesen Mann?«, fragte Arista die Wachen.

»Er bekam als Diakon des Dorfes vom Erzbischof die Genehmigung, sich auf dem Burggelände aufzuhalten, Hoheit, und er hat wirklich dieses Mädchen gepflegt, das übrigens Thrace heißt.« Tomas hatte die Augen angstvoll aufgerissen und nickte, so gut er es mit Hilfreds Schwert an seinem Hals

vermochte. Dann zwang er sich zu einem angestrengten Lächeln.

»Nun gut«, sagte Arista und schob die Lippen vor, »dann war das mein Fehler.« Sie sah die Wachen an. »Kehrt auf eure Posten zurück.«

»Prinzessin.« Die Wachen verbeugten sich zackig, machten kehrt und marschierten den Gang entlang, den sie gekommen waren.

Hilfred steckte sein Schwert langsam wieder ein.

Arista sah wieder die beiden an. »Entschuldigt, es ist nur … dass … ach was, egal.« Sie wandte sich verlegen ab.

»Nein, Hoheit«, sagte Thrace und knickste, so gut sie konnte. »Habt vielen Dank, dass Ihr mir zu Hilfe gekommen seid, auch wenn ich sie nicht brauchte. Es tut gut zu wissen, dass jemand, der so mächtig ist wie Ihr, sich nicht zu schade ist, einem armen Bauernmädchen zu helfen.« Sie betrachtete Arista ehrfürchtig. »Ich habe noch nie eine Prinzessin kennengelernt. Nicht einmal gesehen habe ich eine.«

»Dann bist du hoffentlich nicht zu sehr enttäuscht.« Thrace wollte etwas antworten, doch Arista kam ihr zuvor. »Was ist geschehen?« Sie zeigte auf ihr Gesicht.

Thrace hob die Hand und strich sich mit den Fingern über die Stirn. »Sieht es so schlimm aus?«

»Es war der Gilarabrywn, Hoheit«, erklärte Tomas. »Thrace und ihr Vater sind die Einzigen, die einen Angriff des Gilarabrywn je überlebt haben. Und jetzt leg dich bitte wieder hin, meine liebe Thrace.«

»Aber es geht mir heute wirklich schon viel besser.«

»Lasst sie ein wenig mit mir herumspazieren, Diakon«, sagte Arista freundlicher. »Wenn ihr schwach wird, bringe ich sie zu Bett.«

Tomas nickte und verbeugte sich.

Arista fasste Thrace am Arm und ging mit ihr den Korridor entlang, Hilfred folgte in einigen Schritten Abstand. Weit konnten sie nicht gehen, nur etwa neunzig Fuß, denn die Burg war eher klein. Sie war aus groben Balken gezimmert – an einigen hing noch die Rinde – und besaß nur etwa acht Zimmer. Außerdem gab es noch ein Empfangszimmer, eine Amtsstube und den Rittersaal mit einer hohen Decke und Hirsch- und Bärenköpfen an den Wänden. Arista fühlte sich an eine primitivere und kleinere Ausführung von König Rosworts Residenz erinnert. Der Boden war mit breiten Kieferndielen belegt, an die Wände waren eiserne Laternen genagelt, deren flackernde Kerzen zitternde Lichtkreise auf den Boden warfen. Denn obwohl es erst Nachmittag war, war es im Innern der Burg finster wie in einer Höhle.

»Ihr seid sehr freundlich«, sagte Thrace. »Die anderen behandeln mich wie … wie jemanden, der nicht hierher gehört.«

»Ich bin froh, dass du hier bist«, erwiderte Arista. »Vermutlich bist du hier neben meiner Zofe Bernice die einzige Frau.«

»Die anderen aus dem Dorf wurden einfach alle nach Hause geschickt, und ich komme mir so fehl am Platz vor, als würde ich etwas Falsches tun. Diakon Tomas meint, das stimme nicht. Er meint, ich sei verletzt und bräuchte Zeit zur Erholung und er würde dafür sorgen, dass mich hier niemand stört. Er ist so nett. Wahrscheinlich fühlt er sich genauso hilflos wie alle anderen. Vielleicht hat er das Gefühl, dass er wenigstens etwas Nützliches tun kann, indem er mich pflegt.«

»Ich habe ihn falsch eingeschätzt«, sagte Arista. »Und dich auch. Sind in Dahlgren alle Bauerntöchter so gescheit?«

»Gescheit?« Thrace sah sie verlegen an.

Arista lächelte. »Wo ist deine Familie?«

»Mein Vater ist ins Dorf zurückgekehrt. Man lässt ihn nicht zu mir, aber der Diakon will das ändern. Eigentlich ist es egal.

Sobald ich reisen kann, werden wir Dahlgren sowieso verlassen. Auch deshalb will ich möglichst rasch wieder zu Kräften kommen. Ich will von hier weg und mit meinem Vater an einem anderen Ort neu anfangen. Dann suche ich mir einen Mann, heirate und bekomme einen Sohn, der Hickory heißt.«

»Guter Plan. Und es geht dir wirklich schon besser?«

»Na ja, ich habe immer noch Kopfschmerzen, und jetzt ist mir ehrlich gesagt ein wenig schwindlig.«

»Dann sollten wir umkehren«, sagte Arista. Sie drehten um.

»Aber es geht mir schon viel besser als gestern. Auch deshalb bin ich aufgestanden. Ich konnte mich noch nicht bei Esra bedanken und hatte gehofft, ihm hier irgendwo zu begegnen.«

»Esra?«, fragte Arista. »Ist das der Dorfarzt?«

»Nein, den gab es in Dahlgren noch nie. Esra ist … hm, er ist sehr klug. Ohne ihn wären mein Vater und ich schon beide tot. Er hat die Arznei hergestellt, die mir das Leben gerettet hat.«

»Klingt nach einem tollen Kerl.«

»Das ist er auch. Ich versuche mich zu revanchieren, indem ich ihm beim Essen helfe. Sein Stolz würde nie zulassen, dass er mich darum bittet, deshalb biete ich ihm meine Hilfe an und ich merke, dass er dafür dankbar ist.«

»Ist er so arm, dass er sich nichts zu essen leisten kann?«

»O nein, aber er hat keine Hände.«

***

»Tur ist eine Legende«, sagte Esrahaddon gerade zum Zwerg, als Royce und Hadrian am Wasserfall eintrafen.

»Behauptet Ihr«, entgegnete Magnus.

Der Zauberer und der Zwerg saßen auf der Felsklippe einander gegenüber und stritten sich über dem Brausen des Wasserfalls. Die Sonne war hinter den Baumwipfeln untergegangen und sie saßen im Schatten, aber die spitzen Türme von Avempartha glühten rot im Licht der letzten Sonnenstrahlen.

Esrahaddon seufzte. »Ich werde nie verstehen, wie die Religion es schafft, dass ansonsten vernünftige Leute plötzlich an Märchen glauben. Sogar religiöse Kreise betrachten Tur nur als Gleichnis, nicht als Wirklichkeit. Ihr nehmt eine Legende wörtlich, die ihrerseits auf Aberglauben basiert. Das ist für Zwerge völlig untypisch. Seid Ihr sicher, dass Ihr nicht doch Menschen unter Euren Vorfahren habt?«

»Wollt Ihr mich beleidigen?« Magnus funkelte ihn wütend an. »Ihr bestreitet eine Tatsache, obwohl Ihr den Beweis vor Augen habt. Wenn Ihr Zwergenaugen hättet, könntet Ihr erkennen, woher der Dolch stammt.« Er zeigte auf Royce.

»Worüber streitet ihr?«, fragte Hadrian. »Tag, Magnus. In letzter Zeit jemanden ermordet?«

Der Zwerg sah ihn nur finster an.

»Er behauptet steif und fest, Royces Dolch sei von Kile geschaffen worden.«

»Überhaupt nicht«, schimpfte der Zwerg. »Ich sagte lediglich, es handle sich um einen Dolch aus Tur. Jeder beliebige Schmied von dort kann ihn gemacht haben.«

»Was ist Tur?«, fragte Hadrian.

»Ein Dorf, in dem einige irregeleitete Wahnsinnige einen fiktiven Gott anbeten, den sie ausgerechnet Kile nennen. Man sollte meinen, sie hätten sich wenigstens einen besseren Namen ausdenken können.«

»Nie von diesem Kile gehört«, sagte Hadrian. »Ich bin in religiösen Fragen natürlich auch nicht der Experte, aber wenn ich mich richtig an das erinnere, was ein kleiner Mönch mir einmal erklärt hat, heißt der Gott der Zwerge Drome, der

Gott der Elben Ferrol und der Gott der Menschen Maribor. Die Schwester dieser drei Götter ist die Göttin von Flora und Fauna und heißt … Muriel, stimmt's? Und ihr Sohn Uberlin ist der Gott der Finsternis. Wer ist dann dieser Kile?«

»Der Vater«, sagte Esrahaddon.

»Ach, den habe ich ganz vergessen, aber er heißt doch nicht Kile, sondern … Erebus oder so ähnlich, ja? Er hat seine Tochter vergewaltigt und wurde von seinen Söhnen getötet, ist aber nicht wirklich tot. Ganz habe ich das nie verstanden.«

Esrahaddon kicherte. »Verstehen tut man eine Religion nie.«

»Also wer ist dieser Kile?«

»Nach der Lehre des Kults von Tur oder Kile, wie er auch genannt wird, sind Götter unsterblich. Die wahnsinnigen Anhänger des Kults tauchten erstmals in der Zeit des Imperators Estermon des Zweiten auf. Ihnen zufolge war Erebus bei der Vergewaltigung seiner Tochter betrunken, oder was Götter eben sind, und schämte sich seiner Tat. Er ließ seine Kinder, also die Götter, in dem Glauben, sie hätten ihn getötet, besuchte heimlich Muriel und bat sie um Verzeihung. Muriel erklärte, sie sei dazu noch nicht bereit, er müsse zuerst Buße tun und in ganz Elan gute Taten vollbringen, allerdings als gewöhnlicher Mensch, nicht als Gott und auch nicht als König. Für jeden Akt der Sühne und Barmherzigkeit, den sie gutheiße, bekomme er eine Feder aus ihrem prächtigen Federmantel. Wenn der Mantel aufgebraucht sei, werde sie ihm verzeihen und ihn wieder zu Hause willkommen heißen.

Der Legende nach kam in grauer Vorzeit ein Fremder in ein armes Dorf namens Tur. Natürlich weiß niemand, wo dieses Dorf liegt, und es hat seine Lage im Lauf der Jahrhunderte je nach den Anforderungen geändert, aber der verbreitetsten Legende zufolge liegt es in Delgos, weil es regelmäßig von Daccern überfallen wurde und natürlich wegen der Namensähnlichkeit mit der Hafenstadt Tur Del Fur. Dieser Fremde also nannte sich Kile, und als er bei seiner Ankunft in Tur die schreckliche Not der Dorfbewohner mitbekam, lehrte er sie zu ihrer Verteidigung die Kunst des Waffenschmiedens. Die Waffen, die sie unter seiner Anleitung herstellten, galten als die besten der Welt. Sie schnitten angeblich durch Eisen wie durch weiches Holz. Und ihre Schilde und Brustpanzer waren leicht und doch härter als Stein. Sobald die Dorbewohner die Schmiedekunst beherrschten, verteidigten sie damit ihr Dorf. Nachdem sie die Daccer erfolgreich vertrieben hatten, ertönte der Legende nach an einem wolkenlosen Tag ein Donnerschlag und eine weiße Feder fiel vom Himmel in Kiles Hände. Er weinte vor Freude, verabschiedete sich von den Dörflern und wurde nie wieder gesehen, zumindest nicht von den Einwohnern von Tur. Doch während der Regierungszeiten verschiedener Imperatoren kursierten immer mindestens eine oder zwei Geschichten von Kile, der angeblich an verschiedenen Orten auftauchte, eine gute Tat vollbrachte und eine Feder empfing. Die Legende wurde deshalb so bekannt, weil das Dorf Tur inzwischen für seine ausgezeichneten Waffen berühmt war.«

»Ich kenne keinen Ort dieses Namens.«

»Da seid Ihr nicht der Einzige«, sagte Esrahaddon. »Die Legende wurde deshalb von kundiger Hand weitergesponnen, wie es so oft geschieht, wenn eine solche alberne Geschichte mit der Wirklichkeit zusammenprallt. Angeblich bestellte jetzt alle Welt Waffen bei den Dörflern. Die wollten ihre Produkte aber nicht an beliebige Leute verkaufen, sie stellten also nur ganz wenige her und nur für Leute, die in Not waren und sie wirklich brauchten. Einige mächtige Könige dagegen beanspruchten die gottgegebene geheime Kunst des Waffenschmiedens für sich und machten sich das Dorf gegenseitig streitig. Als ihre Heere allerdings am Tag der Entscheidungsschlacht aufmarschierten, mussten sie feststellen, dass das Dorf mitsamt seiner Bewohner und Häuser verschwunden war. Nicht die geringste Spur war übrig mit Ausnahme einer weißen Feder, die von einem unbekannten Vogel stammte.«

»Wie praktisch«, sagte Hadrian.

Esrahaddon nickte. »Genau. Ein Geheimnis zieht das nächste nach sich, aber von nachprüfbaren Fakten keine Spur. Trotzdem glauben die Leute daran.«

»Nur zu Eurer Information«, unterbrach ihn Magnus, »Tur Del Fur war früher eine Stadt der Zwerge und der Name bedeutet in meiner Sprache ›Dorf namens Tur‹. Legenden meines Volkes besagen, dass von dort viele große Waffenschmiede stammen, die sich auf die Geheimnisse des Faltens von Stahl und des Schmiedens einzigartiger Schwertklingen verstanden. Jeder Zwerg von Elan würde seinen Bart darum geben, diese Geheimnisse kennenzulernen oder sich wenigstens einmal ein Schwert von dort genauer ansehen zu können.«

»Und du glaubst, Alverstone wurde in Tur hergestellt?«, fragte Hadrian.

»Was war das für ein Name?«, fragte Magnus und fixierte Hadrian mit seinen Knopfaugen.

»Alverstone«, wiederholte Hadrian. »So nennt Royce seinen Dolch.«

»Du regst ihn nur zu weiteren Märchen an«, sagte Royce, den Blick unverwandt auf die Festung gerichtet.

»Woher hat er diesen Alverstone?«, fragte der Zwerg mit gesenkter Stimme.

»Ein Freund hat ihn ihm geschenkt«, sagte Hadrian. »So war es doch?«

»Wer?«, beharrte der Zwerg. »Und woher hatte der Freund ihn?«

»Du weißt aber schon, dass ich euch hören kann, ja?«, sagte Royce. Er zeigte über den Fluss. »Seht mal, dort.«

Sie reckten die Hälse und spähten zur schwächer werdenden Silhouette der Festung hinüber. Die Sonne war untergegangen und es wurde rasch dunkel. Fluss und Festung fingen wie große Spiegel das Sternenlicht und den Mondschein ein, der Dunst des Wasserfalls hing wie ein gespenstisch weißer Nebel um den Fuß des Felsens. Weiter oben, zwischen den Spitzen der Türme, breitete in diesem Moment eine dunkle Gestalt die Flügel aus und flog ein kurzes Stück flussabwärts. Dann wendete sie und kehrte über den Wasserfall zurück. Sie ließ sich von den Luftströmungen höher tragen, bis über die Baumwipfel, und schwenkte dann mit einem Schlag ihrer gewaltigen Flügel nach Dahlgren ab.

»Hier versteckt es sich also, das Ungeheuer?«, fragte Hadrian ungläubig. »In der Festung?«

»Sehr praktisch«, bemerkte Royce. »Es haust am selben Ort, an dem sich die einzige Waffe befindet, die es töten kann.«

»Praktisch für wen?«

»Das bleibt abzuwarten«, meinte Esrahaddon.

Royce wandte sich an den Zwerg. »Also gut, mein kleiner Steinmetz, dann brechen wir jetzt zum Tunnel auf. Er beginnt wahrscheinlich im Fluss, ja? Irgendwo unter Wasser?«

Magnus sah ihn überrascht an.

»Ich rate nur, aber deinem Blick nach zu schließen habe ich recht. Sonst habe ich nämlich schon alles abgesucht. Also zeig uns jetzt im Austausch gegen dein Leben die genaue Stelle.«

***

Arista stand mit den Pickerings auf dem südlichen Palisadenwall und betrachtete den Sonnenuntergang über dem Tor. Der Wall bot die beste Aussicht sowohl auf den Burghof als auch auf die hügelige Landschaft dahinter. Außerdem waren sie hier der hektischen Betriebsamkeit am Boden entzogen. Ritter waren damit beschäftigt, ihre Rüstungen anzulegen, Schützen bespannten ihre Bögen, mit Schabracken herausgeputzte Pferde scharrten unruhig mit den Hufen, und Priester erflehten betend Novrons Beistand. Das Turnier konnte jeden Augenblick beginnen. Im Dorf jenseits der Palisaden herrschte Grabesstille. Keine Kerze brannte, nichts bewegte sich.

In der Nähe des Tores kam es erneut zu einem Handgemenge. Dort stand der Pfosten mit der Teilnehmerliste. Einige Männer stießen und schubsten sich gegenseitig zur Seite, und eine Staubwolke stieg auf.

»Wer ist es diesmal?«, fragte Mauvin. Er lehnte mit dem Rücken an den Palisaden und trug eine einfache, weite Tunika und weiche Schuhe. An diesen Mauvin erinnerte sich Arista am besten – einen übermütigen Jungen, der sie zu Stockkämpfen aufgefordert hatte, obwohl sie damals noch einen Fuß größer und stärker gewesen war als er. Ihre Eltern hatten noch gelebt und ihre Lieblingsbeschäftigung war es gewesen, Lenare eifersüchtig zu machen.

»Kann ich nicht sagen«, antwortete Fanen, der nach unten spähte. »Einer ist, glaube ich, Baron Erlic.«

»Worum streiten sie?«, fragte Arista.

»Alle wollen einen besseren Listenplatz«, erklärte Mauvin.

»Das verstehe ich nicht. Die Reihenfolge ist doch egal.«

»Nicht, wenn dein Vordermann die Bestie tötet und du nicht mehr zum Zug kommst.«

»Aber das geht doch nicht. Nur der Erbe kann sie töten.«

»Glaubst du das wirklich?« Mauvin drehte sich um, hielt

sich an den angespitzten Enden zweier Palisaden fest und spähte an der Außenseite des Walls hinunter. »Dann bist du die Einzige.«

»Wer führt die Liste an?«

»Ursprünglich Tobis Rentinual.«

»Wer ist das?«

»Der mit dem geheimnisvollen Wagen. Wir haben dir von ihm erzählt.«

»Dort« – Fanen zeigte in den Hof hinunter – »der Bursche mit den stutzerhaften Kleidern, der an der Räucherkammer lehnt. Er hat ein durchdringendes Organ und eine herablassende Art, für die man ihn am liebsten erwürgen würde.«

Mauvin nickte. »Das ist er. Ich konnte einen Blick unter die Plane auf seinem Wagen werfen. Darunter steht ein riesiger Apparat aus Balken, Seilen und Flaschenzügen. Er hat die Liste als Erster entdeckt und sich gleich eingetragen. Niemand hat sich daran gestört, als alle noch glaubten, es handle sich um ein ganz normales Turnier. Alle brannten darauf, ihn aus dem Sattel zu heben. Jetzt dagegen, hm … die Vorstellung von Tobis als Imperator ist wirklich ziemlich erschreckend.«

»Und er ist nicht mehr der Erste?«

»Er ist rausgeflogen.«

»Rausgeflogen?«

»Das war Luis Guys Idee«, erklärte Mauvin. »Er verfügte, dass Teilnehmer mit einem hinteren Listenplatz sich einen besseren Platz erkämpfen können. Wer mit seinem Platz unzufrieden ist, kann einen beliebigen anderen Teilnehmer zum Kampf um dessen Platz herausfordern. Der andere Teilnehmer kann dann entweder freiwillig Plätze tauschen oder die Herausforderung annehmen und kämpfen. Baron Enden von Chadwick hat Tobis herausgefordert und Tobis hat sofort auf seinen Platz verzichtet. Was auch verständlich ist. Nur

Graf Gravin hatte den Mut, Enden herauszufordern, die anderen stritten sich um Plätze weiter hinten. Eigentlich dachte man, die Zweikämpfe würden nach Punkten entschieden, aber Guy sagte, der Kampf sei erst zu Ende, wenn einer aufgibt, deshalb kämpfen manche schon seit Stunden. Es gab viele Verletzte. Graf Gravin kapitulierte erst, als Baron Enden seine Schulter durchbohrte. Er hat bekanntgegeben, dass er sich aus dem Turnier zurückzieht und morgen abfährt. Andere tun das auch. Einige Verletzte sind schon weg.«

Arista wandte sich an Fanen. »Du schlägst dich mit niemandem?«

Mauvin grinste. »Das war schon lustig. Als Guy das mit den Zweikämpfen bekanntgab, sahen alle uns an.«

»Aber du hast trotzdem niemanden herausgefordert?«

Fanen machte ein verdrossenes Gesicht und sah Mauvin böse an. »Er hat mich nicht gelassen. Außerdem steht mein Name sowieso fast am Ende.«

»Hadrian Blackwater meinte, wir sollten uns nicht eintragen«, erklärte Mauvin.

»Und?« Fanen starrte seinen Bruder an.

»Deshalb steht der Einzige, der sich vollkommen mühelos den ersten Listenplatz erkämpfen könnte, überhaupt nicht auf der Liste. Er weiß etwas, das wir nicht wissen, oder glaubt es jedenfalls. Dafür lohnt es sich, wenigstens die erste Nacht abzuwarten. Außerdem hast du ja Arista gehört. Die Reihenfolge ist egal.«

»Weißt du, wer noch auf der Liste fehlt?«, fragte Fanen. »Graf Rufus.«

»Stimmt, ist mir auch aufgefallen. Ich dachte, er könnte Enden am ehesten herausfordern – ein Kampf zwischen den beiden wäre allein schon die Reise wert gewesen. Aber ich sehe ihn nicht einmal drunten im Hof bei den anderen.«

»Er steckt in letzter Zeit viel mit dem Erzbischof zusammen.«

Arista ließ den Blick über den Hof unter ihr wandern. Er lag inzwischen im Schatten der Mauern und Bäume. Gestalten gingen zwischen den Gebäuden hin und her, zündeten Fackeln an und steckten sie in Wandhalterungen. Auf dem Burggelände allein waren mehrere hundert Menschen versammelt, dazu kamen weitere außerhalb der Palisaden. Sie standen in kleinen Gruppen zusammen und schwatzten und lachten, einige sangen sogar – Arista konnte den Text nicht verstehen, entnahm dem stampfenden Rhythmus aber, dass es sich wohl um ein obszönes Trinklied handelte. Männer, die im schwindenden Licht nur als dunkle, breitschultrige Gestalten zu erkennen waren, prosteten einander zu und stießen ihre Humpen so heftig aneinander, dass der Schaum überschwappte. Über ihnen stand auf einer erhöhten Plattform in der Mitte des Burghofs Inquisitor Luis Guy. Er fing die letzten Sonnenstrahlen und die abendliche Brise ein. Seine rote Soutane leuchtete wie Feuer, sein Mantel blähte sich bedrohlich hinter ihm.

Arista wandte sich wieder den Brüdern zu. Mauvin hatte den Mund aufgerissen und pulte mit dem Zeigefinger an einem Backenzahn, Fanen hatte den Kopf in den Nacken gelegt und blickte zum Himmel auf. Sie war froh über ihre Gesellschaft. Die beiden erinnerten sie mitten in dieser Wildnis an zu Hause, und sie meinte auf einmal, Äpfel zu riechen.

Zusammen mit Alric hatte sie auf der Flucht vor der Hitze in der Stadt lange Sommermonate in Drondilsfeld verbracht. Im Obstgarten vor dem Landsitz der Pickerings waren sie im Herbst auf die Bäume geklettert und hatten Äpfelkämpfe aufgeführt. Die faulen Äpfel platzten, sobald sie einen Ast trafen, und bespritzten alle mit Fruchtfleisch, bis sie fürchterlich nach Most stanken. Jeder Baum war eine Burg, und die Burgen verbündeten sich miteinander. Mauvin immer mit Alric. Er rief dann ständig »Mein König! Mein König!«. Lenare bildete eine Gruppe mit Fanen, um den jüngeren Bruder vor den »Barbaren«, wie sie die anderen nannte, zu beschützen. Arista kämpfte immer allein gegen die anderen. Und als Lenare nicht mehr auf Bäume kletterte, hieß es nur noch Knaben gegen Arista. Ihr war es egal, sie bemerkte es nicht einmal. Jetzt dachte sie zum ersten Mal darüber nach.

So vieles ging ihr durch den Kopf, über das sie nachdenken musste. In der Kutsche war sie vor lauter Geholper nicht dazu gekommen. Und Bernice hatte sie die ganze Zeit angestarrt. Sie musste unbedingt mit jemandem reden, aussprechen, was ihr durch den Kopf ging. Ihr Verdacht gegen Saldi wuchs immer mehr, so sehr sie sich auch dagegen sträubte. Aber wenn Saldi ihren Vater verraten hatte, wem durfte sie dann noch trauen? Esrahaddon? Hatte er sie für seine Flucht benutzt? Hatte er den Tod ihres Vaters auf dem Gewissen? Offenbar hielt er sich ganz in der Nähe auf, im Umkreis der Burg. Vielleicht übernachtete er in einem Haus im Dorf. Sie wusste nicht, was sie tun sollte, wem sie noch vertrauen konnte.

Mauvin hatte offenbar gefunden, wonach er suchte, und schnippte es über die Palisaden.

Sie öffnete den Mund, um etwas zu sagen, suchte nach den richtigen Worten und zögerte. Schon die ganze Reise lang wollte sie mit den Brüdern über die Fragen sprechen, die sich ihr in Ervanon gestellt hatten. Zumindest mit Mauvin. Sie machte den Mund zu und biss sich auf die Lippen. Wieder musste sie an den Obstgarten längst vergangener Tage denken und an den Apfelgeruch.

»Da seid Ihr ja, Hoheit«, rief Bernice und eilte mit einem Schultertuch auf sie zu. »Ihr solltet so spät nicht mehr draußen sein, das schickt sich nicht.«

»Wirklich, Bernice, du hättest zu deiner Zeit selbst Kinder haben sollen. Hör bitte auf, mich wie ein Kleinkind zu behandeln.«

Die Alte lächelte nur freundlich. »Ich passe bloß auf Euch auf, meine Liebe, und das ist auch unbedingt notwendig. Es wimmelt in dieser schrecklichen Burg vor rohen Männern, und nur dünne Wände und die Gnade des Erzbischofs schützen Eure Unschuld. Ein adliges Fräulein wie Ihr ist eine schwere Versuchung und könnte in dieser Wildnis so manchen braven Mann zu einer überstürzten Tat verleiten.« Sie musterte die beiden Brüder misstrauisch, die ihren Blick verlegen erwiderten. »Und es gibt hier eine ganze Reihe von Männern, die ich nicht einmal brav nennen könnte. In einem Schloss mit entsprechendem Hofstaat kann man sie durch entsprechendes königliches Auftreten in Schach halten, aber hier, Gnädigste, hier in dieser barbarischen Umgebung ist das so gut wie ausgeschlossen.«

»Bernice, bitte.«

»Es geht los«, rief Fanen aufgeregt.

Inzwischen war es dunkel. Das Burgtor hatte sich geöffnet und Baron Enden ritt in diesem Augenblick hindurch, gefolgt von zwei Knappen und drei Pagen mit brennenden Fackeln. Auf dem offenen Hang vor der Burg blieben sie stehen und machten sich zum Kampf gegen das Ungeheuer bereit.

Im selben Augenblick stieg ein Schrei von der Menge auf. Arista hob den Kopf. Ein schwarzer Schatten war am mondbeschienenen Himmel aufgetaucht, eine Silhouette aus Flügeln und Schwanz, die bewegungslos wie ein Falke am Himmel stand. Das Ungeheuer fing nun an, wie unschlüssig über der Burg zu kreisen, und die Menge hielt erschrocken die Luft an. Dann bemerkte es die Fackeln, die Baron Endens Pagen auf dem Abhang eifrig hin- und herschwenkten.

Es faltete die Flügel und stieß im Sturzflug nach unten wie ein auf den Ritter aus Chadwick gerichteter Pfeil. Die Fackeln bewegten sich immer hektischer, und Arista meinte zu erkennen, wie Baron Enden die Lanze einlegte und angriff. Schreie ertönten, Schreie der Angst und Panik, dann erloschen die Fackeln nacheinander.

»Der Nächste!«, rief Luis Guy.

* * *

Der Zwerg führte sie auf dem Uferweg flussaufwärts zu einer vom Mond beschienenen Stelle, an der ein großer Felsen ins Wasser ragte. Er hatte für Hadrian eine gewisse Ähnlichkeit mit einer stumpfen Speerspitze. Magnus stampfte prüfend mit dem Fuß auf und zeigte auf das Wasser. »Hier müssen wir rein. Wir schwimmen etwa zwanzig Fuß flussabwärts bis zu einer Öffnung im Ufer. Der Tunnel verläuft unmittelbar unter uns. Er führt nach unten und dann unter dem Fluss hindurch zur Festung.«

»Das alles sagt dir dein Fuß?«, fragte Royce.

Hadrian sah Esrahaddon an. »Könnt Ihr schwimmen?«

»Ich muss gestehen, es ist schon länger her, dass ich …« Esrahaddon hob die Arme. »Aber ich kann ziemlich lange die Luft anhalten. Notfalls müsst Ihr mich ziehen.«

»Ich mache den Anfang«, erklärte Royce, den Blick auf Magnus gerichtet. Er ließ das mitgebrachte Seil auf den Boden fallen und knotete sich ein Ende um die Hüften. »Gebt das Seil aus, aber lasst es nicht los. Ich weiß nicht, wie stark die Strömung ist.«

»Es gibt hier keine Strömung«, erklärte Magnus. »Eine Felsplatte staut das Wasser und dadurch entsteht eine Art kleiner Teich.«

»Verzeih, wenn ich mich darauf nicht verlasse. Wenn ich drunten bin und dreimal am Seil rucke, heißt das, ihr könnt mir folgen. Bindet das andere Ende irgendwo fest und hangelt euch daran nach unten. Aber wenn das Seil abläuft, als hättet ihr einen Riesenfisch an der Angel, zieht mich raus. Dann lynche ich den Zwerg persönlich.«

Magnus seufzte.

Hadrian ergriff das Seil. Royce schlüpfte aus seinem Mantel und seilte sich an dem Felsen wie an einer Mauer ab. Unten angekommen tauchte er in das schwarze Wasser ein und verschwand. Langsam ließ Hadrian das Seil durch die Finger gleiten. Magnus, der neben ihm stand, wirkte vollkommen ruhig. Er hatte den Kopf in den Nacken gelegt und blickte zum Himmel auf. »Was das Ungeheuer wohl heute Abend tut?«, murmelte er.

»Ich schätze mal, es vertilgt Ritter«, antwortete Hadrian. »Hoffentlich ist es damit genügend beschäftigt.«

Das Seil glitt weiter durch seine Finger, dann blieb es plötzlich stehen. Hadrian betrachtete die Stelle, an der es ins Wasser eintauchte. Die Strömung bildete einen kleinen weißen Strudel.

Es ruckte dreimal.

»Das Zeichen«, rief Hadrian. »Royce ist im Tunnel. Jetzt du, kleiner Mann.«

Magnus funkelte ihn an. »Ich bin ein Zwerg.«

»Rein mit dir.«

Magnus trat ans Ufer, hielt sich die Nase zu, stellte sich mit den Füßen zurecht und sprang. Mit einem Plumps tauchte er unter.

»Bleiben noch wir beide«, sagte Hadrian und band das Seilende an einer Birke fest, die über den Fluss hing. »Geht Ihr voraus. Ich folge Euch und sehe, wie Ihr zurechtkommt. Notfalls ziehe ich Euch mit.«

Der Zauberer nickte und wirkte zum ersten Mal, seit Hadrian ihn kannte, unsicher. Er holte dreimal tief Luft und atmete sie stoßweise wieder aus. Beim vierten Mal hielt er sie an und sprang mit den Füßen voraus. Hadrian folgte ihm in geringem Abstand.

Das Wasser war kalt – nicht so eisig, dass man keine Luft mehr bekommen hätte, aber doch kälter als erwartet. Hadrian war einen Moment lang wie betäubt. Er strampelte mit den Füßen und begann, mit dem Kopf nach unten am Seil entlangzuschwimmen. Magnus hatte recht gehabt, das Wasser war still wie in einem Teich. Er öffnete die Augen. Über sich konnte er einen schwachen blaugrauen Schein erkennen, unter ihm war alles schwarz. Panik stieg in ihm auf, denn er konnte Esrahaddon nicht sehen. Fast wie als Antwort darauf bemerkte er direkt unter sich einen schwachen Schein. Das Gewand des Zauberers leuchtete blaugrün. Esrahaddon ruderte mit Füßen und Armen und kam trotz der fehlenden Hände gut voran.

Im Schein des Gewands war das Ufer mit dem nach unten hängenden Seil zu erkennen. Das Seil verschwand in einem schwarzen Loch. Hadrian sah, wie der Zauberer hineinschlüpfte, und folgte ihm rasch, denn seine Lungen begannen zu brennen. Drinnen stieß er sich mit den Füßen ab und tauchte fast gleichzeitig mit dem Zauberer auf. Sie schwammen in einem stillen Teich in einer kleinen Höhle.

Royce hatte das andere Seilende an einen Felsen gebunden. Neben ihm brannte eine Laterne, deren Schein den Raum vollkommen ausfüllte. Es handelte sich um eine natürliche Höhle, von der ein Tunnel abzweigte. Magnus hielt sich abseits. Er war in die Betrachtung der Höhlenwände versunken oder wollte einfach nur Royce nicht zu nahe kommen.

Royce zog Esrahaddon aus dem Wasser. »Das Schwimmen

wäre Euch leichter gefallen, wenn Ihr Euer Gewand …« Er verstummte, denn sein Blick war auf das Gewand des Zauberers gefallen. Es war trocken.

Hadrian stieg aus dem Teich und spürte, wie das Wasser an ihm hinunterlief und auf den Stein tropfte. Das Tropfen hallte durch die Höhle wie das Prasseln eines Regenschauers. Esrahaddon dagegen war vollkommen trocken. Nur Haare und Bart wirkten ein wenig feucht.

Hadrian und Royce wechselten schweigend einen Blick.

Royce ergriff seine Laterne. »Kommst du, Kurzer?«

Der Zwerg brummte etwas, packte seinen Bart mit beiden Händen und wrang einige Tropfen heraus. »Vergiss nicht, mein Freund, dass Zwerge älter sind und weitaus gebildeter als …«

»Spar dir die Luft zum Laufen«, fiel Royce ihm ins Wort und zeigte auf den Tunnel. »Du gehst voraus. Und du bist nicht mein Freund.«

Sie betraten den Tunnel und tauchten in eine andere Welt ein. Die Wände waren glatt und fugenlos, wie vom Wasser ausgespült, und ihre glänzende Oberfläche verstärkte noch den Schein von Royces Laterne und machte das gerundete Tunnelinnere überraschend hell.

»Wo sind wir?«, fragte Hadrian.

»Unter dem Ufer, in der Nähe der Stelle, an der wir ins Wasser gesprungen sind«, sagte Magnus. »Der Tunnel führt von hier in Spiralen abwärts.«

»Unglaublich.« Fasziniert betrachtete Hadrian die glitzernden Wände. »Wie in einem ausgehöhlten Diamanten.«

Der Tunnel wand sich tiefer, genau wie der Zwerg es vorausgesagt hatte. Hadrian hatte die Orientierung gerade endgültig verloren, da endeten die Windungen, und der Tunnel führte geradeaus. Kurz darauf hörten und spürten sie das Donnern des

Wasserfalls. Der Stein vibrierte. Durch Decke und Wände sickerte Wasser. In tausend Jahren der Vernachlässigung hatten sich an der Decke kristallene Stalaktiten gebildet, und aus dem Boden wuchsen gezackte mineralische Ablagerungen.

»Das beunruhigt mich ein wenig«, sagte Hadrian. Das Wasser, das sich auf dem Boden gesammelt hatte, wurde mit jedem Schritt tiefer.

»Ach was!«, brummte Magnus und verfiel wieder in Schweigen.

Sie wateten weiter und vermieden es möglichst, auf spitze Steine zu treten. In die Wände waren Linien eingeritzt, geometrische Formen und Muster. Einige dünnere Linien waren kaum noch zu erkennen oder fehlten ganz, vielleicht ausgewaschen durch Milliarden von Wassertropfen. Es schien sich lediglich um Dekoration zu handeln. An der Decke waren, von den herabwachsenden Stalaktiten verdeckt, Halterungen angebracht, vielleicht für Fahnen, an den Seitenwänden hingen Lampenfassungen. Hadrian versuchte sich vorzustellen, wie der Tunnel vor der Zeit Novrons ausgesehen haben mochte – voller bunter Fahnen und von Lampenreihen hell erleuchtet.

Schon bald stieg der Tunnel wieder an, und sie sahen vor sich einen schwachen Schein. Der Tunnel endete an einer Treppe, die in einem Bogen nach oben führte. Die Stufen waren so tief, dass sie für jede zwei Schritte brauchten. Oben angekommen, hatten sie wieder den gestirnten Himmel über sich. Kurz darauf standen sie auf dem Felsen, der das Fundament der Festung bildete. Heftiger Wind schlug ihnen entgegen, die Luft war feucht und klamm. Sie standen am vorderen Ende einer kurzen steinernen Brücke, die über eine schmale Spalte führte. Dahinter ragten die Türme der monumentalen Zitadelle auf. Ihre Spitzen verloren sich in der Nacht.

Auf der anderen Seite erwarteten sie weitere Treppen. Sie gingen langsam, aber stetig und im Gänsemarsch, obwohl die Treppen breit genug gewesen wären, um zu zweit oder gar dritt nebeneinander zu gehen. So stiegen sie im Zickzack fünf Treppen hinauf, die in einem Halbkreis um die Festung herumführten. Am Anfang der sechsten Treppe wartete Royce, bis alle im Windschatten der Zitadelle angelangt waren, und ließ sie eine Verschnaufpause machen. Von unten drang das Tosen des Wasserfalls herauf, aber an ihrem windgeschützten Platz in einsamer Höhe klang es seltsam unwirklich und fern. Kein anderes Geräusch war zu hören, weder Grillen noch Eulen, nur das mächtige Rauschen des Flusses und das Heulen des Windes.

»Himmeldonnerwetter!«, rief Royce über den Lärm hinweg. »Wo ist denn diese blöde Tür? Ich stehe nicht gern so exponiert da.«

»Sie kommt über uns, es ist nicht mehr weit«, antwortete Esrahaddon.

»Wie weit denn?« Hadrian sah den Zauberer fragend an, doch der zuckte die Achseln.

»Kehrt das Ungeheuer immer gleich hierher zurück, wenn es getötet hat, oder vergnügt es sich noch ein wenig draußen?«, fragte Royce. »Ich könnte mir vorstellen, jemand, der neunhundert Jahre in dieser Festung eingesperrt war, fliegt gern ein wenig herum.«

»Das Ungeheuer ist kein Mensch und auch kein Tier, sondern eine magische Schöpfung, eine geheimnisvolle Materialisierung der Macht. Es ahmt das Leben nur nach. Zwar reagiert es auf Bedrohungen seiner Existenz, aber mit Vorstellungen wie Vergnügen oder Freiheit kann es vermutlich nichts anfangen. Wie gesagt, es lebt nicht richtig.«

»Warum frisst es dann?«, fragte Royce.

»Es frisst nicht.«

»Warum tötet es dann jede Nacht ein oder zwei Menschen?«

»Das habe ich mich selbst schon gefragt. Wahrscheinlich will es den letzten Befehl ausführen, den es bekommen hat, nämlich dass es den Imperator töten soll. Wenn es ihn nicht findet und sich zugleich nicht weit von dieser Festung entfernen kann – solche magischen Wesen können sich oft nur eine bestimmte Strecke von ihrem Schöpfer oder dem Ort ihrer Erschaffung entfernen –, dann lockt es ihn womöglich hierher. Es hat vielleicht überlegt, dass der Imperator nicht zulassen kann, dass seine Untertanen abgeschlachtet werden, und dem Dorf deshalb zu Hilfe kommt.«

»Jedenfalls sollten wir uns beeilen«, schloss Hadrian.

Sie setzten ihren Weg fort, und der Wind blies ihnen wieder ins Gesicht, pfiff ihnen in den Ohren und drückte gegen ihre Beine. Trotz der anstrengenden Kletterei froren sie in ihren nassen Kleidern. Die Türme, die über ihnen zum Nachthimmel aufragten, schienen nicht näher zu kommen. Als sie wieder vor einer kurzen Brücke standen, die unversehens an einer Mauer endete, stieg Bitterkeit in ihnen auf. War die ganze Anstrengung umsonst gewesen?

Hadrian sah, wie Royce mit einem enttäuschten Seufzer zu der Mauer hinüberstarrte.

»Sagtet Ihr nicht, da sei eine Tür?«, fragte er, an den Zauberer gewandt.

»Da war eine und ist auch eine.«

Doch Hadrian sah keine Tür. Zwar konnte man sich einbilden, die Umrisse eines Türrahmens zu erkennen, aber die Mauer bestand aus massivem Stein.

Royce verzog das Gesicht. »Wieder ein unsichtbares steinernes Portal?«

»Ihr verschwendet nur eure Zeit«, meldete sich Magnus zu Wort. »Die kriegt ihr nie auf. Glaubt mir, ich bin ein Zwerg. Ich habe stundenlang versucht, da reinzukommen, aber nichts ging. Der Stein ist verzaubert und undurchdringlich. Über den Fluss zu kommen ist im Vergleich dazu ein Kinderspiel.«

Royce musterte ihn überrascht. »Du warst schon hier? Du hast versucht, in die Festung einzudringen? Warum?«

»Ich sagte doch, ich habe an einem Auftrag der Kirche gearbeitet.«

»Du sagtest, du hättest ein Schwert für Graf Rufus geschmiedet.«

»Habe ich ja, aber der Erzbischof wollte kein gewöhnliches Schwert, sondern den Nachbau eines ganz bestimmten, eines Elbenschwerts. Er gab mir einen Stoß alter Zeichnungen, nach denen ich das Schwert angefertigt habe. Die Zeichnungen waren nicht schlecht, mit genauen Maßen und Materialangaben, aber das echte Schwert wäre als Vorlage natürlich viel besser gewesen.« Der Zwerg sah Royce vielsagend an. »Angeblich befinden sich in der Festung weitere Schwerter des gleichen Typs. Also kam ich her und bin den ganzen Tag herumgeklettert, aber ich fand keinen Eingang. Weder Türen noch Fenster, nur Umrisse davon.«

»Hatte Euer Schwert auf der Klinge eine Aufschrift?«, fragte Esrahaddon.

Magnus nickte. »Hatte es. Und die Aufschrift auf meiner Nachbildung musste unbedingt genau dieselbe sein wie die auf den Zeichnungen, das war ihnen ganz wichtig.«

»Jetzt verstehe ich das«, murmelte Esrahaddon. »Die Kirche ist nicht meinetwegen hier und will auch keinen Erben finden. Sie will einen erschaffen.«

»Einen Erben erschaffen? Das ist mir zu hoch«, sagte Hadrian. »Ihr sagtet doch, sie will den Erben töten.«

»Will sie ja auch, aber zugleich wollen sie eine Marionette erschaffen. Dieser Rufus soll den wahren Erben ersetzen. Der Legende nach kann nur ein Nachfahre Novrons einen Gilarabrywn töten. Die Kirche wird den Tod des Ungeheuers deshalb als unstrittigen Beweis dafür verkaufen, dass ihr Kandidat der wahre Erbe ist. Damit verschafft sie sich das Recht, den Königen Gesetze zu diktieren, und behindert außerdem meinen Versuch, den wahren Erben an die Macht zu bringen. Wer glaubt schon einem alten, geächteten Zauberer, wenn der Kandidat der Kirche einen Gilarabrywn bezwungen hat? Zuerst lassen sie ein paar Idioten antreten und sterben, damit klar ist, dass niemand das Ungeheuer besiegen kann. Dann kommt dieser Rufus daher, tötet es mit einem Schwert, auf das der Name des Ungeheuers eingraviert ist, und wird Imperator. Mit Rufus als Galionsfigur kehrt die Kirche an die Macht zurück und errichtet ein neues Imperium. Ausgezeichneter Schachzug, wirklich. Ich muss zugeben, damit habe ich nicht gerechnet.«

»Ein paar gemäßigte Könige wollen dabei womöglich ein Wörtchen mitreden«, meinte Hadrian.

»Die von der Kirche wissen das bestimmt so gut wie Ihr und haben einen Plan, wie sie das verhindern.«

»Müssen wir jetzt überhaupt noch rein?«, fragte Hadrian.

»Selbstverständlich«, sagte der Zauberer. »Jetzt mehr denn je.« Er lachte leise. »Stellt Euch vor, ein anderer Teilnehmer tötet das Ungeheuer, bevor der Kandidat der Kirche zum Zug kommt.«

Der Zwerg schnaubte. »Wirklich! Ich habe euch doch gesagt, ihr kommt da nicht rein. Der Stein ist massiv.«

Der Zauberer wandte sich wieder der Mauer zu. »Öffnet die Tür, Royce.«

Royce sah ihn misstrauisch an. »Was denn? Da ist nur eine

Mauer. Ohne Klinke, ohne Schloss und ohne die kleinste Fuge. Hat jemand einen Edelstein, mit dem wir es versuchen könnten?«

»Die Tür hat kein Edelsteinschloss«, erwiderte der Zauberer.

»Ganz meine Meinung«, nickte Magnus. »Und ich muss es wissen.«

»Versucht trotzdem, sie zu öffnen«, beharrte der Zauberer und starrte Royce an. »Deshalb habe ich Euch hergebracht, schon vergessen?«

Royce wandte sich wieder der Mauer zu und starrte sie missmutig an. »Wie denn?«

»Mit Intuition. Die Tür zu meinem Gefängnis habt Ihr doch auch aufgekriegt. Sie hatte auch keine Klinke.«

»Ich hatte Glück.«

»Vielleicht habt Ihr es wieder. Versucht es.«

Achselzuckend trat Royce vor die Mauer, legte die Hände ganz leicht darauf, strich mit den Fingerspitzen über den Stein und versuchte zu spüren, was seine Augen vielleicht übersahen.

»Das ist Zeitverschwendung«, sagte Magnus. »Hier wurde offenbar ein starkes Schloss eingesetzt, und ohne Schlüssel kriegt man es nicht auf. Ich kenne mich aus, ich mache selbst solche Schlösser. Sie sollen Diebe wie den da am Eindringen hindern.«

»Zugegeben«, sagte Esrahaddon, »aber Ihr unterschätzt Royce. Er ist kein gewöhnlicher Einbrecher, das habe ich gleich bei unserer ersten Begegnung gespürt. Ich weiß, dass er diese Tür aufbekommt.« Er wandte sich an Royce, der schon wieder aufgeben wollte. »Versucht nicht, sie zu öffnen, öffnet sie einfach. Denkt nicht darüber nach, tut es.«

»Wie denn?«, rief Royce verärgert. »Glaubt mir, ich hätte sie längst offen, wenn ich wüsste, wie es geht.«

»Das meine ich ja gerade, Ihr sollt nicht darüber nachdenken. Seid einmal kein Dieb, sondern macht einfach diese Tür auf.«

Royce musterte ihn böse. »Also gut«, sagte er und drückte mit der flachen Hand gegen die Mauer. Wie von der Tarantel gestochen zog er die Hand wieder zurück.

Esrahaddon strahlte über das ganze Gesicht. »Ich wusste es.«

»Ihr wusstet was?«, fragte Hadrian. »Was ist passiert?«

»Ich habe nur gedrückt.« Royce musste lachen, so absurd kam es ihm vor.

»Und?«

»Wie *und*?« Er zeigte auf die Mauer.

»Was ist passiert? Warum grinst du so?« Hadrian suchte die Wand ab. Vielleicht hatte er ja etwas übersehen, einen winzigen Spalt, eine kleine Klinke, ein Schlüsselloch, aber er entdeckte nichts. Die Wand sah genauso aus wie vorher.

»Die Tür ist aufgegangen«, sagte Royce.

Hadrian und der Zwerg starrten ihn verwirrt an. »Wie bitte?«

Royce wies mit dem Kinn auf die Tür, als könnte das alles erklären. »Seid ihr beide blind? Die Tür steht sperrangelweit offen. Dahinter ist ein Gang, der …«

»Sie können das nicht sehen«, fiel der Zauberer ihm ins Wort.

Royce blickte von ihm zu Hadrian. »Ihr seht nicht, dass die Tür jetzt offen steht? Ihr seht diese riesige, drei Stockwerke hohe Doppeltür nicht?«

Hadrian schüttelte den Kopf. »Die Mauer sieht aus wie immer.«

Magnus nickte.

»Sie sehen die Tür nicht, weil sie auch nicht eintreten können«, erklärte der Zauberer. Hadrian beobachtete, wie Royce den Kopf hob, dem Blick des Zauberers folgte und die Augen aufriss.

»Warum nicht?«

»Elbenmagie. Sie soll Feinde daran hindern, in die Festung einzudringen. Feinde stehen hier immer nur vor massiven Mauern. Das Portal ist für sie verschlossen.«

»Aber Ihr könnt es sehen?«, fragte Royce, an Esrahaddon gewandt.

»Natürlich, ganz deutlich.«

»Warum sehen wir es und die anderen nicht?«

»Wie gesagt, es handelt sich um Magie, die Feinde am Eindringen hindern soll. Ich war vor neunhundert Jahren zufällig als Gast hier. Unmittelbar danach wurde die Festung aufgegeben, und offenbar hat niemand meine Besuchserlaubnis widerrufen.« Esrahaddon wandte sich wieder der Mauer zu. »Ich glaube nicht, dass ich sie dazu bekommen hätte, sich zu öffnen, auch nicht mit Händen. Dazu brauchte ich Euch.«

»Mich?«, fragte Royce. Ihm dämmerte plötzlich eine Erkenntnis, und er starrte Esrahaddon wütend an. »Ihr wusstet über mich Bescheid?«

»Sonst wäre ich als Zauberer nicht viel wert, oder?«

Royce senkte den Blick verlegen auf seine Füße. Dann hob er ihn wieder und sah misstrauisch Hadrian an, der nur lächelte. »Du etwa auch?«

Hadrian runzelte die Stirn. »Hast du wirklich geglaubt, ich könnte jahrelang mit dir zusammenarbeiten und da nicht draufkommen? Es liegt ziemlich auf der Hand.«

»Du hast nie was gesagt.«

»Ich dachte, du wolltest nicht darüber sprechen. Du hütest das Geheimnis deiner Vergangenheit eifersüchtig, mein Lieber, und hast viele Türen, an die ich nicht klopfe. Ehrlich gesagt habe ich mich manchmal gefragt, ob du es überhaupt selbst weißt.«

»Was denn?«, fragte Magnus. »Wovon redet ihr?«

»Das geht dich nichts an«, erklärte Hadrian. »Aber es heißt, dass sich unsere Wege jetzt trennen. Wir können nicht eintreten, und ich warte nicht gerne hier vor der Tür, bis die fliegende Eidechse nach Hause kommt.«

»Kehrt am besten um«, riet Esrahaddon. »Royce und ich gehen ab hier allein weiter.«

»Wie lange werdet ihr brauchen?«, fragte Hadrian.

»Ein paar Stunden, vielleicht einen Tag«, antwortete der Zauberer.

»Ich hatte eigentlich gehofft, wir wären wieder weg, wenn das Ungeheuer kommt«, sagte Royce.

»Geht nicht. Aber für Euch sollte das kein Problem sein. Ihr seid doch bestimmt auch schon in bewohnte Häuser eingebrochen.«

»Aber nicht in welche, in denen der Hausherr mich auf einen Haps hinunterschlucken kann.«

»Dann müssen wir eben besonders leise sein.«

10

Verlorene Schwerter

»Ich bin mit gestern Abend sehr zufrieden«, erklärte Bischof Saldur und schnitt sich eine dicke Scheibe Frühstückskäse ab. Er saß zusammen mit Erzbischof Galien, Inquisitor Luis Guy und Graf Rufus an der langen Tafel des Rittersaals. Der Saal wirkte aufgrund des fehlenden natürlichen Lichts düster und drückend, woran auch die hohe Balkendecke nichts ändern konnte. Die Burg besaß überhaupt nur sehr wenige Fenster. Saldur kam sich vor wie in der Höhle eines Tieres, im Bau eines Murmeltiers oder Bibers. Die Vorstellung, dass in dieser elenden Behausung das Neue Imperium aus der Taufe gehoben werden sollte, war ein wenig enttäuschend, doch er dachte pragmatisch. Das Wo und Wie war völlig unwichtig, entscheidend war, was dabei herauskam. Entweder ging der Plan auf oder eben nicht – nur darauf kam es an. Die schöne Verpackung konnte man später noch hinzufügen.

Jetzt musste erst einmal das Imperium errichtet werden. Schon viel zu lange trieb die Menschheit ruderlos dahin. Eine starke Hand war gefragt, ein fester Griff am Steuer und ein scharfes Paar Augen, das die Zukunft im Visier hatte und das Staatsschiff in klare, ruhige Gewässer lenkte. Saldur sah vor seinem geistigen Auge eine Welt des Friedens durch Wohlstand und der Sicherheit durch Stärke. Das Feudalsystem in den vier Nationen Apeladorns hatte sich als Fessel erwiesen. Die Königreiche waren schwach und untereinander zerstritten und entsprechend arm. Sie brauchten eine zentrale Regierung mit einem aufgeklärten Herrscher an der Spitze und kompetenten, gebildeten Beamten, die sich um alle Lebensbereiche kümmerten. Unvorstellbar, was man erreichen konnte, wenn man die gesamte Kraft der Menschheit in einem Staat bündelte. Die Landwirtschaft konnte man revolutionieren, Nahrungsmittel gerecht und zu einem selbst für den Ärmsten erschwinglichen Preis verteilen und den Hunger ausrotten. Man konnte Gesetze vereinheitlichen und dadurch willkürliche Strafen grausamer Tyrannen unterbinden. Wissen aus aller Welt konnte an einem Ort gesammelt werden, und dort lernten dann die fähigsten Köpfe und entwickelten neue Ideen und Techniken. Das Transportwesen konnte durch genormte Straßen verbessert, der Gestank der Städte durch eine Kanalisation beseitigt werden. Und wenn das alles hier in diesem jämmerlichen Nest am Rand der Welt seinen Anfang nehmen sollte, war das ein kleiner Preis für eine große Sache. »Wie viele wurden getötet?«, fragte er.

Der Erzbischof zuckte die Achseln, Rufus machte sich nicht einmal die Mühe, von seinem Teller aufzusehen.

»Fünf Teilnehmer«, antwortete Luis Guy und spießte mit der Spitze seines Dolchs einen kleinen Kuchen auf.

Der Nyphron-Ritter beeindruckte Saldur immer wieder aufs Neue. Er war ein Schwert in Menschengestalt – scharf und schneidend und von einer ebenso eleganten äußeren Erscheinung. Stets hielt er sich kerzengerade, die Schultern zurückgenommen, das Kinn erhoben, den Blick unerschrocken auf sein Opfer gerichtet, das Gesicht eine in Stein gemeißelte Herausforderung an alle, die es mit ihm aufnehmen wollten – doch wehe dem Narren, der es wagte. Auch nach mehreren Tagen in der Wildnis lag jedes Härchen an seinem Platz. Er war eine Lichtgestalt der Kirche, die Verkörperung eines Ideals.

»Nur fünf?«

»Als das Ungeheuer den fünften Teilnehmer zerfleischte, wollte sich zunächst kein Freiwilliger mehr melden, und während die Teilnehmer noch zögerten, flog es fort.«

»Meint Ihr, fünf Tote genügen als Beweis, dass das Ungeheuer unbesiegbar ist?« Galien sah die anderen fragend an.

»Nein, aber wir haben womöglich keine Wahl«, sagte Guy. »Ich weiß nicht, ob es nach gestern Nacht noch Freiwillige gibt. Die Begeisterung für die Jagd ist drastisch abgekühlt.«

»Seid Ihr also bereit, Graf Rufus? Wenn sich niemand mehr meldet?« Der Erzbischof blickte zu dem ungeschlachten Krieger am Ende der Tafel hinüber.

Graf Rufus hob den Kopf. Er vertilgte gerade mit großem Appetit eine Hammelkeule, und sein struppiger Bart glänzte fettig. Unter schweren, buschigen roten Augenbrauen starrte er die anderen an und spuckte einen Knochensplitter aus. »Hängt davon ab«, sagte er. »Schneidet das Schwert, das dieser Zwerg gemacht hat, durch die Haut dieses Biests?«

»Unsere Schreiber haben die Arbeit des Zwergs mit den alten Zeichnungen verglichen«, antwortete Saldur. »Sie stimmt vollkommen mit den überlieferten Merkmalen früherer Schwerter überein, mit denen man Wesen dieser Art töten konnte.«

»Wenn es schneidet, tue ich es.« Rufus grinste fettig. »Haltet Euch schon einmal bereit, mich zum Imperator zu krönen.« Er biss wieder in die Keule, riss ein großes Stück rotes Fleisch ab und kaute voller Behagen.

Saldur konnte kaum glauben, dass der Patriarch diesen Trottel zum Imperator bestimmt hatte. Wenn Guy ein Schwert war, dann war Rufus ein Holzhammer, ein stumpfes Werkzeug für grobe Arbeiten. Aus Trent gebürtig, garantierte er die Treue der aufsässigen nördlichen Gebiete, die anders wahrscheinlich nicht zu haben war. Das stärkte sie natürlich beträchtlich. Außerdem war er in ganz Avryn und bis nach Calis hinunter beliebt, würde also auf breite Zustimmung stoßen. Dass er ein erfahrener Krieger war, half ihm gewiss, die ersten Hindernisse zu überwinden – den Gilarabrywn zu töten und den etwaigen Widerstand der Nationalisten zu brechen. Das eigentliche Problem bestand für Saldur darin, dass Rufus, ein Rauhbein und Dickkopf, nicht nur im Herzen, sondern auch im Kopf Krieger war. Er löste Probleme, indem er sie gewaltsam aus dem Weg räumte. Ihn zu bändigen war vermutlich schwer. Andererseits, warum sich jetzt schon den Kopf über die Probleme eines Imperiums zerbrechen, das noch gar nicht existierte? Zuerst mussten sie es erschaffen, über die Eignung des Imperators konnten sie später noch nachdenken. Wenn Rufus zum Problem würde, könnten sie jederzeit dafür sorgen, dass er, sobald er einen Sohn hätte und dieser Sohn sich in ihrem sicheren Gewahrsam befände, vorzeitig aus dem Leben schied.

»Na dann«, sagte Galien, »wäre ja alles geregelt.«

»Ihr habt mich nur deshalb herbestellt?«, fragte Guy ein wenig gereizt.

»Nein«, erwiderte Galien, »mir ist heute Morgen etwas Interessantes zu Ohren gekommen, das ich Euch nicht vorenthalten will, Luis. Es wird Euch vermutlich sehr interessieren. Carlton, bitte den Diakon Tomas herein.«

Galiens Diener Carlton, der damit beschäftigt gewesen war, mit Wasser gestreckten Wein einzuschenken, eilte zur Tür und öffnete sie. »Seine Gnaden will Euch jetzt sprechen.«

Ein untersetzter, korpulenter Mann im Priesterrock trat ein.

»Luis Guy, Graf Rufus, ich darf Euch Diakon Tomas aus Dahlgren vorstellen. Tomas, das ist Graf Rufus, Luis Guy. Bischof Saldur kennt Ihr ja schon.«

Tomas nickte und lächelte nervös.

»Worum geht es?«, fragte Guy, als sei Tomas gar nicht anwesend.

»Na los, Tomas, erzählt dem Herrn, was Ihr vorhin mir erzählt habt.«

Der Diakon wechselte das Standbein und wich den Blicken der Anwesenden aus. Dann begann er zu sprechen, allerdings so leise, dass die anderen sich anstrengen mussten, ihn zu verstehen. »Ich habe Seiner Gnaden berichtet, wie ich für den Markgrafen eingesprungen bin und hier nach dem Rechten gesehen habe. Im Dorf herrscht schreckliche Not, aber ich habe versucht, wenigstens die Burg einigermaßen instand zu halten. Dass die Dörfler in die Burg eingefallen sind, war nicht meine Idee. Ich wollte es verhindern, aber ich bin allein und konnte unmöglich …«

»Ja, ja, erzählt ihm von dem Krüppel«, unterbrach ihn der Erzbischof.

»Gewiss. Also, Esra kam vor, ich weiß nicht, etwa einem Monat ins Dorf. Er …«

»Esra?« Guy hob abrupt den Kopf und sah den Erzbischof und Saldur an. Die beiden lächelten wissend.

Diakon Tomas nickte. »So heißt er. Ein wortkarger Mensch, aber die Dörfler sind brave Leute. Sie gaben ihm abwechselnd zu essen, denn dem Unglücklichen fehlen ja beide Hände.«

»Esrahaddon!«, zischte Guy. »Wo steckt die Schlange?«

Tomas trat erschrocken einen Schritt zurück.

»Äh, keine Ahnung, er kommt und geht. Soweit ich mich erinnere, hielt er sich noch häufiger im Dorf auf, bevor die beiden Fremden kamen.«

»Die beiden Fremden?«, fragte Guy.

»Freunde der Familie Wood, soviel ich weiß. Wenigstens kamen sie mit Thrace und verbrachten viel Zeit mit ihr und ihrem Vater. Seit sie hier sind, ist Esra meist mit dem Stilleren der beiden unterwegs – ich glaube, er heißt Royce.«

»Royce Melborn und Hadrian Blackwater, die beiden Diebe, die dem Zauberer bei der Flucht aus dem Gutaria-Gefängnis geholfen haben! Sie und Esrahaddon halten sich alle drei hier in diesem Dorf auf?« Saldur und Galien nickten.

»Höchst sonderbar, nicht wahr?«, bemerkte der Erzbischof. »Vielleicht haben wir mit Arista die Falsche engagiert. Sieht aus, als hätte der alte Zauberer inzwischen die beiden Diebe ins Vertrauen gezogen. Aber die eigentliche Frage ist natürlich: Was haben die drei hier zu suchen? Es kann kein Zufall sein, dass Esrahaddon in genau dem Moment hier in diesem Provinznest auftaucht, in dem der Imperator gekrönt werden soll.«

»Er kann von unseren Plänen nichts wissen«, sagte Guy.

»Er ist ein Zauberer und Zauberer finden Dinge heraus. Wie auch immer, vielleicht könnt Ihr in Erfahrung bringen, was er beabsichtigt.«

»Aber er darf Euch nicht bemerken«, fügte Saldur hinzu. »Bevor wir ihn aufscheuchen, soll er uns zu seiner Höhle führen.«

***

Hadrian faltete die Decke zweimal der Länge nach, rollte sie fest zusammen und zurrte das Bündel mit zwei Lederriemen fest. Die ihnen verbliebene Ausrüstung lag in ordentlich verschnürten Packen auf dem Boden. Sie hatten noch das Zelt, Proviant und Futter für die Pferde, außerdem Royces Sattel,

Satteltaschen und Zaumzeug. Hadrian hatte sein Sattelzeug sowie seine Schwerter zusammen mit Millie verloren. Leider konnten sie unmöglich beide auf Royces Pferd reiten und das Gepäck auch noch draufpacken. Also mussten sie das Gepäck mit dem Pferd transportieren und selbst zu Fuß gehen.

»Da bist du ja.«

Hadrian hob den Kopf. Theron näherte sich vom Haus der Bothwicks. Er war mit einem leeren Eimer in der Hand zum Brunnen unterwegs.

»Du warst gestern Abend verschwunden und ich machte mir schon Sorgen, es könnte dir etwas zugestoßen sein.«

»Gestern Abend ist ja offenbar alles ruhig geblieben«, sagte Hadrian.

»Im Dorf schon, stimmt, droben in der Burg wohl weniger. Von dort kam viel Gebrüll und Geschrei und heute Morgen ist den Herren die Feierlaune vergangen. Ich vermute mal, das Ungeheuer konnte nicht plangemäß erlegt werden.« Therons Blick fiel auf das Gepäck. »Beim Packen? Ihr reist also auch ab?«

»Gewiss. Es gibt keinen Grund, noch länger zu bleiben. Wie geht es Thrace?«

»Gut, danke. Sie hat sich mit einigen Adligen angefreundet, sagt sie. Und sie liegt nicht mehr im Bett und die Kopfschmerzen sind fast verschwunden. Wahrscheinlich brechen wir morgen auf.«

»Freut mich zu hören«, sagte Hadrian.

»Wer ist dein Freund?« Theron zeigte auf den Zwerg, der einige Schritte entfernt im Schatten einer Pappel saß.

»Ach der. Theron, darf ich dir Magnus vorstellen? Er ist mehr ein Mitarbeiter als ein Freund.« Hadrian überlegte kurz und fügte dann hinzu: »Oder eigentlich mehr ein Feind, den ich bewache.«

Theron nickte verwirrt und der Zwerg brummte etwas, das sie beide nicht verstanden.

»Was wird aus meinem Unterricht?«, fragte Theron.

»Soll das ein Scherz sein? Warum Unterricht nehmen, wenn ihr morgen sowieso abreist?«

»Bist du anderweitig beschäftigt? Außerdem lauern auf der Straße auch Gefahren und es kann nicht schaden, ein paar Kniffe zu kennen. Oder willst du mir zu verstehen geben, dass der Unterricht jetzt Geld kostet?«

»Nein.« Hadrian machte eine ungeduldige Handbewegung. »Hol die Stöcke.«

Gegen Mittag brannte die Sonne heiß auf sie nieder, und Hadrian schwitzte. Theron hatte große Fortschritte gemacht. Magnus saß auf einem umgedrehten Eimer und beobachtete den Übungskampf interessiert. Hadrian erklärte, wie man ein Schwert richtig hielt und führte. Mit zwei Harkenstielen war das gar nicht so einfach.

»Wenn du das Schwert mit beiden Händen hältst, bist du weniger beweglich und deine Reichweite ist geringer, dafür kannst du mit größerer Wucht zuschlagen. Ein guter Schwertkämpfer weiß, wann er von zwei Händen auf eine wechseln muss und umgekehrt. Wenn du gegen einen Feind mit einer längeren Reichweite kämpfst, tu es mit einer Hand. Wenn du dagegen einen dicken Panzer durchbohren willst, ergreif das Heft mit beiden Händen – vorausgesetzt, du hältst in der anderen Hand nicht einen Schild. Vergiss nicht zu schreien, wie ich es dir gezeigt habe. Dann führ den Hieb mit aller Kraft. Ein normaler Brustpanzer hält einem Schwerthieb nicht stand. Dazu ist er nicht geschaffen. Er kann einen Streifschlag abwehren und die Schwertspitze abgleiten lassen. Erfahrene tragen deshalb ganz glatte Brustpanzer ohne jeden Schmuck. Man sieht die hohen Herren ja immer in vergoldeten Phantasierüstungen aus ganz dünnem, leichtem Metall herumlaufen – sie stecken in einer tödlichen Falle. Aber sie kämpfen ja auch nicht wirklich. Das überlassen sie schön ihren Rittern. Sie spazieren nur herum und sehen fesch aus. Wenn du also einen Stoß führst, ziele auf eine Fuge, Rille oder Naht der Rüstung, irgendetwas, an dem die Schwertspitze hängenbleibt. Die Achseln eignen sich dazu hervorragend oder der Nasenschutz. Wer mit einem drei Fuß langen Schwert in die Spalte unter dem Nasenschutz stößt, braucht keinen Gegenangriff mehr zu befürchten.«

»Wie kannst du diesem armen Menschen ohne richtige Schwerter etwas beibringen?«

Sie drehten sich um. Mauvin Pickering kam auf sie zu. Er trug nur eine schlichte blaue Tunika. Verschwunden war der schmucke Junker von Galinin, stattdessen erinnerte er wieder mehr an den Jungen, den Hadrian damals in Drondilsfeld kennengelernt hatte. Er hielt zwei Schwerter in den Händen, und an seinem Rücken hingen zwei kleine Rundschilde.

»Ich habe euch von der Burg aus gesehen und dachte, die könntet ihr vielleicht gebrauchen.« Er reichte Theron ein Schwert und einen Schild, und der Bauer nahm beides ungeschickt entgegen. »Die Ersatzgarnitur von mir und Fanen.«

Theron musterte ihn misstrauisch und sah Hadrian fragend an.

»Nimm sie ruhig«, sagte Hadrian und wischte sich mit dem Ärmel den Schweiß von der Stirn. »Mauvin hat recht. Dann weißt du, wie richtige Waffen sich anfühlen.«

Als Theron den Schild ein wenig ratlos in den Händen hielt, zeigte Mauvin ihm, wie er den Arm durch die Lederriemen schieben musste.

»Siehst du, Hadrian? Dein Schüler muss doch lernen, wie man einen Schild hält. Es sei denn natürlich, du rechnest damit, dass er die ganze Zeit nur gegen Bäume kämpft. Wo sind übrigens deine Schwerter?«

»Die habe ich verloren«, sagte Hadrian ein wenig kleinlaut.

»Hattest du nicht genug für fünf?«

»Ich habe eine schlechte Woche hinter mir.«

»Und wer ist der?« Mauvin sah den Zwerg an.

Hadrian wollte schon antworten, dann hielt er inne. Alric hatte Mauvin wahrscheinlich ausführlich von dem Zwerg erzählt, der seinen Vater ermordet hatte. »Der? Äh … niemand.«

»Na gut …« Mauvin lachte und hob grüßend die Hand. »Sehr erfreut, dich kennenzulernen, Herr Niemand.« Er ging zum Brunnen, setzte sich auf den Rand und verschränkte die Arme vor der Brust. »Na los, zeig mir, was Hadrian dir beigebracht hat.«

Hadrian und Theron setzten ihren Übungskampf fort, allerdings langsamer, denn die scharfen Schwerter machten Theron nervös. Er verlor schon bald die Lust und blieb verdrossen vor Mauvin stehen.

»Könnt Ihr mit diesen Dingern umgehen?«

Mauvin hob überrascht die Augenbrauen. »Wurden wir eigentlich schon einander vorgestellt, mein Bester? Ich bin Mauvin Pickering.« Er grinste.

Theron kniff verwirrt die Augen zusammen und warf Hadrian einen Blick zu. Als der schwieg, wandte er sich wieder an den jungen Mann. »Ich habe Euch nicht nach Eurem Namen gefragt, sondern danach, ob Ihr mit einem Schwert umgehen könnt.«

»Aber … ich … ach, auch egal. Ja, kann ich.«

»Gut. Denn ich habe mein ganzes Leben auf Bauernhöfen zugebracht oder in Dörfern, die nicht viel größer waren als dieses, und hatte nie Gelegenheit, anderen beim Kämpfen zu-

zusehen. Es könnte mir aber helfen, wenn es mir jemand richtig vormacht.«

»Du willst eine Vorführung?«

Theron nickte. »Sonst weiß ich ja nicht, ob Hadrian überhaupt weiß, was er tut.«

»Also gut.« Mauvin stand auf, spreizte die Finger und schüttelte die Hände aus. Er lächelte vergnügt, als habe Theron ihn gerade aufgefordert, sein Lieblingsspiel zu spielen.

Hadrian und Mauvin nahmen Aufstellung, Magnus und Theron setzten sich zum Zusehen auf den Boden. Die beiden führten die grundlegenden Techniken zuerst ganz langsam vor und dann in Kampfgeschwindigkeit. Im Anschluss daran erklärte Hadrian noch einmal jede Bewegung.

»Hast du das gesehen? Mauvin glaubte, ich wollte einwärts nach seinem Schenkel schlagen, und hat deshalb für einen kurzen Moment nicht aufgepasst. Dass ich das tun würde, habe ich ihm durch eine Bewegung der Schulter suggeriert, noch bevor ich den Schlag überhaupt ausgeführt habe. Ich wusste, was Mauvin tun würde, weil ich seine Reaktion provoziert habe. Ich wusste es, noch bevor er es tat, und das ist beim Kämpfen sehr nützlich.«

»Genug unterrichtet«, rief Mauvin, etwas ungehalten darüber, dass Hadrian an ihm einen Fehler demonstrierte. »Jetzt geben wir ihm eine richtige Vorführung.«

»Ihr wollt eine Revanche?«, fragte Hadrian.

»Mich interessiert, ob du nur Glück gehabt hast.«

Hadrian lächelte. »Pickerings«, murmelte er.

Er zog sein Hemd aus, wischte daran Gesicht und Hände ab und ließ es ins Gras fallen. Dann hob er sein Schwert. Mauvin griff sofort an und die beiden begannen zu kämpfen. Pfeifend sausten die Schwerter durch die Luft, so schnell, dass die Bewegungen verschwammen. Hadrian und Mauvin tänzelten auf den Fußballen umeinander herum und wirbelten dabei eine kniehohe Staubwolke auf.

»Bei Mar!«, rief Theron.

Die beiden blieben abrupt stehen. Sie keuchten vor Anstrengung.

Mauvin starrte Hadrian wütend und zugleich verblüfft an. »Du spielst mit mir.«

»Was stört Euch daran? Soll ich Euch töten?«

»Das nicht, aber … wie der Bauer gesagt hat … bei Mar! Du kämpfst wie niemand sonst, den ich kenne. Du bist unglaublich gut.«

»Ich fand euch beide unglaublich gut«, sagte Theron. »So etwas habe ich noch nie gesehen.«

»Ganz meine Meinung«, fiel Magnus ein. Er war aufgestanden und nickte heftig.

Hadrian ging zum Brunnen, kippte sich einen halben Eimer Wasser über den Kopf und schüttelte es sich dann aus den Haaren.

»Im Ernst, Hadrian«, sagte Mauvin, »von wem hast du das gelernt?«

»Von einem Mann namens Dangrab Blackwater.«

»Blackwater? Heißt du nicht selbst so?«

Hadrian nickte, und in seine Augen trat ein melancholischer Blick. »Er war mein Vater.«

»War?«

»Er ist tot.«

»War er Soldat? Ein General?«

»Schmied.«

»Schmied?« Mauvin sah ihn ungläubig an.

»In einem kleinen Dorf wie diesem. Ihr wisst schon, der Typ, der Hufeisen macht und Rechen und Töpfe.«

»Soll das heißen, ein kleiner Dorfschmied beherrschte die

geheime Kampfkunst der Teshlor-Ritter? Ich habe einige Techniken aus dem Tek'chin erkannt, das mein Vater mir beigebracht hat. Ich kann nur vermuten, dass der Rest aus den anderen vergessenen Disziplinen der Teshlor-Ritter stammt.«

Die anderen starrten Mauvin verständnislos an.

»Die Teshlor-Ritter?« Mauvin sah sich um – tiefstes Schweigen. Er verdrehte die Augen und seufzte. »Ich bin von Heiden umgeben, von ignoranten Heiden. Die Teshlor waren die größten Ritter aller Zeiten und die Leibwächter des Imperators. Angeblich hat Novron selbst sie in den Fünf Disziplinen des Kampfes unterwiesen. Das Tek'chin ist nur eine davon, und allein die Beherrschung dieser Disziplin hat die Pickerings zu einer Legende gemacht. Dein Vater kannte offenbar das Tek'chin und auch andere Disziplinen der Teshlor, von denen ich glaubte, sie seien schon seit tausend Jahren vergessen. Und du willst mir erzählen, er sei Hufschmied gewesen? Er war wahrscheinlich der größte Krieger seiner Zeit. Du weißt nicht, was er vor deiner Geburt gemacht hat?«

»Wahrscheinlich dasselbe wie danach.«

»Woher konnte er dann kämpfen?«

Hadrian überlegte. »Ich habe immer angenommen, dass er es beim Dienst in der lokalen Armee gelernt hat. Einige Männer aus dem Dorf haben ihrem Herrn als Soldaten gedient. Ich bin davon ausgegangen, dass auch er gekämpft hat. Jedenfalls hat er so geredet.«

»Du hast ihn nie gefragt?«

Hufgedonner unterbrach sie. Drei Reiter näherten sich dem Dorf von der Burg des Markgrafen. Sie waren in Schwarz und Rot gekleidet und trugen auf der Brust das Emblem der zerbrochenen Krone. An ihrer Spitze ritt ein hochgewachsener dünner Mann mit langen schwarzen Haaren und einem gestutzten Bart.

»Ein Künstler des Schwerts«, sagte der Anführer. Er ritt auf Hadrian zu und brachte seinen schwarzen Hengst mit einem scharfen Ruck vor ihm zum Stehen. Der Hengst schnaubte und stampfte. Er war mit einer scharlachrot-schwarzen Schabracke mit geflochtenen Troddeln geschmückt, und auf seinem scharlachroten Kopfteil stand nickend ein hoher schwarzer Federbusch. »Ich habe mich schon gefragt, warum der Sohn von Graf Pickering heute nicht an den Vorbereitungskämpfen für das Turnier teilnimmt, aber jetzt sehe ich, dass Ihr einen würdigeren Übungspartner gefunden habt. Wer ist der vortreffliche Mann und warum bin ich Euch noch nicht in der Burg begegnet?«

»Ich bin nicht hier, um mich um die Krone zu bewerben«, sagte Hadrian schlicht und schlüpfte in sein Hemd.

»Nein? Wie schade, denn es wäre sicher einen Versuch wert gewesen. Wie heißt Ihr?«

»Hadrian.«

»Freut mich, Euch kennenzulernen, Herr von Hadrian.«

»Nur Hadrian.«

»Verstehe. Wohnt Ihr hier, Herr *nur* Hadrian?«

»Nein.«

Der Reiter schien über die kurzen Antworten verstimmt und trieb sein Pferd drohend noch dichter an ihn heran. Der warme, feuchte Atem des Tieres schlug Hadrian ins Gesicht. »Was tut Ihr dann hier?«

»Ich bin nur auf der Durchreise«, antwortete Hadrian auf seine gewohnt liebenswürdige Art. Sogar ein kleines Lächeln gelang ihm.

»Ach wirklich? Einfach so auf der Durchreise durch Dahlgren? Wohin führt eine Reise durch Dahlgren denn, wenn ich fragen darf?«

»In alle möglichen Richtungen, je nachdem, aus welcher

Perspektive man es betrachtet. Alle Straßen führen doch irgendwohin, nicht wahr?« Hadrian hatte es satt, sich verteidigen zu müssen, und kehrte den Spieß um: »Aus welchem Grund interessiert Ihr Euch dafür?«

»Ich bin Inquisitor Luis Guy und organisiere das Turnier. Ich muss wissen, ob sich alle Teilnehmer auf der Liste eingetragen haben.«

»Ich habe Euch bereits gesagt, dass ich nicht wegen des Turniers hier bin.«

»Richtig.« Guy ließ den Blick langsam über die anderen wandern. Bei Magnus verharrte er ein wenig länger. »Ihr seid nur auf der Durchreise, sagt Ihr, aber vielleicht wollen Eure Reisegefährten teilnehmen.«

War das eine Falle? Hadrian beschloss, trotzdem zu antworten. »Von denen will das keiner.«

Er knirschte mit den Zähnen. Es war also doch eine Falle gewesen, schalt er sich stumm.

»Ihr seid also nicht allein?«, fuhr der Inquisitor fort. »Wo sind Eure Gefährten?«

»Keine Ahnung.«

»Nein?«

Hadrian schüttelte den Kopf – je weniger er sagte, desto weniger Fehler konnte er machen.

»Wirklich nicht? Ihr meint, sie könnten in diesem Augenblick den Wasserfall hinunterstürzen, aber es wäre Euch vollkommen egal?«

»Das habe ich nicht gesagt«, erwiderte Hadrian ein wenig gereizt.

»Trotzdem interessiert Euch nicht, wo sie sind?«

»Sie sind selbst erwachsen.«

Der Inquisitor lächelte. »Und wer sind diese Erwachsenen? Sagt es mir doch, damit ich sie später noch fragen kann.«

Hadrian begriff zu spät, dass er einen Fehler gemacht hatte. Er kniff die Augen zusammen. Der Mann vor ihm war schlau – gefährlich schlau.

»Habt Ihr die Namen etwa auch vergessen?« Luis Guy beugte sich im Sattel vor.

»Nein.« Hadrian versuchte ihn hinzuhalten, während er krampfhaft überlegte.

»Wer sind sie?«

»Also …«, begann er. Hätte er doch seine eigenen Schwerter dabeigehabt und nicht das geliehene. »Ich weiß wie gesagt nicht, wo sie *beide* sind. Mauvin steht natürlich neben mir, aber ich habe keine Ahnung, wo sich Fanen herumtreibt.«

»Ihr müsst Euch irren. Die Pickerings sind mit mir und meinem Gefolge gekommen.«

»Stimmt, aber sie wollen mit mir nach Hause zurückkehren.«

Guys Augen verengten sich zu Schlitzen. »Ihr behauptet also, Ihr wärt ganz alleine hierher gekommen – auf der Durchreise, wie Ihr es nennt – und hättet Euch dann zufällig mit den Pickerings für die Heimreise verabredet?«

Hadrian sah ihn lächelnd an. Natürlich war es plump und wenig überzeugend, so als ließe er im Zweikampf das Schwert fallen, um den Gegner mit bloßen Händen zu packen, aber mehr ging im Moment nicht.

»Stimmt das, Pickering?«

»Selbstverständlich«, antwortete Mauvin sofort.

Guy wandte sich wieder an Hadrian. »Wie praktisch für Euch«, sagte er enttäuscht. »Na, dann will ich Euch nicht länger vom Üben abhalten. Einen schönen Tag noch, meine Herren.«

Die drei Männer wendeten und ritten in Richtung Fluss.

»Das war ja gruselig«, murmelte Mauvin und starrte ihnen

hinterher. »Dass ein Inquisitor sich für dich interessiert, bedeutet nichts Gutes, am allerwenigsten bei Luis Guy.«

»Wer ist das?«, fragte Hadrian.

»Ich kenne im Grunde nur Gerüchte. Luis Guy ist ein glühender Anhänger der Kirche, aber ich weiß, dass sogar viele ihrer Mitglieder ihn fürchten. Er gehört zu den Leuten, die Könige verschwinden lassen können. Außerdem ist er angeblich davon besessen, den Erben Novrons zu finden.«

»Sind das nicht alle Seret-Ritter?«

»Der kirchlichen Lehre nach schon. Aber er ist es auch in Wirklichkeit, und deshalb ist er hier.«

»Und seine beiden Begleiter?«

»Gehören zu den Seret, den Rittern der Nyphronkirche. Sie unterstehen keinem Land und keinem König, nur den Inquisitoren und dem Patriarchen.«

Mauvin sah Hadrian an. »Behalte das Schwert lieber. Sieht so aus, als könntest du es noch gebrauchen.«

***

Royce hatte seine Laterne lange vor der Rückkehr des Ungeheuers gelöscht, trotzdem konnte er gut sehen. Licht drang durch die Mauern Avemparthas, sickerte durch den Stein wie durch Rauchglas. Draußen graute der Morgen, wie er der Veränderung der Farbe des Lichts entnahm. Das dämmrige Blau hellte sich zu einem gedämpften Weiß auf.

Dann ging die Sonne auf, und das Innere der Festung erstrahlte in Farben von seltener Schönheit. Über ihm wölbte sich mehrere hundert Fuß hoch die Decke in luftigen Bögen, und ihm war, als stehe er nicht in einem geschlossenen Raum, sondern an einem Ort, dessen Horizont sich lediglich im Dunst verlor. Das Tosen der hinabstürzenden Wassermassen drang, durch die Mauern der Festung gebändigt, nur als leises, beruhigendes Rauschen zu ihm herein.

Aus hauchdünnem Stoff gewobene Banner hingen von der hohen Decke herunter, bedeckt mit rätselhaft schimmernden Symbolen. Er hätte nicht sagen können, ob es sich um königliche Standarten handelte, um Gesetzestexte, Wegweiser zu anderen Sälen oder nur schmückendes Beiwerk ohne Bedeutung. Jedenfalls wirkten die verschlungenen Muster auch nach tausend Jahren noch hinreißend lebendig, Zeugnisse einer nicht von Menschenhand geschaffenen, in ihrer Tiefe unergründlichen Kultur. Er hatte noch nie ein Gebäude der Elben betreten, und ein seltsamer Frieden erfüllte ihn. Es war eine stille, schöne Welt. Sie ähnelte keiner anderen Welt, die er kannte, und trotzdem kam sie ihm zugleich merkwürdig vertraut vor. Von innerer Ruhe erfüllt wanderte er durch die Gänge. Die Formen und Schatten, die er sah, berührten Saiten in ihm, von deren Existenz er nichts gewusst hatte. Sie redeten in einer Sprache zu ihm, die er nicht verstand. Nur hin und wieder verdichtete sich die Flut von Eindrücken, die ihn zugleich befremdete und begeisterte, zu einem Wort oder einer Wendung. Ziellos, wie von hellem Licht geblendet, ging er weiter.

Er wanderte von Zimmer zu Zimmer, stieg Treppen hinauf und trat auf Balkone hinaus. Er folgte keinem bestimmten Weg, sondern ließ sich treiben, lauschend und in die Betrachtung seiner Umgebung verloren. Ein wenig beunruhigt stellte er fest, dass jeder Schritt, den er tat, von der jahrhundertealten Staubschicht festgehalten wurde, welche die Böden bedeckte. Zugleich sah er fasziniert, dass der Boden unter dem Staub so klar leuchtete wie eine stille Wasseroberfläche.

Auf dem Weg durch die verschiedenen Räume kam er sich vor wie in einem Museum, einer Welt, in der die Zeit abrupt stehengeblieben war. Teller standen noch vor leeren Stühlen, einige davon umgekippt – Spuren dramatischer Geschehnisse vor fast tausend Jahren. Bücher waren an Stellen aufgeschlagen, an denen jemand sie vor neunhundert Jahren gelesen hatte. Und für diejenigen, die damals hier gesessen hatten, war die Festung auch schon uralt gewesen. Abgesehen von seiner dramatischen Geschichte war Avempartha für die Elben schon aufgrund seines Alters ein Denkmal, ein heiliger Ort, ein Bindeglied zu einer grauen Vorzeit. Es war beileibe nicht nur eine Festung, sondern viel mehr. Royce wusste es, ohne dass er hätte sagen können, woher.

Esrahaddon hatte sich gleich nach Betreten der Festung von Royce getrennt und ihm nur die ungefähre Richtung gewiesen, in die er gehen sollte. Royce werde das Schwert irgendwo über dem Eingang finden, hatte er gesagt, er selbst müsse anderswohin. Doch inzwischen waren Stunden vergangen. Draußen wurde es schon wieder dunkel, und Royce hatte das Schwert immer noch nicht gefunden. Ständig lenkten ihn neue Anblicke, Geräusche und Gerüche ab. Er konnte gar nicht alles auf einmal verarbeiten und einordnen und hatte bald die Orientierung verloren.

Er folgte seiner eigenen Spur zurück und stellte fest, dass seine Fußabdrücke sich überlappten und er offenbar im Kreis gegangen war. Dann hörte er ein neues Geräusch, das ihn im Unterschied zu den bisherigen Geräuschen beunruhigte – ein abgehacktes, keuchendes Atmen.

In jeder Richtung, in die er gehen konnte, sah er seine eigenen Spuren, mit einer Ausnahme – einer Treppe, an deren Fuß das Atmen lauter zu hören war. Er wusste nicht, wie viele Stockwerke er bereits hinaufgestiegen war, nur dass er bisher keinerlei Schwerter gesehen hatte. Langsam und so leise wie möglich schlich er die Treppe hinauf.

Er war erst fünf Stufen gegangen, da fiel sein Blick auf das erste Schwert. Es lag von einer dicken Staubschicht bedeckt auf einer Stufe neben einer knochigen Gestalt. Die Kleidung, welche die Gestalt getragen hatte, hatte sich aufgelöst, die Rüstung dagegen war intakt. Weiter oben bemerkte er weitere Gestalten. Es gab zwei Arten von Leichen – Menschen mit breiten, schweren Harnischen und Beinschienen und Elben in filigranen blauen Rüstungen. Hier hatten sie ihren letzten Kampf zur Verteidigung des Imperators gefochten. Im Tod waren Elben und Menschen übereinander gesunken.

Royce bückte sich und strich mit dem Daumen über die Klinge des Schwerts zu seinen Füßen. Der Elbenstahl, der unter dem Staub zum Vorschein kam, blitzte wie neu, trug aber keine Aufschrift. Royce blickte die Treppe hinauf und stieg zögernd über die Leichen weiter nach oben.

Das Atmen wurde lauter und tiefer, wie Wind, der durch eine weite Höhle weht. Vor Royce öffnete sich ein Raum, und er trat so lautlos ein wie der Schatten einer Katze. Der Raum war rund, und eine weitere Treppe führte von ihm aus nach oben. Royce spürte und roch frische Luft. Durch hohe, schmale Fenster fiel ungehindert Licht, aber irgendwo über ihm musste ein noch größeres Fenster sein.

Zuletzt fiel sein Blick auf eine Vitrine an der Wand, in der in einem Gestell Elbenschwerter aufgereiht standen. Eine dünne Kette trennte den Bereich vom restlichen Raum ab, das Ganze wirkte wie ein Denkmal, ein Ehrenmal der Erinnerung. Davor stand auf einem Sockel eine Gedenktafel, in die Wand dahinter waren Inschriften auf Elbisch eingraviert. Royce sprach nur wenige Brocken Elbisch, und die Schrift der Texte vor ihm war so verschnörkelt, dass er zwar einige Buchstaben lesen konnte, aber kein einziges Wort.

In dem Gestell standen Dutzende von Schwertern. Sie sahen alle genau gleich aus, und Royce konnte deutlich die in die Klingen eingravierten Inschriften und Einkerbungen erkennen. Ein Platz war leer.

Mit einem stummen Seufzer riss er sich von dem Anblick los und stieg die nächste Treppe hinauf. Die Luft wurde mit jedem Schritt frischer. Zugluft hatte den Staub in Ritzen und Ecken geweht. Von der Treppe zweigten andere Gänge ab, aber Royce stieg, einem Instinkt folgend, weiter in Richtung des Atemgeräusches.

Endlich endete die Treppe und er erblickte über sich den offenen Himmel. Vor ihm schwebte ein runder Balkon, dessen Wände wie Blütenblätter geformt waren. Statuen hatten ihn einst gesäumt, aber sie lagen in Scherbenhaufen auf dem Boden. In der Mitte dazwischen lag schlafend der schreckliche Gilarabrywn, eine riesige, schwarzgeschuppte Echse mit aus Knochen und grauer Haut bestehenden Flügeln. Er hatte sich zusammengerollt und den Kopf auf den Schwanz gelegt, und sein Rumpf hob und senkte sich im Rhythmus seiner tiefen, langen Atemzüge. Seine Pranken waren mit vier zwölf Zoll langen schwarzen Klauen besetzt, an denen getrocknetes Blut klebte. Sie hinterließen tiefe Furchen, wenn das Ungeheuer sie im Schlaf über den Boden zog. Zwischen ledrigen Lippen ragten lange, scharfe Fänge hervor, dazwischen wurde ein wildes Sammelsurium furchterregender, nadelspitzer Zähne sichtbar. Die Ohren hatte das Ungeheuer an den Kopf angelegt, die Augen waren durch breite Lider verschlossen, unter denen die Pupillen unruhig hin und her wanderten. Royce hatte keine Ahnung, von welchen dunklen Bildern es träumte. Sein langer Schwanz, am Ende mit einem Widerhaken ähnlich einem säbelartigen Knochen besetzt, zuckte.

Royce schreckte aus seinen Betrachtungen auf und verfluchte sich für seine Säumigkeit. So faszinierend das Ungeheuer anzusehen war, er durfte sich nicht davon ablenken lassen. Nur durch eiserne Konzentration auf seine Aufgabe konnte er dem sicheren Tod entrinnen.

Er hatte sich nie gern an Orten mit Tieren aufgehalten. Hunde bellten beim leisesten Geräusch oder Geruch. Er hatte sich schon an vielen schlafenden Hunden vorbeigestohlen, aber einige hatten seine Anwesenheit trotzdem gespürt. Gewaltsam riss er sich zusammen, wandte den Blick ab und ließ ihn durch das übrige Zimmer wandern. Überall herrschte Chaos, lagen zerbrochene Lampenhalterungen und andere Trümmer herum. Bei näherer Betrachtung bemerkte er freilich noch andere, schrecklichere Dinge. Darunter einige dunkel verklebte Fetzen von Mae Drundels Kleid. An ihnen hing ein kleines Stück Kopfhaut mit einer langen, grauen Haarsträhne. Dazu kamen andere, gleichermaßen entsetzliche Körperteile, Arme, Füße, Finger und Hände, achtlos beiseitegeworfen wie Garnelenschwänze. Er sah Millie, Hadrians braune Stute, oder genauer eines ihrer Hinterbeine und den Schwanz. Unweit davon entdeckte er zu seiner Verblüffung Millies Sattel und Hadrians Schwerter, beides zum Glück leicht zu erreichen.

Mit den langsamen Bewegungen einer jagenden Gottesanbeterin arbeitete er sich Zoll für Zoll um den Haufen aus Trümmern und Leichenteilen herum. Dabei entdeckte er noch etwas. Leichenteile und Kleiderfetzen lagen zuoberst auf dem Haufen aus Knochen und Geröll. Aber darunter, in der untersten Ablagerungsschicht, sah er etwas stählern aufblitzen, nur einen kleinen Fleck, nicht größer als eine Münze. Dafür hielt er den Gegenstand zunächst auch, doch konnte kein Zweifel bestehen: Der Gegenstand glänzte genauso wie die Schwerter auf der Treppe und in dem Gestell im Zimmer unter ihm.

Royce wagte kaum zu atmen und bewegte sich so langsam, dass selbst ein Zuschauer es womöglich nicht bemerkt hätte. Ganz vorsichtig näherte er sich dem Ungeheuer und seinen grässlichen Beutestücken, schob die Hand unter die Strähnen von Millies Schweif und begann behutsam an dem Schwert zu ziehen.

Es löste sich ohne Kraftaufwand oder großen Lärm aus dem Geröll, doch noch bevor Royce es in der Hand hielt, wusste er, dass etwas damit nicht stimmte. Es war zu leicht, geradezu lächerlich leicht, selbst wenn man berücksichtigte, dass Elbenschwerter wahrscheinlich von Haus aus leichter waren. Er zog es vollends heraus und sah, dass es abgebrochen war und er nur den vorderen Teil der Klinge in der Hand hielt. Sein Blick fiel auf die Inschrift auf dem Metall. Sein Gefühl hatte ihn nicht getrogen. Der Gilarabrywn war kein Tier, keine dumme Kreatur, die ausschließlich mordete. Er besaß vielmehr genug Verstand zu erkennen, dass ihm nur eine Sache auf der Welt gefährlich werden konnte – ein Schwert, auf dem sein Name stand. Also hatte er Vorsorge getroffen. Er hatte es zerbrochen und damit den Namen durchtrennt und nutzlos gemacht. Die andere Schwerthälfte sah Royce nirgends, aber er glaubte zu wissen, wo sie sich befand. Am einzigen Ort, von dem er sie nicht stehlen konnte – unter dem Rumpf des schlafenden Gilarabrywn.

11

Der Gilarabrywn

Royce hatte drei Schwerter geschultert, als er wieder zu Hadrian und Magnus stieß, die am Brunnen auf ihn warteten. Der Abend dämmerte bereits. Das Dorf war menschenleer, seine Bewohner hatten sich in ihre armseligen Häuser verkrochen. Abgesehen von den leisen Geräuschen, die von der Burg herüberdrangen, herrschte Ruhe.

»Endlich«, rief Hadrian und sprang auf.

»Hier sind deine Sachen.« Royce hielt Hadrian die Schwerter hin. »Und pass nächstes Mal besser auf, wo du sie ablegst. Ich habe Wichtigeres zu tun, als sie dir hinterherzutragen.«

Hadrian nahm Schwerter und Gurte erfreut entgegen und legte sie an. »Ich hatte schon Angst, die Kirche hätte dich geschnappt.«

»Die Kirche?«, fragte Royce.

»Luis Guy ist mir heute schon auf die Nerven gegangen.«

»Der Inquisitor?«

»Richtig. Er hat sich nach meinen Begleitern erkundigt und ist dann zum Fluss hinuntergeritten und seither meines Wissens nicht zurückgekehrt. Ich hatte den Eindruck, dass er vielleicht Esra sucht. Wo ist Esra überhaupt? Hast du ihn am Fluss zurückgelassen?«

»Er ist nicht hier vorbeigekommen?«, fragte Royce. Die anderen schüttelten die Köpfe. »Gut, das hat nichts zu bedeuten. Es wäre dumm von ihm, ins Dorf zurückzukehren. Wahrscheinlich versteckt er sich im Wald.«

»Wenn er nicht in den Fluss gefallen ist«, sagte Hadrian. »Warum hast du dich von ihm getrennt?«

»Er hat sich von mir getrennt und mir klar zu verstehen gegeben, ich solle ihm nicht folgen. Was ich unter normalen Umständen genau deshalb ganz sicher getan hätte, aber ich war anderweitig beschäftigt. Und dann ging auch schon die Sonne unter. Ich dachte, er sei schon weg.«

»Bist du denn fündig geworden? Gold? Edelsteine?«

Royce sah ihn belämmert an. »Nein, daran habe ich gar nicht gedacht.«

»Wie bitte?«

»Ich habe es ganz vergessen.«

»Was hast du dann den ganzen Tag da drin gemacht?«

Royce zog das halbe Schwert aus dem Gürtel. Es glänzte trotz des schwachen Lichts. »Die anderen Schwerter standen in einer Vitrine, aber das da habe ich mehr oder weniger unter dem Fuß des Gilarabrywn herausgezogen.«

»Des Ungeheuers?«, fragte Hadrian entgeistert. »Du hast es gesehen?«

Royce nickte mit einer Grimasse. »Kein schöner Anblick, glaub mir – weder nüchtern noch betrunken.«

»Und du glaubst, es hat das Schwert zerbrochen?«

»Liegt irgendwie nahe, nicht?«

»Wo ist dann die andere Hälfte?«

»Ich vermute mal, es schläft drauf, aber ich wollte es nicht auf den Rücken wälzen und nachsehen.«

»Warum hast du nicht gewartet, bis es wieder verschwindet?«

»Was für einen Sinn hätte das gehabt, wenn unsere Kundin morgen sowieso abreist? Wenn ich das Schwert einfach so hätte nehmen können – also wenn ich es gesehen hätte, ohne stundenlang alles mögliche … na ja, Zeug eben durchwühlen zu müssen –, dann hätte ich es getan, aber für Esras Privatfehde gegen die Kirche riskiere ich nicht Kopf und Kragen. Außerdem, erinnerst du dich noch an die Hunde auf Schloss Blythin?«

Hadrian nickte und verzog angewidert das Gesicht.

»Womöglich hat es eine feine Nase, deshalb wollte ich auf keinen Fall beim Aufwachen dabei sein. Nein, Thrace hat ihren Vater wieder, Esra hat Zutritt zur Festung und Rufus will das Dorf vom Gilarabrywn befreien. Ich würde also sagen, unsere Arbeit ist beendet.« Royce sah den Zwerg an und dann wieder Hadrian. »Danke fürs Aufpassen.« Er zog seinen Dolch.

»Wa-warte!« Der Zwerg wich hastig vor ihm zurück. »Wir hatten eine Abmachung!«

Royce grinste ihn an. »Glaubst du wirklich, du könntest mir vertrauen?«

»Nein, Royce«, sagte Hadrian. »Das tust du nicht.«

Der Dieb sah ihn an und kicherte. »Soll das ein Witz sein? Sieh ihn dir an. Wenn ich ihm nicht in spätestens zehn Sekunden die Kehle durchgeschnitten habe, lade ich dich zu einem Bier ein, sobald wir wieder in Alburn sind. Sag mir, wann du anfängst zu zählen.«

»Aber ich meine, er hat recht. Du hast eine Abmachung mit ihm getroffen, die du jetzt auch halten musst.«

»Ich bitte dich. Dieser … Wicht … wollte mich umbringen und hätte das fast auch geschafft, und jetzt soll ich ihn gehen lassen, nur weil ich das gesagt habe? Er durfte dafür doch einen ganzen Tag länger leben. Das reicht als Belohnung vollkommen aus.«

»Royce!«

»Was denn?« Der Dieb verdrehte die Augen. »Das kann doch nicht dein Ernst sein. Er hat Amrath ermordet.«

»Das war ein Job, und du bist nicht Mitglied der königlichen Leibwache. Er hat seinen Teil der Abmachung eingehalten. Außerdem bringt es uns nichts, ihn zu töten.«

»Vergnügen«, erwiderte Royce. »Es bringt uns Vergnügen und Befriedigung.«

Hadrian starrte ihn finster an.

Seufzend schüttelte Royce den Kopf. »Also gut, in Ordnung, soll er leben. Ist zwar töricht, aber meinetwegen. Zufrieden?«

Er blickte zum Burgberg hinüber. Am Tor versammelten sich bereits die Kandidaten dieses Abends mit ihren Fackeln. »Es ist gleich dunkel, wir müssen irgendwo rein. Wo ist der beste Platz für die Abendvorstellung, die sie in der Burg veranstalten? Und mit bestem Platz meine ich natürlich den sichersten.«

»Wir haben immer noch eine Einladung von den Bothwicks stehen. Theron ist auch dort und wir …«

Vom Fluss her schnitt ein gellender Schrei durch die Nacht.

»Beim Geiste Novrons, was war das?«, rief Magnus.

»Hat das Eidechsendingens vielleicht gemerkt, dass jemand ihm das Spielzeug geklaut hat?«, fragte Hadrian besorgt.

Royce blickte zum Wald hinüber und dann wieder auf seinen Freund. »Ich finde, wir sollten uns für heute Nacht ein besseres Versteck suchen als die Bothwicks.«

»Aber wo?«, fragte Hadrian. »Wenn die Eidechse das Schwert sucht, schlägt sie hier alles kurz und klein, bis sie es gefunden hat, und wir wissen schon, dass die örtliche Architektur keine große Herausforderung bietet. Die Eidechse würde alle Dörfler töten.«

»Wir könnten mit ihnen zur Burg laufen«, schlug Royce vor. »Vielleicht haben wir noch Zeit.«

»Bringt nichts«, entgegnete Hadrian. »Die Wachen würden uns nicht reinlassen. Vielleicht in den Wald?«

»Bäume könnten das Ungeheuer so wenig aufhalten wie Häuser. Höchstens verlangsamen.«

»Verflixt.« Hadrian sah sich verzweifelt um. »Ich hätte den Keller im Dorf statt in der Burg graben lassen sollen.«

»Und der Brunnen hier?«, fragte der Zwerg und spähte in das von Brettern eingefasste Loch.

Royce und Hadrian sahen sich an.

»Ich komme mir ja so dumm vor«, sagte Royce.

Hadrian rannte zu der Glocke, packte das daran hängende Seil und zog. Die für die künftige Kirche von Dahlgren bestimmte Glocke begann Alarm zu läuten.

»Läute du weiter«, rief er Magnus zu. Und schon rannten er und Royce zu den Häusern, rissen Türvorhänge zur Seite und hämmerten an Rahmen.

»Alle raus!«, schrien sie. »In euren Häusern seid ihr heute Abend nicht sicher. Steigt in den Brunnen. Alle sofort in den Brunnen!«

»Was ist denn los?«, fragte Russell Bothwick und spähte nach draußen.

»Für Erklärungen ist jetzt keine Zeit«, rief Hadrian. »Steigt in den Brunnen, wenn Euch Euer Leben lieb ist!«

»Aber wollte nicht die Kirche uns retten?«, fragte Selen Brockton, die in eine Decke gewickelt in ihrer Tür stand.

»Wollt Ihr Euer Leben aufs Spiel setzen? Ihr müsst mir vertrauen. Wenn ich mich irre, habt Ihr eine Nacht schlecht geschlafen, aber wenn ich recht habe und Ihr hört nicht auf mich, ist das Euer Tod.«

»Ich vertraue euch«, rief Theron, der in diesem Moment aus dem Haus der Bothwicks trat und sich noch das Hemd zuknöpfte. Mit seiner breitschultrigen Gestalt und der lauten, rauhen Stimme machte er alle auf sich aufmerksam. »Und ihr anderen solltet das auch tun. Hadrian hat in den vergangenen Tagen mehr zur Rettung unseres Dorfes getan als wir alle zusammen – einschließlich der Leute von der Kirche. Wenn er sagt, wir sollen heute Nacht im Brunnen schlafen, dann tue ich das auch, beim Bart Maribors. Ich würde es sogar tun, wenn das Ungeheuer nachweislich tot wäre. Wer von euch sich weigert, hat es verdient, gefressen zu werden.«

Die Dörfler eilten zum Brunnen.

In das Seil wurden Schlaufen geknotet, in die man die Füße schieben konnte. Der Brunnen war so breit, dass man vier oder fünf Personen gleichzeitig hätte hinunterlassen können. Doch weil die Dörfler fürchteten, die Winde könnte brechen, beförderten sie je nach Gewicht der Betreffenden nur Zweier- oder Dreiergruppen.

Zwar ging alles zügig und diszipliniert vonstatten und alle gehorchten widerspruchslos den Anweisungen Hadrians, trotzdem zog sich der Vorgang insgesamt quälend lange hin. Magnus erbot sich, hinunterzusteigen und Holzdübel als Tritte in die Wand zu schlagen. Hal, Arvid und Pearl, die zu jung waren, um als Erste hinuntergelassen zu werden, rannten durch das Dorf und sammelten Holzpflöcke, die für diesen Zweck geeignet waren. Tad Bothwick begleitete den Zwerg nach unten und reichte ihm die Pflöcke an.

»Unglaublich!«, tönte seine Stimme hohl aus der Brunnenöffnung. »Ich kenne niemanden, der mit dem Hammer umgehen kann wie Ihr. Es hat sechs Wochen gedauert, diesen

Schacht zu bauen, aber Ihr hättet es bestimmt in sechs Stunden geschafft.«

Droben sorgten Hadrian, Theron, Vince und Dillon für den reibungslosen Ablauf der Aktion. Hadrian ließ die Dörfler in einer Reihe antreten und schickte Frauen und Kinder als Erste in das schwarze Loch hinunter. Zu sehen war von oben nur der schwache Schein der Kerze, die Tad für Magnus hielt.

»Wie lange noch?«, fragte Hadrian, während sie darauf warteten, das nächste Paar abzuseilen.

»Wenn es gleich nach dem Schrei losgeflogen wäre, müsste es jetzt hier sein«, überlegte Royce. »Wahrscheinlich durchsucht es zuerst noch die Festung. Das gibt uns Zeit, aber ich weiß nicht, wie viel.«

»Steig auf einen Baum und schreie, wenn du es siehst.«

Als alle im Brunnen waren, schickte Hadrian auch Theron und Dillon hinunter. Übrig waren jetzt nur noch er selbst, Vince und Royce. Sie warteten darauf, dass Magnus mit den Wandsprossen fertig wurde. Royce war auf eine Pappel gestiegen. Er stand auf einem dünnen Ast und suchte den Himmel ab, während die letzten Hammerschläge des Zwergs aus dem Brunnen klangen.

»Es kommt!«, rief er. Ein Schatten glitt vor den Sternen vorüber.

Wenige Augenblicke später schrie der Gilarabrywn über dem schwarzen Blätterdach über ihnen. Die drei zuckten zusammen, doch nichts geschah. Sie verharrten bewegungslos und spähten lauschend in die Dunkelheit, die sie umgab. Wieder gellte ein Schrei durch die Nacht. Der Gilarabrywn hielt geradewegs auf die Fackeln der Burg zu.

Royce sah ihn über den Burgberg fliegen, auf dem ihn der nächste Herausforderer im Namen des Königs erwartete. Das Ungeheuer näherte sich ihm, stieg wieder auf und schrie noch einmal. Dann stieß es ein ohrenbetäubendes Fauchen aus, und ein Feuerstoß fuhr aus seinem Rachen. Flammen hüllten den Burgberg ein und alles war taghell erleuchtet.

»Das ist neu.« Erschrocken betrachtete Hadrian die schreckliche Szene, die sich vor ihm abspielte. In dem Feuer kamen alle Herausforderer gleichzeitig um. Nicht einmal Zeit zum Schreien fanden sie noch. »Beeil dich, Magnus!«

»Ich bin fertig!«, rief der Zwerg aus dem Brunnen. »Kommt runter!«

»Halt!«, rief Tad. »Wo ist Pearl?«

»Die sammelt noch Holz«, sagte Vince. »Ich hole sie.«

Hadrian hielt ihn am Arm fest. »Zu gefährlich. Steigt in den Brunnen. Royce holt sie.«

»Ich?«, fragte Royce überrascht.

»Es kann schon ganz schön nerven, wenn man nachts als Einziger sieht, was?«

Royce fluchte und rannte los. An den Häusern und Hütten blieb er stehen und rief leise den Namen des Mädchens. Das Feuer vor der Burg wurde immer heller und erleichterte auch ihm das Sehen. Der Gilarabrywn schrie noch ein paarmal und Royce blickte über die Schulter. Die Flammen hüllten die Burgmauern ein.

»Royce«, rief Hadrian, »er kommt!«

Royce ließ jede Vorsicht fallen. »Pearl!«, brüllte er.

»Hier!«, schrie das Mädchen und rannte aus dem Wald.

Royce fing sie mit den Armen auf und rannte mit ihr zum Brunnen.

»Beeil dich, verdammt!«, rief Hadrian und hielt ihnen das Seil hin.

»Wir brauchen das Seil nicht! Steig runter und fang sie auf!«

Hadrian rutschte nach unten, während Royce die letzten Schritte zurücklegte.

Pfffff, pfffff, pfffff.

Am Brunnen angekommen, drückte Royce Pearl fest an seine Brust und sprang. Pearl schrie auf, und sie stürzten gemeinsam in die Tiefe. Im nächsten Augenblick ertönte ein grässlicher Schrei. Die Erde bebte, der Dorfplatz ging in Flammen auf und ohrenbetäubender Donner rollte über sie hinweg.

* * *

Arista ging in ihrer Kammer auf und ab und sah aus den Augenwinkeln, wie Bernices Kopf sich hin und her drehte und jeder ihrer Bewegungen folgte. Die Alte lächelte sie an. Ständig lächelte sie so, dabei hätte Arista ihr am liebsten die Augen ausgekratzt. Wie sie sich nach ihrem Turm sehnte! Dort hielt sogar Hilfred Abstand. Jetzt dagegen musste sie schon seit über einer Woche die ständige Anwesenheit der Zofe ertragen, die ihr wie ein Schatten folgte. Arista wollte nur noch weg aus dem Zimmer, so satt hatte sie es, unablässig angestarrt und wie ein Kind behütet zu werden. Sie ging zur Tür.

»Wohin wollt Ihr, Hoheit?«, fragte Bernice sofort.

»Nach draußen.«

»Wohin genau?«

»Einfach nur nach draußen.«

Bernice stand auf. »Dann bringe ich Euch Euren Mantel.«

»Ich gehe allein.«

»Aber nein, Hoheit«, sagte Bernice. »Das ist unmöglich.«

Arista funkelte sie an, doch Bernice erwiderte ihren Blick lächelnd. »Stell dir einfach vor, Bernice: du bleibst hier sitzen und ich gehe hinaus. Das ist durchaus möglich.«

»Aber ich darf Euch nicht allein lassen. Ihr seid die Prinzessin und hier ist eine gefährliche Gegend. Ihr braucht zu Eurer eigenen Sicherheit eine Begleiterin. Außerdem soll uns Hilfred begleiten. Hilfred!«

Die Tür ging auf, und der Leibwächter trat ein und verbeugte sich vor Arista. »Ihr wünscht etwas, Hoheit?«

»Nein … oder doch«, stotterte Arista und zeigte auf Bernice. »Sorg dafür, dass sie hier bleibt. Halte sie fest, fessele sie und droh ihr notfalls mit dem Schwert. Ich gehe jetzt und will nicht, dass sie mir folgt.«

Die alte Zofe sah sie entgeistert an und hob fassungslos die Hände an die Wangen.

»Ihr geht aus, Hoheit?«, fragte Hilfred.

»Ja doch, ich gehe aus!«, rief Arista und warf die Arme in die Luft. »Vielleicht spaziere ich ein wenig durch die Gemächer dieses Blockhauses. Oder ich sehe mir das Turnier an. Oder ich gehe sogar ganz nach draußen und in den Wald. Ich könnte mich verirren und verhungern, von einem Bären gefressen werden oder in den Nidwalden fallen und den Wasserfall hinunterstürzen – aber allein.«

Hilfred stand stramm und sah sie unverwandt an. Er öffnete den Mund und schloss ihn wieder.

»Hast du noch etwas zu sagen?«, fragte Arista barsch.

Hilfred schluckte. »Nein, Hoheit.«

»Nehmt wenigstens Euren Mantel mit«, drängte Bernice und hielt ihn hoch.

Arista seufzte, riss ihr den Mantel aus den Händen und ging.

Sobald sie draußen war, überkam sie Reue. Sie eilte den Gang entlang und ließ den Mantel hinter sich über den Boden schleifen. Dann wurde sie langsamer. Der Blick auf Hilfreds Gesicht machte ihr ein schlechtes Gewissen. Sie musste daran denken, wie sie als Mädchen in ihn verliebt gewesen war. Hilfred war der Sohn eines Wachoffiziers und hatte sie immer über den Hof angestarrt. Sie hatte ihn entzückend gefunden.

Dann war sie eines Morgens inmitten von Flammen und Rauch aufgewacht. Hilfred hatte ihr das Leben gerettet. Obwohl er nur ein kleiner Junge gewesen war, hatte er sie aus dem brennenden Schloss gebracht. Zwei Monate hatte er gebraucht, sich von seinen Verbrennungen und Hustenanfällen zu erholen, bei denen er sogar Blut spuckte. Wochenlang war er schreiend aus Albträumen aufgewacht. Als Belohnung hatte König Amrath ihn zum persönlichen Leibwächter der Prinzessin ernannt, eine Stellung von hohem Ansehen. Sie hatte sich nie bei ihm bedankt, genauso wenig wie sie ihm verziehen hatte, dass er ihre Mutter nicht gerettet hatte. Ihr Zorn hatte immer zwischen ihnen gestanden. Am liebsten hätte sie sich entschuldigt, aber dafür war es zu spät. Zu viele Jahre waren vergangen, zu viele kleine Grausamkeiten standen zwischen ihnen, gefolgt von Schweigen wie dem von eben.

»Was ist denn?«, hörte sie Thraces Stimme sagen. Sie ging darauf zu.

»Kann ich helfen, Thrace?« Die Bauerntochter und der Diakon standen im Hauptkorridor. Thrace trug nur ihr dünnes Nachthemd. Beide wirkten besorgt.

»Hoheit!«, rief Thrace ihr entgegen. »Wisst Ihr vielleicht, was passiert ist? Warum wurde die Glocke geläutet?«

»Bald fängt das Turnier wieder an, wenn du das meinst. Ich wollte gerade zum Zuschauen nach draußen gehen. Geht es dir besser? Möchtest du mitkommen?« Arista war sich der Ironie ihrer Frage bewusst, aber mit Thrace zusammen zu sein war etwas anderes als von Bernice und Hilfred begleitet zu werden.

»Nein, Ihr versteht mich nicht. Es muss etwas Schlimmes passiert sein. Draußen ist es schon dunkel. Niemand würde die Glocke nachts läuten.«

»Ich habe keine Glocke gehört«, sagte Arista und zog sich den Mantel über die Schultern.

»Die Dorfglocke«, erklärte Thrace. »Ich habe sie gehört. Jetzt läutet sie nicht mehr.«

»Sie sollte wahrscheinlich nur das Turnier ankündigen.«

»Nein.« Thrace schüttelte den Kopf und der Diakon ebenfalls. »Sie wird nur im äußersten Notfall geläutet. Es muss etwas wirklich Schlimmes passiert sein.«

»Es ist bestimmt nicht so schlimm. Vergiss nicht, da draußen ist praktisch eine Armee versammelt, die darauf brennt, zu kämpfen. Aber lass uns nach draußen gehen, dann erfahren wir mehr.« Arista fasste Thrace an der Hand und trat mit ihr in den Burghof hinaus.

Am zweiten Abend entfaltete das Turnier erst sein ganzes Gepränge. Auf dem grasbewachsenen Innenhof ging es zu wie in einem Festzelt. Von der Anhöhe, auf der das Hauptgebäude der Burg stand, hatte man den besten Blick auf die ganze Umgebung. Über Reihen von Stühlen und kleinen Tischen hatte man bunte Zeltplanen aufgespannt, auf den Tischen standen Krüge mit Met und Bier und Schüsseln mit Beeren und Käse. Der Erzbischof saß zusammen mit Bischof Saldur in der Mitte des Platzes, einige andere Geistliche und Diener betrachteten das Treiben, das sich jenseits der Burgmauern entfaltete.

»Da seid Ihr ja, meine liebe Arista«, rief Saldur. »Ihr wollt bestimmt miterleben, wie Geschichte geschrieben wird? Sehr gut, setzt Euch. Draußen vor dem Burgtor seht Ihr Graf Rufus. Auch ihn scheint die Krone zu locken, aber die Bestie verspätet sich heute Abend, und ich habe den Eindruck, der Herr Graf ist darüber ein wenig ungehalten. Seht Ihr, wie er mit seinem Hengst auf und ab reitet? Ungeduldig wie ein Imperator.«

»Wer kommt nach ihm?«, fragte Arista. Sie war stehen geblieben und blickte ebenfalls zu dem Gelände vor der Burg hinunter.

»Nach ihm?« Saldur sah sie verwirrt an. »Äh, keine Ahnung. Aber ich glaube, das spielt sowieso keine Rolle. Rufus wird das Turnier gewinnen.«

»Wirklich? Weil es nicht um Können geht, stimmt's? Sondern um den Stammbaum. Bestehen denn verwandtschaftliche Beziehungen zwischen Graf Rufus und der Familie des Imperators?«

»Nun ja, er selbst behauptet das schon seit Jahren.«

»So?« Arista klang nicht überzeugt. »Ich habe davon noch nie gehört.«

»Die Kirche spricht nicht gern über unbewiesene Theorien und Behauptungen, aber Rufus ist tatsächlich ein äußerst aussichtsreicher Kandidat. Der heutige Abend wird natürlich zeigen, ob er recht hat.«

»Verzeiht, Euer Gnaden?«, sagte Tomas mit einer Verbeugung. Er stand mit Thrace unmittelbar hinter Arista, und die beiden wirkten immer noch schrecklich nervös. »Wisst Ihr zufällig, warum die Dorfglocke geläutet wurde?«

»Hm? Wie bitte? Die Glocke? Ach die, keine Ahnung. Vielleicht rufen die Dörfler auf diese wunderliche Weise ihre Leute zum Abendessen.«

»Aber Euer Gnaden …« Doch Tomas konnte nicht aussprechen.

»Seht!«, schrie Saldur und zeigte zum Himmel. Dort war der Gilarabrywn aufgetaucht. Der Schein der Fackeln beleuchtete ihn von unten.

»Es geht los!«, rief der Erzbischof aufgeregt und klatschte in die Hände. »Passt genau auf, was heute Abend hier geschieht, denn viele werden es später wissen wollen.«

Das Ungeheuer stieß auf die Wiese herunter, und Graf

Rufus setzte sich in Bewegung. Seinem Hengst hatte er in weiser Voraussicht einen Stoffbeutel über den Kopf gestülpt, damit er die fürchterliche Kreatur nicht sehen konnte. Der Graf hob sein Schwert und trabte mit lautem Gebrüll auf das Ungeheuer zu.

»Ich, der wahre Erbe, töte dich hiermit im Namen Novrons!« Er stellte sich in den Steigbügeln auf und schlug auf das Ungeheuer ein, das über den unerschrockenen Ritter verwirrt schien.

Er traf seine Brust, doch prallte das Schwert nutzlos davon ab. Immer wieder schlug er zu, doch genauso gut hätte er mit einem Stock auf einen Felsen eindreschen können. Bestürzt und ratlos sah er sich um. Der Gilarabrywn hob die Tatze und tötete den Grafen samt seinem Pferd mit einem beiläufigen Hieb.

»Sapperlot!«, rief der Erzbischof und stand erschrocken auf. Aus dem Schrecken wurde Entsetzen, denn das Ungeheuer entfaltete die Flügel, stieg auf und überzog den ganzen Platz mit einem Flammenmeer. Die im Burghof versammelten Geistlichen wichen erschrocken zurück und stießen dabei Stühle um und verschütteten Getränke. Die Stütze eines Zeltdachs knickte ein, und die Plane legte sich über das Gewimmel der durcheinanderstürzenden Menschen.

Nachdem der Vorplatz brannte, wandte das Ungeheuer sich der Burg zu. Es flog höher und ließ mit einem weiteren Feuerstoß die hölzernen Palisaden in Flammen aufgehen. Das trockene Holz der Pfähle brannte wie Zunder, und im nächsten Moment umgab ein geschlossener Flammenring die Burg. Auch die strohgedeckten Außengebäude fingen Feuer, und bald brannten der größte Teil der unteren Burg und sogar einige Wände des Haupthauses. Von Flammen eingeschlossen und geblendet, konnte niemand erkennen, ob der fliegende Albtraum noch über ihnen schwebte. Die Hitze des Feuers wuchs ins Unerträgliche, und Diener, Wächter und Geistliche stoben panisch in alle Richtungen.

»Wir müssen in den Keller!«, brüllte Tomas, doch inmitten des allgemeinen Geschreis und des Tosens der Flammen, die gierig das Holz verschlangen, hörten ihn nur wenige. Er fasste Thrace an der Hand und zog sie zum Haupthaus. Thrace packte mit der freien Hand Arista am Arm, und Tomas zog die beiden Frauen die Anhöhe hinauf.

Arista war vor Schreck wie betäubt und leistete keinen Widerstand. So etwas hatte sie noch nie erlebt. Sie sah einen brennenden Mann schreiend und um sich schlagend hangabwärts rennen. Die Flammen hüllten ihn vollkommen ein und er brach, immer noch brennend, zusammen. Noch andere lebende Scheiterhaufen rannten blindlings durch den Hof, leuchteten gespenstisch auf und sanken ebenfalls ins Gras. Benommen sah Arista sich nach ihrem Leibwächter Hilfred um, dann fiel ihr ein, dass sie ihm ja befohlen hatte, in ihrem Zimmer Wache zu halten. Bestimmt suchte er sie schon.

Thrace hielt Aristas Arm wie ein Schraubstock umklammert. Zu dritt rannten sie hintereinander her. Weiter links wollte ein Soldat durch eine Lücke der brennenden Palisaden schlüpfen. Er fing Feuer, verwandelte sich in eine lebende Fackel und brüllte, während Kleider und Haut verbrannten. Das Feuer hatte sich inzwischen bis zum Wald ausgebreitet. Irgendwo explodierte mit einem ohrenbetäubenden Knall ein Baum. Das Burggebäude erzitterte.

»Wir müssen in den Keller«, drängte Tomas. »Schnell! Das ist unsere einzige Chance. Wir müssen …«

Arista spürte plötzlich Wind in ihren Haaren.

Pfffff, pfffff.

Vom rauchverhangenen Nachthimmel stieß der Gilarabrywn zu ihnen herunter. Diakon Tomas begann laut zu beten.

12

Rauch und Asche

Als Hadrian aus dem Brunnen in den grauen Morgen stieg, erblickte er eine fremde Welt. Dahlgren war verschwunden. Nur Asche und einige rauchende Balken markierten die Stellen, an denen die Häuser gestanden hatten. Noch verblüffender war das Fehlen der Bäume. Denn auch der Wald, der das Dorf umschlossen hatte, war verschwunden. An seiner Stelle erstreckte sich eine verkohlte Wüste. Ast- und blattlose Baumstämme zeigten wie schwarze Pfähle zum Himmel. Von schwelenden Trümmerhaufen stieg Rauch auf, der wie trübgrauer Nebel in der Luft hing, eine Dunstglocke, die den Himmel verdeckte und von der lautlos Asche auf die Erde hinabregnete wie schmutziger Schnee.

Pearl kletterte aus dem Brunnen. Sie sagte nichts, aber was hätte sie auch sagen sollen? Stumm wanderte sie durch die Ödnis, bückte sich, um ein verkohltes Stück Holz umzudrehen, und blickte dann zum Himmel auf, als sei sie überrascht, ihn überhaupt noch vorzufinden, während doch die ganze übrige Welt kopfstand.

»Wie ist das passiert?«, fragte Russell Bothwick. Die Frage war an niemanden im Besonderen gerichtet.

»Thrace!«, rief Theron, als er aus dem Brunnen auftauchte, und richtete den Blick auf die rauchenden Ruinen der Burg. Kurz darauf eilten sie alle den Hang hinauf.

Die Burg war wie das Dorf nur noch ein ausgebranntes Gerippe. Die Mauern waren verschwunden, genauso die kleineren Gebäude. Vom Haupthaus war nur noch ein verkohlter Haufen übrig. Überall lagen verbrannte Leichen.

»Thrace!«, schrie Theron in wachsender Verzweiflung und begann in den Trümmern zu graben, die einmal das Haupthaus gewesen waren. Alle Männer des Dorfes und auch Royce, Hadrian und sogar Magnus halfen ihm, mehr aus Mitleid als aus Hoffnung.

Magnus lenkte sie zur südöstlichen Ecke. Er murmelte etwas vom Boden, der dort mit einer hohlklingenden Stimme spreche. Sie gruben tiefer und legten die Überreste der alten Küche und des Kellers darunter frei.

Sie zogen Diakon Tomas aus den Trümmern wie aus einem Grab. Der Diakon wirkte mitgenommen, schien aber ansonsten unverletzt. Er fuhr sich wie vor ihm die Dörfler verwirrt über die Augen, kniff sie gegen die Morgensonne zusammen und betrachtete die Trümmer um ihn.

»Diakon!« Theron schüttelte ihn. »Wo ist Thrace?«

Tomas sah ihn an, und Tränen traten ihm in die Augen. »Ich konnte sie nicht retten, Theron«, sagte er erstickt. »Ich habe alles versucht, wirklich, Ihr müsst mir glauben.«

»Ihr seid ein Dummkopf. Was ist passiert?«

»Ich habe es versucht, wirklich. Ich wollte sie in den Keller bringen, aber das Ungeheuer war schneller. Ich habe gebetet, mit aller Macht, und ich schwöre, es hat mir zugehört! Dann hörte ich es lachen. Es hat tatsächlich gelacht.« Tomas' Augen füllten sich wieder mit Tränen. »Es hat mein Flehen nicht erhört und die anderen mitgenommen.«

»Mitgenommen?«, schrie Theron. »Was heißt das?«

»Es hat mit mir gesprochen«, sagte Tomas. »Mit einer Grabesstimme. Meine Beine wollten mich nicht mehr tragen und ich sank vor ihm auf den Boden.«

»Was hat es gesagt?«, fragte Royce.

Der Diakon wischte sich über das Gesicht und hinterließ schwarze Rußstreifen auf seinen Wangen. »Das habe ich nicht verstanden, vielleicht weil ich vor Angst wie besinnungslos war.«

»Was könnte es denn gesagt haben?«

»Es hat in der alten Sprache der Kirche gesprochen. Von einer Waffe, glaube ich, einem Schwert, das es gegen die Frauen eintauschen wollte. Deshalb wollte es heute Abend zurückkommen. Dann flog es mit Thrace und der Prinzessin fort. Ich verstehe überhaupt nichts mehr, wahrscheinlich bin ich verrückt geworden.«

»Der Prinzessin?«

»Ja, Prinzessin Arista von Melengar. Sie war auch dabei. Ich wollte beide retten … ich habe alles getan, aber … und jetzt …« Tomas brach in Tränen aus.

Royce wechselte einen Blick mit Hadrian, und die beiden traten rasch zur Seite, um sich zu besprechen. Theron folgte ihnen.

»Ihr beide wisst doch etwas«, sagte er anklagend. »Ihr konntet in die Festung eindringen, stimmt's? Royce hat das Schwert doch noch gefunden. Und jetzt will das Ungeheuer es wiederhaben.«

Royce nickte.

»Ihr müsst es ihm zurückgeben.«

»Ich glaube nicht, dass wir damit deine Tochter retten können«, erwiderte Royce. »Dieses Ungeheuer, dieser Gilarabrywn, ist viel schlauer, als wir dachten. Er wird …«

»Thrace hat euch beauftragt, mir dieses Schwert zu beschaffen«, knurrte Theron. »Deshalb seid ihr hier, schon vergessen? Ihr solltet es beschaffen und mir aushändigen, also gebt es mir bitte auch.«

»Hör zu, Theron ...«

»Ich will es sofort haben!« Der Alte baute sich drohend vor Royce auf.

Mit einem Seufzer zog Royce die abgebrochene Klinge aus seinem Mantel.

Theron nahm sie verwirrt und wendete sie in den Händen hin und her. »Wo ist der Rest?«

»Mehr habe ich nicht gefunden.«

»Dann muss das eben reichen«, sagte der Alte entschlossen.

»Ich glaube nicht, dass du diesem Geschöpf vertrauen darfst, Theron. Selbst wenn du ihm das Schwert gibst, wird es deine Tochter und die Prinzessin töten und dich wahrscheinlich auch gleich.«

»Das Risiko gehe ich gerne ein!«, rief Theron erregt. »Ihr braucht ja nicht zu bleiben. Ihr habt das Schwert beschafft – Auftrag erledigt. Ihr seid fertig. Ihr könnt jederzeit gehen, wenn ihr wollt. Los, verschwindet!«

»Theron«, sagte Hadrian, »wir sind nicht deine Feinde. Glaubst du etwa, *wir* wollen, dass Thrace stirbt?«

Theron wollte etwas erwidern, doch er schluckte es hinunter, holte tief Luft und seufzte. »Nein, du hast recht. Ich weiß das auch. Es ist nur ...« Er sah Hadrian an. Aus seinem Blick sprach die schrecklichste Seelennot. »Thrace ist alles, was ich noch habe, und ich muss alles tun, was ihr Leben retten könnte. Ich liefere mich dem Ungeheuer gern aus, wenn es dafür Thrace am Leben lässt.«

»Ich weiß, Theron«, sagte Hadrian.

»Ich glaube nur nicht, dass es sich an Abmachungen hält«, sagte Royce.

»Wir haben noch einen Überlebenden gefunden!«, rief Dillon McDern und zog den Gelehrten Tobis Rentinual in seinen stutzerhaften Kleidern aus den Trümmern der Räucherkammer. Hustend und spuckend sank der magere, von Kopf bis Fuß mit Schmutz besudelte Höfling auf das Gras.

»Der Boden im Keller war ganz locker«, würgte er zwischen zwei Hustenanfällen heraus. »Wir … haben uns mit unseren Händen … hinuntergewühlt.«

»Wie viele wart Ihr?«, fragte Dillon.

»Fünf«, antwortete Tobis. »Ein Förster, eine Palastwache, soviel ich weiß, Baron Erlic und noch zwei andere. Der Wächter …« Tobis bekam wieder einen heftigen Hustenanfall. Anschließend setzte er sich auf, beugte sich vornüber und übergab sich ins Gras.

»Arvid, hol Wasser vom Brunnen!«, befahl Dillon seinem Sohn.

»Der Wächter hatte schlimme Verbrennungen«, fuhr Tobis fort. »Zwei junge Männer schleppten ihn zur Räucherkammer, weil die angeblich einen Keller hatte. Um uns brannte alles mit Ausnahme der Räucherkammer, deshalb rannten der Förster, Baron Erlic und ich auch dorthin. Der Boden bestand nur aus loser Erde, deshalb gruben wir uns in die Tiefe. Dann traf etwas die Kammer und die ganze Konstruktion krachte auf uns herunter. Ein Balken erwischte mich am Bein. Ich glaube, es ist gebrochen.«

Die Dörfler räumten die Trümmer der eingestürzten Räucherkammer beiseite, rissen eine Mauer ab und öffneten den Zugang zum Keller. Dort fanden sie die anderen, die bei lebendigem Leibe begraben worden waren.

Sie zogen sie heraus. Baron Erlic und der Förster waren mehr tot als lebendig und husteten und spuckten in einem fort. Dem Wächter mit seinen Verbrennungen ging es noch schlechter. Er hatte das Bewusstsein verloren, lebte aber. Als Letzte zogen sie Mauvin und Fanen Pickering aus den Trümmern. Die beiden konnten wie Tobis eine Zeitlang nicht sprechen, schienen aber, von zahlreichen Schnitten und Schrammen abgesehen, unverletzt.

»Lebt Hilfred noch?«, fragte Fanen, nachdem er einige Male tief die frische Luft eingeatmet und einen Becher Wasser getrunken hatte.

»Wer ist Hilfred?«, fragte Lena Bothwick und nahm den Becher, den Verna gebracht hatte. Fanen zeigte auf den Wächter ihm gegenüber und Lena nickte. »Er ist zwar nicht bei Bewusstsein, aber er lebt.«

Suchtrupps schwärmten aus und durchkämmten den Rest des Geländes. Sie fanden viele weitere Leichen, überwiegend Teilnehmer des Turniers, außerdem die sterblichen Überreste von Erzbischof Galien. Der Alte war nicht verbrannt, sondern zu Tode getrampelt worden. Sein Diener Carlton lag im Haupthaus. Er hatte offenbar nicht an der Seite seines Herrn sterben wollen. Dort wurde auch Aristas Zofe Bernice gefunden. Sie war beim Einsturz des Gebäudes zerquetscht worden. Weitere Überlebende fanden sie nicht.

Die Dörfler trugen Tobis und Hilfred auf behelfsmäßigen Bahren aus den rauchenden Ruinen zum Brunnen, wo die Frauen ihre Wunden versorgten. Das Gras des Dorfplatzes war ebenfalls verbrannt, die große Glocke war hinuntergestürzt und lag auf der Seite in der Asche.

»Was ist passiert?«, fragte Hadrian und setzte sich neben Mauvin. Die beiden Brüder saßen aneinandergedrängt auf dem Boden, auf dem Pearl einst ihre Schweine geweidet hatte. Sie hatten die Köpfe gesenkt und nippten an mit Wasser gefüllten Bechern. Ihre Gesichter waren rußverschmiert.

»Wir standen vor den Palisaden, als der Angriff erfolgte«,

sagte Mauvin. Seine Stimme war kaum mehr als ein angestrengtes Flüstern. Er zeigte mit dem Daumen auf seinen Bruder. »Ich war dafür, nach Hause zu fahren, aber der geistreiche Fanen wollte unbedingt bleiben, das Ungeheuer erlegen und berühmt werden.«

Fanen senkte den Kopf noch tiefer.

»Er wollte sich heimlich hinausschleichen und glaubte, er hätte mich abgehängt. Vor dem Tor habe ich ihn eingeholt, schon ein kleines Stück den Hang hinunter. Ich sagte, gegen das Ungeheuer zu kämpfen sei Selbstmord, aber er bestand darauf. Wir stritten uns. Der Streit endete damit, dass der Hang plötzlich brannte. Also rannten wir zur Burg zurück. Noch vor dem Tor kamen uns einige Kutschen und Pferde in vollem Galopp entgegen. Durch ein Fenster sah ich Bischof Saldur nach draußen spähen. Sie fuhren an uns vorbei, ohne zu bremsen.

Wir suchten nach Arista und sahen Hilfred vor dem brennenden Haupthaus auf dem Boden liegen. Seine Haare waren schon verbrannt und seine Haut löste sich ab, aber er atmete noch, also packten wir ihn und schleppten ihn zur Räucherkammer. Sie brannte als einziges Gebäude nicht. Der Boden aus Erde war ganz weich und lose, als sei er erst vor kurzem umgegraben worden, und wir begannen, uns wie Maulwürfe mit den Händen in die Tiefe zu wühlen. Auch dieser Tobis und Erlic und Danthen stießen noch zu uns. Wir hatten erst einige Fuß tief gegraben, als die Kammer über uns einstürzte.«

»Habt ihr Arista gefunden?«, fragte Fanen. »Ist sie …«

»Wir wissen es nicht«, sagte Hadrian. »Der Diakon meint, das Ungeheuer hätte sie und Therons Tochter mitgenommen. Vielleicht lebt sie also noch.«

Während die Frauen aus dem Dorf sich um die Verletzten kümmerten, trugen die Männer alles, was sie an Vorräten,

Werkzeugen und Nahrungsmitteln finden konnten, auf einem Haufen am Brunnen zusammen. Sie waren eine bunt zusammengewürfelte Truppe, erschöpft und schmutzig, wie eine Gruppe Schiffbrüchiger auf einer einsamen Insel. Nur wenige sprachen, und wenn, dann nur im Flüsterton. Gelegentlich weinte jemand leise oder trat gegen ein verkohltes Brett. Oder jemand ging einige Schritte zur Seite und fiel am ganzen Leib zitternd auf die Knie.

Als die Verwundeten versorgt und die Vorräte zusammengetragen waren, stand Tomas, der sich notdürftig gesäubert hatte, auf und sprach einige Worte über die Toten. Anschließend schwiegen alle. Dann trat Vince Griffin vor.

»Ich bin als Erster hierher gezogen«, sagte er traurig. »Mein Haus stand gleich dort drüben, in nächster Nähe des Brunnens. Ich erinnere mich noch an die Zeit, als die meisten von euch hier neu waren, Fremde. Was habe ich mir für Hoffnungen für diesen Ort gemacht! Acht Scheffel Gerste habe ich jährlich für die Dorfkirche gespendet, obwohl bisher nur diese Glocke angeschafft wurde. Ich bin trotz des strengen Winters vor fünf Jahren geblieben und ich bin geblieben, als die ersten Menschen verschwanden. Ich habe wie ihr gedacht, ich könnte damit leben. Auch anderswo sterben Menschen, sei es an Pocken, an der Pest, an Hunger und Kälte oder im Kampf. Zwar schien ein Fluch auf Dahlgren zu lasten, vielleicht sogar jetzt noch, trotzdem habe ich nie an einem besseren Ort gewohnt, vielleicht werde ich das auch nie mehr. Dass es hier so schön war, lag vor allem an euch und daran, dass die Adligen uns fast nie belästigt haben. Aber das ist vorbei. Jetzt gibt es hier nichts mehr, nicht einmal den Wald, der schon vor uns hier war, und eine zweite Nacht will ich nicht im Brunnen verbringen.« Er wischte sich die Augen trocken. »Ich gehe aus Dahlgren weg, wie wahrscheinlich viele von euch. Ich wollte euch nur sagen, dass ihr am Anfang zwar Fremde für mich wart, aber jetzt, wo ich gehe, habe ich das Gefühl, als müsste ich mich von einer Familie verabschieden, die vieles zusammen durchgemacht hat. Das wollte ich euch nur sagen.«

Die anderen nickten zustimmend und begannen sich leise mit ihren Nachbarn zu unterhalten. Alle stimmten darin überein, dass Dahlgren nicht mehr existierte und sie wegziehen mussten. Zwar wollte man versuchen zusammenzubleiben, aber das war nicht wirklich ernst gemeint. Man wollte gemeinsam nach Süden reisen, auch mit Baron Erlic und dem Förster Danthen, wenigstens bis Alburn. Dort wollten sich einige nach Westen wenden, wo sie Verwandte zu finden hofften. Andere wollten in der Hoffnung auf einen Neuanfang weiter nach Süden ziehen.

»So viel zur Hilfe der Herren von der Kirche«, sagte Dillon McDern zu Hadrian. »Sie waren zwei Nächte hier, und seht euch die Bescherung an.«

Dillon und Russel Bothwick gingen zu Theron, der an einen verkohlten Baumstumpf gelehnt auf dem Boden saß.

»Du bleibst wahrscheinlich hier und suchst Thrace?«, fragte Dillon.

Theron nickte. Er hatte sich nicht die Mühe gemacht, sich zu waschen, und starrte vor Schmutz und Ruß. In seinem Schoß lag das abgebrochene Schwert. Unverwandt starrte er es an.

»Du glaubst, es kommt heute Abend wieder?«, fragte Russell.

»Ja. Es sucht dieses Schwert. Wenn ich es ihm gebe, gibt es mir dafür vielleicht Thrace.«

Die beiden Männer nickten.

»Willst du, dass wir bleiben und dir helfen?«, fragte Russell.

»Bei was denn? Ihr könnt mir nicht helfen. Ihr habt doch

selbst Familie. Geht von hier weg, solange ihr noch könnt. Hier sind schon genug brave Leute gestorben.«

Die beiden Männer nickten wieder.

»Dann viel Glück, Theron«, sagte Dillon.

»Wir werden eine Weile in Alburn bleiben, um zu sehen, ob du nachkommst«, fügte Russell hinzu. »Viel Glück.«

Russell und Tad bauten aus einigen verkohlten Ästen einen Schlitten und beluden ihn mit ihrer wenigen Habe. Lena rührte noch eine Salbe zusammen und strich sie auf Hilfreds Verbrennungen. Den Rest übergab sie zusammen mit etwas Verbandszeug Tomas, der sich bereit erklärt hatte, bei dem Wächter zu bleiben. Und so kam es, dass die meisten Dörfler bereits am frühen Nachmittag nach Westen aufbrachen. Zu packen hatten sie nicht viel, und niemand wollte nach Sonnenuntergang noch in der Nähe von Dahlgren sein.

***

»Was tun *wir* eigentlich noch hier?«, fragte Royce. Er saß mit Hadrian auf einem angesengten Baumstamm. Sie waren vom Brunnen auf dem alten Dorfweg hierher gegangen, in die Nähe der Stelle, an der die beiden Grabstelen der Caswells gestanden hatten. Die Pfosten waren wie alles andere verschwunden, und nichts deutete mehr auf die Stelle der Gräber hin. Von ihrem Platz aus sahen sie Diakon Tomas bei Hilfred sitzen, der immer noch bewusstlos auf dem Boden lag.

»Der Auftrag hat uns zwei Pferde und Proviant für über eine Woche gekostet, und für was?« Seufzend brach Royce ein Stück verkohlte Rinde ab und ließ sie abwesend fallen. »Wir sollten wie die anderen von hier verschwinden. Die Mädchen sind wahrscheinlich sowieso schon tot. Ich meine, warum sollte der Gilarabrywn sie am Leben lassen? Er hält alle Trümpfe in der Hand. Er kann uns jederzeit töten, während wir ihm nichts anhaben können. Er hat Geiseln, wir haben nur ein halbes Schwert, das er gar nicht braucht, aber offenbar gerne hätte. Wenn wir beide Hälften hätten, könnte Magnus sie zusammensetzen und wir hätten eine stärkere Verhandlungsbasis. Der Zwerg könnte andere Schwerter für uns schmieden und vielleicht sogar Speere mit den richtigen Namen drauf. Dann könnten wir den Schlingel stellen, aber das geht so nicht. Er hat von uns nichts zu befürchten. Theron glaubt zwar, er könnte verhandeln, aber er hat nichts in der Hand. Der Gilarabrywn inszeniert das ganze Drama nur, um sich eine lange Suche nach dem Schwert zu ersparen.«

»Das wissen wir nicht.«

»Klar wissen wir das. Die beiden Frauen werden nicht überleben. Wahrscheinlich hat er sie schon zum Mittagessen verspeist, und wenn es Abend wird, steht der alte Theron wie ein Idiot bereit und gibt ihm, was er haben will. Er wird auch sterben und fertig aus. Uns wiederum verschafft das Zeit, von hier zu verschwinden. Wenn man bedenkt, dass Theron schon seine ganze Familie verloren hat und seine Tochter wahrscheinlich sowieso tot ist, ist es wahrscheinlich die beste Lösung.«

»Er wird nicht allein auf das Ungeheuer warten«, sagte Hadrian.

Royce musterte ihn mit einem matten Blick. »Du machst Scherze.«

Hadrian schüttelte den Kopf.

»Wieso denn?«

»Weil du recht hast. Weil alles genau so kommen wird, wie du gesagt hast, wenn wir gehen.«

»Und du glaubst, wenn wir bleiben, ändert das etwas?«

»Wir haben noch nie einen Auftrag abgebrochen, Royce.«

»Wovon sprichst du? Von was für einem Auftrag?«

»Thrace hat uns dafür bezahlt, das Schwert zu beschaffen.«

»Ich habe es beschafft. Ihr Vater hält es in diesem Moment in den Händen.«

»Nur eine Hälfte davon. Der Auftrag ist erst erfüllt, wenn er beide hat. So war es vereinbart.«

»Hadrian.« Royce fuhr sich mit der Hand über das Gesicht und schüttelte den Kopf. »Um Himmels willen, das Mädchen hat uns *zehn* Silbertaler gegeben!«

»Du hast sie angenommen.«

»Ich kann es nicht leiden, wenn du so bist.« Royce stand abrupt auf und hob ein verkohltes Stück Holz vom Boden auf. »Verdammt.« Er schleuderte es auf den Haufen rauchender Balken, die einmal das Haus der Bothwicks gewesen waren. »Du bringst uns beide ins Grab, weißt du das?«

»Du musst nicht bleiben. Es ist meine Entscheidung.«

»Und was willst du tun? Gegen das Ungeheuer kämpfen, wenn es kommt? Im Dunkeln mit Schwertern um dich schlagen, die ihm nichts tun können?«

»Keine Ahnung.«

»Du bist verrückt«, erklärte Royce. »Die Gerüchte stimmen also. Hadrian Blackwater hat nicht alle Tassen im Schrank!«

Hadrian stand ebenfalls auf. »Ich werde Theron, Thrace und Arista jedenfalls nicht im Stich lassen. Und was soll aus Hilfred werden? Glaubst du, er kann reisen? Wenn du ihn durch den Wald schleifst, ist er noch vor Einbruch der Nacht tot. Oder willst du ihn die ganze Nacht in den Brunnen stecken? Glaubst du, morgen früh geht es ihm dann wieder besser? Und Tobis? Wie weit, meinst du, kommt er mit seinem gebrochenen Bein? Oder sind dir die anderen vollkommen egal? Bist du schon so herzlos, dass du es fertigbringst, einfach zu gehen und sie sterben zu lassen?«

»Sterben tun sie sowieso«, rief Royce wütend. »Das meine ich doch. Wir können nicht verhindern, dass das Ungeheuer sie tötet. Wir können nur überlegen, ob wir auch sterben wollen oder nicht, und ich verstehe nicht, wem ein solcher Selbstmord aus Solidarität nützen soll.«

»Aber wir sind doch nicht auf den Kopf gefallen«, erklärte Hadrian. »Wir haben den Schatz aus dem Kronturm gestohlen und in der folgenden Nacht wieder zurückgebracht. Genauso sind wir in das uneinnehmbare Drumindor eingedrungen. Wir haben dem Grafen von Chadwick einen menschlichen Kopf in den Schoß gelegt, während er in seinem Turm schlief, und wir haben Esrahaddon aus Gutaria befreit, dem sichersten Gefängnis, das je gebaut wurde. Also fällt uns bestimmt auch jetzt etwas ein!«

»Zum Beispiel?«

»Hm …« Hadrian überlegte. »Wir könnten eine Grube ausheben und das Ungeheuer anlocken und darin fangen.«

»Genauso gut kann Tomas zu Maribor beten, dass er den Gilarabrywn tötet. Wir haben wirklich weder die Zeit noch die nötigen Männer, um eine Grube auszuheben.«

»Hast du eine bessere Idee?«

»Etwas Besseres als eine Grube, die wir nicht graben können, fällt mir immer ein.«

»Zum Beispiel?«

Royce begann zwischen den noch glimmenden Baumstümpfen herumzuwandern und trat wütend gegen alles, was ihm im Weg lag. »Keine Ahnung, du behauptest doch, wir könnten etwas tun. Ich weiß nur eins: Wir können gar nichts tun, solange wir nicht die andere Hälfte des Schwerts haben.

Ich würde also zunächst einmal heute Abend diese Hälfte holen, solange das Ungeheuer weg ist.«

»Dann tötet es Thrace und Arista ganz bestimmt«, gab Hadrian zu bedenken.

»Aber du könntest es anschließend auch töten. Du hättest wenigstens deine Rache.«

Hadrian schüttelte den Kopf. »Unbefriedigend.«

Royce grinste. »Ich könnte das Schwert natürlich stehlen, während du und Theron das Ungeheuer mit Rufus' Kopie hinhaltet.« Er gestattete sich ein trübsinniges Kichern. »Die Chance, dass es darauf hereinfällt, steht immerhin eins zu einer Million.«

Hadrian runzelte nachdenklich die Stirn und setzte sich langsam.

»Nein, war nur ein Scherz«, lenkte Royce rasch ein. »Wenn es gestern nicht auf Rufus' Kopie hereingefallen ist, kennt es den Unterschied zwischen Original und Kopie.«

»Aber selbst wenn wir es nicht täuschen können«, überlegte Hadrian, »könnte ich bei dieser Gelegenheit vielleicht die Frauen befreien. Und dann ziehen *wir* uns in eine Grube zurück – nur eine kleine, die wir bis dahin graben könnten.«

»In der Hoffnung, dass es uns nicht herauszieht? Denn das könnte es ganz leicht, ich habe seine Krallen gesehen.«

Hadrian ignorierte den Einwand und überlegte weiter. »In der Zwischenzeit könntest du die andere Hälfte des Schwerts beschaffen, Magnus könnte die beiden Hälften verbinden, und dann ersteche ich das Ungeheuer damit. Siehst du, es war doch gut, dass du den Zwerg nicht getötet hast.«

»Aber dir ist schon bewusst, dass du damit nicht weit kommst, ja? Das Ungeheuer hat gestern Abend ein ganzes Dorf und eine Burg massakriert, und du willst es zusammen mit einem alten Bauern, zwei Frauen und einem abgebrochenen Schwert bekämpfen?«

Hadrian schwieg.

Royce seufzte und setzte sich kopfschüttelnd neben ihn. Dann griff er in sein Gewand, zog seinen Dolch heraus und hielt ihn Hadrian mitsamt der Scheide hin.

»Hier«, sagte er. »Nimm Alverstone.«

»Warum?« Hadrian sah ihn verwirrt an.

»Ich behaupte ja nicht, dass Magnus recht hat, aber meiner bisherigen Erfahrung nach schneidet dieser Dolch tatsächlich durch alles. Und wenn Magnus recht hat, wenn also der Göttervater persönlich diesen Dolch geschmiedet hat, könnte er dir gegen ein unbesiegbares Ungeheuer sehr nützlich sein.«

»Heißt das, du gehst?«

»Nein.« Royce machte ein finsteres Gesicht und blickte in Richtung der Festung Avempartha. »Angeblich muss ich noch einen Auftrag zu Ende führen.«

Hadrian lächelte seinen Freund an, nahm den Dolch und wog ihn in der Hand. »Ich gebe ihn dir morgen wieder.«

»Einverstanden«, sagte Royce.

* * *

»Ist dein Partner gegangen?«, fragte Theron, als Hadrian den verbrannten Hügel, auf dem einmal die Burg gestanden hatte, zu ihm heraufkam. Der alte Bauer stand auf dem geschwärzten Hang und blickte zum Himmel auf. In der Hand hielt er das abgebrochene Schwert.

»Nein – oder doch. Er ist nach Avempartha zurückgekehrt, um die andere Hälfte des Schwerts zu stehlen, nur für den Fall, dass der Gilarabrywn uns übers Ohr hauen will. Vielleicht lässt das Ungeheuer sogar Thrace und Arista in der Festung zurück, wenn es hierher kommt, dann könnte Royce die beiden befreien.«

Theron nickte nachdenklich.

»Ihr zwei habt mir und meiner Tochter wirklich sehr geholfen. Ich weiß immer noch nicht warum, und sag jetzt nicht, wegen des Geldes.« Theron seufzte. »Ich habe Thrace nie viel zugetraut. Jahrelang habe ich sie nicht beachtet und von mir weggestoßen. Sie war nur meine Tochter, kein Sohn – ein zusätzlicher Esser, ein Mädchen, das uns bei seiner Hochzeit viel Geld kosten würde. Wie sie es geschafft hat, euch zu finden und hierher zu lotsen, damit ihr uns helft … also das werde ich wohl nie verstehen.«

»Hadrian«, rief Fanen, »komm und sieh dir an, was wir hier haben.«

Hadrian folgte Fanen nach unten bis zum nördlichen Rand des verbrannten Geländes. Dort sah er Tobis, Mauvin und Magnus vor einem großen Apparat stehen.

»Das ist mein Katapult«, erklärte Tobis und trat stolz einen Schritt von der hölzernen Konstruktion zurück, die auf einen fahrbaren Untersatz montiert war. In seinen grellbunten Höflingskleidern, mit dem mit zwei Leisten geschienten gebrochenen Bein und gestützt auf eine Krücke, die Magnus für ihn gebaut hatte, bot er einen komischen Anblick. »Es wurde hier abgestellt, nachdem man mich als Teilnehmer ausgebootet hatte. Schöne Arbeit, nicht wahr? Ich habe es nach Novrons Frau auf den Namen Persephone getauft. Ein passender Name, dachte ich, weil ich mich mit der alten Geschichte des Imperiums befassen musste, um es zu bauen. Keine leichte Sache übrigens. Ich musste die alten Sprachen lernen, um die Bücher überhaupt lesen zu können.«

»Habt Ihr es nur zum Spaß gebaut?«

»Nein, natürlich nicht, Dummkopf. Ich bin Professor an der

Universität von Sheridan. Die liegt übrigens in Ghent, Ihr wisst schon, demselben Land, in dem auch die Nyphronkirche ihren Sitz hat. Na ja, trickreich, wie ich bin, habe ich einige Beamte der Kirche bestochen und sie haben mir verraten, worum es bei dem Turnier wirklich ging. Eben nicht um eine alberne Prügelei von lauter Holzköpfen, sondern um den Kampf gegen ein legendäres Ungeheuer. Einer solchen Herausforderung war ich gewachsen, denn hier waren nicht Muskeln gefragt, sondern ein Ausnahmeverstand wie der meine.«

Hadrian ging um den Apparat herum. Ein gewaltiger Mittelbalken ragte gut zwölf Fuß in die Höhe, der dicke Hebelarm war noch ein oder zwei Fuß länger. An ihm hing ein sackähnlicher Behälter, gespannt werden konnte er durch Seile, die um einen Balken weiter unten gewunden wurden. Auf den beiden Seiten des Wagens waren große Handkurbeln angebracht, die über eine Reihe von Flaschenzügen mit dem Apparat verbunden waren.

»Hm, ich muss sagen, dass ich schon einige Katapulte gesehen habe, aber das hier hat keine große Ähnlichkeit damit.«

»Das liegt daran, dass ich es für den Kampf gegen den Gilarabrywn verändert habe.«

»Zumindest war das die Absicht«, fügte Magnus hinzu. »Funktioniert hat es noch nicht, aber dafür haben wir jetzt gesorgt.«

»Wir haben sogar schon einige Steine abgeschossen«, erklärte Mauvin.

»Ich habe ein wenig Erfahrung mit Belagerungswaffen«, sagte Hadrian. »Sie sind sehr nützlich für größere Flächen wie ein Schlachtfeld mit Soldaten oder unbewegte Gegenstände wie eine Mauer, aber gegen einen einzelnen Gegner, der sich bewegt, bringen sie nichts. Dafür sind sie zu langsam und ungenau.«

»Aber genau deshalb habe ich dieses Katapult so konstruiert, dass man damit nicht nur Geschosse, sondern auch Netze abfeuern kann«, sagte Tobis stolz. »Eine geniale Idee, wie ich finde. Die Netze sind zu großen Kugeln zusammengelegt, die sich erst im Flug entfalten. Sie fangen das fliegende Ungeheuer ein und holen es zum Boden herunter. Dort bleibt es hilflos liegen, während ich das Katapult neu lade und es dann in aller Ruhe töte.«

»Und das funktioniert?«, fragte Hadrian beeindruckt.

»Theoretisch ja«, antwortete Tobis.

Hadrian zuckte die Achseln. »Na, schaden kann es jedenfalls nichts.«

»Wir müssen es nur in Position bringen«, sagte Mauvin. »Hilfst du uns schieben?«

Sie stemmten sich gegen das Katapult, natürlich mit Ausnahme von Tobis, der neben ihnen herhumpelte und fortwährend Befehle erteilte, und rollten das Monstrum an den Graben, der den Burgberg umgab. Die gesamte nähere Umgebung der Burg war damit in Schussweite.

»Wir sollten es noch tarnen, vielleicht mit einigen Mauertrümmern oder Balken, damit es wie ein Schutthaufen aussieht«, schlug Hadrian vor. »Material dafür liegt ja genügend herum. Magnus, kannst du mir einen Gefallen tun?«

»Was für einen denn?«, fragte der Zwerg. Hadrian stieg mit ihm zu den Ruinen des Haupthauses hinauf. Das Gras war verschwunden, sie gingen über ein Gemisch aus Asche und Wurzeln, das Hadrian an warmen Schnee denken ließ.

»Du hast doch ein Schwert für Graf Rufus geschmiedet. Ich habe es bei seiner Leiche gefunden. Kannst du es noch verbessern?«

»Verbessern?« Der Zwerg sah ihn gekränkt an. »Es ist nicht meine Schuld, dass es versagt hat. Ich habe eine perfekte

Kopie gemacht. Wahrscheinlich war die Vorlage mangelhaft.«

»Ich habe das Original oder wenigstens einen Teil davon. Von diesem Teil sollst du eine genaue Kopie anfertigen. Geht das?«

»Schon, und ich bin auch dazu bereit, wenn du im Gegenzug Royce dazu überredest, dass er mich einen Blick auf seinen Dolch werfen lässt.«

»Bist du wahnsinnig? Er würde dich am liebsten töten. Ich habe dich schon einmal vor ihm gerettet. Zählt das nichts?«

Der Zwerg sah Hadrian nur an. Die Arme hatte er über seinem geflochtenen Bart verschränkt. »Darunter tue ich es nicht.«

»Ich spreche mit ihm, aber ich kann für nichts garantieren.«

Der Zwerg schob die Lippen vor und seine Barthaare stellten sich auf. »Also gut. Wo sind die Schwerter?«

Theron erklärte sich mit dem Plan einverstanden, solange er seine Schwerthälfte wiederbekam. Er brachte sie zur Burgschmiede, von der nur noch die gemauerte Esse und der Amboss übrig waren. Später bei der Übergabe wollte er mit dem Original bereitstehen und es dem Ungeheuer übergeben, falls die List aufflog.

»Hm«, brummte der Zwerg missbilligend.

»Was ist?«, fragte Hadrian.

»Kein Wunder, dass Graf Rufus mit seinem Schwert nichts ausrichten konnte. Das Original ist auf beiden Seiten beschriftet. Auf der anderen Seite steht auch noch etwas. Sieh her, das ist offenbar die Zauberformel.« Er zeigte Hadrian die eine Seite der Klinge, auf der ein scheinbar wirres Durcheinander schwungvoller dünner Linien zu einem Muster angeordnet war. Dann drehte er die Klinge um. Die andere Seite zeigte eine deutlich kürzere Inschrift. »Und hier steht wahrscheinlich der Name, von dem Esrahaddon gesprochen hat. Die

Zaubersprüche sind vermutlich immer dieselben, aber der Name ist jeweils verschieden.«

»Heißt das, du kannst ein funktionsfähiges Schwert schaffen?«

»Nein, das Schwert ist genau in der Mitte des Namens abgebrochen. Aber ich kann zumindest eine sehr gute Kopie dieser Hälfte machen.«

Der Zwerg schnallte den Werkzeuggürtel ab, den er unter seinen Kleidern versteckt trug, und legte ihn auf den Amboss. In den Schlaufen des Gürtels steckten Hämmer verschiedener Größen und Formen und mehrere Meißel. Der Zwerg entrollte eine Lederschürze und band sie um. Dann nahm er Rufus' Schwert und schnallte es auf dem Amboss fest.

»Du hast dein Werkzeug immer dabei?«, fragte Hadrian.

»Du wirst nicht erleben, dass ich es an einem Pferdesattel hängen lasse«, erwiderte Magnus.

Hadrian und Theron gingen daran, neben der Räucherkammer am Rand des Burghofs eine Grube auszuheben. Dort war bereits gegraben worden und der Boden gelockert, entsprechend schneller kamen sie voran. Da sie keine Schaufeln hatten, mussten sie sich mit verkohlten Brettern behelfen, von denen sie schwarze Hände bekamen. Nach zwei Stunden hatten sie ein kleines Loch gegraben, in dem sie zu zweit Platz hatten, so dass sie von außen nicht zu sehen waren. Zwar konnte das Ungeheuer sie immer noch herausziehen, aber wenigstens waren sie vor einem Feuerstoß geschützt, solange er nicht direkt von oben kam. In diesem Fall würden sie wie zwei Tontöpfe im Sand gebrannt werden.

»Kann nicht mehr lange dauern«, sagte Hadrian zu Theron. Sie saßen nebeneinander, die Hände und Gesichter voller Erde und Asche, und betrachteten den dämmernden Himmel. Magnus war bei seinem kleinsten Hämmerchen angelangt und klopfte mit metallisch klirrenden Schlägen auf dem Schwert herum. Dann brummte er etwas, zog einen dicken Lappen aus einem Beutel an seinem Gürtel und begann die Klinge damit zu polieren.

Hadrian blickte über die Baumwipfel. An seinem Hemd spürte er Royces Dolch. Ob Royce inzwischen bei der Festung war? *Ist er drinnen? Hat er Esrahaddon gefunden? Kann der alte Zauberer uns vielleicht helfen?* Er biss sich auf die Lippen. Royce hatte wahrscheinlich recht. *Warum sollte das Ungeheuer die beiden Frauen am Leben lassen?*

Von Süden näherte sich Hufgetrappel. Theron und Hadrian wechselten einen überraschten Blick und standen auf. Ein Trupp von acht Reitern sprengte aus dem Wald und galoppierte über das verbrannte Gelände. Die Reiter trugen schwarze Rüstungen, auf dem Banner, das über ihren Köpfen flatterte, war die zerbrochene Krone abgebildet. Voraus ritt Luis Guy in seiner roten Soutane.

»Sieh an, wer da kommt.« Hadrian blickte zu Magnus hinüber. »Bist du fertig?«

»Nur noch polieren«, antwortete der Zwerg. Erst jetzt bemerkte auch er die Reiter. »Das bedeutet nichts Gutes«, brummte er.

Die Reiter trabten in den zerstörten Burghof und hielten, als sie die anderen bemerkten. Guy ließ den Blick über die rauchenden Trümmer der Burg wandern, dann stieg er ab und ging auf den Zwerg zu. Unterwegs blieb er stehen, hob ein verkohltes Stück Holz auf, wendete es in den Händen hin und her und warf es wieder weg. »Graf Rufus scheint gestern Abend doch nicht so erfolgreich gewesen zu sein, wie wir gehofft haben. Habt Ihr vielleicht vergessen, einen Punkt auf das i zu setzen, Magnus?«

Magnus wich ängstlich einen Schritt zurück. Theron trat

rasch zum Amboss, nahm das Original des zerbrochenen Schwerts und verbarg es unter seinem Hemd.

Guy bemerkte es, beachtete ihn aber nicht weiter, sondern sah den Zwerg an. »Ich bitte um eine Erklärung, Magnus. Oder soll ich Euch wegen schlampiger Arbeit töten?«

»Es war nicht meine Schuld. Die Klinge hatte noch eine Aufschrift auf der anderen Seite, die auf den Vorlagen nicht zu sehen war. Ich habe Euren Auftrag ausgeführt. Eure Vorlagen waren mangelhaft.«

»Und was tut Ihr hier?«

»Er fertigt eine Kopie des Schwerts an, die wir dem Gilarabrywn im Austausch anbieten wollen«, erklärte Hadrian.

»Austausch?«

»Das Ungeheuer hat Prinzessin Arista und ein Mädchen aus dem Dorf entführt. Es sagte, wenn wir das Schwert zurückgeben, das wir aus seiner Behausung entwendet haben, lässt es dafür die Frauen frei.«

»Es *sagte?*«

Hadrian nickte. »Es hat gestern Abend mit Diakon Tomas gesprochen, kurz bevor es vor seinen Augen die beiden Frauen entführte.«

Guy lachte kalt. »Dann spricht es jetzt also auch noch? Und entführt Frauen? Ich bin beeindruckt. Wahrscheinlich reitet es auch und ich sollte mich schon mal darauf einstellen, dass es Dunmore beim nächsten Wintertid-Turnier in Aquesta vertritt.«

»Fragt Euren Diakon, wenn Ihr mir nicht glaubt.«

»Aber ich glaube Euch«, rief Guy und trat vor Hadrian. »Wenigstens das mit dem Schwert, das Ihr aus der Festung geklaut habt. Darauf habt Ihr doch angespielt, ja? Jemand hat es also tatsächlich geschafft, in Avempartha einzudringen und das Original zu entwenden? Wirklich erstaunlich, zumal wenn man bedenkt, dass nur jemand mit Elbenblut dort hineinkommt. Ihr seht mir nicht besonders elbenähnlich aus, Hadrian. Und den Stammbaum der Pickerings kenne ich ziemlich gut. Ich weiß, dass Magnus ebenfalls ausscheidet. Bleibt nur Euer Komplize, Royce Melborn. Ist er nicht recht klein? Schlank und geschmeidig? Alles vortreffliche Eigenschaften für einen Dieb. Er sieht mühelos im Dunkeln, hört besser als jeder Mensch, gerät nie aus dem Gleichgewicht und geht so leichtfüßig, dass man ihn nicht hört. Wie ungerecht für all die anderen Diebe, die mit gewöhnlichen, menschlichen Fähigkeiten zurechtkommen müssen.«

Guy sah sich aufmerksam um. »Wo ist Euer Partner überhaupt?« Hadrian schwieg. »Dass sich einige dieser Elbenmischlinge kaum von Menschen unterscheiden, ist für uns ein großes Problem. Sie sind so schwer zu entdecken. Sie haben weder spitze Ohren noch Schlitzaugen, weil sie im Aussehen nach ihrem menschlichen Elternteil kommen, aber der Anteil des elbischen Elternteils ist auch immer präsent. Das macht sie ja so gefährlich. Sie sehen ganz normal aus, aber tief im Innern sind sie grausame Bösewichter. Ihr bemerkt davon wahrscheinlich nichts. Oder doch? Ihr seid wie diese Dummköpfe, die ein Bären- oder Wolfsjunges zähmen wollen, weil sie glauben, dass ihre Liebe erwidert wird. Wahrscheinlich glaubt Ihr, Ihr könntet die Bestie bändigen, die in Eurem Gefährten schlummert. Aber das könnt Ihr nicht. Sie ist immer da und wartet nur auf die Gelegenheit, Euch anzufallen.«

Guy betrachtete den Amboss. »Und wahrscheinlich wollte einer von Euch das Ungeheuer mit dem Schwert töten und dann die Krone des Imperators beanspruchen?«

»Äh, nein«, erwiderte Hadrian. »Wir wollten nur die Frauen befreien und dann so rasch wie möglich verschwinden.«

»Und das soll ich Euch glauben? Hadrian Blackwater, dem

vollendeten Krieger, der mit dem Schwert umgeht wie ein Teshlor-Ritter des Alten Imperiums? Ich soll Euch glauben, Ihr wärt nur zufällig in dieses abgelegene Dorf gekommen? Ihr wärt nur zufällig zu genau dem Zeitpunkt, da der Bezwinger des Gilarabrywn zum Imperator ernannt werden soll, im Besitz der einzigen Waffe, die das Ungeheuer bezwingen kann? Aber nein, Ihr wollt das vielleicht mächtigste Schwert der Welt nur bei einem unvorstellbar gefährlichen, neuerdings auch noch sprechenden Ungeheuer gegen ein Bauernmädchen und die Prinzessin von Melengar eintauschen, zwei Personen, die Ihr kaum kennt.«

»Tja – wenn Ihr es so formuliert, klingt es unwahrscheinlich, aber es entspricht der Wahrheit.«

»Die Kirche wird hierher zurückkehren und weitere Kandidaten gegen das Ungeheuer ins Rennen schicken«, erklärte Luis Guy. »Bis dahin obliegt es mir, dafür zu sorgen, dass kein, sagen wir, Unwürdiger den Gilarabrywn tötet. Dazu gehören ganz sicher ein Dieb und Elbenfreund und seine Bande von Mördern und Halsabschneidern.« Er trat vor Theron. »Gebt mir also das Schwert.«

»Nur über meine Leiche«, knurrte Theron.

»Wie Ihr wollt.« Guy zog sein Schwert, und die sieben Seret-Ritter in seiner Begleitung stiegen ab und zogen ebenfalls ihre Schwerter.

»Also«, forderte Guy Theron erneut auf, »her mit dem Schwert oder Ihr müsst beide sterben.«

»Ihr meint wohl alle vier?«, fragte eine Stimme hinter Hadrian. Hadrian drehte sich um. Mauvin und Fanen kamen den Hang herauf. Sie hatten sich verteilt und die Schwerter gezogen. Mauvin hielt zwei Schwerter in der Hand. Eins davon warf er Theron zu, der es ungeschickt auffing.

»Oder alle fünf«, sagte Magnus, der zwei große Hämmer

aus seiner Kollektion in den Händen hielt. Er sah Hadrian an und schluckte. »Er will mich sowieso töten, warum also nicht?«

»Wir sind immer noch zu acht«, gab Guy zu bedenken. »Ihr hättet keine Chance.«

»Ich dachte gerade dasselbe«, sagte Mauvin. »Leider ist hier niemand, den wir noch um Hilfe bitten könnten.«

Guy musterte ihn und dann Hadrian eine lange Weile, während die anderen Männer einander über die Asche hinweg feindselig anstarrten. Dann nickte er und senkte das Schwert. »Na gut, ich sehe schon, ich muss Euer Fehlverhalten dem Erzbischof melden.«

»Nur zu«, sagte Hadrian. »Seine Leiche liegt bei den anderen unter den Trümmern am Fuß des Hügels.«

Guy musterte ihn kalt und wandte sich zum Gehen, doch Hadrian bemerkte, wie seine rechte Schulter sich unnatürlich senkte und er den Fuß beim Aufsetzen nach außen drehte. Er hatte Theron beigebracht, auf diese Anzeichen zu achten, denn sie kündigten einen Angriff an.

»Theron!«, rief er, aber es war unnötig. Der Bauer hatte sein Schwert bereits gehoben, noch bevor Guy sich umgedreht hatte. Der Inquisitor stach nach seinem Herzen, doch Theron kam ihm zuvor und schlug sein Schwert zur Seite. Sofort verlagerte er sein Gewicht nach vorn, machte einen Schritt und führte die Kombination aus, die Hadrian ihm eingetrichtert hatte: Parade, Drehung und Konter. Er streckte sich nach vorn. Damit hatte Guy nicht gerechnet. Er bog sich zur Seite und konnte nur knapp verhindern, dass Theron ihm die Brust durchbohrte. Stattdessen traf Theron ihn in die Schulter. Guy schrie schmerzerfüllt auf.

Theron war über seinen eigenen Erfolg ganz verdattert.

»Zieh es heraus!«, schrien Hadrian und Mauvin gleichzeitig.

Theron zog die Klinge heraus, und Guy taumelte zurück und hielt sich die blutende Schulter.

»Tötet sie!«, befahl er mit zusammengebissenen Zähnen.

Die Seret-Ritter griffen an.

Vier stürzten sich auf die Brüder Pickering, einer auf Hadrian, ein weiterer auf Theron und der letzte auf Magnus. Hadrian wusste, dass Theron einem Seret-Ritter nicht lange standhalten würde. Er zog sein Kurzschwert und das Bastardschwert und tötete seinen Gegner, sobald er in Reichweite kam. Dann wandte er sich dem Ritter zu, der gegen Theron kämpfte. Der Ritter bemerkte zu spät, dass er es mit zwei Gegnern zu tun hatte, und Hadrian und Theron konnten ihn niederschlagen.

Magnus hob seine Hämmer und machte dazu ein möglichst drohendes Gesicht, aber natürlich konnte er es als Zwerg nicht mit einem Ritter aufnehmen, also zog er sich hinter den Amboss zurück. Als der Ritter ihm folgte, warf er den ersten Hammer auf ihn. Er traf ihn in die Brust. Klirrend prallte der Hammer vom Harnisch des Ritters ab. Der Ritter blieb unverletzt, taumelte aber ein wenig. Sobald er jedoch merkte, dass der Zwerg keine wirkliche Bedrohung darstellte, wandte er sich Hadrian zu, der in diesem Augenblick auf ihn zueilte.

Er holte weit aus und schlug nach Hadrians Kopf. Doch Hadrian fing den Schlag mit dem Kurzschwert in seiner linken Hand auf, drückte damit den Schwertarm des Ritters nach oben und bohrte sein Bastardschwert in die ungeschützte Achsel des Mannes.

Mauvin und Fanen kämpften inzwischen gemeinsam gegen ihre vier Angreifer. Pfeifend schnitten die eleganten Rapiere der Pickerings durch die Luft, parierten und schlugen zu. Jeder Angriff wurde abgewehrt, jeder Schlag geblockt und erwidert. Zunächst konnten die beiden sich nur verteidigen, zu heftig wurden sie von den gepanzerten Rittern bedrängt, die nur darauf warteten, dass sie sich eine Blöße gaben. Dann fand Mauvin doch noch eine Gelegenheit zum Angriff. Blitzschnell stach er zu. Die Spitze seiner Klinge durchbohrte den Hals eines Seret-Ritters, und der ging zu Boden. Doch im nächsten Moment schrie Fanen.

Vor Hadrians Augen schlitzte ein Ritter Fanen den Schwertarm bis zur Hand hinunter auf. Der jüngere Pickering ließ sein Schwert fallen. Seiner Waffe beraubt wich er verzweifelt vor seinen beiden Angreifern zurück. Dabei stolperte er über einen auf dem Boden liegenden Balken und fiel hin. Die beiden Angreifer stürzten sich auf ihn, um ihn zu töten.

Hadrian war zu weit entfernt.

Mauvin dachte nicht mehr daran, sich zu verteidigen, sondern eilte seinem Bruder zu Hilfe. Er streckte den Arm und wehrte mit einem einzigen Hieb beide Angreifer ab – doch kam es ihn teuer zu stehen. Hadrian sah den vor Mauvin stehenden Ritter zustechen. Sein Schwert bohrte sich in Mauvins Seite. Der ältere Pickering krümmte sich zusammen und fiel auf die Knie, den Blick unverwandt auf den Bruder gerichtet. Hilflos musste er zusehen, wie die beiden Angreifer erneut zustachen. Zwei Schwerter durchbohrten Fanens Leib, zwei Klingen färbten sich blutig rot.

Mauvin schrie auf. Sein eigener Gegner holte inzwischen zum tödlichen Streich quer über seinen Hals aus. Mauvin, der immer noch kniete, schien ihm keine Beachtung zu schenken, und der Ritter lächelte triumphierend. Er wusste nicht, dass Mauvin sich bereits auf seine Verteidigung konzentrierte. Blitzschnell hob Mauvin sein Schwert und stieß es dem Angreifer in den Brustkasten. Beim Herausziehen drehte er die Klinge und zerfetzte die inneren Organe des Mannes.

Doch jetzt griffen ihn die Mörder seines Bruders an. Mauvin hob sein Schwert erneut, doch seine ganze Seite war blutdurchnässt, sein Arm kraftlos und sein Blick glasig. Tränen strömten ihm über die Wangen. Sein Blick ging ins Leere, sein Schwert verfehlte das Ziel. Der ihm nächste Ritter schlug es ihm aus der Hand, dann trat er mit seinem letzten noch lebenden Gefährten vor ihn. Die beiden hoben ihre Schwerter, weiter kamen sie allerdings nicht. Hadrian war endlich bei ihnen angekommen und köpfte sie mit einem Streich. Ihre Körper kippten in die Asche.

»Magnus, hol Tomas herauf, aber schnell!«, rief Hadrian. »Er soll Verbandszeug mitbringen!«

Theron beugte sich über Fanen. »Er ist tot«, sagte er dumpf.

»Das weiß ich!«, erwiderte Hadrian barsch. »Und Mauvin ist das auch bald, wenn wir ihm nicht helfen.«

Er riss Mauvins Hemd auf und drückte die Hand auf die Wunde in seiner Seite. Blut quoll zwischen seinen Fingern hervor. Mauvin keuchte schweißüberströmt, und seine Augen verschwanden im Kopf, bis nur noch das Weiße zu sehen war.

»Verdammt, Mauvin!«, rief Hadrian. »Bring mir ein Stück Stoff, Theron, oder irgendetwas!«

Theron bückte sich über den Ritter, der Fanen getötet hatte, und riss ihm den Ärmel ab.

»Noch mehr!«, rief Hadrian ungeduldig. Er wischte die Wunde ab und fand das kleine Loch, aus dem das hellrote Blut sprudelte. Wenigstens war es nicht dunkelrot, was meist den Tod bedeutete. Er nahm den Stofffetzen und drückte ihn auf die Wunde.

»Hilf mir, ihn aufzusetzen«, sagte er, als Theron mit einem weiteren Streifen Stoff zurückkehrte. Mauvin lag leblos auf dem Boden, sein Kopf war zur Seite gefallen.

Tomas eilte mit dem Verbandszeug herbei, das Lena ihm gegeben hatte. Sie richteten Mauvin auf, und Tomas wickelte ihm die Binden fest um den Oberkörper. Der Stoff färbte sich rot, doch blutete die Wunde schon nicht mehr so stark.

»Haltet seinen Kopf gerade«, befahl Hadrian, und Tomas bettete sich Mauvins Kopf in den Schoß.

Hadrian blickte zu Fanen hinüber. Er lag inmitten einer wachsenden schwarzen Blutlache bewegungslos auf dem Rücken. Hadrian nahm mit blutverschmierten Händen seine beiden Schwerter und stand auf.

»Wo ist Guy?«, fragte er grimmig.

»Verschwunden«, antwortete Magnus. »Er hat sich ein Pferd geschnappt, als wir gekämpft haben, und ist geflohen.«

Hadrian blickte noch einmal auf Fanen und dann auf Mauvin. Dann holte er mit einem Schauer tief Luft.

Tomas senkte den Kopf und sprach ein Gebet über den Verstorbenen:

»Ich befehle dich Maribor an,
Seinen Händen übergebe ich dich.
Möge er dir Frieden und Ruhe geben,
Möge der Gott der Menschen über deinen Weg wachen.«

Als er fertig war, hob er den Blick zu den Sternen auf und sagte leise: »Es ist Nacht.«

13

Magische Vision

Arista wollte nicht mehr atmen. Jedes Mal krampfte sich ihr dabei der Magen zusammen und die Galle stieg in ihr hoch. Über ihr wölbte sich der gestirnte Himmel, unter ihr türmte sich – ein seltsamer Haufen, eine Art Lager, das der Gilarabrywn sich aus seinen gesammelten Trophäen gebaut hatte, den abscheulichen Erinnerungsstücken seiner Beutezüge: einem Kopf mit schwarz verklebten Haaren, einem zerbrochenen Stuhl, einem noch im Schuh steckenden Fuß, einem angefressenen Rumpf, einem blutgetränkten Kleid oder einem bläulich verfärbten Arm, der wie winkend aus dem Haufen herausragte.

Das ganze Gebilde lagerte auf einer Art offenem Balkon an der Seite eines hohen steinernen Turms, von dem man allerdings nicht herunterkam. Statt einer Tür, die in den Turm führte, waren nur die Umrisse einer Öffnung zu sehen. Arista hoffte entgegen aller Wahrscheinlichkeit trotzdem, es möge sich um eine richtige Tür handeln.

Sie hatte die Hände in den Schoß gelegt, weil sie nichts berühren wollte. Unter sich spürte sie einen Gegenstand, der lang und schmal war wie ein Ast. Sie saß nicht bequem, wagte aber nicht, sich zu bewegen. Sie wollte gar nicht wissen, worauf sie saß, und hielt den Blick krampfhaft abgewendet. Stattdessen starrte sie unverwandt zu den Sternen und dem Horizont. Im Norden sah sie, abgetrennt durch das silberne Band des Flusses, den Wald. Im Süden erstreckten sich große Wasserflächen, die sich in der Nacht verloren. Ab und zu schreckte eine aus den Augenwinkeln wahrgenommene Bewegung sie auf und sie senkte den Blick, doch sie bereute es jedes Mal sofort.

Mit einem Schauer bemerkte sie, dass sie geschlafen hatte. Das Einschlafen hatte sich allerdings mehr wie ein Ertrinken angefühlt. Nicht Schlaf hatte sie überwältigt, sondern grenzenlose Panik. Sie musste mit dem Ungeheuer hierher geflogen sein, konnte sich daran aber genauso wenig erinnern wie an den größten Teil des vergangenen Tages. Dagegen erinnerte sie sich sehr wohl an den Anblick des Ungeheuers. Wenige Zoll von ihr entfernt hatte es gelegen und sich in der Nachmittagssonne geräkelt. Stundenlang hatte sie den Blick nicht abwenden können, so sehr hatte das schlafende Ungetüm ihre Aufmerksamkeit beansprucht. Vor lauter Angst hatte sie keinen Mucks getan und nichts gesagt. Schließlich konnte es jederzeit aufwachen und sie töten und seinen anderen Trophäen hinzufügen. Ihre Muskeln waren zum Zerreißen gespannt gewesen, ihr Puls hatte gerast. Unentwegt hatte sie die ledrige, schuppige Haut angestarrt, die sich mit jedem Atemzug hob und senkte und über die Rippenbögen darunter schob. Ihr war, als müsste sie Wasser treten. Das Blut pochte ihr in den Ohren und das Stillsitzen erschöpfte sie. Dann meinte sie wieder zu ertrinken, und gnädiges Dunkel hatte sich über sie gesenkt.

Jetzt war sie wieder wach, doch das Ungeheuer war verschwunden. Sie sah sich um. Es war nirgends zu sehen.

»Es ist fort«, sagte Thrace. Seit dem Überfall hatten sie beide nicht mehr gesprochen. Thrace trug immer noch ihr Nachthemd, und ihr Gesicht war verschrammt und mit blauen Flecken übersät. Auf Händen und Knien kroch sie über den Haufen und durchwühlte ihn mit den Fingern wie ein Kind einen Sandkasten.

»Wo ist es?«, fragte Arista.

»Weggeflogen.«

Von irgendwo unter ihnen kam Lärm, allerdings nicht von dem Ungeheuer. Er hörte sich an wie ein gleichmäßiges, donnerndes Tosen.

»Wo sind wir?«, fragte sie.

»Auf dem Dach von Avempartha«, antwortete Thrace, ohne von ihrer makabren Grabungsarbeit aufzublicken. Sie wühlte sich durch eine Schuttschicht und drehte einen eisernen Kessel um. Darunter kam ein zerrissener Wandteppich zum Vorschein. Sie zerrte daran.

»Was ist Avempartha?«

»Eine Festung.«

»Ach so. Was machst du da?«

»Ich suche nach einer Waffe, mit der wir kämpfen können.«

Arista starrte sie entgeistert an. »Kämpfen?«

»Ja, nach einem Dolch oder einer Glasscherbe.«

Was dann geschah, hätte Arista nicht für möglich gehalten. Obwohl sie hilflos auf einem Haufen abgetrennter Körperteile saß und praktisch darauf wartete, verspeist zu werden, musste sie lachen.

»Eine Glasscherbe, ja?«, rief sie mit überschnappender Stimme. »Du willst mit einem Dolch oder einer Scherbe gegen dieses – Monster antreten?«

Thrace nickte und schob den Kopf eines Rehbocks mitsamt Geweih zur Seite.

Arista starrte sie weiter mit offenem Mund an.

»Wir haben nichts zu verlieren«, sagte Thrace.

Damit hatte sie die Lage perfekt zusammengefasst. Denn eines immerhin stand fest: Schlimmer konnte es nicht werden. Nie hatte Arista etwas Schlimmeres erlebt, auch nicht als Percy Braga einen Scheiterhaufen hatte errichten lassen, um sie zu verbrennen, oder als sie mit Royce in einem einstürzenden Turm an einem Seil gehangen und der Zwerg ihnen die Tür vor der Nase zugeschlagen hatte. Nur wenig konnte sich mit der schrecklichen Vorstellung messen, bei lebendigem Leibe gefressen zu werden.

Arista stimmte in ihrer Einschätzung der Lage vollkommen mit Thrace überein, doch etwas in ihr wollte sich nicht damit abfinden. Sie wollte daran glauben, dass es noch Hoffnung gab.

»Du glaubst nicht, dass es sein Versprechen hält?«, fragte sie.

»Versprechen?«

»Was es dem Diakon gesagt hat.«

»Du … konntest es verstehen?« Thrace hielt zum ersten Mal in ihrer Tätigkeit inne und sah Arista an.

Arista nickte. »Es hat die alte Sprache des Imperiums gesprochen.«

»Was hat es gesagt?«

»Dass es uns gegen ein Schwert eintauschen will, aber vielleicht habe ich das falsch verstanden. Ich habe die alte Sprache als Teil meiner religiösen Studien in Sheridan gelernt und nie besonders gut gesprochen. Außerdem hatte ich wahnsinnige Angst. Die habe ich übrigens immer noch.«

Thrace überlegte, und Arista beneidete sie um ihre Ruhe.

»Nein«, sagte das Mädchen schließlich, »es wird uns töten. Es tötet schon die ganze Zeit Menschen. Es hat meine Mutter und meinen Bruder getötet, meine Schwägerin und meinen Neffen. Und meine beste Freundin Jessica Caswell. Außerdem auch Daniel Hall. Ich habe das noch nie jemandem gesagt, aber ich habe immer gedacht, dass ich Daniel eines Tages vielleicht heiraten würde. Jedenfalls habe ich ihn eines schönen Herbstmorgens unter den Kiefern am Uferweg gefunden, übel zugerichtet, aber das Gesicht vollkommen intakt. Das hat mich am meisten beschäftigt. Sein Gesicht hatte keinen Kratzer. Er sah aus, als schliefe er, nur dass sein Körper größtenteils verschwunden war. Das Ungeheuer wird uns töten.«

Wind kam auf und Thrace fröstelte.

Arista schlüpfte aus ihrem Mantel. »Hier«, sagte sie. »Du brauchst ihn mehr als ich.«

Thrace lächelte sie überrascht an.

»Nimm schon!«, rief Arista ungeduldig, denn sie drohte die Fassung zu verlieren. »Ich will einfach etwas tun, verdammt!«

Sie streckte die Arme mit dem Mantel zitternd aus, und Thrace kroch zu ihr herüber und nahm ihn. Dann hielt sie ihn hoch und betrachtete ihn seelenruhig, als stehe sie in einem Ankleidezimmer. »Der ist aber schön. Und so schwer.«

Arista lachte wieder. Seltsam, wie nahe beieinander Verzweiflung und Lachen lagen, dachte sie. Bestimmt war eine von ihnen verrückt – oder sie waren es beide. Sie wickelte den Mantel um das Mädchen und machte ihn fest. »Und ich wollte Bernice umbringen …«

Sie dachte an Hilfred und die Zofe, die in ihrem Zimmer zurückgeblieben waren, weil sie es ihnen befohlen hatte. Hatte das die beiden das Leben gekostet?

»Glaubst du, es hat jemand überlebt?«

Thrace wuchtete den Kopf einer Statue zur Seite und dann noch eine zerbrochene Tischplatte aus Marmor. »Mein Vater lebt«, sagte sie nur und grub weiter.

Arista fragte sie nicht, woher sie es wusste, aber sie glaubte ihr. Sie hätte Thrace in diesem Moment alles geglaubt.

Thrace hatte inzwischen ein ansehnliches Loch in den Trümmerhaufen gegraben, doch eine Waffe hatte sie noch nicht gefunden, nur den Knochen eines Beins, den sie mit schrecklicher Gleichgültigkeit beiseitelegte, wahrscheinlich für den Fall, dass sie nichts Besseres fand. Arista erschauerte. Sie verfolgte die Grabungsarbeiten mit einer Mischung aus Bewunderung und Fassungslosigkeit.

Thrace legte einen schönen Spiegel frei, der allerdings zerbrochen war. Sie versuchte gerade, ihn vorsichtig zu bergen, da sah Arista darunter etwas golden aufblitzen. »Unter dem Spiegel ist etwas.«

Thrace schob ihn zur Seite, fasste hinunter, packte etwas und zog daran. Zum Vorschein kam die Griffhälfte eines abgebrochenen Schwerts. Der Knauf war kunstvoll mit Gold und Silber beschlagen und mit Edelsteinen eingelegt und funkelte im Sternenlicht.

Thrace nahm das Schwert am Griff und hielt es hoch. »Es ist ganz leicht«, sagte sie.

»Es ist abgebrochen«, erwiderte Arista, »aber wahrscheinlich trotzdem besser als Waffe geeignet als eine Glasscherbe.«

Thrace steckte das Schwert in die Innentasche des Mantels und wühlte weiter. Sie fand noch den Kopf einer Axt und eine Gabel, warf beides aber wieder weg. Dann zog sie ein Tuch zur Seite und hielt plötzlich inne.

Arista konnte den Blick nicht abwenden, obwohl sie es gerne getan hätte.

Zu sehen war das Gesicht einer Frau mit geschlossenen Augen und offenem Mund.

Thrace deckte das Loch, das sie gegraben hatte, hastig wieder mit dem Tuch zu, kroch zum anderen Ende des Balkons, setzte sich, schlang die Arme um die Knie und legte den Kopf darauf. Arista sah, dass sie am ganzen Leib bebte. Danach grub sie nicht weiter. Schweigend saßen sie da.

Pfffff, pfffff.

Als Arista das fauchende Geräusch hörte, begann ihr Herz zu rasen. Wie erstarrt saß sie da und wagte nicht, den Kopf zu heben. Sie spürte einen Luftzug von oben und schloss in Erwartung des Todes die Augen. Das Ungeheuer landete. Arista hörte es schnaufen. Sie wartete.

»Bald«, hörte sie es sagen.

Sie öffnete die Augen.

Das Ungeheuer hockte keuchend von der Anstrengung des Fluges auf dem Haufen und schüttelte den Kopf. Speichel spritzte von seinen Lippen in alle Richtungen, und hinter seinen Lippen blitzte ein ganzer Wald spitzer Zähne auf. Seine Augen waren größer als Aristas Hände, die Pupillen senkrechte Schlitze. Die Iris war orangebraun marmoriert. Arista sah darin ihr Spiegelbild.

»Bald?« Sie wusste nicht, wie sie den Mut zum Sprechen aufbrachte.

Ein großes Auge richtete sich auf sie, und die Pupille weitete sich. Gleich würde es sie töten, aber dann war wenigstens alles vorbei.

»Ihr sprecht mein Sprach?« Die Stimme dröhnte so tief, dass Arista ein Vibrieren in der Brust spürte.

Sie brachte ein Nicken zustande. *»Ja.«*

Aus den Augenwinkeln sah sie, dass Thrace den Kopf gehoben hatte und das Ungeheuer anstarrte.

Das Ungeheuer betrachtete Arista. *»Von einem Könige stammt Ihr.«*

»Ich bin eine Prinzessin.«

»Der beste Köder«, sagte der Gilarabrywn, aber Arista war

nicht sicher, ob sie ihn richtig verstanden hatte. Seine Worte hätten auch »das größte Geschenk« heißen können. Sie waren schwierig zu übersetzen.

»Willst du dich an die Abmachung halten oder wirst du uns töten?«, fragte sie.

»Der Köder bleibet am Leben, bis den Dieb ich gefangen habe.«

»Den Dieb?«

»Der das Schwert gestohlen. Er kommt. Am Mond vorbei bin ich geflogen, denn glauben sollte er, die Luft sei rein, und bin zurückgekehrt ungesehen. Jetzt kommt er.«

»Was sagt es?«, fragte Thrace.

»Es sagt, wir seien ein Köder, mit dem es einen Dieb fangen will, der ein Schwert gestohlen hat.«

»Royce«, sagte Thrace.

Arista sah sie verwirrt an. »Wie bitte?«

»Ich habe zwei Männer beauftragt, ein Schwert aus diesem Turm zu holen.«

»Royce Melborn und Hadrian Blackwater?«, fragte Arista fassungslos.

»Genau die.«

»Aber wie hast du ...« Sie setzte neu an. »Das Ungeheuer weiß, dass Royce hierher unterwegs ist. Es hat so getan, als fliege es weg, und dafür gesorgt, dass er es mitbekommt.«

Der Gilarabrywn stellte die Ohren auf und wandte den Kopf mit einem Ruck der Scheintür zu. Lautlos stand er auf und hob mit einem behutsamen Flügelschlag vom Balkon ab. Unter Ausnützung der Aufwinde stieg er über der Festung auf. Aus dem Innern des Turms hörten Thrace und Arista Geräusche, Schritte auf Stein.

Vor ihnen erschien eine Gestalt in einem schwarzen Mantel. Sie trat aus dem massiven Stein der Scheintür wie ein Taucher, der durch eine stille Wasseroberfläche bricht.

»Das ist eine Falle, Royce!«, riefen Arista und Thrace gleichzeitig.

Die Gestalt bewegte sich nicht.

Arista hörte die Luft zischend an den ledrigen Schwingen entlangstreichen. Doch dann brach plötzlich ein gleißender Lichtschein aus der Gestalt hervor. Ohne ein Geräusch oder die kleinste Bewegung schien an ihrer Stelle auf einmal ein Stern zu leuchten, dessen Licht alle blendete. Arista schloss die schmerzenden Augen. Sie hörte den Gilarabrywn über sich kreischen und spürte den Luftzug der heftigen Flügelschläge, mit denen er seinen Sturzflug bremste.

Das Licht leuchtete nur kurz, dann wurde es ebenso plötzlich wieder schwächer, allerdings ohne ganz zu erlöschen. Der Mann in dem schimmernden Mantel vor ihnen war deutlich zu erkennen.

»DU!« Die Bestie überschüttete ihn mit einem Schwall von Flüchen, und ihr Geschrei ließ die Festung erzittern. Mit schlagenden Flügeln stand sie über ihnen.

»Aus deinem Käfig ausgebrochen bist du, Bestie von Erivan, Jäger des Nareion!«, rief Esrahaddon in der alten Sprache. *»Dort werde ich dich wieder einsperren!«*

Der Zauberer hob die Arme, doch bevor er fortfahren konnte, wich der Gilarabrywn kreischend und flatternd vor ihm zurück. Flügelschlagend stieg er auf, und im letzten Augenblick langte er noch mit einer Kralle nach unten und riss Thrace vom Balkon. Dann stürzte er sich seitlich hinunter und verschwand. Arista eilte zum Geländer und blickte ihm entsetzt nach, doch da waren er und Thrace schon verschwunden.

»Wir können ihr nicht mehr helfen«, sagte der Zauberer traurig.

Arista hob den Kopf. Esrahaddon und Royce Melborn standen neben ihr und blickten über den Rand des Balkons in die

Nacht hinunter, aus der nur das Tosen des Flusses heraufdrang. »Das können jetzt nur noch Hadrian und ihr Vater.«

Arista umklammerte das Geländer mit steifen Fingern. Sie hatte schon wieder das Gefühl, zu ertrinken. Royce hielt sie am Handgelenk fest. »Alles in Ordnung, Hoheit? Es geht hier sehr weit nach unten.«

»Bringen wir sie hinunter«, sagte Esrahaddon. »Die Tür, Royce, die Tür.«

»Ach richtig.« Der Dieb nickte. *»Gewähre Einlass Arista Essendon, der Prinzessin von Melengar.«*

Der steinerne Bogen verwandelte sich in eine Tür, die offen stand. Sie betraten das kleine Zimmer dahinter. Erst jetzt, von dem schrecklichen Balkon herunter und hinter sicheren Wänden, fuhr Arista der Schreck in die Glieder, und sie musste sich setzen, bevor die Beine unter ihr nachgaben.

Sie begrub das Gesicht in den Händen. »Mein Gott, Maribor. Die arme Thrace!«

»Noch ist nicht alles verloren«, tröstete der Zauberer. »Hadrian und ihr Vater stehen mit dem abgebrochenen Schwert bereit.«

Arista wiegte sich schluchzend hin und her. Doch sie weinte nicht nur um Thrace. In ihr war ein Damm gebrochen, eine Tränenflut stürzte aus ihren Augen. Im Geiste sah sie Hilfred vor sich und musste an jenes letzte ungesagte Wort denken. Sie sah Bernice, die sie so grausam behandelt hatte, und Fanen und Mauvin, alle tot. Sie konnte ihre übergroße Trauer nicht mehr in Worte fassen. Stattdessen verschafften ihre Gefühle sich in einer Explosion Luft. »Mit einem Schwert?«, rief sie. »Welchem Schwert? Was soll dieses Gerede von einem Schwert? Ich verstehe das nicht!«

»Ich suche die andere Hälfte«, erklärte Royce. »Sagt Ihr mir, wo ich sie finde.«

»Sie ist nicht mehr da«, erwiderte Arista.

»Wie bitte?«

»Ihr sagtet, das Schwert sei zerbrochen?«

»In zwei Teile. Die Hälfte mit der Klinge habe ich gestern mitgenommen. Jetzt brauche ich noch die Hälfte mit dem Heft. Sie müsste eigentlich in dem Haufen da draußen stecken.«

»Nein«, sagte Arista, erschrocken darüber, dass ihr Verstand sogar unter diesen Umständen noch funktionierte. »Nicht mehr.«

* * *

Der Zauberer führte sie die lange kristallene Treppe hinunter und blieb hin und wieder stehen, um in einen Korridor oder ein anderes Treppenhaus zu spähen. Er überlegte jedes Mal kurz, schüttelte den Kopf oder brummte »Ach ja!« und ging weiter.

»Wo sind wir?«, fragte Arista.

»In Avempartha«, antwortete er.

»Das weiß ich. Aber was ist Avempartha? Und sagt jetzt nicht, ein Gebäude.«

»Avempartha wurde vor mehreren tausend Jahren von Elben erbaut. In jüngerer Zeit wurde der Gilarabrywn darin gefangen gehalten, in noch jüngerer Zeit diente es ihm offenbar als Behausung. Zufrieden?«

»Noch nicht.«

Doch es ging Arista trotz ihrer Verwirrung tatsächlich schon ein wenig besser. Sie war überrascht, wie leicht man vergessen konnte, und hatte ein schlechtes Gewissen. Eigentlich sollte sie an die Toten denken. Sie sollte trauern, aber ihr Kopf rebellierte dagegen. Herz und Verstand hungerten nach

Entlastung wie ein gebrochenes Körperglied, das kein Gewicht mehr tragen kann. Sie brauchte Ruhe und wollte an etwas anderes denken, etwas, das nichts mit Tod und Leid zu tun hatte. Da kam ihr Avempartha gerade recht. Es war wirklich verblüffend.

Esrahaddon führte sie Treppen hinauf und hinunter, durch große Säle und über Brücken zwischen den Türmen im Innern Avemparthas. Obwohl nirgends Fackeln oder Laternen brannten, konnte sie alles deutlich sehen, denn die Wände sonderten ein weiches, bläuliches Licht ab. Hundert Fuß über ihr wölbten sich Decken wie das Blätterdach eines Waldes, mit verschlungenen Mustern, die an Äste und Laub erinnerten. Brücken und Treppen hatten aus Stein gehauene Geländer, die den Ranken von Schlingpflanzen täuschend ähnlich sahen. Nichts war ohne Schmuck, jeder Zoll war mit der größten Sorgfalt gestaltet. Mit offenem Mund wanderte Arista durch die Räume, und ihr Blick glitt von einem Wunder zum nächsten – der riesigen Statue eines prächtigen auffliegenden Schwans etwa oder einem blubbernden Brunnen in Gestalt eines Fischschwarms. Der primitive Palast König Rosworts fiel ihr ein und seine Verachtung für die Elben. Mit Ratten in einem Müllhaufen hatte er sie verglichen. *Schöner Müllhaufen.*

Auch Musik erklang. Das gedämpfte Brausen des Wasserfalls bildete einen tiefen, tröstlichen Bass, der Wind, der über die Türme strich, erinnerte mit seinen leisen, beruhigenden Flötentönen an ein Orchester. Das Gluckern und Plätschern der Brunnen vervollständigte schließlich die Symphonie mit leichten, entspannenden Rhythmen. Mitten in diesen Wohlklang hinein tönte Esrahaddons Stimme, als er anfing, von seinem ersten Besuch in Avempartha viele Jahrhunderte zuvor zu erzählen und wie er den Gilarabrywn damals gefangen hatte.

»Und weil Ihr ihn vor neunhundert Jahren hier eingesperrt habt, wollt Ihr das jetzt wieder tun?«, fragte Arista.

»Nein.« Esrahaddon schüttelte den Kopf. »Ich habe keine Hände mehr, schon vergessen? Ohne Finger kann ich keinen ausreichend starken Bindezauber herstellen. Das solltet Ihr vor allen anderen wissen.«

»Aber Ihr habt ihm damit gedroht, ihn wieder einzusperren.«

»Der Gilarabrywn weiß ja nicht, dass Esra keine Hände mehr hat«, warf Royce ein.

»Er erinnert sich an mich«, fügte der Zauberer hinzu, »und glaubt, ich sei noch so mächtig wie früher. Er fürchtet nur zweierlei auf der Welt: das Schwert und mich.«

»Ihr wolltet ihn also nur verscheuchen?«

»Richtig.«

»Wir wollten das Schwert holen und dabei möglichst auch Euch beide befreien«, ergänzte Royce. »Ich habe nicht damit gerechnet, dass er sich Thrace schnappt, und konnte auch nicht ahnen, dass sie das Schwert schon eingesteckt hat. Ihr seid ganz sicher, dass es sich um ein Heft mit abgebrochener Klinge handelte?«

»Ja, ich habe es selbst entdeckt. Ich verstehe allerdings immer noch nicht, inwiefern das Schwert uns helfen kann. Der Gilarabrywn ist kein magisches Wesen, sondern ein Ungeheuer, dass der Erbe töten muss …«

»Ihr habt zu viel auf die Kirche gehört. Der Gilarabrywn *ist* ein magisches Wesen. Mit dem Schwert kann man ihn unschädlich machen.«

»Mit einem Schwert? Wie soll das gehen? Ein Schwert besteht aus Metall, einem physikalischen Stoff.«

Esrahaddon lächelte ein wenig überrascht. »Ihr habt in meinem Unterricht aufgepasst, ausgezeichnet. Ihr habt recht, das Schwert allein nützt nichts. Den Zauber lösen kann allein der Name auf der Klinge. Stößt man dem Gilarabrywn das Schwert in den Leib, zerstört es die Verbindung der Stoffe, aufgrund derer er existiert, und bricht den Zauber.«

»Hättet doch Ihr das Schwert genommen«, rief Royce, »dann könnten wir jetzt gegen ihn kämpfen.«

»Immerhin habt ihr mich gerettet«, erinnerte Arista die beiden. »Danke.«

»Bedankt Euch nicht zu früh«, entgegnete Royce. »Noch lebt das Ungeheuer.«

»Thrace hat also Royce hergeholt – ich weiß zwar nicht, wie sie das geschafft hat, aber egal. Aber ich verstehe immer noch nicht, warum Ihr hier seid, Esra.«

»Ich suche den Erben.«

»Aber den gibt es nicht«, erwiderte Arista. »Die Teilnehmer des Turniers sind gescheitert und alle tot. Das Ungeheuer hat alles zerstört.«

»Ich spreche nicht von dieser Veranstaltung für Dummköpfe, sondern von dem wahren Erben Novrons.«

Der Zauberer war an einer T-förmigen Abzweigung angelangt und bog nach links ab in Richtung einer abwärts führenden Treppe.

»Augenblick«, sagte Royce und blieb stehen. »Von hier sind wir nicht gekommen.«

»Wir nicht, aber ich schon.«

Royce sah sich um. »Nein, das ist hier ganz falsch. Da lässt man Euch einmal vorausgehen, und Ihr habt offenbar keine Ahnung, wo der Ausgang liegt.«

»Ich bringe Euch nicht zum Ausgang.«

»Wie bitte?«

»Wir gehen noch nicht«, erklärte der Zauberer. »Ich bin auf

dem Weg zur Valentryne Layartren und Ihr beide begleitet mich.«

»Vielleicht erklärt Ihr uns, warum wir das tun sollten«, sagte Royce. Seine Stimme war um einige Grade abgekühlt. »Vielleicht wollen wir es gar nicht.«

»Ich erkläre es Euch unterwegs.«

»Lieber jetzt gleich«, erwiderte Royce. »Ich habe noch andere Termine.«

»Also gut. Hadrian könnt Ihr nicht mehr helfen. Der Gilarabrywn ist bereits im Dorf. Hadrian ist also entweder tot oder in Sicherheit, Ihr habt darauf keinen Einfluss mehr. Mir dagegen könnt Ihr sehr wohl helfen. Ich habe fast zwei Tage lang überlegt, wie ich mir Zugang zur Valentryne Layartren verschaffe, aber ohne Eure Hände, Royce, geht das nicht. Außerdem bräuchte ich allein Tage, wenn nicht Wochen, aber mit Aristas Hilfe können wir es heute Abend schaffen. Maribor hat Euch mir in seiner Weisheit genau in dem Moment geschickt, in dem ich Euch am meisten brauche.«

»Valentryne Layartren«, murmelte Royce, »das heißt doch auf Elbisch *magische Vision.*«

»Ihr sprecht ein wenig Elbisch, Royce, wie schön für Euch«, sagte Esrahaddon. »Ihr solltet Eure Wurzeln mehr pflegen.«

»Wurzeln?«, fragte Arista verwirrt.

Die anderen gingen nicht darauf ein.

»Den Menschen im Dorf könnt Ihr nicht helfen, dafür mir bei dem, weswegen ich gekommen bin. Und Euch habe kommen lassen.«

»Ihr braucht uns, um den Erben des Imperiums zu finden?«

»Ihr kapiert sonst schneller, Royce. Ich bin enttäuscht.«

»Ich dachte, Ihr wolltet das geheim halten.«

»Schon, aber unter den Umständen musste ich meine Meinung ändern. Stellt Euch bitte nicht stur, sondern kommt mit.

Eines Tages werdet Ihr an diesen Augenblick zurückdenken. Wie Ihr damals den Lauf der Welt verändert habt, indem Ihr einfach diese Treppe hinuntergestiegen seid.«

Royce zögerte immer noch.

»Überlegt doch«, sagte Esrahaddon. »Was könnt Ihr für Hadrian tun?«

Royce schwieg.

»Was nützt es, wenn Ihr jetzt zum Ausgang und durch den Tunnel rennt, ans Ufer schwimmt, ins Dorf lauft und Euch so mehr oder minder selbst umbringt? Selbst wenn Ihr durch ein Wunder dort ankommt, bevor das Ungeheuer Hadrian tötet, wem hilft das? Ihr steht keuchend und tropfnass vor der Bestie. Ihr habt kein Schwert. Ihr könnt es nicht töten, ihm keine Angst machen. Wahrscheinlich könnt Ihr es nicht einmal ablenken, und wenn, dann höchstens kurz. Wenn Ihr jetzt geht, lauft Ihr in den Tod und niemandem ist geholfen. Hadrians Schicksal liegt nicht in Euren Händen. Ihr wisst, dass ich recht habe, sonst würdet Ihr mir nicht so lange zuhören. Und jetzt kommt endlich.«

Royce seufzte.

»Den Göttern sei Dank«, sagte der Zauberer. »Gehen wir.«

»Augenblick.« Arista hob die Hand. »Darf ich auch etwas sagen?«

Der Zauberer drehte sich zu ihr um. »Wisst Ihr, wo der Ausgang ist?«

»Nein.«

»Dann lautet die Antwort nein, Ihr dürft nichts sagen. Und jetzt kommt bitte, wir haben genug Zeit verschwendet.«

»Ich habe Euch netter in Erinnerung«, rief Arista empört.

»Und ich Euch beide schneller.«

Sie stiegen tiefer ins Innere des Turms hinunter. Unterwegs begann Esrahaddon wieder zu sprechen. »Die meisten glauben, die Elben hätten diesen Turm in den Kriegen gegen Novron zu ihrer Verteidigung erbaut. Das stimmt nicht, wie Ihr Euch wahrscheinlich schon gedacht habt. Der Turm ist viele tausend Jahre älter als Novron. Andere glauben, er sei gegen die Goblins von der Küste erbaut worden, die berüchtigten Ba Ran Ghazel, aber das stimmt auch nicht, er ist noch älter. Der grundsätzliche Fehler besteht in der Annahme, es handle sich hier um eine Festung – so denken nur die Menschen. In Wirklichkeit gab es die Elben schon eine Ewigkeit vor den Menschen oder Goblins, vielleicht sogar schon vor den Zwergen. Damals brauchten sie keine Festungen. Sie kannten nicht einmal ein Wort für Krieg, denn das Horn von Gylindora regelte ihre inneren Streitigkeiten. Nein, es handelt sich hier nicht um eine Festung, die den einzigen Übergang über den Nidwalden bewacht, obwohl das Gebäude Jahrtausende später ganz sicher dazu verwendet wurde. Ursprünglich war hier ein Zentrum der Kunst.«

»Mit Kunst meint er Magie«, erklärte Arista.

»Ich weiß, was er meint.«

»Elbenmeister aus der ganzen Welt kamen hierher, um die höhere Kunst zu studieren und zu praktizieren. Doch war Avempartha nicht nur eine Schule. Das Gebäude ist selbst ein gewaltiges Instrument, vergleichbar einem riesigen Schmiedeofen, nur dass dieses Instrument der Sammlung und Konzentration dient. Der Wasserfall stellt die Energie zur Verfügung, die vielen Türme entsprechen den Fühlern einer Heuschrecke oder den Schnurrbarthaaren einer Katze. Sie horchen in die Welt hinaus, registrieren alles, was dort vorgeht, und bündeln die Essenz des Lebens hier an diesem Ort. Das Gebäude wirkt wie ein gewaltiger Hebel, mit dem der einzelne Ausübende der Kunst seine Kraft beinahe bis ins Unermessliche steigern kann.«

»Diese magische Vision …«, sagte Royce. »Könnt Ihr mit ihrer Hilfe den Erben finden?«

»Leider vermag das nicht einmal Avempartha. Ich kann nicht etwas finden, das ich selbst nie gesehen habe oder dessen Existenz fraglich ist. Dagegen kann ich etwas finden, das ich kenne, sogar sehr gut kenne, etwas, das ich eigens dazu geschaffen habe, es später finden zu können.

Als Jerish und ich uns vor neunhundert Jahren trennten, um Nevrik zu verstecken, machte ich Amulette für die beiden. Sie dienten zweierlei: Einmal sollten sie Jerish und Nevrik vor Magie schützen und verhindern, dass jemand sie auf diesem Wege fand. Zum andern sollten sie es mir mittels einer Signatur, die nur ich zu lesen verstehe, ermöglichen, sie aufzuspüren.

Natürlich hatten Jerish und ich angenommen, es würden sich in wenigen Jahren genügend treue Anhänger finden, um dem Imperator wieder auf den Thron zu helfen. Wie wir alle wissen, war das nicht der Fall. Ich kann nur hoffen, dass Jerish den Nachkommen des Erben in weiser Voraussicht eingeschärft hat, gut auf die Halsketten aufzupassen und sie von Generation zu Generation weiterzugeben. Vielleicht ist das aber auch zu viel verlangt, denn … wer hätte gedacht, dass ich so lange leben würde?«

Sie überquerten wieder eine schmale Brücke, diesmal über einen beunruhigend tiefen Spalt. Über ihnen wehten bunte Fahnen mit aufgestickten Symbolen und großen einzelnen Elbenbuchstaben. Arista sah, wie Royce sie betrachtete und dabei den Mund bewegte, als versuchte er sie zu lesen. Auf der anderen Seite der Brücke gelangten sie an eine Türschwelle, über der sich ein hoher, in den Stein gehauener Bogen mit aufwendigen Ornamenten spannte. Die Tür selbst fehlte.

»Royce, wenn ich bitten darf?«

Royce trat vor, legte die Hände auf den Stein und drückte.

»Was macht er?«, fragte Arista den Zauberer.

Esrahaddon gab die Frage mit einem Blick an Royce weiter.

Der Dieb zögerte verlegen einen Moment, dann sagte er: »Avempartha ist durch einen Zauber geschützt, der verhindert, dass jemand, in dessen Adern kein Elbenblut fließt, hier eindringt. Sämtliche Schlösser funktionieren auf dieselbe Weise. Anfangs nahmen wir an, nur ich könnte das Gebäude betreten – und außer mir noch Esra, weil er vor Jahren hier zu Gast war –, aber dann stellte sich heraus, dass es schon reicht, wenn man von einem Elben eingeladen wird. Esra hat mir den genauen Wortlaut gesagt, den ich sprechen muss, und ich habe ihn auswendig gelernt. So habe ich Euch vorhin nach drinnen gebracht.«

»Wenn ich also bitten darf …« Esrahaddon zeigte auf die steinerne Türfassung.

»Entschuldigung«, sagte Royce. »Melentanaria«, deklamierte er, »en venau rendin Esrahaddon, en Arista Essendon adona Melengar.« *Gewähre Einlass dem Zauberer Esrahaddon und Arista Essendon, Prinzessin von Melengar,* übersetzte Arista.

»Das ist alte Sprache«, sagte sie.

»Ja.« Esrahaddon nickte. »Das Elbische und das Altimperiale haben viele Gemeinsamkeiten.«

»Donnerwetter!« Arista hatte sich wieder dem steinernen Bogen zugewandt und sah plötzlich eine offene Tür. »Aber eins verstehe ich trotzdem noch nicht. Wie kommt es, dass ausgerechnet du in der Lage bist, uns … ach so.« Sie sah Royce mit offenem Mund an. »Aber du siehst überhaupt nicht aus wie …«

»Ich bin ein *mir.*«

»Ein was?«

»Ein Mischling«, erklärte Esrahaddon, »in dem Elben- und Menschenblut fließt.«

»Aber du hast nie …«

»So etwas posaunt man nicht hinaus«, sagte Royce. »Und es wäre mir lieb, wenn auch Ihr es für Euch behalten würdet.«

»Äh – natürlich.«

»Kommt. Auf Arista wartet auch noch eine Aufgabe«, sagte Esrahaddon und trat ein.

Sie gelangten in einen großen Raum, der ganz rund war und aussah wie das Innere einer riesigen Kugel. Anders als der Rest des Gebäudes und trotz seiner Größe wies er keinerlei Schmuck auf. Die gekrümmten Wände waren vollkommen glatt, ohne Naht, Riss oder Spalt. Lediglich eine steinerne Treppe führte im Zickzack vom Boden zu einer Plattform hoch, die in die Mitte der Kugel hinausragte.

»Erinnert Ihr Euch an die plaseantischen Beschwörungsformeln, die Ihr bei mir gelernt habt, Arista?«, fragte der Zauberer, während sie die Treppe hinaufstiegen. Seine Stimme hallte laut durch den Raum und kam von den Wänden gleich mehrfach als Echo zurück.

»Äh … die …«

»Ja oder nein?«

»Ich muss erst überlegen.«

»Überlegt schneller, wir haben nicht ewig Zeit.«

»Doch, jetzt erinnere ich mich. Aber seid doch nicht so ungeduldig.«

»Ich werde mich später dafür entschuldigen. Wir steigen jetzt zu dieser Plattform hinauf und Ihr stellt Euch genau in die Mitte auf die Markierung auf dem Boden, ihren höchsten Punkt. Dann beginnt Ihr mit den plaseantischen Anrufungen. Beginnt mit der Formel des Sammelns. Dabei werdet Ihr wahrscheinlich einen stärkeren Energiestoß spüren als unter anderen Umständen, denn dieser Raum verstärkt die Kraft, die Ihr sammelt. Erschreckt darüber nicht, unterbrecht nicht die Anrufung und, vor allem, schreit nicht.«

Arista drehte sich ein wenig ängstlich zu Royce um.

»Wenn Ihr spürt, wie die Kraft durch Euren Körper strömt, beginnt mit dem torsonischen Gesang. Dabei müsst Ihr mit den Fingern die Kristallmatrix formen. Achtet darauf, dass Ihr die Finger nach innen faltet, nicht nach außen.«

»Die Daumen zeigen also nach außen und die anderen Finger auf mich, ja?«

»Ja«, bestätigte Esrahaddon ungeduldig. »Das sind grundlegende Dinge, Arista.«

»Ich weiß doch … es ist nur schon eine Weile her. Ich hatte als Botschafterin von Melengar so viel zu tun und konnte nicht mehr in meinem Turm Zauberformeln üben.«

»Ihr habt leichtfertig Eure Zeit verschwendet?«

»Nein«, sagte Arista gereizt.

»Wenn Ihr diese Haltung eingenommen habt, behaltet sie bei«, fuhr der Zauberer fort. »Denkt an die Konzentrationstechniken, die ich Euch beigebracht habe, und konzentriert Euch darauf, die Matrix möglichst nicht zu verändern. Denn ich werde mir dann Euer Kraftfeld zunutze machen und meine Suche durchführen. Dabei werden in diesem Raum wahrscheinlich einige ungewöhnliche Dinge passieren. Ihr werdet an verschiedenen Stellen Bilder sehen und vielleicht sogar Geräusche hören. Erschreckt auch darüber nicht. Diese Erscheinungen sind nicht wirklich, sondern nur Echos meines Bewusstseins, während ich nach den Amuletten suche.«

»Heißt das, wir werden alle sehen, wer der wahre Erbe ist?«, fragte Royce. Sie waren am oberen Ende der Treppe angelangt.

Esrahaddon nickte. »Ich hätte es gern für mich behalten, aber das Schicksal will es anders. Wenn ich den magischen Puls der Amulette spüre, werde ich mich auf die Besitzer konzentrieren. Die Amulette werden wahrscheinlich als die größten Bilder im Raum erscheinen, denn ich will nicht nur wissen, wer sie trägt, sondern auch, wo sie sich befinden.«

Nur eine dünne Staubschicht bedeckte die Plattform, deshalb konnten sie die auf den Boden gezeichneten dicken Linien deutlich sehen, die wie Sonnenstrahlen in einem Punkt genau in der Mitte der Plattform zusammenliefen.

»Es gibt mehrere Amulette?«, fragte Arista und stellte sich auf den Punkt.

»Ich habe zwei Halsketten gemacht: eine für Nevrik, also das Amulett des Erben, und eine für Jerish, das Amulett des Leibwächters. Wenn es sie noch gibt, müssten wir sie beide sehen. Erzählt bitte niemanden, was Ihr gleich sehen werdet, denn dann wäre das Leben des Erben und womöglich auch die Zukunft der Menschheit in ihrer uns bekannten Form in größter Gefahr.«

»Zauberer und ihr Sinn für Drama.« Royce verdrehte die Augen. »Ein einfaches *Haltet bitte den Mund* hätte vollkommen genügt.«

Esrahaddon sah ihn nur mit erhobenen Augenbrauen an, dann wandte er sich wieder Arista zu. »Beginnt.«

Arista zögerte. Bestimmt hatte Saldi unrecht. Er hatte ihr mit seinen Reden über den Erben, der die Menschheit versklaven würde, nur Angst machen wollen, damit sie für ihn spionierte. Seine Warnung, dass Esrahaddon ein Teufel sei, war demnach eine Lüge. Er hatte gern seine Geheimnisse, gewiss, aber er war kein böser Mensch. Er hatte ihr in jener Nacht das Leben gerettet. Aber wie viele Tage vor Bragas Tod hatte er gewusst, dass … und nichts unternommen? Zu viele.

»Arista?«, drängte Esrahaddon.

Sie nickte, hob die Hände und begann mit der Formel des Sammelns.

14

Nacht

Sanft wehte der Nachtwind über die Kuppe des Hügels. Hadrian und Theron standen allein inmitten der Ruinen der Burg oberhalb des ehemaligen Dorfes – dem Ort so vieler Hoffnungen, die jetzt unter Schutt und Asche begraben lagen.

Der Wind auf seiner Haut rief die Erinnerung an jene verhängnisvolle Nacht in Theron wach, in der seine Familie getötet worden war. Thrace war damals zu ihm aufs Feld gekommen. Er sah sie immer noch auf sich zu rennen, in seine Arme, in denen sie sich geborgen fühlte. Nie in seinem Leben hatte er einen schlimmeren Tag erlebt. Er hatte seine Tochter dafür verflucht, dass sie zu ihm gekommen war, und ihr die Schuld am Tod seiner Familie gegeben. Sein ganzes namenloses Leid hatte er auf sie abgeladen, zu schwach, es selbst zu tragen. Sie war seine Jüngste und hatte ihn auf all seinen Wegen begleitet. Und wenn er sie fortscheuchte, wie er es immer tat, folgte sie ihm in einiger Entfernung, ließ ihn nicht aus den Augen und ahmte nach, was er tat und sagte. Sie lachte, wenn er Grimassen schnitt, und litt mit ihm, wenn er über irgendetwas gekränkt war, und sie saß an seinem Bett, wenn er mit Fieber darniederlag. Doch er hatte nie ein gutes Wort für sie gehabt.

Er konnte sich nicht daran erinnern, dass er sie einmal gestreichelt oder gelobt hätte. Kein einziges Mal hatte er gesagt, er sei stolz auf sie. Die meiste Zeit hatte er sie überhaupt nicht zur Kenntnis genommen. Jetzt hätte er mit Freuden sein Leben dafür gegeben, sie noch einmal auf sich zurennen zu sehen, nur ein einziges Mal.

Er stand Schulter an Schulter mit Hadrian. Die abgebrochene Schwertklinge hielt er unter seinen Kleidern versteckt, bereit, sie sofort hervorzuziehen, wenn das Ungeheuer besänftigt werden musste. Hadrian hielt die Kopie, die der Zwerg geschmiedet hatte. Auch er hatte sie unter sein Hemd geschoben. Wenn der Gilarabrywn im Voraus wisse, wo sie stecke, hatte er gemeint, kippe er womöglich die ganze Abmachung. Magnus und Tobis warteten weiter unten hinter einigen Trümmern versteckt, während Tomas am Fuß des Hügels so gut es ging Hilfred und Mauvin versorgte.

Der Mond war aufgegangen und stieg über den Bäumen immer höher, doch das Ungeheuer ließ sich nicht blicken. Die Fackeln, die Hadrian in einem Kreis um die Kuppe angezündet hatte, waren bis auf wenige Ausnahmen heruntergebrannt, was allerdings nicht weiter schlimm war. Der Mond schien hell. Da das Blätterdach über ihnen fehlte, hätten sie in seinem Schein sogar ein Buch lesen können.

»Vielleicht taucht es gar nicht auf«, sagte Tomas, der zu ihnen heraufgestiegen war. »Vielleicht hat es nicht heute Nacht gemeint oder ich habe mich verhört. So gut habe ich die alte Sprache nie beherrscht.«

»Wie geht es Mauvin?«, fragte Hadrian.

»Die Blutung ist gestillt und er schläft jetzt fest. Ich habe ihn mit einer Decke zugedeckt und aus einem Reservehemd ein Kopfkissen für ihn gemacht. Er und der Soldat, Hilfred, sollten …«

Von der Festung her ertönte ein Schrei, und sie fuhren herum. Zu seiner Überraschung sah Theron die Türme Avemparthas in einem grellen Lichtblitz aufleuchten. Im nächsten Moment kehrte wieder Dunkel ein.

»Bei Maribor, was war das?«, rief er.

Hadrian schüttelte den Kopf. »Keine Ahnung, aber wenn ich raten müsste, würde ich sagen, dass Royce seine Finger im Spiel hat.«

Der Gilarabrywn schrie wieder, diesmal noch lauter.

»Er scheint jedenfalls in unsere Richtung zu kommen«, sagte Hadrian.

Hinter sich hörten sie Tomas leise beten.

»Legt ein gutes Wort für Thrace ein, Tomas«, sagte Theron.

»Ich bitte für uns alle«, erwiderte der Diakon.

»Hadrian«, fuhr Theron fort, »wenn ich diese Nacht nicht überleben sollte, würdest du dich für mich um Thrace kümmern? Und wenn sie auch stirbt, dafür sorgen, dass wir auf meinem Hof begraben werden?«

»Und wenn ich sterbe und du überlebst«, sagte Hadrian, »sorge bitte dafür, dass Royce den Dolch in meinem Gürtel zurückbekommt, bevor der Zwerg ihn stehlen kann.«

»Das ist alles? Wo sollen wir dich begraben?«

»Ich will nicht begraben werden. Wenn ich sterbe, übergebt meine Leiche dem Fluss und lasst sie nach Süden schwimmen. Wer weiß, vielleicht schaffe ich es bis zum Meer.«

»Viel Glück«, sagte Theron. Die Geräusche der Nacht verstummten, und nur noch das leise Wehen des Windes war zu hören.

Da kein Wald die Sicht behinderte, sah Theron den Gilarabrywn diesmal kommen. Mit seinen ausgebreiteten schwarzen Flügeln erschien er wie der Schatten eines Vogels. Sein magerer Rumpf wand sich beim Fliegen, sein Schwanz zuckte.

Er ging nicht im Sturzflug nieder, stieß kein Feuer aus und landete auch nicht. Stattdessen kreiste er lautlos in einer weiten Ellipse am Himmel.

Er war nicht allein gekommen. In seinen Klauen hielt er eine Frau. Zuerst konnte Theron nicht erkennen, wen. Sie schien einen prächtigen Mantel zu tragen, hatte aber die sandfarbenen Haare von Thrace. Bei der zweiten Ellipse wusste er, dass es sich um Thrace handelte. Erleichterung stieg in ihm auf und zugleich Beklommenheit. *Was ist aus Arista geworden?*

Das Ungeheuer kreiste noch einige Male über ihnen, dann sank es mühelos herunter und landete sanft auf dem Platz des eingestürzten Hauptgebäudes keine fünfzig Schritte von ihnen entfernt.

Thrace lebte.

Eine gewaltige, mit vier zwölf Zoll langen schwarzen Krallen besetzte, schuppige Pranke aus Muskeln und Knochen umklammerte sie wie ein Käfig.

»Papa!«, schrie sie in Tränen aufgelöst.

Theron stürzte zu ihr. Sofort zog der Gilarabrywn die Krallen zusammen und Thrace schrie wieder. Hadrian riss Theron zurück.

»Halt!«, rief er. »Er tötet sie, wenn du ihm zu nahe kommst.«

Der Gilarabrywn starrte sie mit seinen riesigen Reptilienaugen böse an. Dann sprach er.

Weder Theron noch Hadrian verstanden ein Wort.

»Tomas«, rief Hadrian über die Schulter. »Was sagt er?«

»Ich spreche diese Sprache nicht besonders gut …«

»Wie gut Ihr im Priesterseminar in Grammatik wart, ist mir egal! Übersetzt einfach.«

»Ich glaube, er sagte, er hätte die Frauen entführt, um uns zur Zusammenarbeit zu bewegen.«

Der Gilarabrywn sagte wieder etwas, und diesmal ließ Tomas sich nicht lange bitten.

»Er fragt, wo die gestohlene Schwerthälfte ist.«

»Dann frag ihn, wo die andere Frau ist.«

Tomas sagte etwas und das Ungeheuer antwortete.

»Er sagt, sie sei entkommen.«

»Frag ihn, woher ich weiß, dass er uns am Leben lässt, wenn ich ihm sage, wo das Schwert versteckt ist.«

Tomas sprach wieder und wieder antwortete das Ungeheuer.

»Er sagt, er gibt Euch einen Vertrauensvorschuss, weil er Eure Bedenken versteht und weiß, dass er die Oberhand hat.«

Der Gilarabrywn öffnete die Tatze und Thrace rannte zu ihrem Vater. Therons Herz machte einen Sprung, als er seine Tochter auf sich zulaufen sah. Er nahm sie fest in seine Arme und wischte ihr die Tränen aus dem Gesicht.

»Verschwinde mit ihr, Theron«, sagte Hadrian. »Kehrt beide möglichst zum Brunnen zurück.« Theron und seine Tochter gehorchten ohne Widerrede, und der Gilarabrywn sah ihnen mit seinen großen Augen misstrauisch nach. Dann sprach er wieder.

»Wo ist das Schwert also?«, übersetzte Tomas.

***

Hadrian blickte zu dem Ungetüm vor ihm auf und spürte, wie der Schweiß ihm über das Gesicht rann. Er zog die Kopie des Schwerts aus dem Ärmel und hielt sie hoch. Der Gilarabrywn kniff die Augen zusammen.

»Bringt es mir«, übersetzte Tomas.

Der entscheidende Moment war gekommen. Kalt lag das Eisen in Hadrians Händen. »Bitte mach, dass das klappt«, sagte er leise zu sich selbst und warf die Klinge. Sie landete in der Asche vor dem Ungeheuer. Der Gilarabrywn betrachtete sie und Hadrian hielt die Luft an. Der Gilarabrywn stellte gelassen seinen Fuß darauf und nahm sie mit seinen langen Krallen auf. Dann sah er Hadrian an.

»Die Abmachung ist erfüllt«, übersetzte Tomas. »Aber …«

»Aber?«, wiederholte Hadrian nervös. »Aber was?«

Tomas' Stimme wurde immer leiser. »Aber er sagt, wer auch nur die Hälfte seines Namens gesehen habe, dürfe nicht am Leben bleiben.«

»Mistkerl«, fluchte Hadrian und riss sein Langschwert vom Rücken. »Lauft, Tomas!«

Der Gilarabrywn stieg mit mächtigen Flügelschlägen auf und wirbelte einen Aschesturm auf. Dann stieß er mit dem Kopf zu wie eine Schlange. Hadrian duckte sich zur Seite, fuhr herum und schlug mit dem Schwert zu. Doch die Spitze drang zu seinem Schrecken nicht in den Rumpf ein, sondern rutschte daran ab wie an einem Stein. Der harte Aufprall schlug ihm das Schwert aus der Hand, und es fiel zu Boden.

Der Gilarabrywn setzte sofort nach und schlug mit seinem Schwanz zu wie mit einer Peitsche. Pfeifend schnitt das lange knöcherne Messer der Schwanzspitze zwei Fuß über dem Boden durch die Luft. Hadrian sprang hoch, und der Schwanz streifte den Hang und bohrte sich in einen verkohlten Balken. Ein kurzes Schütteln, und ein mehrere hundert Kilo schwerer Stamm flog durch die Nacht. Hadrian griff in sein Hemd und zog Alverstone aus der Scheide. Geduckt wie ein Messerkämpfer im Ring und auf den Fußballen balancierend wartete er auf den nächsten Angriff.

Wieder schnellte der Schwanz des Gilarabrywn durch die Luft. Diesmal stach er wie ein Skorpion zu. Hadrian wich zur Seite aus, und die lange Spitze bohrte sich in die Erde.

Hadrian rannte auf das Ungeheuer zu.

Der Gilarabrywn schnappte mit den Zähnen nach ihm. Hadrian war darauf gefasst, hatte sogar damit gerechnet, und sprang im letzten Augenblick zur Seite. Dabei kam er dem Gilarabrywn allerdings so nahe, dass ein Zahn ihm Hemd und Schulter aufschlitzte. Dafür war er jetzt nur noch wenige Zoll von seinem Gesicht entfernt. Mit aller Macht rammte er den kleinen Dolch in das riesige Auge.

Der Gilarabrywn stieß einen Schrei aus, der Hadrian in den Ohren gellte, stampfte mit den Füßen und bäumte sich auf. Dann schüttelte er den Kopf, vielleicht genauso vor Fassungslosigkeit wie vor Schmerzen, und funkelte Hadrian mit seinem anderen Auge böse an. Dazu stieß er einen Wortschwall aus, der so gehässig klang, dass Tomas nicht zu übersetzen brauchte.

Er breitete die Flügel aus und richtete sich auf. Hadrian wusste, was als Nächstes kommen würde, und verfluchte sich dafür, dass er sich von dem Ungeheuer so weit von der Grube hatte weglocken lassen. Jetzt konnte er sich nicht mehr rechtzeitig dorthin retten.

Der Gilarabrywn kreischte und machte einen Buckel.

Es knallte laut, und ein zu einer Kugel zusammengeknäueltes, aus Seilen geknüpftes Netz flog durch die Luft. Da an seinen Rändern kleine Gewichte befestigt waren, die schneller flogen als die Mitte, öffnete es sich im Flug wie ein riesiger Windsack und hüllte das Ungeheuer ein, das soeben flügelschlagend abheben wollte.

Die Flügel verfingen sich im Netz, der Gilarabrywn krachte donnernd auf den Boden. So heftig war der Aufprall, dass Teile des Treppengeländers vom Haupthaus durch die Luft gewirbelt wurden und in einer Aschewolke zerbarsten.

»Volltreffer!«, schrie Theron in einiger Entfernung. Es klang erschrocken und triumphierend zugleich.

Hadrian nutzte seine Chance und griff das Ungeheuer erneut an. Aus den Augenwinkeln bemerkte er, dass Theron ihm folgte.

»Du solltest dich doch mit Thrace in Sicherheit bringen!«, brüllte er.

»Es sah aus, als könntest du Hilfe gebrauchen!«, schrie Theron zurück. »Ich habe Thrace gesagt, sie soll zum Brunnen laufen!«

»Und du glaubst, sie hört auf dich, wenn du nicht auf mich hörst?«

Hadrian rannte zum Kopf des Gilarabrywn, der auf der Seite lag und wie wild zappelte, zielte auf das offene Auge und stach gleich mehrere Male zu. Das Ungeheuer schrie markerschütternd, fuhr mit den Beinen scharrend über den Boden, zerriss das Netz und richtete sich auf.

Hadrian hatte in seinem Eifer gar nicht bemerkt, dass er auf das Netz getreten war. Als das Ungeheuer sich aufrichtete, wurden ihm die Beine unter dem Leib weggerissen. Er fiel mit voller Wucht auf den Rücken und bekam keine Luft mehr.

Die geblendete Bestie schlug wie wild mit dem Schwanz um sich. Der Schwanz traf Hadrian, der gerade aufstehen wollte, und fegte ihn über den Boden. Er flog sich überschlagend wie eine Stoffpuppe über den mit Asche bedeckten Boden und blieb bewegungslos im Schmutz liegen. Das Ungeheuer schüttelte das Netz vollends ab, nahm Witterung auf und begann auf seinen Peiniger zuzukriechen.

»Nein!«, schrie Theron und eilte herbei, um Hadrian zur Seite zu ziehen, bevor die geblendete Bestie ihn erreichte. Doch diese war genauso schnell und kam zur gleichen Zeit bei Hadrian an.

Theron hob einen Stein auf und zog das abgebrochene

Schwert, das er immer noch bei sich trug. Er setzte die Klinge an der Flanke der Bestie an und trieb sie mit dem Stein als Hammer wie einen Nagel hinein.

Damit verhinderte er zwar, dass der Gilarabrywn Hadrian tötete, aber das Ungeheuer schrie nicht, wie es bei Hadrian geschrien hatte, als dieser es geblendet hatte. Stattdessen drehte es sich zu Theron um und lachte. Theron trieb die Klinge mit dem Stein noch tiefer hinein, aber das Ungeheuer lachte weiter. Dann begann es zu sprechen, allerdings verstand Theron nichts. Zuletzt hob es seine Tatze, da es unschwer erriet, wo Theron stand, und schlug zu.

Theron war nicht so beweglich oder schnell wie Hadrian. Er war kräftig für sein Alter, konnte aber dem Schlag nicht rechtzeitig ausweichen. Die gewaltigen Klauen der Bestie durchbohrten ihn wie vier Schwerter.

***

»Papa!« Keuchend mühte Thrace sich den Hang herauf und rannte zu ihm. Sie weinte.

Tobis und der Zwerg schossen aus ihrer Deckung einen Stein auf den Gilarabrywn ab. Sie trafen ihn am Schwanz. Die Bestie fuhr herum und kroch wütend in ihre Richtung.

Thrace ließ sich auf Hände und Knie fallen und beugte sich über ihren Vater. Zerschmettert lag er auf dem Boden. Sein linker Arm war nach hinten verdreht, ein Fuß zeigte in die falsche Richtung. Seine Brust war blutgetränkt, und er atmete stoßweise und unter Krämpfen.

»Thrace«, murmelte er.

»Papa«, rief sie und wiegte ihn in den Armen.

»Thrace«, sagte er wieder. Er fasste sie mit der Hand, die er noch gebrauchen konnte, und zog sie zu sich hin. »Ich ...« Er kniff die Augen vor Schmerzen zusammen. »Ich bin so … so stolz auf dich.«

»Mein Gott, Papa! Nein, nein, nein.« Thrace schüttelte den Kopf.

Sie hielt ihn mit ihren Armen, so fest sie konnte, um ihn bei sich zu behalten. Sie wollte ihn nicht loslassen, das konnte sie nicht, denn er war alles, was sie hatte. Laut aufschluchzend klammerte sie sich an sein Hemd, küsste ihn auf Wangen und Stirn und spürte, noch während sie ihn hielt, wie er in die Nacht hinausging.

Theron Wood starb inmitten von Asche und Trümmern in einer Lache aus Blut und Dreck. Mit ihm starb der letzte Hoffnungsfunke, den Thrace noch gehabt hatte, ihr letzter Halt in dieser Welt.

Dunkelheit senkte sich über sie, über ihre Sinne und über ihr Gemüt. Thrace war, als müsste sie in dieser Dunkelheit ertrinken. Ihr Vater war tot. Ihr Licht, ihre Hoffnung, ihr letzter Traum, alles war mit seinem letzten Atemzug vergangen. Ihr blieb nichts, das Ungeheuer hatte ihr alles genommen.

Es hatte ihre Mutter getötet.

Es hatte ihren Bruder, die Frau ihres Bruders und ihren Neffen getötet.

Es hatte Daniel Hall und Jessie Caswell getötet.

Es hatte ihr Dorf niedergebrannt.

Es hatte ihren Vater getötet.

Thrace hob den Kopf und sah es über die Kuppe des Hügels hinweg an.

Niemand, den es angefallen hatte, lebte noch. Es gab keine Überlebenden.

Sie stand auf und ging langsam los. Im Gehen griff sie in ihr Gewand und zog das Schwert heraus, das sie dort versteckt hatte.

Das Ungeheuer entdeckte das Katapult und zertrümmerte es. Dann drehte es sich um und schickte sich an, den Hang hinunterzukriechen. Die junge Frau bemerkte es nicht.

Die dicke Ascheschicht auf dem Boden dämpfte Thraces Schritte.

»Nicht, Thrace!«, schrie Tomas. »Lauf weg!«

Der Gilarabrywn blieb stehen und hob schnüffelnd den Kopf. Er witterte Gefahr, konnte aber die Quelle nicht ausmachen. Also blickte er in die Richtung der Stimme.

»Nein, Thrace – nein!«

Doch Thrace hörte den Diakon nicht. Sie war in einem Zustand jenseits allen Hörens, Sehens und Denkens angelangt. Sie befand sich nicht mehr auf einem Hügel und nicht mehr in Dahlgren, sondern in einem Tunnel, einem engen Tunnel, der unausweichlich auf ein Ziel zuführte … das Ungeheuer.

Es tötet Menschen. Es tötet in einem fort Menschen.

Wieder versuchte das Ungeheuer, Witterung aufzunehmen. Thrace spürte, wie es nach ihr suchte. Es suchte nach dem Geruch der Angst, die es seinen Opfern machte.

Doch Thrace hatte keine Angst. Das Ungeheuer hatte auch ihre Angst vernichtet.

Jetzt war sie unsichtbar.

Ohne zu zögern, ohne Angst, Unsicherheit oder Bedauern ging sie leise auf das Ungeheuer zu, das vor ihr aufragte. Sie packte das abgebrochene Elbenschwert mit beiden Händen und hob es hoch über ihren Kopf. Dann stieß sie den Stummel mit dem ganzen Gewicht ihres kleinen Körpers in den Rumpf des Gilarabrywn. Sie hätte sich nicht anzustrengen brauchen, die Klinge glitt mühelos hinein.

Das Ungeheuer schrie in tödlicher Angst und Verwirrung auf und wich zurück, doch zu spät. Das Schwert steckte bereits bis zum Heft in seinem Leib. Die Bindungen, die es zusammenhielten und sein Wesen ausmachten, zerrissen. Zugleich entlud sich die in ihnen gestaute Energie in einer gewaltigen Explosion. Ihre Wucht warf Thrace und Tomas zu Boden. Die Druckwelle pflanzte sich hangabwärts in alle Richtungen fort, über das verbrannte Waldstück hinaus, und scheuchte Scharen von Vögeln zum Nachthimmel hinauf.

Betäubt rappelte Tomas sich hoch und näherte sich Thrace Wood in der Mitte einer Vertiefung im Boden, der Stelle, an der der Gilarabrywn sich aufgelöst hatte. Ehrfürchtig trat er vor die kleine Gestalt und warf sich auf die Knie.

»Eure Imperiale Majestät«, sagte er nur.

15

Die Erbin Novrons

Die Sonne ging hell über dem Nidwalden auf. Die Wolken verzogen sich, und am späteren Vormittag war der Himmel wolkenlos klar. Die Luft war abgekühlt. Ein leichter Wind strich über das Wasser und kräuselte es, die Wellen funkelten golden im Sonnenlicht. Ein Fisch sprang aus dem Wasser und tauchte mit einem Plumps wieder darin ein. Zikaden schrillten, Vögel sangen ihre morgendlichen Lieder.

Royce und Arista standen am Ufer und wrangen ihre nassen Kleider aus. Esrahaddon wartete.

»Schönes Gewand«, sagte die Prinzessin. »Wird nicht nass.«

Der Zauberer lächelte nur.

Arista blickte über den Fluss und erschauerte. Die Bäume am anderen Ufer sahen anders aus als die Bäume auf ihrer Seite, vielleicht, weil sie einer anderen Spezies angehörten. Sie wirkten stolzer, aufrechter, mit weniger tiefen Ästen und höheren Stämmen. Ein majestätischer Wald. Doch die Gegend schien unbewohnt.

»Woher wissen wir, dass sie da drüben wohnen?«, fragte Arista.

»Die Elben?«, fragte Esrahaddon.

»Ich meine, seit Jahrhunderten hat niemand mehr einen Elben gesehen …«, sie warf Royce einen verstohlenen Blick zu, »… also einen reinblütigen Elben.«

»Aber sie wohnen dort, inzwischen bestimmt schon zu Tausenden. In Stämmen mit alten Namen und mit Ahnentafeln, die bis zum Anbeginn der Zeiten zurückreichen. Die Miralyith, die Meister der Kunst, die Asendwayr, die Jäger, die Nilyndd, die Handwerker, die Eiliwin, die Architekten, die Umalyn, die Spiritisten, die Gwydry, die Schiffsbauer, und die Instarya, die Krieger. Alle leben sie noch dort, eine Vielfalt von Völkern.«

»Wohnen sie in Städten wie wir?«

»Vielleicht, aber wahrscheinlich in ganz anderen Städten. Der Legende nach haben sie einen heiligen Ort namens Estramnadon, den heiligsten Ort aller Elben … zumindest soweit wir Menschen wissen. Estramnadon soll irgendwo dort drüben liegen, tief im Wald versteckt. Einige halten es für die Hauptstadt der Elben und den Sitz ihres Herrschers, andere für den heiligen Hain, in dem immer noch der erste Baum – der Baum, den Muriel persönlich gepflanzt hat – wächst und von den Kindern des Ferrol versorgt wird. Mit Sicherheit weiß das jedoch niemand, und das wird wohl auch so bleiben, weil die Elben keine fremden Eindringlinge bei sich dulden.«

»Ach nein?« Die Prinzessin warf dem Dieb ein verschmitztes Lächeln zu. »Wenn ich das früher gewusst hätte, hätte ich Royces Ahnen vielleicht schneller erraten.«

Royce ignorierte die Bemerkung. »Gehe ich richtig in der Annahme, dass Ihr nicht ins Dorf zurückkehren werdet?«

Esrahaddon schüttelte den Kopf. »Ich muss verschwinden, bevor Luis Guy und seine Bluthunde mich aufspüren. Außerdem muss ich mit einer Erbin sprechen und die Zukunft planen.«

»Dann müssen wir uns hier verabschieden. Ich muss zurück.«

»Denkt daran, niemandem zu erzählen, was Ihr heute in Avempartha gesehen habt – das gilt für Euch beide.«

»Komisch, ich habe mir immer vorgestellt, der Erbe und sein Leibwächter wären irgendwelche namenlosen Bauernjungen aus einem namenlosen Dorf … äh … also einem Dorf wie diesem. Jemand, von dem ich nie gehört habe.«

»Das Leben ist doch immer für eine Überraschung gut«, sagte Esrahaddon.

Royce nickte und wandte sich zum Gehen.

»Royce«, sagte Esrahaddon leise, und er blieb stehen. »Wir wissen, dass gestern Nacht einige unschöne Dinge passiert sind. Macht Euch auf das Schlimmste gefasst.«

»Ihr meint, Hadrian sei tot«, sagte Royce ausdruckslos.

»Ich vermute es. Wenn ja, wisst, dass sein Tod vielleicht das Opfer war, das unsere Welt vor der Zerstörung bewahrt hat. Das mag kein Trost sein, aber ich denke, wir wissen beide, dass es Hadrian gefreut hätte.«

Royce schwieg nachdenklich, nickte, tauchte in den Wald ein und verschwand.

»Er hat wirklich etwas von einem Elben«, sagte Arista kopfschüttelnd und setzte sich Esrahaddon gegenüber. »Ich weiß nicht, warum ich das nicht schon früher bemerkt habe. Wie ich sehe, habt Ihr Euch einen Bart wachsen lassen.«

»Ihr habt es eben erst bemerkt?«

»Nein, schon früher, aber bis jetzt war ich zu beschäftigt.«

»Ich kann mich nirgends rasieren. In Gutaria war das kein Problem, aber jetzt … steht er mir?«

»Ich sehe einige graue Haare.«

»Kein Wunder. Ich bin neunhundert Jahre alt.«

Arista betrachtete den Zauberer, der unverwandt über den Fluss starrte.

»Ihr solltet Euch wirklich im Zaubern üben«, sagte er. »Ihr habt Eure Sache dort drinnen gut gemacht.«

Arista verdrehte die Augen. »Ich kann nicht zaubern, wie Ihr es mir beigebracht habt. Ich kann das meiste von dem, was Arcadius mir gezeigt hat, aber von einem Mann ohne Hände kann man schwer lernen, mit den Händen zu zaubern.«

»Ihr habt Wasser zum Kochen gebracht und den Gefängniswärter zum Niesen, schon vergessen?«

»Na, das ist ja wirklich großartig«, spottete Arista.

Esrahaddon seufzte. »Und der Regenzauber? Habt Ihr daran gearbeitet?«

»Nein, und das werde ich auch nicht. Ich bin jetzt Botschafterin von Melengar. Mit Zauberei habe ich nichts mehr zu schaffen. Vielleicht gerät dann irgendwann in Vergessenheit, dass ich einmal wegen Hexerei angeklagt wurde.«

»Aha«, meinte der Zauberer enttäuscht.

Die Prinzessin fröstelte in der morgendlichen Kühle und wollte sich mit den Fingern durch die Haare fahren, blieb aber an einigen Knoten hängen. Ihr Kleid war fleckig und zerknittert. »Ich sehe schrecklich aus, nicht wahr?«

Der Zauberer schwieg. Er schien in Gedanken versunken.

»Was werdet Ihr tun, wenn Ihr den Erben findet?«

Esrahaddon starrte sie nur an.

»Ist das ein Geheimnis?«

»Warum fragt Ihr mich nicht, was Ihr eigentlich wissen wollt, Arista?«

Arista tat ahnungslos und versuchte ein kleines Lächeln. »Ich verstehe Euch nicht.«

»Ihr sitzt hier frierend in einem nassen Kleid und plaudert mit mir über Belanglosigkeiten. Dabei wollt Ihr so vieles wissen.«

»Was denn?«, fragte sie, aber sie klang nicht einmal für sich selbst überzeugend. »Ich weiß nicht, wovon Ihr sprecht.«

»Ihr wollt wissen, ob die Version der Kirche zum Tod Eures Vaters stimmt oder nicht. Ihr glaubt, ich hätte Euch für meine Zwecke benutzt. Ihr argwöhnt, ich könnte Euch durch eine List dazu gebracht haben, unwissentlich am Tod Eures Vaters mitzuwirken.«

Es war heraus. Fassungslos über seine Unverblümtheit starrte sie ihn an und wagte kaum zu atmen. Sie sagte nichts, sondern nickte nur langsam.

»Ich habe befürchtet, die Leute von der Kirche könnten sich an Euch hängen, weil sie Probleme hatten, mir zu folgen.«

»Stimmt es denn?«, fragte sie, als sie ihre Stimme wiedergefunden hatte. »Habt Ihr den Mord an meinem Vater organisiert?«

Esrahaddon ließ das Schweigen zwischen ihnen einen Moment lang wachsen.

»Ja, Arista«, antwortete er schließlich. »Das habe ich.«

Die Prinzessin sagte zuerst gar nichts. Sie musste sich verhört haben. Ganz langsam und ungläubig begann sie den Kopf zu schütteln.

»Aber …«, setzte sie an. »Wie konntet Ihr?«

»Weder ich noch sonst jemand könnten Euch das verständlich machen – oder wenigstens jetzt nicht. Vielleicht werdet Ihr es eines Tages verstehen.«

Tränen traten ihr in die Augen. Sie wischte sie weg und blickte den Zauberer wütend an.

»Bevor Ihr über mich richtet, wie Ihr es unweigerlich tun werdet, vergesst eines nicht. Die Nyphronkirche will Euch einreden, ich sei ein Teufel, sozusagen der Gesandte des Uberlin. Ihr denkt jetzt wahrscheinlich, dass sie recht hat. Bevor Ihr mich aber endgültig verdammt und Euch dem Patriarchen in die Arme werft, stellt Euch die folgenden Fragen. Wer hat Eure Aufnahme in die Universität von Sheridan befürwortet? Wer hat Euren ablehnenden Vater überredet, Euch hinzuschicken? Wie habt Ihr von mir erfahren? Wie habt Ihr zu einem streng geheimen Gefängnis gefunden, von dessen Existenz nur eine Handvoll Menschen wusste? Warum hat man Euch beigebracht, ein Edelsteinschloss zu benützen, und ist es nicht interessant, dass ausgerechnet der Edelstein, der Eure Tür aufschloss, derselbe war wie der auf dem Siegelring, der den Eingang zum Gefängnis öffnete? Und wie kommt es, dass eine junge Frau, egal ob nun Prinzessin oder nicht, nicht nur ein oder zwei Mal, sondern über Monate viele Male unbehelligt das Gutaria-Gefängnis betreten und verlassen konnte, ohne dass ihr Tun je kritisiert oder ihrem Vater, dem König, hinterbracht wurde?«

»Was soll das heißen?«

»Arista, Haie fressen Fische nicht deshalb, weil sie ihnen schmecken, sondern weil Hühnchen nicht schwimmen können. Wir alle machen das Beste aus den Mitteln, die uns zur Verfügung stehen, aber irgendwann fragt man sich doch, wo die Mittel herkommen.«

Sie starrte ihn an. »Ihr wusstet, dass sie meinen Vater töten würden, Ihr habt fest damit gerechnet. Ihr wusstet sogar, dass sie auch mich und Alric töten wollten, und trotzdem habt Ihr so getan, als wärt Ihr mein Freund und Lehrer.« Ihre Miene wurde hart. »Die Schule ist beendet.« Sie kehrte ihm den Rücken zu und ging.

***

Als Royce am Rand des verbrannten Waldstücks ankam, sah er auf dem ehemaligen Dorfplatz bunte Zelte stehen. Darüber flatterten die Wimpel der Nyphronkirche. Er sah auch verschiedene Priester und Wachen. Weitere Gestalten waren auf dem Hügel der früheren Burg unterwegs, darunter allerdings niemand, den er kannte.

Im Schutz der Bäume ging er weiter, bis er in seiner unmittelbaren Nähe einen Zweig knacken hörte. Er sah sich um und entdeckte Magnus, der im Unterholz kauerte.

Der Zwerg zuckte zusammen und kippte vor Schreck nach hinten um.

»Ganz ruhig«, flüsterte Royce und setzte sich neben ihn. Auf dem Rücken liegend, blickte der Zwerg ängstlich zu ihm auf.

Royce spähte hangabwärts. Der Zwerg hatte einen Platz gefunden, von dem sich das Lager ausgezeichnet beobachten ließ. Sie befanden sich auf einer Anhöhe mit verkohlten Bäumen, doch an einer Stelle, an der das Unterholz teilweise erhalten geblieben war. Von hier konnten sie die Zelteingänge sehen, den provisorischen Pferch für die Pferde und die Latrine. Royce zählte rund dreißig Zelte.

»Was hast du hier noch zu suchen?«, fragte er.

»Ich habe für deinen Partner ein halbes Schwert angefertigt. Aber jetzt gehe ich.«

»Was ist passiert?«

»Hm? Ach so, Theron und Fanen wurden getötet.«

Royce nickte. Er ließ weder Überraschung noch Trauer erkennen.

»Und Hadrian? Lebt er?«

Der Zwerg nickte und schilderte, was am Abend vorgefallen war.

»Nachdem das Ungeheuer tot war oder sich aufgelöst hatte oder was auch immer, kümmerten Tomas und ich uns um Hadrian. Er war bewusstlos, atmete aber. Wir legten ihn bequem hin, deckten ihn mit einer Decke zu und bauten über ihm, dem jungen Pickering und dem Leibwächter aus Melengar ein provisorisches Schutzdach. Noch vor dem Morgengrauen kehrten Bischof Saldur und seine Leute mit zwei Wagen zurück. Ich vermute mal, entweder Guy hat ihm berichtet, was vorgefallen ist, und er kehrte mit Hilfe zurück, oder sie haben das Tierchen sterben hören. Jedenfalls kamen sie und bauten wieselflink die Zelte auf. Im nächsten Moment dampfte schon das Frühstück. Unter ihnen war auch der Inquisitor, deshalb habe ich mich hier versteckt. Hadrian, Hilfred und Mauvin wurden in das weiße Zelt gebracht und dann kam eine Wache davor.«

»Das ist alles?«

»Sie schickten noch einen Trupp aus, um die Toten zu bestatten. Die meisten haben sie droben auf dem Hügel neben der Burg begraben, darunter auch Fanen, aber bei Theron machte Tomas einen Riesenaufstand, deshalb brachten sie ihn zum letzten Bauernhof vor dem Fluss und begruben ihn dort.«

»Hast du nicht noch etwas vergessen? Nämlich wie du meinen Dolch gefunden hast?«

»Alverstone? Ich dachte, den hättest du.«

»Inzwischen ja«, sagte Royce.

Magnus griff in seinen Stiefel und fluchte.

»Da du dich ausgiebig über mich informiert hast, weißt du sicher auch, dass ich mich in meiner Jugend als Taschendieb durchschlagen musste.«

»Kommt mir bekannt vor«, brummte der Zwerg.

Royce zog Alverstone aus der Scheide und sah den Zwerg finster an.

»Also, es tut mir wirklich leid, dass ich diesen blöden König getötet habe«, erklärte der Zwerg hastig. »Aber ich habe nur einen Auftrag ausgeführt, ja? Ich hätte ihn auch gar nicht übernommen, aber ich fühlte mich als Steinmetz herausgefordert. Ich bin kein Mörder und verfüge über keinerlei kriegerische Fähigkeiten. Ich bin Handwerker und Waffenspezialist, wenn du es ganz genau wissen willst. Den Waffen gilt meine große Liebe, aber alle Zwerge sind auch Steinmetze, deshalb wurde ich mit der Arbeit am Turm beauftragt. Als dann ein halbes Jahr später der Auftrag geändert wurde, wollte ich mich nicht lumpen lassen und war bereit, den Alten zu erstechen. Im Rückblick sehe ich ein, dass ich mich hätte weigern sollen, aber das habe ich nicht getan. Ich wusste nichts über ihn. Vielleicht war er ja ein schlechter König und hat den Tod verdient. Braga hat das jedenfalls geglaubt, und er war sein Schwager. Ich halte mich sonst aus den Streitigkeiten der Menschen heraus, aber in diesem Fall habe ich mich hineinziehen lassen. Ich wollte das nicht, es war keine Absicht, es ist einfach so passiert. Und wenn ich es nicht getan hätte, hätte sich jemand anders gefunden.«

»Wie kommst du drauf, ich könnte sauer sein, weil du Amrath getötet hast? Ich bin nicht einmal wegen des Turms böse, den du als Falle präpariert hast. Nein, dein Fehler war, mir die Tür vor der Nase zuzuschlagen.«

Magnus wich ein wenig zurück.

»Dich zu töten wäre so leicht wie … nein, leichter als ein Mastschwein zu schlachten. Die Herausforderung bestünde darin, dir vor dem Tod die größtmöglichen Schmerzen zuzufügen.«

Magnus öffnete den Mund, doch es kamen keine Worte heraus.

»Aber du hast wirklich Glück, denn in dem weißen Zelt da unten liegt ein Mann, dem das nicht recht wäre – ein Mann, den du mit einer Decke zugedeckt und mit einem provisorischen Dach geschützt hast.«

Royce sah, wie Arista das Lager betrat. Sie sprach mit einer Wache, die auf das weiße Zelt zeigte. Dann eilte sie zu dem Zelt.

Er wandte sich wieder dem Zwerg zu. »Wenn du Alverstone noch einmal ohne meine Erlaubnis anfasst«, sagte er ganz ruhig, »bringe ich dich um.«

Magnus erwiderte seinen Blick bitter, doch dann hellte sich seine Miene auf, und er hob die Augenbrauen. »Ohne deine *Erlaubnis*? Du erlaubst mir also vielleicht, dass ich ihn mir genauer ansehe?«

Royce verdrehte die Augen. »Ich hole Hadrian jetzt aus dem Lager. Du stiehlst zwei Pferde des Erzbischofs und kommst damit unbemerkt zum weißen Zelt.«

»Und dann reden wir noch einmal über den Dolch?«

Royce seufzte. »Habe ich schon gesagt, dass ich Zwerge hasse?«

* * *

»Aber, Euer Gnaden …«, protestierte Tomas. Er stand in dem großen gestreiften Zelt vor Bischof Saldur und Luis Guy und bot in seiner schmutzigen Soutane und mit dem verschmierten Gesicht und den schwarzen Fingern einen jämmerlichen Anblick.

»Seht Euch an, Tomas«, sagte Bischof Saldur. »Ihr seid erschöpft und wirkt, als könntet Ihr jeden Moment umfallen. Ihr habt zwei Tage nicht geschlafen und steht seit Monaten unter Höchstspannung. Da ist es nur natürlich, dass Ihr im Dunkeln Dinge seht. Niemand macht Euch deshalb Vorwürfe. Wir glauben auch nicht, dass Ihr lügt. Wir wissen, dass Ihr glaubt, dieses Mädchen aus dem Dorf hätte den Gilarabrywn getötet, aber ich meine, Ihr solltet erst einmal gründlich ausschlafen. Danach werdet Ihr feststellen, dass Ihr einer Reihe von Irrtümern aufgesessen seid.«

»Aber ich will nicht ausschlafen!«, rief Tomas.

»Mäßigt Euch, Diakon Tomas«, herrschte Saldur ihn an und erhob sich. »Vergesst nicht, vor wem Ihr steht.«

Der Diakon senkte den Kopf und Saldur seufzte. Er setzte wieder sein großväterliches Gesicht auf, legte Tomas den Arm um die Schultern und tätschelte ihn. »Geht in ein Zelt und legt Euch hin.«

Tomas zögerte, dann wandte er sich zum Gehen und ließ Saldur und Luis Guy allein.

Der Bischof ließ sich in den kleinen Polstersessel neben der Schale mit roten Beeren fallen, die ein eifriger Diener für ihn gesammelt hatte. Er steckte zwei davon in den Mund und kaute. Sie schmeckten bitter und er verzog das Gesicht. Trotz der frühen Stunde gelüstete es ihn nach einem Gläschen Branntwein, aber der Wein hatte die Flucht aus der Burg nicht überstanden. Dass Zelte und übrige Ausrüstung unversehrt geblieben waren, hatten sie der Gnade Maribors zu verdanken. Bei ihrer Ankunft in Dahlgren hatten sie aus Bequemlichkeit alles in den Wagen gelassen, und im Chaos der Flucht hatten sie sich darum nicht auch noch kümmern können.

Dass er überhaupt noch lebte, war ein Wunder. Er konnte sich nicht erinnern, wie er über den Burghof und zum Tor gekommen war. Er musste den Hügel hinuntergerannt sein, aber auch das hatte er verdrängt. Seine Erinnerungen waren unscharf und verschwimmend, wie in einem Traum. Er wusste noch, wie er dem Kutscher befohlen hatte, loszufahren. Der Dummkopf hatte auf den Erzbischof warten wollen. Der alte Galien konnte kaum gehen, und bei Ausbruch des Feuers hatten seine Diener ihn verlassen. Sein Schicksal war besiegelt gewesen, ebenso wie das von Rufus.

Mit Erzbischof Galiens Tod ging die Interessenvertretung der Kirche in Dahlgren auf Saldur und Guy über. Die beiden standen vor einer Katastrophe mythischen Ausmaßes. In der

Wildnis ganz auf sich gestellt, mussten sie höchst folgenreiche Entscheidungen treffen, von denen das Schicksal künftiger Generationen abhing. Wer von den beiden tatsächlich das Sagen hatte, blieb in der Schwebe. Saldur bekleidete als Bischof ein Führungsamt, Guy war nur ein Polizeioffizier und als solcher in erster Linie für abtrünnige Kirchenmitglieder zuständig. Andererseits sprach er mit dem Patriarchen persönlich. Saldur mochte Guy und schätzte seine Effizienz, doch hätte ihn das nicht daran gehindert, den Inquisitor notfalls zu opfern. Der Bischof war überzeugt, dass Guy längst das Kommando übernommen hätte, wenn er seine Ritter noch gehabt hätte, und dass er sich ihm dann wohl oder übel hätte fügen müssen. Aber die Seret-Ritter waren tot und Guy selbst war verwundet. Mit Galiens gleichzeitigem Tod hatte sich eine neue Möglichkeit eröffnet, und Saldur war entschlossen, sie als Erster zu nutzen.

Er sah Guy an. »Wie konntet Ihr das zulassen?«

Der Inquisitor, der den Arm in einer Schlinge trug und die Schulter verbunden hatte, versteifte sich. »Ich habe sieben gute Männer verloren und bin selbst nur mit knapper Not mit dem Leben davongekommen. Von *zulassen* kann keine Rede sein.«

»Und wie konnte ein Haufen Bauern die berühmt-berüchtigten Seret besiegen?«

»Das waren keine Bauern. Unter ihnen waren zwei Pickerings und Hadrian Blackwater.«

»Dass die Pickerings ernstzunehmende Gegner sind, verstehe ich, aber Blackwater? Der ist doch nur ein kleiner Gauner.«

»Nein, so harmlos ist er nicht – und sein Partner auch nicht.«

»Royce und Hadrian sind Meisterdiebe. Das haben sie in Melengar und dann wieder in Chadwick bewiesen. Der arme

Archibald bekommt immer noch Tobsuchtsanfälle, wenn er an sie denkt.«

»Nein«, erwiderte Guy, »meiner Meinung nach sind die beiden viel mehr. Blackwater beherrscht die Teshlor-Kampfkunst, und sein Freund Royce Melborn ist ein Elbe.«

Saldur sah ihn verblüfft an. »Ein Elbe? Seid Ihr sicher?«

»Er sieht aus wie ein Mensch, aber ich bin mir sicher.«

»Und wir begegnen den beiden jetzt schon zum zweiten Mal in Gesellschaft von Esrahaddon«, murmelte Saldur besorgt. »Ist dieser Hadrian noch hier?«

»Er liegt im Krankenzelt.«

»Stellt sofort eine Wache davor.«

»Ich lasse ihn bewachen, seit er in das Zelt gebracht wurde. Aber wir sollten uns mit dem Mädchen beschäftigen. Wenn wir nichts tun, bringt sie uns noch in Verlegenheit.« Guy zog sein Schwert ein Stück aus der Scheide. »Sie trauert um ihren getöteten Vater. Was läge näher, als dass sie sich in einem Anfall von Verzweiflung den Wasserfall hinunterstürzt?«

»Und Tomas?« Saldur nahm sich eine Handvoll Beeren. »Er wird keine Ruhe geben. Wollt Ihr ihn auch töten? Unter welchem Vorwand? Und was wollt Ihr mit den vielen anderen im Lager tun, denen er seit heute Morgen erzählt, das Mädchen sei die Erbin? Töten wir alle?« Lächelnd fügte er hinzu: »Und wenn ja, wer befördert dann unser Gepäck nach Ervanon zurück?«

»Dies ist nicht die Zeit für Scherze«, brauste Guy auf und steckte sein Schwert wieder ein.

»Vielleicht weil Ihr es nicht aus der richtigen Perspektive betrachtet«, erwiderte Saldur. Guy war ein gut ausgebildeter, bissiger Wachhund, aber es fehlte ihm an Phantasie. »Was wäre, wenn wir das Mädchen nicht töten? Wenn wir sie tatsächlich zur Imperatorin machen?«

»Ein Bauernmädchen?«, spottete Guy. »Zur Imperatorin? Seid Ihr von allen guten Geistern verlassen?«

»Ich glaube, dass niemand von uns so richtig glücklich mit der Wahl von Rufus war, trotz seines politischen Einflusses. Auch nicht der Patriarch. Rufus war zugegebenermaßen nicht besonders helle, aber auch stur und mächtig. Wir waren alle darauf gefasst, ihn spätestens nach einem Jahr schon wieder beseitigen zu müssen, und das hätte das junge Imperium zutiefst erschüttert. Da wäre es doch viel besser, eine Imperatorin zu haben, die von Anfang an tut, was man ihr sagt.«

»Aber wie sollen wir sie dem Adel verkaufen?«

»Gar nicht«, erwiderte Saldur, und auf seinem runzligen Gesicht erschien ein Lächeln. »Stattdessen verkaufen wir sie der Bevölkerung.«

»Wie soll das gehen?«

»Degan Gaunt hat mit seiner Nationalistenbewegung bewiesen, was für ein Machtfaktor die Bevölkerung sein kann. Barone, Grafen und sogar Könige fürchten Gaunts Macht. Ein Wort von ihm könnte einen Aufstand der Bauern auslösen. Dann müssten die Fürsten, nur um die Ordnung aufrechtzuerhalten, ihre eigenen Leute töten, von denen sie doch leben. Sie stünden vor der wenig wünschenswerten Wahl zwischen Armut oder Tod. Also tun sie alles, um es nicht so weit kommen zu lassen. Wenn wir uns das nun zunutze machten? Die Bauern verehren die Kirche. Ihre Lehren gelten ihnen als göttliche Wahrheit. Wären sie nicht begeistert, wenn wir ihnen eine Anführerin aus ihren eigenen Reihen präsentieren könnten? Eine Herrscherin, die eine von ihnen ist und die Not der Armen und Mittellosen versteht. Sie wäre nicht nur eine Bauernkönigin, sondern auch die Erbin Novrons und der damit verbundenen hochgespannten Erwartungen. In der Stunde unserer größten Not schickt Maribor seinem Volk wieder eine göttliche Anführerin, die uns den Weg aus dem Dunkel zeigt.

Wir könnten Sänger durch die Lande schicken, die ihr Leben besingen. Das Leben des reinen, keuschen Mädchens, das den Elbendämon getötet hat, gegen den sogar Graf Rufus machtlos war. Das Epos könnte *Rufus' Verderben* heißen. Ja, das gefällt mir – es klingt viel besser als das unaussprechliche *Gilarabrywn.*«

»Aber wird sie mitspielen?«, fragte Guy.

»Ihr habt sie selbst erlebt. Sie dämmert nur noch dahin. Sie hat keine Bleibe mehr, weder Freunde noch Familie und kein Geld oder sonstigen Besitz. Zu allem anderen ist sie auch noch seelisch gebrochen. Wenn sie ein Messer hätte, würde sie sich wahrscheinlich die Pulsadern aufschneiden. Aber das Beste ist, wenn wir sie erst zur Imperatorin ausgerufen haben und das Volk ihr zujubelt, wird kein adliger Grundbesitzer mehr wagen, sich gegen uns aufzulehnen. Dann können wir tun, was wir mit Rufus tun wollten. Wir bräuchten sie auch nicht einmal durch einen schmutzigen Mord aus dem Weg zu räumen, der nur Verdacht und Misstrauen erregen würde, sondern könnten sie als Frau einfach verheiraten. Dann würde ihr Mann als Imperator herrschen, und sie könnten wir irgendwo in ein dunkles Loch sperren und nur für die Aufführungen zu Wintertid hervorholen.«

Guy lächelte.

»Glaubt Ihr, der Patriarch würde dem zustimmen?«, fragte Saldur. »Vielleicht sollten wir noch heute einen berittenen Boten zu ihm schicken.«

»Nein, das ist zu wichtig. Ich werde selbst reiten. Ich breche auf, sobald ich ein Pferd satteln kann. Bis dahin …«

»Bis dahin geben wir bekannt, wir könnten uns zwar durchaus vorstellen, dass das Mädchen die Erbin ist, müssten das aber erst durch eine gründliche Untersuchung zweifelsfrei klären. Damit erkaufen wir uns einen Monat. Dann lassen wir, wenn der Patriarch einverstanden ist, Gerüchte im Volk ausstreuen, die Adligen und Könige wollten die Kirche zwingen, die Identität des Mädchens als wahrer Erbin geheim zu halten. Das Volk wird lautstark gegen unsere Feinde protestieren und das Mädchen noch vor uns zur Imperatorin ausrufen.«

»Sie wäre die perfekte Galionsfigur«, sagte Guy.

Saldur hob den Kopf. »Ein unschuldiges Mädchen in Verbindung mit einer uralten Legende. Ihr schöner Name wird in aller Munde sein, und alle werden sie lieben.« Der Bischof machte eine Pause und überlegte. »Wie heißt sie überhaupt?«

»Soweit ich mich erinnere, sprach Tomas von einer … Thrace.«

»Im Ernst?« Saldur verzog das Gesicht. »Na, egal, dann ändern wir den Namen eben. Schließlich gehört sie jetzt uns.«

***

Royce sah sich um. Draußen war keine einzige Wache mehr unterwegs. Einige patrouillierten noch auf dem Hügel, aber sie waren zu weit weg, um ihm gefährlich zu werden. Beruhigt schlüpfte er durch die Eingangsklappe des weißen Zelts. Drinnen standen Feldbetten mit Tobis, Hadrian, Mauvin und Hilfred. Hadrian war bis zur Hüfte nackt und trug an Kopf und Brust weiße Verbände, doch er schlief nicht und hatte sich aufgesetzt. Mauvin war zwar noch bleich, aber ebenfalls wach. Sein Verband leuchtete weiß. Hilfred lag wie eine Mumie eingewickelt auf seinem Bett. Royce wusste nicht, ob er wachte oder schlief. Arista beugte sich gerade über ihn.

»Ich habe mich schon gefragt, wo du bleibst«, sagte Hadrian.

Arista drehte sich um. »Ich hatte schon viel früher mit dir gerechnet.«

»Tut mir leid, Ihr wisst, wie es ist, wenn man sich amüsiert. Man verliert jedes Gefühl für die Zeit. Immerhin konnte ich dir deine Schwerter wieder beschaffen. Du weißt selbst, wie du dich aufregst, wenn du sie nicht hast. Kannst du reiten?«

»Warum nicht? Wenn ich gehen kann.« Hadrian hob den Arm, und Royce bot ihm seine Schulter an und half ihm beim Aufstehen.

»Und ich?« Mauvin setzte sich auf und hielt sich die Seite. »Ihr wollt mich doch nicht hier zurücklassen?«

»Ihr müsst ihn mitnehmen«, erklärte Arista. »Er hat zwei von Guys Leuten getötet.«

»Könnt Ihr reiten?«, fragte Royce.

»Wenn ich auf einem Pferd sitze, kann ich mich zumindest daran festhalten.«

»Was wird aus Thrace?«, fragte Hadrian.

»Um die brauchst du dir keine Sorgen zu machen«, sagte Royce. »Ich habe gerade am Zelt des Bischofs gelauscht. Tomas fordert, dass man sie zur Imperatorin ausruft.«

»Zur Imperatorin?«, wiederholte Hadrian entgeistert.

»Sie hat vor seinen Augen den Gilarabyrwn getötet. Er schien schwer beeindruckt.«

»Aber wenn sie das nicht tun? Wir können sie nicht allein lassen.«

»Seid beruhigt«, sagte Arista, »ich sorge dafür, dass man sich um sie kümmert. Aber ihr solltet jetzt von hier verschwinden.«

»Theron wollte, dass wenigstens eines seiner Kinder es zu etwas bringt«, murmelte Hadrian. »Aber Imperatorin?«

»Ihr müsst euch wirklich beeilen«, drängte Arista. Zusammen mit Royce half sie Mauvin beim Aufstehen. Sie verabschiedete die drei mit einem Kuss und einer vorsichtigen Umarmung und schob sie nach draußen wie eine Mutter, die ihre Kinder zur Schule schickt.

Dort traf in diesem Moment Magnus mit drei gesattelten Pferden ein. Nervös sah er sich um und flüsterte: »Ich könnte schwören, dass das Zelt vorhin noch bewacht wurde.«

»Du hast vollkommen recht«, antwortete Royce. »Drei Pferde – du hast meine Gedanken gelesen.«

»Ich dachte, ich brauche eins für mich.« Der Zwerg zeigte auf die verkürzten Steigbügel. Verärgert sah er Mauvin an. »Offenbar muss ich jetzt noch eins holen.«

»Lass es«, flüsterte Royce. »Nimm eins zusammen mit Mauvin. Reite langsam und pass auf, dass er nicht aus dem Sattel kippt.«

Er half Hadrian auf eine graue Stute und begann plötzlich leise in sich hineinzukichern.

»Was ist?«, fragte Hadrian.

»Maus.«

»Wie bitte?«

Royce zeigte auf das Pferd, auf dem Hadrian saß. »Der Zwerg hat von allen Pferden, unter denen er auswählen konnte, ausgerechnet mein Pferd Maus mitgebracht.«

Er ging zu Fuß neben den Pferden her. Asche dämpfte ihre Schritte. Über das verkohlte Gelände führte er sie aus dem Lager. Die Wachen auf der fernen Hügelkuppe ließ er dabei nicht aus den Augen. Doch es ertönte kein Schrei, niemand schien sie zu bemerken. Kurz darauf tauchten sie in den Wald ein. Royce wandte sich wieder in Richtung Fluss, um eventuelle Verfolger abzuschütteln. Im Schutz eines kleinen, flachen Tals in der Nähe des Nidwalden hieß er die anderen warten, während er selbst noch einmal zurückkehrte.

Lautlos näherte er sich dem Rand des abgebrannten Waldstücks. Das Lager lag unverändert da, niemand hatte ihre Flucht bemerkt. Beruhigt kehrte er zum Fluss zurück. Unterwegs kam er am Hof der Woods und der Ruine ihres Hauses vorbei. Seltsamerweise hatte das Feuer hier nicht gewütet. Eine Veränderung fiel ihm allerdings auf: In der Mitte des Platzes vor dem Haus, auf dem er dem alten Bauern damals zum ersten Mal begegnet war, hatte jemand einen länglichen Erdhügel aufgeschüttet. Darum herum waren Steine aus den Trümmern des Hauses aufgeschichtet. An der Stirnseite des Hügels hatte jemand einen dicken Pfahl in den Boden geschlagen und drei Worte in das Holz gebrannt:

THERON WOOD
BAUER

Darunter konnte Royce einige weitere in das Holz geschnitzte Worte erkennen:

VATER DER IMPERATORIN

Während Royce noch las, überlief ihn plötzlich ein Schauder, und die Haare auf seiner Haut stellten sich auf. Jemand beobachtete ihn. Aus den Augenwinkeln sah er eine Gestalt zwischen den Bäumen stehen. Ein zweite stand links von ihm. Auch hinter sich spürte er jemanden. Er drehte den Kopf und kniff die Augen zusammen und sah – niemanden, nur Bäume. Er blickte nach links, doch auch dort war niemand. Lauschend verharrte er. Kein Zweig knackte, kein Blatt raschelte, trotzdem spürte er die Anwesenheit anderer.

Er zog sich in das Unterholz zurück und ging um die Lichtung herum. Er ging so leise er konnte, doch wo er auch stehen blieb, er war allein.

Verwirrt hielt er an, suchte nach Spuren, wo er die Gestalten gesehen hatte, doch da war nichts, nicht einmal ein geknickter Grashalm. Endlich gab er auf und kehrte zu den anderen zurück.

»Alles in Ordnung?«, fragte Hadrian, der auf seiner grauen Stute saß und sich die Sonne auf die nackten Schultern scheinen ließ. Um die Brust trug er einen Verband aus breiten Streifen eines weißen Stoffs.

»Ich glaube schon.« Royce stieg auf sein Pferd.

Er führte sie nach Südwesten und an den Bergen in der Nähe des Wasserfalls entlang. Sie folgten einer Rehfährte, die mitten durch den tiefsten Wald verlief. Royce war auf die Fährte gestoßen, als er stundenlang nach dem Tunnel nach Avempartha gesucht hatte. Hadrian und Mauvin schien es unerwartet gut zu gehen, obwohl sie bei jedem Fehltritt ihrer Pferde vor Schmerzen zusammenzuckten.

Royce blickte immer wieder über die Schulter, doch niemand folgte ihnen.

Am Nachmittag ließen sie den Wald hinter sich und bogen auf die Landstraße ein, die in südlicher Richtung nach Alburn führte. Hier machten sie Rast und wechselten Mauvins und Hadrians Verbände. Mauvins Wunde begann wieder zu bluten, aber nicht mehr stark, und wie sich herausstellte, war Magnus als Krankenpfleger fast genauso kompetent wie als Schwertschmied. Er legte Mauvin einen neuen Verband an. Royce durchsuchte seine Satteltaschen und fand ein passendes Hemd für Hadrian.

Anschließend ging er ihre Vorräte durch. »Das müsste reichen«, sagte er. »Mit etwas Glück sind wir in einer Woche in Medford.«

»Du hast es eilig, was?«, fragte Hadrian.

»Das kann man sagen.«

»Wegen Gwen?«

»Ich glaube, ich muss ihr einiges über mich erzählen.«

Hadrian nickte lächelnd.

»Meinst du, Thrace kommt zurecht?«

»Sie ist bei Tomas gut aufgehoben, denke ich.«

»Ob die sie wirklich zur Imperatorin machen?«

»Ausgeschlossen.« Royce schüttelte den Kopf und gab ihm das Hemd. Dann wandte er sich an Magnus. »Und du?«, fragte er. »Was willst du jetzt tun?«

Der Zwerg zuckte die Schultern. »Du meinst, vorausgesetzt, du tötest mich nicht?«

»Das werde ich nicht, aber vielleicht dein früherer Arbeitgeber, die Kirche. Schließlich hast du uns geholfen, und sie wird genauso hinter dir her sein wie hinter Mauvin und Hadrian. Und ohne ihre Unterstützung wirst du nicht lange durchhalten. Die Städte Avryns sind nicht besonders zwergenfreundlich.«

»Das ist überall so.«

»Genau das meine ich ja.« Royce seufzte. »Aber ich kenne einen abgelegenen Ort, an dem du womöglich sicher wärst und an dem die Kirche dich kaum suchen wird. Dort wird viel gebaut, und man könnte einen erfahrenen Handwerker wie dich gebrauchen.«

»Sind Zwerge willkommen?«

»Du hättest wahrscheinlich keine Schwierigkeiten. Die Leute dort sind zu allen freundlich.«

Magnus nickte. »Ich würde gerne wieder als Steinmetz arbeiten.«

»Myron wird ihn wahnsinnig machen mit seinem Wunsch, das Kloster originalgetreu aufzubauen«, meinte Hadrian. »Er hat schon fünf Baumeister verschlissen.«

»Ich weiß«, sagte Royce und unterdrückte ein Grinsen.

Er stieg wieder auf seine graue Stute, während Magnus nach vorn zu Mauvin ging.

Hadrian schüttelte sein Hemd aus und schob vorsichtig einen Arm durch den Ärmel. »Von Arista weiß ich, dass ihr beide vergangene Nacht mit Esrahaddon in der Festung wart. Sie sagte, er hätte Hilfe bei etwas gebraucht, wollte mir aber nicht verraten, bei was.«

»Er hat nach dem Erben Novrons gesucht«, sagte Royce.

»Hat er ihn gefunden?«

»Ich glaube ja, aber du kennst Esra. Bei ihm ist man sich nie sicher.«

Hadrian nickte. Er zog sich das Hemd über die Schultern und zuckte zusammen.

»Geht's?«

»Versuch du dich mal mit gebrochenen Rippen anzuziehen. Das ist nicht so einfach.«

Royce sah ihn unverwandt an.

»Was denn?«, fragte Hadrian. »Bin ich so interessant?«

»Mir fällt nur gerade auf, dass du diesen silbernen Anhänger trägst, seit ich dich kenne, aber du hast mir nie gesagt, woher er ist.«

»Was? Den? Den habe ich schon immer. Ein Erbstück von meinem Vater.«

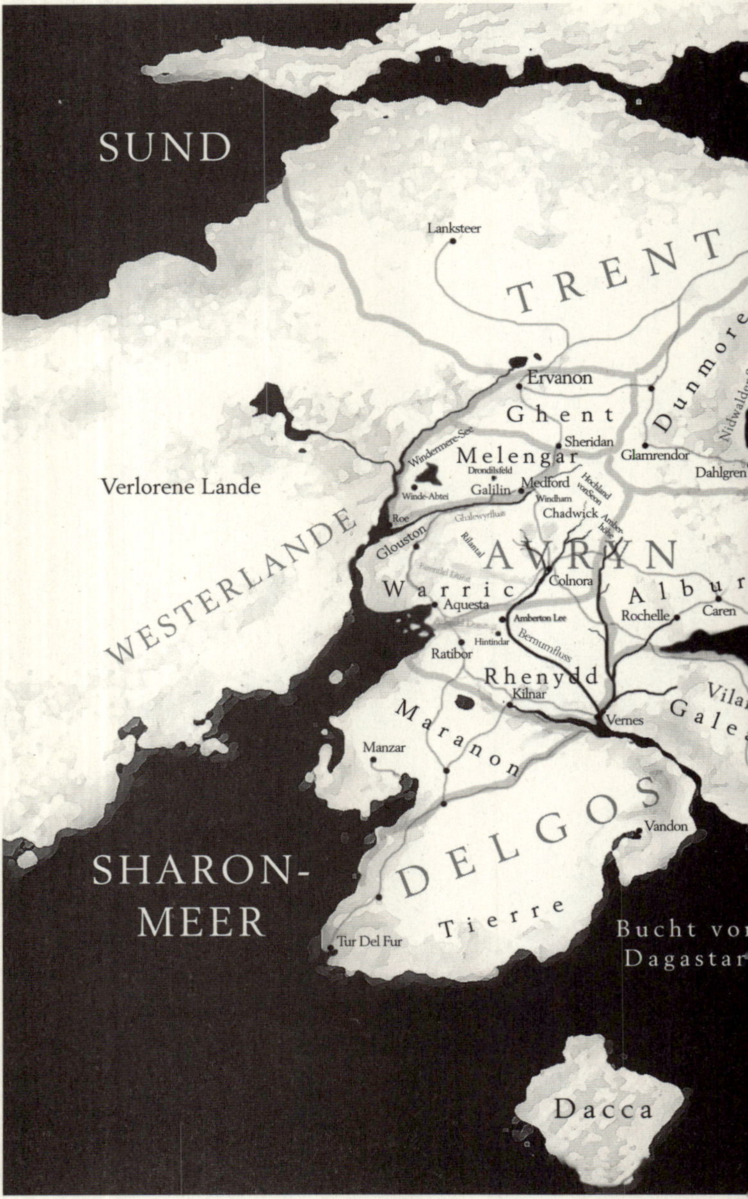

SUND
Lanksteer
TRENT
Dunmore
Ervanon
Ghent
Sheridan
Glamrendor
Dahlgren
Windermere-See
Melengar
Drondilsfeld
Verlorene Lande
Galilin
Medford
Hochland vonSeon
Winde-Abtei
Windham
Roe
Ghalewyrfluss
Chadwick
Amberhöhe
WESTERLANDE
Glouston
Rilantal
AVRYN
Colnora
Warric
Aquesta
Amberton Lee
Rochelle
Caren
Hintindar
Bernumfluss
Ratibor
Rhenydd
Kilnar
Vernes
Maranon
Manzar
DELGOS
Vandon
SHARON-MEER
Tierre
Tur Del Fur
Dacca

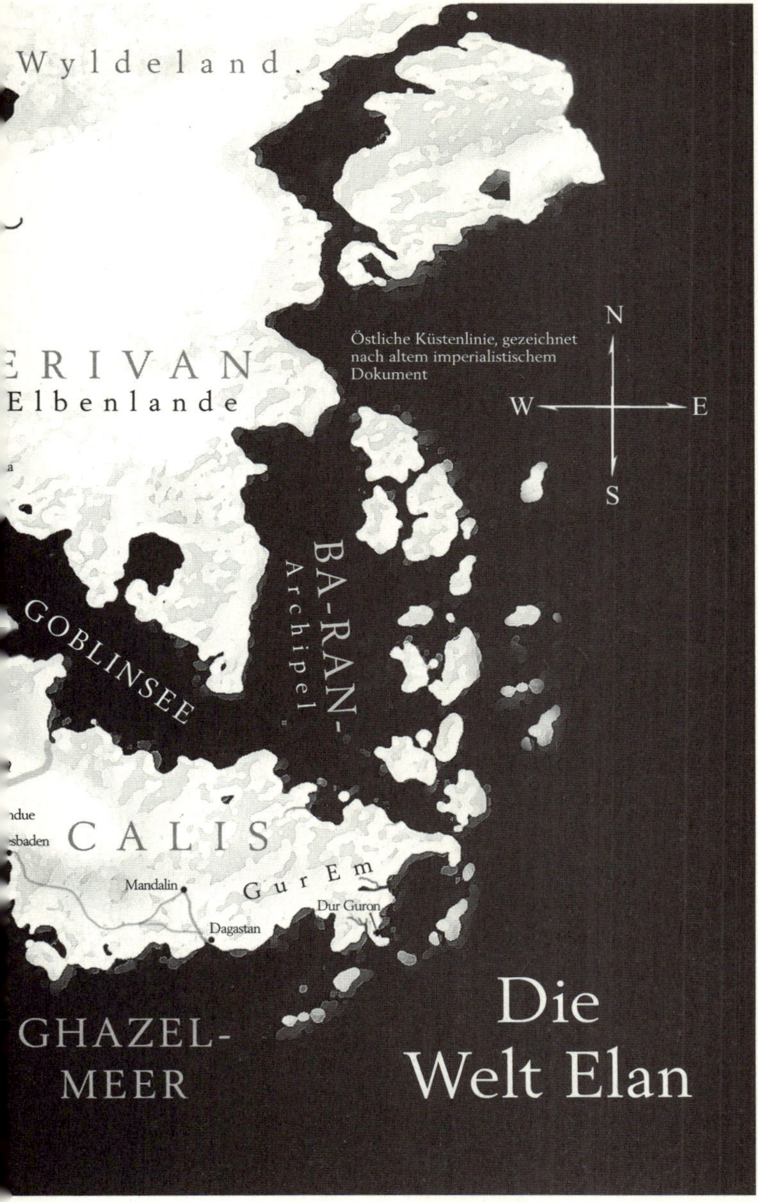
Wyldeland
RIVAN
Elbenlande
Östliche Küstenlinie, gezeichnet
nach altem imperialistischem
Dokument
N
W
E
S
BA-RAN-
Archipel
GOBLINSEE
CALIS
Mandalin
Gur Em
Dur Guron
Dagastan
GHAZEL-
MEER
Die
Welt Elan

Avryn im Detail
TRENT
Dunmore
Nidwaldenfluss
Ervanon
Ghent
Sheridan
Glamrendor
Windermere-See
Melengar
Dahlgren
Avempartha
Galilin
Medford
Hochland von Seon
Winde-Abtei
Windham
Roe
Ghalewyrfluss
Chadwick
Amberhöhe
Glouston
Rilantal
AVRYN
Colnora
Warric
Alburn
Aquesta
Amberton Lee
Rochelle
Caren
Hintindar
Bernumfluss
Ratibor
Rhenydd
Kilnar
Vilan Hügel
Maranon
Vernes
Galeannon
DELGOS